COLLECTION FOLIO

Philippe Le Guillou

# Le bateau Brume

Gallimard

Philippe Le Guillou est né en 1959. Il est inspecteur général de l'Éducation nationale et doyen du groupe des Lettres. Il a reçu le prix Méditerranée en 1990 pour *La rumeur du soleil*, le prix Trévarez pour *Le passage de l'Aulne* et le prix Médicis en 1997 pour *Les sept noms du peintre*. Il a également publié *Livres des guerriers d'or*, *Stèles à de Gaulle* suivi de *Je regarde passer les chimères*, *Le déjeuner des bords de Loire*, *Les marées du Faou*, *La consolation*, *Fleurs de tempête*, *Le dernier veilleur de Bretagne*, et *Le bateau Brume*.

*À mes jumeaux et à tous les gémeaux*

# LES PHARES

Du plus loin qu'il m'en souvienne, je crois avoir toujours été amoureux de lui. Sa beauté, son intelligence, son aisance, tout me fascinait. Il était lumineux, sûr de lui, il savait où il allait. C'était un roc. C'est ce qu'il avait hérité de Jean Tanguy, notre grand-père breton. À côté de lui, je n'étais qu'un feu follet. Souvent dans l'enfance — et certainement parce que j'étais plus dissipé que lui, et que mes résultats scolaires étaient un peu moins bons — on m'avait appelé le papillon. J'étais le papillon, le feu follet, il était le socle granitique que mouillent les eaux hautes de l'Élorn. J'étais la part inquiète, mobile de notre bulle. J'étais celui qui titube et qui chute.

Je me suis attablé dans un café à l'angle de la rue Réaumur et de la rue de Cléry et je note ces lignes. J'ai quitté mon atelier lugubre de la rue du Nil. Exténué par les heures de travail, les nuits d'insomnie passées à errer dans le quartier, entre bars de nuit et lieux plus louches, sanctuaires de la dépravation et des rencontres fortuites. Les premières toiles sont déjà empaquetées, parfaitement protégées, prêtes à partir pour Shanghai. La série méticuleuse, anthropométrique et hallucinante de tous ces hommes qui sont venus poser pendant des heures et qui seront montrés à Shanghai, dans cette cité que Claudel avait jadis dite « des lanternes » et qui est aujourd'hui une forêt de forteresses de verre et d'acier, la cité verticale de la finance planétaire.

Je suis un peu groggy mais heureux. Moi qui n'ai pas peint depuis des mois, je m'y suis remis très récemment, après la mort de François, ce prêtre si intelligent et si libre que nous avions connu alors qu'il était comme nous sur les bancs du collège oratorien de J., sur le territoire du vieux diocèse de Meaux, en Seine-et-Marne. Un cancer du foie, qui s'était vite disséminé, l'a emporté en moins d'une année. Le deuil m'a foudroyé. Je n'arrivais plus à me défaire de l'image du gisant ravagé que j'avais découvert à Bourges ce samedi après-midi de février à la lumière si acide, dans la chapelle où je l'avais vu souvent célébrer en semaine sa messe matinale.

Étrangement la mort de François m'a remis sur le chemin de la peinture, la vraie, figurative, qui attaque le corps et son mystère. Les encres tremblées façon Michaux qui m'avaient valu une récente notoriété ne me tentaient plus. C'était autre chose que je voulais. Je voulais peindre ces modèles, sans fioriture, sans volonté de les magnifier, tels qu'ils étaient, dans leur nudité, avec leurs rides et les effets de l'âge. La facilité avec laquelle ils avaient accepté ma demande m'avait surpris. Les heures de pose dans un réduit où l'odeur de la peinture se faisait vite entêtante, la perspective d'entrer dans la confrérie nocturne des nus du Nil — tel serait le nom de la série — avant d'être montrés à Shanghai, au bord du monde, rien ne les rebutait.

Je l'avais appelé un soir pour lui demander s'il accepterait de venir dans mon antre de la rue du Nil. L'idée m'était venue une fin d'après-midi que j'avais passée à boire des bières. C'était un rite dont j'avais pris le goût à Ostende. Souvent ainsi, lorsque j'ai bu, quelque chose se délie en moi, des idées fulgurantes et baroques naissent. Lorsque je l'ai appelé sur son mobile, je ne savais pas du tout où il se trouvait. Il se relevait d'une dépression. Sa carrière politique avait été brisée net et il se voyait glisser dans les eaux de la cinquantaine comme dans un espace de déréliction. Au lendemain de son départ du ministère, je l'avais fait venir à Rome. C'était au printemps de 2005. Nous avions marché ensemble, parlé, dîné en tête à tête, ce que nous n'avions plus fait depuis des années. Nous avions partagé la même chambre. Un matin, alors qu'il sortait de la salle de bains, il m'avait semblé apercevoir un étrange et minuscule tatouage qu'il portait à la naissance de la cuisse gauche. Du séjour dans la grâce d'une lumière qui nous faisait oublier la gravité de la récente crise, je n'avais pas revu le signe, un curieux petit animal à cornes.

Lorsque je l'ai appelé, il était seul au bord de l'Élorn, dans ce qui avait été la maison de notre grand-père. Il relisait Malraux et Proust, il retrouvait la littérature qui, plus que la politique, a toujours été sa vraie passion.

— Je me suis remis à peindre, ai-je dit. J'ai montré mon travail à un jeune galeriste. Il veut l'exposer à Shanghai, dans un lieu branché qui s'appelle Island 12. C'est une série d'hommes, de nus anthropométriques.

Je l'ai entendu rire.

— Au point où j'en suis, je n'ai plus rien à perdre. Cela m'amuse. C'est où cette rue du Nil ? Ça me dit quelque chose, mais je pensais que tu avais largué cet endroit.

— Dans le Sentier, tout près du marché du Caire.

— Je reste encore ici quelques jours. La lumière sur l'Élorn est superbe, surtout lorsque la marée arrive. Je viens te voir la semaine prochaine.

Ce n'était pas son corps que je souhaitais voir. Je le connaissais, nous avions vieilli presque à l'identique ; non, c'était quelque chose de plus intime, de plus secret, ce curieux animal qu'il portait à l'aine et dont je rêvais de savoir dans quelle ville, dans quel port, il avait été dessiné.

« Les enfants, vous êtes des phares… » : ce mot de Jean Tanguy, notre grand-père, m'est revenu au moment où je bouclais mes valises pour Shanghai.

— Oui, vous êtes des phares, nous disait-il comme nous nous tenions sur la terrasse du petit manoir des bords de l'Élorn, entre les pots de buis et les palmiers qui donnent à la maison une allure coloniale. Vous êtes des esprits lumineux qui flottent sur les eaux et sauvent les marins perdus, des feux qui ne s'éteignent jamais, des phares qui brillent sans fin. C'est ce que raconte une vieille légende, d'origine grecque, me semble-t-il. J'ai oublié le nom exact, c'est quelque chose comme *phosphoroï*.

C'était étrange d'entendre ce gaulliste pragmatique qui avait réussi dans les affaires et la politique, ce chrétien fervent s'emparer d'un mythe païen tout droit sorti d'un tuf qui le laissait plutôt insensible. À cette époque, s'il devait y avoir un phare, ce ne pouvait être que Gilles. J'étais un feu follet capricieux, incertain et je n'avais aucune vocation lumineuse ni rédemptrice. Celui qui éclairait ma nuit, cette difficulté à vivre que j'avais ressentie dès l'enfance, c'était Gilles, mon aîné de quelques minutes. Aussi loin que remontaient mes souvenirs, il me semblait que j'avais grandi dans son ombre et cela m'avait toujours rassuré. Lorsqu'on nous observait comme on le fait avec une anomalie de la nature, j'avais l'impression que c'était lui qui captait tous les regards parce qu'il était plus éclatant, plus fiable, plus solide. Dans notre constellation, j'étais la part de douleur et de nuit. Cela, le grand-père de l'Élorn l'avait perçu. Et, lorsque, au terme d'une longue après-midi de pluie passée à cartographier l'immense territoire des colonies à travers lequel Gilles se déplaçait avec une aisance infaillible, il laissait tomber « Vous êtes des phares », soudain, dans la tourelle ouest de la maison — celle qui surplombe l'échancrure de la rivière et l'arrivée des marées —, près d'une tête d'ange mutilé trouvé chez je ne sais quel antiquaire, c'était une curieuse force qui nous enveloppait, une force et un fluide dont nous n'avions aucunement conscience et que nous ne sentions jamais comme en cet endroit (ni à Lille ni à Ostende, pas plus que dans cette vallée feuillue et mouillée du Périgord où nous nous adonnions à toutes sortes de rites *borderline*, une pareille impression nous saisissait), une puissance sauvage, unique, hors des normes et des chemins frayés par les hommes, sur la terrasse aux palmiers et aux buis, au-dessus de la rivière alternativement remplie ou vide, le sentiment baptismal, porté par la parole mystérieuse de notre grand-père, d'être des feux symétriques, accordés, prêts à voguer sur le monde en entraînant dans leur orbe le chaos des noyés et des naufragés.

Au moment de dérouler cette histoire qui est la nôtre — parce que plus qu'un lien de sang, c'est une sorte de flux vital qui, quelles qu'aient été les circonstances, nous a toujours unis —, étrangement ce sont des lieux, des maisons qui me reviennent, en France et dans le monde, moi qui suis une sorte de nomade incapable de se fixer. Je revois la demeure de l'Élorn, coloniale et prétentieuse avec ses tourelles et son allée de palmiers, ses curieux petits salons précisément logés dans les tourelles et d'où l'on peut guetter l'arrivée des marées et que notre grand-père avait rachetée à des notables faillis pour signifier à la bourgeoisie de Landerneau, qu'au fond de lui il haïssait, à quel point désormais il faudrait compter avec lui dans les affaires et la politique ; je revois, cette fois du côté paternel, la maison balnéaire d'Ostende avec son immense véranda glaciale qui donnait sur la plage et la barre toujours grise et écumeuse de la mer, l'appartement de nos parents à Lille dans le centre ancien, désordonné, démeublé, une sorte de camping permanent sous des plafonds hauts et moulurés, la demeure magique et intimidante du Périgord — elle qui sentait toujours le champignon et les lambris humides — où nous allions rejoindre Lucien Vègh, notre grand-père paternel. Des lieux où j'ai grandi, collé à Gilles et Gilles collé à moi, et plus encore après la séparation de nos parents, ce sont ceux que je retiens, pour leur lumière, leur inconfort ou leur mystère, pour la charge de souvenirs qui leur est associée, même si très vite, j'aurai l'occasion d'en reparler, nous avions doublé cette géographie réelle d'une autre, intime, secrète, irrepérable par nos ennemis, et dont nous étions les seuls à détenir les clés. Nous avons été élevés — nous nous sommes élevés ? — dans le repli et la méfiance. À l'école primaire, quelques camaraderies féminines suffisaient à notre bonheur et encore elles ne franchissaient jamais le seuil de l'appartement de la rue Esquermoise. Sans doute la sauvagerie et le mutisme de notre père, toujours muré dans ses recherches en mathématiques, y étaient-ils pour quelque chose, nous n'avions qu'une crainte : qu'il explosât, parce qu'on l'avait dérangé. Très tôt, multipliant les prétextes et les voyages, notre mère avait pris l'habitude de fuir le domicile conjugal. Cette jeune femme vive, gaie, dispendieuse, et qui n'était économe ni de ses forces, ni de son argent, encore moins de ses rires, avait senti qu'elle s'étiolait dans l'ombre de son ermite de mari obsédé par la solitude et l'abstraction. Le jeune Thomas Vègh, qu'elle avait rencontré à la faculté de médecine avant qu'il ne sombre dans la folie des mathématiques, l'avait fascinée avec sa gaucherie, ses airs de Flamand blond et lunaire, sa timidité inguérissable. La Bretonne qui avait la grâce et l'appétit de vivre d'une Italienne avait sans doute eu l'impression de rencontrer son contraire, c'était comme elle un enfant unique, un héritier ; étudiant, il vivait déjà dans l'appartement de dix pièces de la rue Esquermoise qui était comme la tanière poussiéreuse d'un ours peu sociable mais profondément gentil.

Nous grandissons dans ce climat et dans ces lieux, Lille, Ostende, le Périgord, le Finistère, nous nous ennuyons à mourir dans la tanière lilloise, le grand air de la mer du Nord, les bois et les rivières du Périgord nous revigorent en chassant une mélancolie inséparable pour moi des brumes et des briques suintantes de Lille, mais quelque chose du large, du vrai nous arrive surtout dès que nous posons le pied sur le quai de la gare de Landerneau, accueillis par notre grand-mère Anne qui, plus encore que notre mère, a le souci de nous protéger et de nous choyer.

Une austérité presque militaire entoure les souvenirs d'Ostende et du Périgord. Très différente est la situation dans le Finistère où Gilles et moi sommes toujours attendus, considérés, fêtés sans doute parce que nos grands-parents, connaissant le caractère fantasque de leur fille et le drame d'autiste dans lequel est en train de s'enfermer leur gendre, ont le désir de nous entourer, de nous donner le goût et le sens des choses — la religion, la nourriture, les paysages, l'histoire et la politique — en nous apprenant tout, la beauté des baptistères et des broderies des bannières, la diversité des espèces d'oiseaux qui peuplent les rives de l'Élorn, la finesse des huîtres et des fruits de mer, les tourbières de l'Arrée et les landes de la presqu'île de Crozon, les noms et les dates de la Bretagne, la geste familiale.

Si notre mère passe au manoir de Loscoat, c'est toujours en coup de vent. Elle est à peine arrivée qu'elle se précipite pour téléphoner en demandant qui pourra la conduire à l'aéroport de Guipavas. Tout cela irrite Anne et plus encore notre grand-père qui, dès le départ de sa fille, se lamente en notre présence qu'elle n'ait pas plus de plomb dans la tête. C'est sa formule. Dans mes caprices et mes phases d'instabilité, elle m'est souvent revenue. Je le revois, se servant un deuxième ou un troisième whisky au grand dam de sa femme dans la tourelle ouest, sa préférée, en tempêtant :

— Elle est charmante, mais quelle écervelée ! Après quoi court-elle ? Et ce mariage avec un capitaine Nemo… Ce n'était pas pourtant le choix qui manquait chez nous…

Invariablement, Anne, furieuse, le faisait taire. Sa pudeur, son désir de nous protéger ne pouvaient tolérer pareils écarts. Mais Jean Tanguy était impulsif et sanguin, il avait le goût des breuvages forts et des paroles à l'emporte-pièce. C'est ce qui avait été à l'origine de son succès dans les affaires et en politique. Il n'était pas encore député. Il le serait en juin 1968, à la faveur du raz de marée gaulliste. Le soir venu, après être allé marcher avec lui sur la grève en regardant les étoiles, nous trouvions refuge dans la belle chambre qu'Anne avait aménagée pour nous au premier étage et qui avait été un temps celle de notre mère. À Ostende, dans le Périgord, il nous était arrivé d'avoir peur, nous nous blottissions même l'un contre l'autre comme si nous avions été cernés de menaces. Ici tout était différent. Avant de s'endormir, Gilles compulsait les atlas et les chronologies que son grand-père lui avait donnés en lui disant : « Apprends tout cela très vite, lis et comme ça tu seras imprégné… Tu en auras besoin un jour pour l'ENA… Ce sont les études que j'aurais aimé faire. Le sort en a décidé autrement : j'ai vendu des matériaux pour la reconstruction de Brest et de sa région… » On sentait, à cet instant, dans sa voix qui se voilait, comme un soupçon de douleur. Gilles et moi étions trop jeunes pour savoir ce qu'était l'ENA. Mais le grand-père avait parlé. Avec application Gilles observait les cartes et récitait les généalogies royales. Je faisais mine de feuilleter les ouvrages de la Bibliothèque Rouge et Or dont Anne avait garni les étagères près de nos lits. Je songeais à l'or des bannières, aux pluviers de l'Élorn, aux intersignes qui déroutaient les vagabonds sur les chemins maudits de l'Arrée. Les lucanes aux carapaces noires qui tournoyaient le soir autour de Loscoat me hantaient. J'aurais voulu les démantibuler, les crucifier sur la terrasse du manoir.

La mer me terrifiait, sans doute parce que dans les récits de mon grand-père elle apparaissait comme une dévoreuse d'hommes, grosse de menaces, imprévisible. Je l'aimais apaisée, endiguée par les berges de la ria au pied de la maison, mais l'idée même du large, des courants, des furies marines, des cités englouties sous un déluge de lames m'emplissait d'une frayeur qui ne disparaîtrait pas avec l'âge.

— C'est ainsi, me rassurait mon grand-père, les hommes d'ici n'ont jamais aimé la mer et Dieu sait si pourtant ils ont parcouru les océans du globe. Ils l'ont toujours fait, forcés et contraints. L'attirance balnéaire moderne va à l'encontre de la tradition. Apprivoise ta peur, mais surtout ne la chasse pas. Elle manifeste, Guillaume, que tu es des nôtres. Un Celte, un fils des rivages et des brumes…

Il prononçait quelque chose comme « Guillome » et dans l'intonation affleurait une légère inflexion bretonne. Nous avions vite compris ce que voulait dire pour lui « tu es des nôtres ». Cette adoption et la surveillance qu'il exerçait sur les lectures de Gilles manifestaient son désir de nous arracher à un monde qu'il connaissait mal et qu'il ne contrôlait pas, la Flandre, l'atmosphère froide et lugubre de Lille et d'Ostende — à l'entendre, il faisait toujours beau dans le Finistère et le brouillard, qui emprisonnait la lumière, était doré… —, l'éducation erratique de notre père. Les choses n'étaient jamais vraiment dites ou alors il aurait fallu plusieurs whiskies pour qu'elles le fussent. Avec subtilité et insistance, Anne nous interrogeait sur notre vie. Lui jamais. Des indiscrétions avaient filtré et nous avions reçu, de notre mère, l'ordre de ne pas trop parler. Lorsqu'il disait « il », « lui » ou « là-bas », rejetant notre père, Thomas Vègh, les lieux de notre vie dans un magma qui ne l'intéressait pas, nous avions compris. Au fil des ans, nous comprendrions à quel point le choix de sa fille l'avait déçu, et alimentait cette blessure bien plus que la personnalité étrange de notre père, une forme de méfiance pour tout ce qui n'était pas de sa terre, tout ce qui était autre et qu'il n'avait pas envie de connaître.

J'ai souvent pensé que ce qui nous sauvait à ses yeux, c'était notre gémellité. Sans cela peut-être n'eût-il vu en nous que des fils de l'ailleurs, à la peau pâle et au regard bleu, des êtres lunaires, sans consistance, portés à la conjecture et à la rêverie, rétifs à l'action qui était son maître mot. Lui qui bougeait sans cesse, téléphonant, suivant ses affaires, courant de chantier en rendez-vous, il ne pouvait pas comprendre l'immobilité studieuse et recluse de notre père, et l'ironie n'était jamais loin s'il lui arrivait d'évoquer les recherches opaques de ce Nemo enfermé dans son improbable bathyscaphe. Sa pudeur, son sens de l'humour, son élégance aussi faisaient qu'il franchissait rarement les limites et il nous aimait bien trop pour vouloir nous blesser. Il détestait les effusions, la trop grande proximité charnelle et le fait qu'enfants nous fussions toujours ensemble, presque soudés, n'était pas sans l'agacer. Une ou deux fois nous l'avions surpris alors qu'il exprimait son irritation devant sa femme.

— Ça ne va pas, ils sont trop collés, nos bessons. Il faudra dire à Catherine de les séparer en classe. Tu le sais, c'est pour leur bien…

Pareille intrusion dans notre intimité nous remplissait de rage. Quant au terme de besson, je le saurais plus tard, c'était un synonyme de jumeau qu'il avait trouvé dans l'un de ses livres de chevet, *Le chant du monde* de Giono. Notre colère retombait vite. Ce qui nous décevait toutefois, c'était que cette volonté de nous séparer vînt de lui. Nous ne l'avions jamais mis au nombre de ceux qu'en secret nous appelions « nos ennemis ». Une forme de connivence magique — et je crois pouvoir parler au nom de Gilles — nous unissait à lui. Tout ce qu'il faisait nous enchantait. Lorsqu'il se fut mis en tête d'entrer en politique, en briguant un poste de conseiller général puis la députation, au grand déplaisir d'Anne qui pressentait qu'il s'épuiserait au service des autres et qu'elle ne l'aurait plus pour lui, on aurait dit que c'était avec le désir d'éblouir ces fils qu'il n'avait pas eus, ces êtres curieux qu'une ascendance nordique poussait au rêve et pas à l'action, ces « bessons » à qui il voulait montrer qu'il n'était pas seulement un marchand de ferraille et de béton, un profanateur de la reconstruction comme il le reconnaissait lui-même, mais un homme éclairé qui s'était forgé lui-même, un Breton qui aimait la France et voulait la servir.

Il aura compté plus que tout autre, et Gilles qui a pleinement suivi ses recommandations en optant pour le service de l'État et la politique, dirait comme moi. Un souvenir me revient, celui de l'été de 1968 qui est celui de sa consécration. Même si, au fond de lui, il ne croit plus à la pérennité du gaullisme qu'il a vu menacé par les soubresauts de la « chienlit » — des fenêtres de l'appartement lillois nous avons aperçu des cortèges hérissés de banderoles rouges, tristes d'être enfermés là et privés de l'échappatoire de l'école pour cause de grève —, son élection triomphale, au premier tour, le remplit d'une joie folle, il ne tient plus en place et fonce en voiture jusqu'à Paris pour découvrir sa place sous la verrière du Palais-Bourbon et recevoir son écharpe et sa cocarde tricolores. Nous avons treize ans et, s'il n'y avait pas eu notre grand-père maternel, nous ne saurions rien de la politique. Encore sommes-nous loin d'être des experts mais, grâce à lui, nous disposons d'une certaine teinture, nous connaissons quelques noms, de Gaulle évidemment, Pompidou, Couve de Murville et même Waldeck Rochet.

Une étrange atmosphère règne à Loscoat cet été-là. Notre mère, plus silencieuse, plus fermée que jamais, semble en lisière, comme si l'ivresse joyeuse de la maison ne la concernait pas. Elle disparaît de longues après-midi en voiture et revient absente, les cheveux poisseux, en disant qu'elle a marché dans le vent. Le succès de son père la laisse de marbre. Un drame se profile à Lille que nous n'avons pas vu venir. À vivre entre nous, à n'écouter que les battements de nos cœurs et les pulsations de notre imaginaire, nous sommes passés à côté de tout. La fuite de notre mère, son irritabilité nous énervent. Le ton monte à plusieurs reprises, cet été-là. Avec nous surtout, qu'elle juge insolents et frondeurs. Il ne nous reste qu'à nous réfugier auprès d'Anne.

— Soyez gentils, répète-t-elle, Catherine est fatiguée. Laissez-la tranquille, elle a besoin de solitude et de repos. Ne la harcelez pas.

À Loscoat, tout tangue. D'autant que le nouveau député n'a plus la disponibilité qui était la sienne les étés précédents. On l'appelle pour un oui ou un non. Les demandes d'intervention pleuvent. Plusieurs obligations mondaines nous privent de sa présence. Il a eu beau nous raconter quelques anecdotes, entre autres sa rencontre avec Pompidou et Malraux à l'occasion de la garden-party des parlementaires dans les jardins de l'hôtel Matignon — et force est de reconnaître qu'il les imitait très bien —, nous promettre une visite du Palais-Bourbon à l'automne, hélas rien n'est plus pareil, c'est comme s'il ne vivait plus au bord de l'Élorn, là où toutes ces dernières années il nous a tant donné.

Gilles semble moins affecté que moi. Il passe de longues heures dans la tourelle ouest, fouille dans les papiers et les journaux du grand-père, avec son autorisation, recopie des cartes et rêvasse en feuilletant des ouvrages consacrés au château de Versailles et à l'hôtel des Invalides. Il me dissimule à quel point cet univers le fascine. J'ai évidemment entendu parler de Louis XIV et de Napoléon, mais jamais ces figures n'ont franchi le seuil de mon théâtre intime. Plusieurs fois, je dois l'arracher à ce bureau pour l'entraîner au fond d'une anse que nous aimons tant, dans les vestiges pourris d'une carène disloquée. Le décor de joncs et d'herbes hautes n'a pas varié, les poutres de l'embarcation ont rompu et se sont enfoncées dans la vase. Il reste sur une planche rescapée l'indication d'un nom : BRUME. Tant de fois, les années précédentes, nous nous sommes assis là, au creux même de la carène qui sentait l'eau stagnante et le sel, heureux d'être loin de la maison, de la surveillance des adultes et des obligations de la vie réelle. Ici nous pouvons être des pirates, des navigateurs inconnus, des chevaliers, des rois des terres désolées aux confins du monde. Ici nous n'avons de comptes à rendre à personne. Rien n'est si beau que le vent du soir lorsqu'il ride la surface de l'eau qui a envahi l'anse et fait vibrer les toupets des roseaux. J'ai l'illusion que tout recommence, que Gilles et moi sommes enfin hors du monde. C'est alors que nous pouvons échanger quelques secrets, quelques observations dont nous n'aimerions pas qu'elles parviennent aux oreilles des habitants du manoir, sans doute parce qu'elles comportent leur part d'obscénités et de provocations. Nous reculons sur les roches plates qui tapissent le bord de l'anfractuosité mi-lacustre mi-marine, de peur de sombrer avec les restes pourris de l'embarcation ; imperceptiblement, sans que nous ne nous en rendions compte, la marée a immergé une partie des joncs et des herbes, le ressac fait trembler les hampes de la poutraison démantelée…

Très étrange, très factice, comme joué, sera le dîner qui nous attend au retour de cette parenthèse heureuse et lacustre. Cinq couverts ont été disposés près de la baie qui regarde la rivière et la perspective des palmiers. Jean Tanguy préside, dos à la fenêtre, pour laisser la vue sur l'Élorn à sa femme et à sa fille. Il est là, ce soir, inquisiteur et plein d'humour : il veut absolument savoir où nous avions disparu. Nous sommes prêts à tout révéler de nos promenades dans les taillis et les boqueteaux, mais il est implicitement admis que le royaume de Brume ne saurait passer dans le monde de la parole et des adultes. C'est ainsi que nous nommons notre carène secrète qui, étant donné son état de grand délabrement, ne survivra pas à notre adolescence. Le grand-père feint de croire ce que nous lui racontons. Il s'efforce de rire, de narrer des anecdotes. Notre mère et notre grand-mère tardent à venir. Seule Anne apparaît enfin, le visage dévasté, les yeux rougis, comme si elle avait pleuré.

— Vous auriez dû commencer sans moi. Il a fallu que je conduise votre mère à la gare. Elle vous embrasse.

Inutile de nous concerter, la certitude d'une crise plus violente que les autres s'impose vite. C'est Gilles qui, avec gravité, ose le premier demander ce qui est arrivé.

— Rassurez-vous, mes chéris, répond Anne en se levant et en venant vers vous, rien de grave entre votre maman et nous… C'est autre chose, de bien plus triste — sa voix s'étrangle. C'est votre père. Il a quitté l'appartement et personne ne sait où il est…

Je crois avoir traversé la maison comme un fou et m'être réfugié dans les combles, par un lacis de galeries qui menaient sous les toitures des tourelles. C'était la première fois que je ressentais une telle douleur. Je n'étais pas certain de comprendre le drame qui se jouait, mais une terrible sensation de vide m'étreignait. Ce père reclus, muré dans ses recherches jusqu'à devenir une sorte de fantôme qui nous embrassait sans chaleur, mais sans animosité aussi, avait disparu. Ce devait être inscrit dans son isolement, dans son étiolement. Rares avaient été les moments d'intimité confiante, les paroles qu'il nous avait adressées. J'avais entendu notre grand-père Lucien Vègh soutenir qu'une intoxication au gaz dont il avait été victime lorsqu'il était étudiant pouvait être à l'origine de ce comportement bizarre. Lucien Vègh était aussi spectral et froid que son fils Thomas, rugueux, austère, peu démonstratif, allergique au dernier degré à la familiarité. C'était l'homme des dunes et des sables gris d'Ostende, le visage inexpressif, l'œil d'un bleu d'acier, une sorte de rictus toujours logé au coin des lèvres. À mesure que nous avancions en âge, nous avions tout fait pour éviter ces séjours dans la maison lugubre du bord de mer où notre passion était de regarder, jusqu'à la hantise, les chevaux caracoler à la limite des flots.

Ces images, cette tristesse m'envahissaient, perdu dans le labyrinthe des greniers, j'étais un corps brisé, secoué par le hoquet et la douleur. Confusément nous avions senti que nous étions les enfants de deux êtres que rien ne liait, sinon l'habitude et le sens de la parole donnée. Nous avions grandi en nous masquant l'évidence. Ces êtres passaient le plus clair de leur temps à se fuir parce qu'ils n'étaient pas faits l'un pour l'autre. J'avais auprès de moi ce double plus intelligent, plus réfléchi, plus talentueux qui me protégeait et, de mon côté, j'offrais à Gilles mon affection et ma fantaisie. Tous les signes convergeaient pour dire le naufrage de ce couple : il n'était que de voir le désordre bohème de l'appartement, les cartons et les piles de dossiers qui jonchaient le sol, les masses de livres que personne n'avait pris le temps de ranger, les toiles roulées, les cadres adossés aux murs. Un temps ils avaient pensé s'établir, faire de ce vieil et bel appartement un havre pour leur foyer et leurs amis ; quelques beaux miroirs, quelques lustres hollandais venaient de la famille Végh et tout cela était entassé parmi les dossiers d'étudiants et les créations épurées des designers qui attiraient tant notre mère.

Le capharnaüm dans lequel je sanglotais, imaginant

au comble de l'effroi mon père disparu à jamais, avait plus de charme et de poésie parce que tout y respirait la continuité des générations, l'harmonie et la cohésion de la mémoire familiale. Je pleurais toutes les larmes de mon corps. Je le croyais sec, tari et il en venait encore. Soudain des cris sont montés, j'ai entendu vibrer le petit escalier métallique de la tourelle. C'était mon grand-père qui arrivait, précédé de Gilles.

— Guillaume, criait-il, où es-tu ? Descends, je t'en supplie. Nous t'attendons. Tout cela a assez duré.

J'étais une masse tremblotante et exsangue. Alors j'ai senti des mains qui m'empoignaient, chaudes, sûres, et je me suis vu emporté comme dans le feu d'un ravissement céleste. Quelques minutes plus tard, j'étais étendu sur l'une des banquettes écossaises de la tourelle ouest, un plaid ramené sur mon corps. Fermé, l'air dur, Gilles avait réagi très différemment de moi. J'avais quitté un enfant, en fin d'après-midi, dans les débris de la carène. D'un coup l'annonce de la disparition de notre père l'avait projeté dans l'adolescence. Il m'était difficile de deviner qui m'avait descendu par l'étroite cage d'escalier, c'était sans doute mon grand-père, mais il ne me déplaisait pas de penser que c'était mon jumeau qui m'avait porté jusqu'à cette bibliothèque où, me semblait-il, comme souvent lorsqu'on était lassé par la succession monotone de journées pluvieuses, on avait allumé du feu.

Je n'avais plus une nette conscience des heures qui avaient précédé. En amont le sentiment d'une béance m'obsédait. On avait porté jusqu'à mes lèvres un breuvage âcre et fort dont les quelques gouttes que j'absorbai me déchirèrent la gorge. Dans le lointain, des voix résonnaient, feutrées, assourdies par l'état de semi-inconscience dans lequel je flottais.

« Ne t'inquiète pas, Guillome, disait une voix qui surpassait les autres, ton père reviendra, il a juste pris le large. Tout homme en éprouve la tentation à un moment ou à un autre. Moi-même, que de fois je l'ai eue ! Partir, tout quitter, se libérer de ce que la vie nous met de pesanteurs et d'entraves. Je crois que le père de Rimbaud est parti comme cela un jour. Surtout ne sombre pas, ne te laisse pas aller. C'est un trou noir, c'est vertigineux comme l'escalier de la tourelle par lequel tu es redescendu du grenier tout à l'heure, mais après tu retrouves la chaleur, un peu de lumière. Tu as en toi, comme tous les êtres jeunes, autant de fragilité que de force. Ne laisse pas la place en toi à tout ce qui amollit et qui détruit. Cuirasse-toi. Un soir d'automne, j'étais à peine plus âgé que toi, je suis rentré de l'école. C'était un jour d'octobre, au moment des grandes foires qui rassemblaient tous les paysans du Léon. Avec des copains, j'avais pris à travers champs un autre chemin, si bien que je n'avais pas rencontré ma grand-mère qui, elle, était passée par celui que j'empruntais d'ordinaire. Lorsque je suis arrivé dans la cour de la ferme, tout le monde était immobile, raide, figé dans la belle lumière qui m'avait donné des envies d'école buissonnière. Je n'ai pas compris tout de suite ce qui se passait. Ce n'est que quelques instants plus tard, quelques instants longs comme l'éternité, que j'ai aperçu, ensanglanté, le corps de mon père étendu au milieu de la cour. Je me suis précipité pour l'embrasser, mais on m'en a immédiatement empêché en me conduisant dans la maison. Dans ces familles léonardes, on ne parlait pas, on ne pleurait pas. Il a fallu quelques minutes encore pour que j'apprenne ce que ma grand-mère m'aurait dit si je l'avais croisée en route. Prise d'une subite crise de folie, la postière que mon père était en train de sangler l'avait brutalement jeté à terre avant de le défigurer à coups de ruades. Lorsque les garçons de ferme avaient entendu des cris, il était déjà trop tard.

« Je voulais ce soir vous raconter cela parce que je suis sûr que vous, vous reverrez votre père. Moi j'ai grandi, je me suis fait, dans la rage et la douleur, avec le souvenir de ce corps veillé par sa famille et ses serviteurs dans la lumière d'octobre. J'ai souhaité aux générations futures plus de douceur que je n'en ai connue. Et je ne vous parle pas de la guerre. Vous, mes phares, tenez bon. Soyez toujours lumineux, malgré les tempêtes et les drames. Le mal et la mort ne cessent de rôder. Mais vous avez une grâce, une énergie qui vous sauveront. Je n'avais pas quatorze ans quand j'ai vécu la scène que je viens de vous raconter. Ce soir, je tremble à la revivre. Ces murs l'ont rarement entendue parce que je n'en parle jamais. Je ne suis pas même certain que votre mère l'ait un jour entendue de ma bouche. Je me suis construit autour de cette inguérissable blessure d'automne. Je vous livre cette nuit ce souvenir, à vous que j'ai toujours considérés comme mes fils… »

Cet été qui avait commencé dans la joie d'une victoire reste dans mon souvenir comme une saison voilée. C'est la foudre qui est tombée et a tout calciné sur son passage. J'ai souvent vu dans la campagne des arbres foudroyés réduits à l'état de moignons noircis : je croyais y deviner des athanors ou des refuges de sorcières. Je suis ce moignon brisé, et Gilles, qui ne parle de rien comme si l'évocation de ce départ lui était insupportable, malgré une certaine impassibilité, paraît aussi atteint que moi. Nous restons à Loscoat en attendant le retour de notre mère sans cesse différé. Elle campe à Lille dans un appartement déserté — notre père serait parti avec tous ses papiers — en espérant un signe de vie ou les premiers résultats de l'enquête. Un temps, il sera même question de nous inscrire à la rentrée dans un établissement de Landerneau.

Insensiblement nous avons repris le rythme de nos promenades et de nos rites. Nous aimons toujours guetter les premiers frémissements de la marée dans les vestiges de notre royaume de Brume. Nous n'avons même plus besoin de mots : le bruissement des joncs, les cris des mouettes qui annoncent le flot nous suffisent. Plus que jamais nous sommes deux, silencieux, une blessure sourde au cœur, en accord avec le monde. De la rivière ou de la route qui surplombe l'anse, personne ne peut nous voir.

— Tu te souviens, dis-je à Gilles, autrefois on croyait voir des drakkars glisser sur l'Élorn, des bateaux de pirates avec des voiles noires et des têtes de mort…

— Tapis-toi, me souffle-t-il, ils arrivent… Ils viennent du Nord dévaster les fermes et les abbayes… Ils adorent s'enfoncer dans ces rivières calmes qui sont comme des fjords…

Un frisson me saisit à l'évocation de l'intrusion de ces brutes guerrières. Jamais le passé pourtant proche encore de la dernière guerre n'a éveillé en moi la même peur. Que de fois pourtant nous avons entendu notre grand-père raconter les perquisitions et les rafles des Allemands, le combat des maquisards dans les landes du centre de la Bretagne, la destruction de Brest et l'incendie de l'abri Sadi-Carnot, mais notre imaginaire, surtout lorsque nous nous aplatissons dans les restes de la carène disloquée, est toujours hanté par les figures sanguinaires des invasions mythiques, plus dépaysantes, plus flamboyantes, comme surgies d'un amont intact.

Nous fuyons le manoir cet été-là, Anne est inquiète, fébrile, et depuis la révélation de la disparition de notre père, Jean Tanguy s'est plongé dans une forme de rumination muette de laquelle il semble ne plus vouloir sortir. Ce sont toujours les lieux reculés qui nous attirent, loin des circuits trop frayés, les poches silencieuses où nous espérons trouver une intimité mystérieuse. Il y aurait bien le grenier de Loscoat dont j'ai aperçu les richesses le soir de ma fuite douloureuse, mais ce serait s'exposer à être surpris et peut-être à entendre des choses que nous voulons le plus loin de nous, sans doute parce que nous devinons à quel point elles pourraient nous blesser.

Non loin de l'anse de notre royaume marin, en traversant une succession de taillis que jusque-là nous n'avions jamais explorés, tout au fond de ce qui avait dû être un parc aujourd'hui envahi de broussailles, nous avions découvert une chapelle comme fondue à la nature, avec une charpente splendide et un plafond bleu constellé d'étoiles, une lumière verte, acide, qui coulait des fenêtres, entre les éclats des vitraux et les résilles de lierres. La première fois, une forme de timidité, la peur aussi d'être surpris par les occupants de ce parc oublié, nous paralysaient, puis nous nous étions glissés dans la nef étrangement vierge de toute végétation, comme si d'improbables pèlerins avaient pris l'habitude de venir prier là. Il ne restait pourtant aucune statue, aucune veilleuse qui signalât la présence d'un culte, rien sinon ces hautes ouvertures aux motifs indéchiffrables et à présent largement entrelacés d'arabesques végétales et un autel immense, ventru comme un coffre et sur lequel demeuraient des traces de polychromie qui manifestaient l'opulence passée du mobilier. La porte du tabernacle était entrouverte et la serrure rouillée confirmait que la réserve sacrée n'avait plus servi depuis longtemps.

D'emblée, cette chapelle nous avait séduits, à cause de sa beauté mystérieuse et de sa situation, entre le parc saturé de rhododendrons et de bambous — il flottait dans le sous-bois un extraordinaire fumet de terreau noir, celui des landes celtiques — et l'Élorn dont les marées venaient mouiller les grèves invisibles, de l'autre côté des murailles et des arbres proliférants. Plus que la lumière de carène engloutie qui nous rappelait notre royaume de bord de mer, ce qui nous grisait dès que nous nous aventurions dans la nef, c'était cette odeur de terre et de boiseries pourries, de lambris baroques rongés par la progression de microscopiques insectes. Et nous ressentions soudain comme l'attraction d'un centre, d'un foyer qui nous happerait, le tabernacle mystérieusement ouvert aux dimensions de la chapelle, les profondeurs secrètes de l'autel. Nous avancions, tétanisés, comme en apesanteur, nous aurions pu flotter, il n'y avait plus de bruit, c'était comme si nous avions glissé dans une fosse marine dont notre royaume de Brume n'était que le prélude.

Plusieurs fois nous nous étions assoupis là, à l'orient extrême, l'un près de l'autre, cachés entre le maître-autel et le mur de l'abside, loin de tous, dans un complet état de confiance et d'abandon, malgré la menace et l'inconfort de l'endroit. Nous nous relevions en sentant la moisissure et les fougères pourries. Nous avions oublié tout ce qui pouvait nous assombrir. Sur le chemin du retour, le vent marin achèverait de nous purifier.

Cette vie secrète nous était absolument nécessaire. Nous avions toujours eu besoin de cette marge, de ces retraits qui nous permettaient de respirer, moi plus encore, loin de l'univers des adultes.

— Pourquoi disparaissez-vous ainsi ? demandait Anne. Et toujours à l'heure la plus chaude.

Elle nous faisait miroiter des promenades, des découvertes d'enclos paroissiaux et d'églises qui ne nous excitaient guère.

— Y aura-t-il un ossuaire ? Une représentation de l'Ankou ?

Il n'y avait pas d'ossuaire et de représentation de l'Ankou dans toutes les églises et Anne ne savait pas mentir. Elle était de ces femmes très droites qui ont été élevées dans une sainte horreur du mensonge. Nous avions beau lui dire que nous restions sur les rives de l'Élorn, cela ne la rassurait guère. Elle craignait les vipères, les aspics, les frelons, toutes les bêtes venimeuses que nous pouvions croiser en chemin.

— Comme si la maison et le jardin ne vous suffisaient pas… C'est péché ! laissait-elle tomber, résignée.

Cette formule, qu'elle employait parfois, avait le don de nous faire rire. Elle croyait d'ailleurs que nous nous moquions d'elle et faisait mine de s'irriter.

— Vous êtes un bloc. J'ai toujours l'impression d'avoir deux contre moi.

Pour nous faire pardonner, il nous arrivait de renoncer à nos escapades et de rester auprès d'Anne, dans sa magnifique cuisine de faïences blanches et bleues, tandis qu'elle cuisait ses langoustines — la passion de notre grand-père — ou qu'elle préparait ses gâteaux, kouign-amann, pâtes brisées. De nous avoir là, sous son regard, la rassurait. Si nous l'interrogions sur notre père, ce n'étaient que paroles douceâtres et convenues. Impossible de lui arracher des confidences sur ce qui était à l'origine de la faillite de ce couple, sur les motifs profonds de la mésentente. « Circulez, il n'y a rien à voir ! » semblait-elle penser lorsque nous nous permettions l'un et l'autre d'insister. Et elle regrettait presque de nous avoir gardés auprès d'elle.

Je crois que Gilles serait volontiers resté lire ou méditer dans sa chambre ou dans l'une des tourelles. Depuis ma fuite éperdue dans les greniers, l'idée de rester là enfermé m'était intolérable. Les atlas, les journaux, les encyclopédies, les beaux livres illustrés ne manquaient pas dans cette maison remplie, des salons aux combles, de bibelots et de reliures. À plusieurs reprises, d'un signe, sans avoir à passer par les mots, je fis comprendre à mon frère que j'étouffais et que si je rêvais aussi de lieux clos, je ne les envisageais qu'immergés dans la nature. En classe, je savais m'acquitter des devoirs et des exercices, mais je n'avais pas de passion, à la différence de Gilles, pour la chose scolaire. La perspective de retrouver le nord, le brouillard, l'appartement déserté m'emplissait d'une peur sourde. Fût-elle silencieuse et en demi-teinte, la présence de notre père était bien réelle. Il était là quand nous rentrions, l'air hébété, posté comme un extraterrestre dans ces pièces jamais aérées qui sentaient le tabac froid. Son retour était peu probable. S'il réapparaissait, ce serait sans doute pour réclamer le divorce et la liquidation des comptes. J'imaginais avec horreur un déménagement qui équivalait pour moi à une errance infinie. Ces pensées me traversaient comme le feu. Il n'y avait alors que l'immersion dans notre chapelle cachée qui pût m'apaiser. Elle était pour nous la nef des étoiles et des fougères et nous nous étions amusés à croire qu'un souterrain partait des soubassements du maître-autel et la reliait au rivage ou au cœur du parc impénétrable. La légende de cet édifice, telle que nous l'avions brodée, me permettait d'oublier tout le reste.

Le corps d'un noyé avait été déposé par les vagues sur les berges de l'Élorn. On avait parlé d'un désespéré qui s'était jeté depuis le pont de Plougastel. Il s'agissait peut-être aussi plus simplement d'un naufragé que le flot avait repoussé sur les grèves, quelque part entre notre royaume de Brume et la chapelle. Nous aurions très bien pu trouver le cadavre à l'occasion de l'une de nos expéditions. C'était un promeneur qui avait aperçu la masse indistincte qui gisait parmi les cordons d'algues. Nous fûmes privés de sortie, comme si la marée eût dû rejeter un nouveau corps. Les superstitions et la pusillanimité d'Anne nous agaçaient.

— C'est quoi pour toi la mort ? demanda Gilles, le soir de cette macabre découverte, à notre grand-père.

Nous l'avions toujours vu ainsi en fin de journée, près de la fenêtre ou au coin du feu, lire avec beaucoup d'attention la presse régionale. Il disait qu'il prenait ainsi le pouls du pays et que c'était primordial dans sa nouvelle mission. La question de Gilles dut lui paraître si saugrenue qu'il le fit répéter.

— Pourquoi me demandes-tu cela ? répondit-il d'un air bougon.

— J'y pense parce qu'on a trouvé un cadavre sur la grève, pas très loin d'un endroit où nous allons jouer…

— Je sais… Tout près des restes du bateau Brume. Je n'aurais pas aimé trouver cet homme, mais crois-moi, j'en ai vu d'autres… J'ai, hélas, dû aller récupérer les corps de quelques-uns de mes ouvriers qui étaient tombés de leurs échafaudages. Il y a cette réalité abominable d'une chair défigurée, il y a aussi sa propre mort et ce que l'on entrevoit après. Mon éducation, la foi reçue de mes ancêtres, tout devrait me porter à croire qu'il y a quelque chose après… Je suis chrétien et il m'arrive d'aller à la messe. N'importe qui me poserait la même question, j'esquiverais. Mais à vous je dois la vérité. Depuis un certain jour d'octobre de 1920, depuis que j'ai vu le corps de mon père étendu sur le placître de sa ferme, toute croyance véritable m'est interdite. Si je réfléchis vraiment à ce qui m'attend, je vois ce trou noir dans lequel j'ai sombré en hurlant quand j'ai compris que je venais de perdre mon père… Mais cela, je vous en supplie, gardez-le pour vous. Tout au bout du Finistère un mécréant n'a pas d'avenir politique !

Peu de temps après cet aveu, quelques jours avant notre départ pour Lille, juste au sortir du dîner, au moment de son rituel digestif dans la tourelle, il nous a fait venir auprès de lui. Il avait l'air souriant et apaisé.

— Qu'avez-vous fait aujourd'hui ? nous a-t-il demandé.

— Nous avons traîné par là, avons-nous répondu en chœur.

— Du côté du bateau Brume ?

Il continuait à sourire si bien que nous nous sommes pris à penser qu'il nous avait peut-être suivis lorsque nous nous aventurions du côté de la chapelle. Une chape d'absolu secret pesait sur le cadastre de nos promenades et aucun aveu ne sortirait jamais de notre bouche.

— Il y a quelque chose d'étonnant dans l'enfance, a-t-il repris, c'est cette faculté que nous avons à fabriquer du merveilleux à partir de rien. Enfant, avec quelques branchages, j'ai construit des moulins dans les rivières, j'ai rêvé en regardant les laminaires que la marée laisse sur le sable, je comprends pourquoi toutes ces indentations du rivage, ces embouchures de ruisseaux au ras des vasières, tous ces vestiges de barcasses qui croupissent à la lisière des grèves et des prairies peuvent vous attirer. On dit qu'on disposera bientôt de jouets fantastiques, que l'homme marchera sur la lune. Restez comme vous êtes, continuez à rêver, à imaginer à partir de choses simples, élémentaires. N'oubliez pas cette vieille maison, ses habitants, la terrasse avec la perspective de la mer qui arrive. J'aimerais que vous vous sentiez toujours ici chez vous. Dans cette maison et dans tout le territoire qui l'entoure, avec ses bois, ses terres rapiécées d'eau, ses mousses, ses vieilles murailles. Si je savais encore prier, je demanderais qu'on ne vous enlève jamais votre esprit d'enfance, et Dieu sait si tout conspirera pour vous l'ôter, les soucis, l'adolescence, l'envie d'être de son temps, de modeler son comportement sur celui des autres. Il n'y a pas de plus beau mot que celui de résistance. Évidemment, pas une résistance absurde, automatique, sans nuances. Résistez à tout ce qui nivelle et corrompt, tout ce qui vous enlève votre dignité d'enfants de l'Élorn. La vie est terriblement dure et décevante. On court sans cesse, et moi le premier, après l'argent, les honneurs, un rôle dans la société des hommes. Nous sommes tous des sortes de marionnettes avides et grotesques, et le drame que j'ai vécu à quinze ans et dont je revois les images chaque jour que Dieu fait, ne m'a même pas donné la sagesse nécessaire pour que je tente de m'extraire du lot.

À cet instant, il nous fit venir près de lui. Quelque chose nous intimidait dans son ton, dans l'intensité de son regard.

— Je ne suis pas éternel, Anne non plus hélas même si elle est un peu plus jeune que moi, mais sachez bien que vous pouvez compter sur nous. Cette maison, c'est à vous qu'elle reviendra un jour et c'est déjà la vôtre. Nous ne savons pas ce que décidera votre mère. Il est peu probable qu'elle reste à Lille. Je crois que la greffe n'a jamais pris. Il y a pourtant une beauté du Nord à laquelle je ne suis pas insensible. Où que vous alliez ensuite, considérez cette maison comme un refuge, sautez dans le premier train, venez ! Et si j'ai un jour à faire le choix entre la politique et vous, ce sera vite vu. Je sais aussi qu'on fera tout pour vous séparer. Votre entente presque siamoise dérange. Longtemps moi-même je vous ai confondus. Vous n'avez pas tout à fait les mêmes traits, et toi Guillaume tu as une voix plus rauque, plus caverneuse. Votre force absolue, c'est ce lien magique qui vous unit et fait de vous, je l'ai toujours dit, des êtres plus beaux, donc plus fragiles et menacés par la mesquinerie du monde. La lumière qui émane de vous, et que nous sommes peu à saisir, aura éclairé cet étrange été, l'un des derniers de ma vie sans doute. Je suis à ma façon une épave, rongée de l'intérieur, comme le gaullisme finissant, comme le bateau Brume. Au prochain soubresaut, le Général sera renvoyé, pas à Baden-Baden, à Colombey. Je ne suis pas certain d'avoir envie de servir ceux qui viendront après lui. Cela me donnera du temps pour être avec vous. Filez ! Je vous ai trop longtemps retenus. En fils de l'Élorn que vous êtes, allez contempler dans les vestiges du bateau Brume les étoiles qui brillent sur la rivière…

Nous avons suivi son conseil pour ce dernier soir breton, nous sommes sortis en empruntant dans la haie un de ces passages secrets qu'utilisent aussi les loutres lorsqu'elles descendent sur le rivage. Il faisait frais. Au-dessus des arbres qui avaient disparu dans une même bordure d'encre, le ciel commençait, pur, dégagé, incrusté de milliers d'étoiles. Du manoir, on ne distinguait rien, pas même les tourelles. Jamais l'Élorn n'est si belle que lorsqu'elle envahit tout, les festons des anses, les embouchures des petits cours d'eau qui arrivent des prairies, les bancs de goémon.

Une sorte de dégoût m'avait toujours saisi dès que j'approchais de leurs longues chevelures gluantes et mordorées et je n'avais aucune envie de les soulever pour découvrir les coquillages et les crustacés qui vivaient entre les algues et la vase. La rivière nous offrait son miroir, pas même secoué d'un léger clapot.

Il n'était pas pensable d'aller jusqu'aux vestiges du bateau Brume : la marée les avait submergés. Le chemin était irrégulier, à la suture des grèves et des prairies, encombré de ronciers et d'ajoncs. L'extraordinaire tristesse que j'avais ressentie en écoutant les paroles presque testamentaires de mon grand-père s'était dissipée et je savais ce qui me faisait aller, avec mon frère, vif, intrépide, dans la nuit qu'éclairait seulement un croissant de lune. C'était le grand air, la joie de marcher dans ces paysages que nous aimions plus que tout et que nous connaissions jusque dans leurs moindres replis. Il ne se trompait pas, notre grand-père, lorsqu'il nous appelait « les enfants de l'Élorn ». Une forme de connivence s'était nouée avec ces rives, à partir du moment où nous avions élu notre royaume de Brume. Rien ne comptait plus pour moi dès que j'allais, presque sauvage, au bord de cette rivière qui me fascinait parce qu'elle était plus qu'une rivière avec ses eaux qui partent et reviennent, ses anses noires et vaseuses que le flot change en minuscules lacs, ses propriétés abandonnées dont les parcs embroussaillés débordaient de lianes et d'herbes folles.

Gilles — il me le dirait plus tard — ne partageait pas jusqu'au bout mon enthousiasme, mais il me suivait. Sans doute ne parvenait-il pas à se délivrer de l'angoisse des jours noirs qui nous attendaient. J'aurais volontiers crié ma joie à la face des étoiles et des eaux, une forme de timidité le retenait. Et puisque, cette nuit-là, le bateau Brume avait sombré sous les vagues qui envahissaient l'Élorn, il ne restait qu'un lieu susceptible de nous accueillir : notre chapelle. Tant de fois cet été nous avions parcouru ce chemin que nous l'aurions trouvée même dans une opacité d'encre. Au bout des accidents de l'ancien sentier des pêcheurs, elle était comme un aimant, elle nous attirait et nous n'avions qu'à céder à son appel.

Ces lieux nous inquiétaient depuis la découverte récente du cadavre. À tout moment la mer pouvait en déposer un nouveau sur la rive, tout au bord du sentier de la chapelle. Nous n'y croyions pas vraiment, mais la peur jouait comme un aiguillon. À tout instant aussi, nous pouvions déraper, glisser dans les prairies marécageuses et les petits étangs qui creusaient çà et là les berges. Cette exploration tardive était insensée, une fois encore nous étions allés trop loin. Jean Tanguy avait seulement parlé des étoiles qui se miraient dans l'eau, pas de ces lointains sauvages où nous ne trouverions aucun secours. L'envie d'entendre grincer les charnières de la porte du sanctuaire était plus forte que tout, l'envie de nous couler au fond de la chapelle, dans cette nuit noire qui sentait les remugles et l'urine de chauves-souris. Sans doute était-ce là que nous voulions nous allonger comme ces gisants disparus qui avaient habité la nef, tout près de l'Élorn qui glissait, souveraine sous sa crinière d'étoiles, dans une crypte qui n'appartenait qu'à nous et où nous voulions, une fois encore, mesurer la vigueur de notre pacte et de nos secrets.

# LE CYGNE SACRIFIÉ

C'est un souvenir atroce que nous avons gardé de la rentrée de septembre 1968 puisque nous nous retrouvâmes à la frontière belge dans un pensionnat miteux qui puait la soupe et la misère. Nous n'étions là que pour quelques semaines, le temps pour notre mère de s'installer à Paris où elle comptait reprendre des études de droit. Nous avions passé quelques heures dans l'appartement déserté de Lille, le temps de rassembler nos affaires. Celle qui se ferait désormais appeler Catherine Tanguy — la disparition du nom de Vègh sur la porte de notre ancienne maison m'avait serré le cœur — semblait décidée à effacer toute trace du passé. Elle s'était rendue à Ostende et avait rencontré Lucien Vègh, son beau-père qui n'avait eu aucun contact avec son fils depuis la fin juillet. Rien ne laissait penser qu'il s'agissait d'un suicide puisque Thomas Vègh, avant de partir, avait pris soin d'emporter les papiers et les dossiers auxquels il tenait le plus.

Notre mère était étrange, chaleureuse mais absente, rongée par un tourment qu'elle avait de la peine à dissimuler. Nous aurions été si bien à Landerneau, mais la liberté que nous avions prise et la tentation de l'école buissonnière lui faisaient craindre pour le sérieux des études. Tandis qu'au pensionnat de Limburg qui sentait la poussière et le chou, cadenassés parmi les fils à papa récalcitrants des grandes familles flamandes, nous ne risquions rien, sinon la dépression et l'apprentissage de la médiocrité. Je pense qu'elle n'a jamais voulu voir l'épouvantable claustration qu'elle nous avait infligée. Officiellement nous étions dans un pensionnat prestigieux et exigeant, et je le redis, pour quelques semaines.

Ce furent des mois où je me sentis dévoré par l'angoisse et la désolation. Un des pères, qui enseignait les mathématiques, me prit vite en grippe parce que j'étais trop insolent et que je ne savais rien faire sans mon frère. Dans un premier temps, il me sépara de Gilles avant de m'exiler dans une autre classe où j'eus l'impression de me retrouver face à des brutes. J'apercevais encore mon frère au réfectoire et au dortoir, mais il me semblait que nous étions sous une surveillance constante. « Du large, cessez d'être collés l'un à l'autre, ça va finir par être contre-nature », hurlait-il avec une violence que je n'avais jamais vue. Il me restait les toilettes, un misérable réduit sous un escalier où on entassait des balais pour pleurer, le plus silencieusement possible, comme une bête traquée.

Les murs de brique, les parquets délavés et grossiers que nous devions lessiver à grande eau, les cours grillagées pour prévenir toute désertion, tout était conçu comme une prison où je n'apprenais rien et où, pire, j'avais la sensation de me vider de mes forces. Il y eut jusqu'à la fin de cet automne terrible un ou deux week-end à Ostende dans une maison glacée, face à un grand-père aimable mais profondément neurasthénique. Aucune intimité véritable ne m'avait lié à lui, il discutait surtout avec Gilles qui, dans la douleur, avait le don de tout masquer et de faire le crâneur, ce qui m'énervait au plus haut point. Je passai des heures à regarder les vagues et les chevaux en feuilletant des planches de Van Eyck et de Vermeer, comme un automate transparent qui aurait disparu du monde des vivants. Personne ne me voyait plus. Le retour à Limburg m'effondrait. J'avais l'impression de sentir la crasse et le chou. Les cours, les exercices, tout manquait d'invention et de fantaisie : c'étaient des litanies idiotes, des catalogues de dates et de noms, des conjugaisons et des biographies qu'on nous obligeait à apprendre par cœur, et le jour de la récitation, à la moindre hésitation, l'élève était sanctionné, que dis-je, pulvérisé.

J'avais trouvé mieux que le réduit sous l'escalier : profitant de la bienveillance d'un jeune frère chargé de garder la chapelle, j'avais pris l'habitude, à l'heure de midi et en fin de journée, de m'y réfugier. Le Saint-Sacrement était exposé. Ce n'était pas ce soleil d'or, que je trouvais clinquant avec ses élytres, qui m'attirait, mais le souvenir de l'Élorn et d'une autre chapelle, des heures d'immobilité songeuse dans les débris du bateau Brume, de nos immersions dans la nef végétale sous la voûte bleue piquetée d'étoiles. Voyant sans doute en moi un jeune dévot, le frère m'accueillait toujours avec le sourire. Il n'imaginait rien de la rage que je sentais monter.

Un soir de décembre, juste avant l'immonde dîner — avec sa sempiternelle soupe au chou et sa viande aussi dure qu'une semelle — je déclarai à Gilles que j'allais partir.

— Tu ne peux pas faire ça, tu nous mettrais dans une situation intenable.

J'ai toujours détesté les collabos…

Ce fut ma réponse. Puis je rentrai dans le rang. Je

connaissais l'existence d'une petite porte non loin de la chapelle par laquelle entrait le personnel extérieur. Elle devait être verrouillée. À tout hasard, déjouant la vigilance des pions, j'allai vérifier. J'avais trouvé la brèche dans la prison de briques ruisselantes : alors je n'hésitai pas et m'enfuis. Dans la nuit, seul, ivre d'une force qui m'aurait mené au bout du monde, j'ai marché jusqu'à la première gare. Un train était à quai, rempli de militaires qui jouaient aux cartes et buvaient de la bière. J'ai menti sur mon âge et me suis mêlé à eux. J'ai simplement demandé la destination :

— Paris bien sûr, m'a-t-on répondu, mais demain à l'aube !

Un frisson m'avait saisi. J'étais mineur, rien ne justifiait ma présence parmi ces bidasses et c'était la première fois que je voyageais seul, sans la compagnie d'un adulte ou celle de mon frère. Au collège, on devait me chercher partout. On attendrait le lendemain pour prévenir ma mère. Il fallait encore échapper à la surveillance des contrôleurs, je me faufilerais dans la cohue pour me retrouver seul dans une ville que je ne connaissais pas. J'avais eu la précaution d'emporter de l'argent, je saurais bien prendre un taxi, j'avais vu mes parents le faire.

Un des militaires me regardait étrangement. La peur m'envahit et je me glissai dans une autre voiture. Un désordre extrême régnait à la gare du Nord, des manifestants avaient investi les voies. J'étais sauvé. Au chauffeur qui s'étonnait de voir un adolescent débarquer si tôt, je dis un brin cérémonieux :

— Monsieur, pourriez-vous me conduire au Palais-Bourbon.

— À la Chambre, tiens donc, répliqua l'homme, goguenard. On aura tout vu !

Je n'étais pas dépaysé : Paris était enténébré, glacial et mouillé. Par chance j'avais assez d'argent pour payer la course. Je me retrouvai seul, sur une place carrée et vide, au pied d'un grand portique. Il devait être un peu plus de sept heures. Et avec la même voix cérémonieuse, je déclarai au factionnaire qui se tenait dans une guérite :

— Je viens voir M. Jean Tanguy, député du Finistère. Je sais qu'il est bien tôt, mais c'est très urgent. C'est de la part de Guillaume Vègh, son petit-fils.

— On va le prévenir, répondit le gendarme qui, malgré l'heure matinale, ne m'avait pris ni pour un fou ni pour un amateur de canular.

Quelques minutes plus tard, j'étais conduit jusqu'à mon grand-père qui prenait son petit déjeuner, en robe de chambre, dans un minuscule bureau. Épuisé par mon escapade, ivre de joie et de douleur, je m'effondrai dans ses bras.

C'est ma mère, glaciale, furieuse, qui vint me récupérer au Palais-Bourbon où mon grand-père m'avait invité à m'installer comme si j'eusse été au bord de l'Élorn. Il n'y avait rien de plus terrible pour elle qu'un enfant fugueur. Ma disparition lui avait causé une frayeur comme elle n'en avait jamais vécu. J'avais brisé toutes les règles de confiance, tous les pactes en abandonnant mon frère. À l'entendre, j'étais un bon à rien, de la race des malfrats. Elle avait évidemment attendu que nous fussions loin de mon grand-père qui l'avait adjurée d'être clémente pour laisser exploser sa colère et son dépit. Il y avait dans ces moments chez cette belle jeune femme une violence qui me la rendait étrangère. Et je savais qu'elle comprenait ma tristesse, cette impression d'un épouvantable exil qui s'était abattue sur moi. On aurait bientôt un nouveau collège dans la région parisienne. Un de ses collègues avait parlé à mon grand-père d'un excellent établissement tenu par les oratoriens à l'est de Paris. J'étais prêt à tout, mais je ne voulais plus de Limburg et de son odeur de chou.

Ces journées d'hiver, juste avant Noël que nous devons passer en Bretagne, restent vacantes et heureuses, irréelles aussi puisque je suis déchargé de toute obligation scolaire, à Paris, dans un hôtel près du jardin du Luxembourg, tantôt avec ma mère, tantôt avec mon grand-père qui s'absente volontiers de l'Assemblée nationale pour me montrer les quais de Seine, le dôme des Invalides et le tombeau de Napoléon, le Champ-de-Mars, Notre-Dame. Ils me promènent comme si j'étais un convalescent et il y a de cela, tant le traumatisme du pensionnat a été terrible, et la folie de la fugue aussi dans le train aux bidasses. Désormais, pendant longtemps, on me croira capable de tout, des plus noirs desseins. Dans l'harmonie lumineuse des jumeaux, chérie avec distance par ma mère et idéalisée par mon grand-père, je porte le signe de l'ignominie, j'ai osé sauter dans le premier train comme un voyou. Plus tard, au collège de J., précisément, où nous vivrons des jours plus heureux, je rêverai aux fugues de Rimbaud qu'alors je connais encore très mal. Je suis celui qui a fait sécession, ce qui est insupportable aux yeux de ma mère et certainement plus encore à ceux d'Anne dont je crains la réaction. Nous marchons sur les quais des bouquinistes, le long d'un fleuve boueux et secoué de courants. Je sens sur moi le regard permanent d'une femme qui craint une nouvelle escapade. Elle est raide, inquiète, comme si pesait sur elle la malédiction de la fuite. Trop de choses non dites hantent ces journées d'hiver qui sont pour moi, malgré l'absence de Gilles, de vrais moments de liberté. Sans doute aimerais-je en savoir plus sur notre père, sur son mystère, sur son inaptitude à vivre dans la réalité. Rien ne viendra vraiment et dans le peu que j'entends, passe surtout une volonté de revanche, l'envie de mettre au tombeau une période dont nous sommes les deux survivants, le désir d'une nouvelle vie, libre, heureuse, entourée, avec de la considération et une aisance matérielle. Catherine Tanguy n'a pas quarante ans et elle rêve enfin de prendre son envol.

Ce dernier jeudi avant Noël, nous devons dîner du côté du Palais-Bourbon. Lorsqu'il nous rejoint, mon grand-père a quelque chose pour moi : c'est une lettre de Gilles. Je suis tout tremblant et demande à m'isoler un moment pour la lire.

*Limburg, le 18 décembre*

*Mon cher Guillaume,*

*Ton éloignement — le premier depuis notre conception ! — m'a vraiment attristé. Les jours sont lugubres ici. Sans toi ils tournent à l'enfer. Je n'ai pas imaginé un seul instant que tu pouvais être mort, comme les pères voulaient nous le faire croire, parce que je savais que tu avais fui. C'est ce que tu avais voulu m'annoncer en me traitant de « collabo ».*

*Je devrais t'en vouloir de m'avoir abandonné. Ils ont tout fait pour nous séparer, pour montrer l'absurdité et le danger d'une trop grande proximité. Je ne t'en veux pas parce que c'est à moi que j'en veux. J'ai été trop docile, j'ai cédé à leur arrogance, j'ai rompu le pacte de notre royaume de Brume. Devant toi, j'ai perdu la face. Et surtout, pour la première fois de notre vie, alors que tout ce que tu ressens vibre en moi et réciproquement, je n'ai pas mesuré ta souffrance dans ce pensionnat abominable. Je sais que tu me pardonneras ce que j'aurai beaucoup de peine à me pardonner. Ces pères médiocres et méchants, dont l'enseignement est de la bouillie pour les chats, ont tout fait pour nous séparer, et je me suis couché et je t'ai manqué. J'entends encore ce beau mot de résistance qui résonnait sur les bords de l'Élorn. Je n'ai pas résisté et j'accepte de porter ce mot terrible qui est plus qu'une injure.*

*Pardon encore. Songe à ce que nous nous disions dans la chapelle. Je te redis ces mots qui ne peuvent être écrits, ils montent du souterrain, du précipice aux lierres et aux chauves-souris…*

*Encore quelques heures et je serai libéré de ce cauchemar. Mais sans ton panache.*

*Je t'embrasse honteusement,*

*Gilles*

## CARNET VERT

(Notes intimes)

Je suis tout sauf un écrivain, encore moins un artiste. Je n'ai jamais eu la sensibilité, la fibre songeuse de Guillaume. En Bretagne, déjà, c'est lui qui m'entraînait. On m'a toujours prêté un ascendant, une prééminence que je conteste. Ce n'est pas parce que je suis né quelques minutes avant lui que je jouis d'une quelconque autorité. J'ai retrouvé ce carnet en février 2005 dans le grenier de Loscoat alors que je revenais ici comme un gueux, l'âme noire, triste à en mourir. J'avais tout perdu en quittant ce ministère qui marquait le sommet de mon ascension. À Paris, j'avais craint l'acharnement, la meute lancée à mes trousses, la curée.

Les gens d'ici ont une grande réserve. Sans doute m'avaient-ils élu si facilement en 1993 parce que Jean Tanguy leur avait laissé un souvenir incandescent. Et parce que j'étais d'une certaine façon des leurs, même si j'avais grandi loin du Finistère, ils me respectaient et leur silence me protégeait. Guillaume m'a raconté qu'à Paris, non loin de son atelier, des jeunes excités l'avaient insulté en le traitant de voleur. Ils prenaient l'artiste pour l'homme politique. Cette confidence m'a surpris. Nous avions vieilli et, pour moi, il y avait longtemps que nous ne nous ressemblions plus.

La maison de l'Élorn avait quelque chose d'un peu lugubre lorsque je suis arrivé. Toutes ces années, elle avait été occupée de loin en loin et le seul qui y ait résidé dans la continuité, c'est notre ami Antonin Seblon, le cinéaste, que nous avions aussi connu comme le père François au collège de J. Le second s'était modestement enfermé dans son diocèse de Bourges tandis que le premier avait connu la lumière et quelques succès. Élise, ma femme, avait toujours été jalouse de la complicité que j'avais avec Antonin. Mais cette maison m'appartient en propre et elle n'avait rien à dire. Ce qui fait que lorsque Antonin m'a demandé d'y venir — officiellement pour filmer les moines de Landévennec et les paysages de la rade de Brest — j'ai accepté sans hésiter.

La maison était froide et moisie. Les tentures, les rideaux, tout datait de l'époque de mes grands-parents. Il restait quelques journaux, quelques magazines qu'Antonin avait dû lire avant son ultime hospitalisation à Brest. C'était la première fois depuis des années que je me posais et je flottais comme un drogué qu'on aurait privé de sa raison de vivre. J'ai éteint mon mobile et j'ai débranché le téléphone de la maison dont la sonnerie, un grelot insupportable, n'avait pas changé depuis l'enfance.

Dans la bibliothèque de Jean Tanguy, j'avais tout remis en place : les ouvrages sur les Bretons illustres, sur les pardons, les mémoires de De Gaulle, les romans de Bernanos et de Mauriac. Il y avait aussi les livres sur les grands monuments de Paris qui avaient enchanté ma jeunesse. Face à l'écritoire qui donnait sur la terrasse et, plus bas, sur la rivière, Antonin avait vécu ses derniers moments de contemplation avant le retour du mal. Ce n'était plus une maison : c'était une réserve de fantômes. Pourtant une sorte de sérénité me gagnait, je ne tremblais plus, je ne me retournais plus comme si des hordes d'indésirables m'avaient poursuivi. Je me suis établi dans une petite chambre, à l'étage, avec une vue lumineuse et dégagée du côté de l'Élorn et c'est là, en débarrassant le lit de toutes sortes de cartons et de paquets, que j'ai trouvé ce carnet vert qui m'avait accompagné pendant l'adolescence. Par quel miracle avait-il échoué là ? Avais-je moi-même voulu le protéger de regards indiscrets ? Il m'était impossible de répondre. C'étaient en fait plusieurs fascicules recouverts d'une épaisse toile verte, soigneusement liés par une mince ficelle.

Ma première réaction a été de les feuilleter, comme pour grappiller quelques mots, quelques dates. J'avais toujours entretenu une relation étrange avec mon passé, le présent avait peu de réalité, seul comptait l'avenir. J'étais incollable sur les dates des gouvernements de la V^e^ République et je connaissais à peine l'année de mon entrée en seconde et celle de mon bac ou les dates de naissance de mes enfants. J'ai refermé ce carnet et me suis assis, dans la tourelle ouest, dans le fauteuil où s'installait toujours mon grand-père. Il m'aurait fallu un whisky, mais il ne restait qu'un affreux vin cuit, trop liquoreux à mon goût. Comme entre les mains d'une femme inconnue, un soir dans un hôtel du bout du monde, je m'abandonnais enfin, le masque, les sourires, ce visage que je m'étais composé, tout tombait. J'aurais aimé appeler Guillaume. La peur de rallumer mon mobile et d'entendre que cinquante messages m'attendaient m'en dissuada. J'étais bien, j'ose le dire. Les fougères et le bois trop secs enfumaient la pièce. J'avais étendu mes jambes comme le faisait Jean Tanguy. Je dérivais… Des lieux défilaient à une vitesse vertigineuse, les quais de Seine, les abords du Panthéon, les palais officiels où j'avais exercé, une étrange bâtisse, triste, suintante, avec de hautes murailles hérissées de barbelés. Cet endroit m'obsédait et pourtant il n'était en rien lié à mon passé. Je ne me souvenais pas avoir été le captif d'une forteresse de briques. Et pourtant l'image de cette citadelle avec des coulures noires sur ses murs ne voulait plus s'en aller. Une solitude terrible m'oppressait comme si on m'y avait abandonné. Mon être déchiré. Le sentiment soudain d'une énorme béance en moi.

Dans la nuit qui marquait l'extinction de toutes choses, seul dans la maison sentant la fougère et le bois brûlés, je me suis mis à lire ces notes anciennes qui auraient pu être l'œuvre d'un étranger.

Décembre 1968

Il est parti. Je ne le crois pas mort comme tous le disent ici, pour mieux imposer leur terreur. Ce dortoir, cette classe sont d'épouvantables cachots. Il ne supportait plus l'enfer. Je suis un pleutre, un faible, un collabo, selon son mot. J'ai manqué de cran. Ils l'ont vite diabolisé, en disant que moi j'avais de l'avenir et que lui, ce n'était que de la graine d'échafaud. On va le retrouver, j'en suis sûr. Il ne peut être qu'à Lille ou à Paris. Je partirais volontiers à mon tour, mais je me sens épié. Je cache ce carnet entre mon matelas et le sommier.

Je l'attends. Je passe des heures à l'attendre. Le fait de ne plus l'avoir là près de moi, même si ici tout a été mis en œuvre pour nous séparer, me remplit d'une angoisse extrême. Je me cogne aux murs, aux grillages. Il faut que je le rejoigne.

Nuit affreuse. Réveillé par un cauchemar, je ne me

rendormirai pas. Le cadavre échoué sur la grève de l'Élorn l'été dernier est là et je le reconnais : c'est lui.

Quand nous nous retrouverons, j'espère que nous scellerons notre réconciliation dans la chapelle aux chauves-souris et aux lierres, l'un près de l'autre, en nous donnant nos noms secrets et en parlant cette langue qui n'est qu'à nous deux.

5 avril 1969

Quelques mois déjà que nous sommes ici, grâce à une intervention de notre grand-père, dans l'ancienne abbaye de J. Impression de beauté, d'intelligence, d'ouverture. Longues promenades avec Guillaume et un ami François dans le parc rempli de jonquilles et d'orvets. Nous avons nos lieux, les bords de la pièce d'eau, le bâtiment Montesquieu où nous logeons, l'allée Lamennais, le petit cimetière des oratoriens. Parfois une voiture vient nous prendre et nous retrouvons notre grand-père, inquiet devant la situation politique et l'échec possible du général de Gaulle. C'est à moi qu'il parle à ces moments-là, plus qu'à Guillaume, comme s'il voulait me passer le témoin.

29 avril 1969

Je ne l'avouerai à personne, j'ai pleuré en lisant à la bibliothèque du collège le communiqué de De Gaulle annonçant son départ : « Je cesse d'exercer mes fonctions de président de la République. Cette décision prend effet aujourd'hui à midi. » Quelques camarades aux parents antigaullistes, certainement à cause des événements d'Algérie, ne cachaient pas leur joie. « Et maintenant on va avoir Pompon, Pompidouze », criaient-ils. J'ai pleuré en pensant à mon grand-père, le seul adulte que j'admire vraiment.

La voiture de l'Assemblée est venue nous chercher le premier jeudi de mai et nous avons déjeuné rue de Bourgogne. Il ne cachait pas sa tristesse. « Ils l'ont eu, tous ces atlantistes et maintenant le chagrin va le tuer. »

Affrontement sévère en classe avec le professeur d'histoire, un laïc, qui m'a accusé d'être borné et excessif alors que, reprenant les mots de mon grand-père, je parlais d'« épopée gaullienne ». Cela m'a valu d'être convoqué chez le supérieur, un homme austère, à l'allure militaire, qui m'a tancé en me rappelant que la politique n'avait pas à franchir ces murs. J'ai préféré battre en retraite.

Juin 1969

Images désolantes : le Général est en exil en Irlande.

Je feuillette ces magazines dans la bibliothèque déserte ; mes camarades préfèrent la piscine ou le tennis.

François nous confond sans cesse. Il a fait le tour de l'étang l'autre jour accompagné de Guillaume et il était certain d'être avec moi. Farceur, Guillaume s'est pris au jeu. Il est vrai qu'il imite très bien.

Les répétitions théâtrales nous occupent. Quelques scènes du *Bourgeois gentilhomme* et du *Voyage de Monsieur Perrichon*. C'est une découverte et une passion. François est encore plus mordu que nous. Il lui suffit de lire une scène deux ou trois fois, et il la connaît par cœur. Nous formons un trio. François et les jumeaux, c'est le nom de notre petite troupe.

Juillet 1969

Que de fois, ces dernières nuits, nous avons quitté les dortoirs surchauffés pour nous promener dans les couloirs et les salles désertes. Les boiseries craquent, des portes grincent, à tout instant on pense qu'on va être surpris. Guillaume a vite repéré des colimaçons et des passages secrets qui permettent de passer de notre dortoir au bâtiment Villars, puis d'aller comme des ombres par le dédale des galeries et des escaliers. La lune éclaire parfois les portraits de supérieurs, des cardinaux tout rouges, Bérulle sans doute, d'autres terreux comme des moines. Je n'ai qu'une peur : qu'on se perde. Mais c'est sans compter sur la boussole intérieure de Guillaume qui connaît tous les mystères de la géographie nocturne de l'ancienne abbaye de J.

L'autre jour à Paris, une silhouette, titubante et traquée, entrevue sur le trottoir de la rue de Bourgogne comme nous sortions du restaurant. Guillaume a eu aussitôt le même sentiment que moi. Notre père, errant, plus bohème que jamais, presque un clochard.

Nous nous étions faits à ce collège comme à aucun autre, sensibles peut-être avant tout à cette impression de retrait, de clôture non oppressante, au génie des lieux, à l'ouverture et à la sensibilité des pères, à l'exigence de ce qu'on y enseignait. Nous étions tous deux dans les mêmes classes et, bien que plus littéraire, j'avais accompagné Gilles en série scientifique. Nous étions dans un univers de garçons, cela ne nous pesait nullement. Les filles viendraient un jour. Elles nous sépareraient. Jamais nous n'évoquions les désirs, les tentations extérieures, tout ce qui était de nature à menacer notre duo.

Les lieux nous plaisaient, les anciens bâtiments conventuels, la bibliothèque, la chapelle avec sous le maître-autel les restes du cardinal de Bérulle et, dans un mur, enfoui derrière une plaque de marbre noir, le cœur d'Henri II d'Albret, les galeries lambrissées, les salles d'apparat, les greniers interdits, le parc et sa pièce d'eau. À l'automne, les brumes qui stagnaient dans les allées boisées et autour de l'étang nous rappelaient le Nord, cette impression de vie macérée, voilée, assourdie. Sans doute aimions-nous ce cadre parce que nous l'avions comme toujours doublé d'une géographie qui n'appartenait qu'à nous. Le grenier, le moine terreux, l'escalier du mirador, la salle des cartes évoquaient des lieux qu'à force de repérages nocturnes nous connaissions presque par cœur et qui ne pouvaient strictement rien dire à qui ne partageait pas les clés de notre idiome secret. Plus d'une fois nous manquâmes être surpris par un surveillant plus avisé qui suspectait notre manège, l'un ou l'autre d'entre nous revenait à temps et personne ne put jamais nous confondre.

J'avais un domaine où je ne réussissais pas trop mal, c'était le théâtre. Entraîné par notre ami François, je lui donnais la réplique pendant des heures sur la petite scène de la salle des fêtes. C'était un garçon curieux, très brun, avec une peau mate et de grands yeux sombres, fils de bonne famille, pieux, d'une éducation parfaite et qui cachait des ressources infinies de drôlerie et de subversion. C'est lui qui avait veillé sur nous, sur moi plus particulièrement, lorsque nous étions arrivés au beau milieu de l'année. Il disait que son parcours était tracé et qu'il serait avocat, comme son père. Sur la scène du petit théâtre, il déclamait des tirades latines, des scènes entières des tragédies classiques. Il avait aussi des dons d'improvisation extraordinaires. Plusieurs fois, j'avais pensé que nous pourrions l'emmener un soir dans nos déambulations de noctambules. Gilles, qui avait pourtant beaucoup d'amitié pour lui, s'y était toujours opposé.

— Invite-le à Paris si tu le souhaites, fais-lui visiter le Palais-Bourbon, mais il n'a rien à voir avec notre vie cachée…

Souvent, à la fin des études, dès que nous disposions d'un moment de liberté, François disparaissait. Je savais qu'il aimait prendre le large, du côté des prés tout au bout des allées boisées, au bord de l'étang aussi où il restait immobile à regarder les cygnes. Il pensait, m'avait-il confié, à Wagner, à *Parsifal* et au Roi Lune, Louis II, qui dérivait pendant des heures dans une grotte sur une barque en forme de cygne. L'étang lui rappelait aussi la mare maudite du Quesnoy dans un roman de Barbey d'Aurevilly, *Un prêtre marié*, dont il était capable de réciter des passages entiers. Une partie de sa famille venait d'un territoire compris entre Valognes et la lande de Lessay et c'est pour cela que les sortilèges de Barbey lui parlaient, bien plus que ceux du Berry où sa famille s'était installée un peu par hasard. Lorsqu'il n'était pas au bord de l'étang, il était inutile de le chercher longtemps, il s'était glissé discrètement dans la chapelle. Il m'arrivait de l'y rejoindre. C'était une nef spacieuse, très claire, sans grand attrait architectural. Il s'installait toujours au premier rang, pour méditer, c'était son mot. Jamais je ne l'ai surpris agenouillé. La foi, la religion étaient des évidences qui ne nous torturaient guère et que je regardais avec une relative indifférence.

François me fascinait, je crois pouvoir le dire. Par ses dons d'orateur, par la causticité de son intelligence, il nous surpassait tous — je le vis même mettre dans une mauvaise passe Gilles qui adorait déjà jouter et débattre —, sans mépris, avec beaucoup de simplicité et de douceur, et il nous échappait. Ses longues stations au bord de la pièce d'eau et dans la chapelle étaient une manière de nous signifier que nous n'aurions jamais prise sur ses rêveries profondes. Au bord de l'étang des cygnes, il voguait dans l'univers de Barbey et de Wagner, blême, fantomatique dans son long manteau de velours noir, il aimait les brumes, les feuilles tombées, les allées noyées de pluie, toute cette part d'inquiétude et de silence noir qu'on goûtait un peu à l'écart des anciennes maisons de l'abbaye avant de s'isoler dans la vastitude blanche et froide de la chapelle en fixant intensément le lumignon de l'autel.

Un autre garçon, Antonin, nous avait attirés dès son arrivée, un ou deux ans plus tard. Une légende l'avait entouré aussitôt, qui disait qu'il avait été exclu de son lycée précédent. Au réfectoire, il avait eu une manière singulière de nous aborder :

— Ah les frères doubles, j'ai toujours eu des jumeaux parmi mes amis…

On avait pensé un instant qu'il avait peut-être lui aussi un frère, mais il aurait été difficile d'en savoir plus tant il était sauvage et peu liant. Il parlait rarement aux camarades, ne manquait pas une occasion de critiquer ou de se démarquer. Sa culture était tout sauf scolaire, il avait voyagé, ce qui était le cas de peu d'entre nous, et il se montrait intarissable dès qu'il était question de cinéma, de metteurs en scène et d'acteurs. À le fréquenter, ce qui était apparu au début comme une volonté de marquer un peu trop fortement sa différence se révélait plus profond, plus authentique, dans un étrange mélange d'originalité et de timidité. Je n'avais pas à choisir de confident, mais je ne l'aurais jamais retenu. En revanche, Gilles avait été dès le début sensible à cette personnalité un peu en marge qui réussissait médiocrement dans le cadre d'exercices qui l'ennuyaient. Il ne fallait pas le lancer sur Eisenstein, Hitchcock ou Buñuel, on en prenait pour la nuit. Il parvenait à séduire certains professeurs, en français, en histoire, par sa culture et ce regard si particulier qu'il portait sur les choses. François se méfiait de lui. Sans doute le côté bourgeois déclassé que cultivait l'autre, le cheveu long, quelques poils blonds aux joues, l'agaçait-il et il n'avait pas tort. Je n'étais pas si radical. Nous avions eu jusque-là peu d'amis et j'avais senti qu'Antonin intéressait Gilles qui devait le juger plus mystérieux, plus fou que François.

Nous apercevions notre mère de temps en temps, elle achevait ses études en travaillant dans une maison d'édition. Il nous arrivait d'aller l'embrasser fugitivement dans le pigeonnier qu'elle occupait tout à côté du théâtre de l'Odéon. Elle n'avait pas une minute à elle. Elle vantait au téléphone à des journalistes quelques œuvrettes qu'elle avait à peine lues tout en continuant à potasser son droit. Elle nous savait heureux comme des princes dans l'ancienne académie royale de J.

— On se verra en Bretagne cet été, si j'y passe.

Elle dînait avec son père tous les mardis pendant les sessions parlementaires. Elle demeurait sa fierté parce qu'elle était belle, vive, folle de travail et de réussite ; elle pouvait avoir une vie privée, cela ne le regardait plus. Thomas Vègh errait sur les routes ou était peut-être mort. Les Tanguy s'étaient reconstitués en un bloc, dans le déni du passé, avec ces jumeaux Vègh que notre grand-père considérait maintenant comme ses propres fils. Et nous étions heureux dans notre abbaye entre les brumes et les cygnes, les portraits des fondateurs de l'Oratoire et leurs reliques, hors du temps, dans une clôture symbolique qui redoublait notre propre clôture imaginaire, entourés d'êtres que nous aimions, avec une liberté rare que nous goûtions pendant nos nuits d'insomnies, lorsque les bâtiments, les arcades, la chapelle et le couloir des Orgues, les labyrinthes inaccessibles, tout nous appartenait.

Des événements étranges s'étaient produits une nuit de février, la dernière année de notre présence à J. Il s'était mis à neiger en fin d'après-midi et les flocons qu'on apercevait des classes avaient suscité une vive excitation. Les élèves ne rêvaient plus que de bagarres et de glissades dans les allées du parc. L'ordre nous avait été donné de continuer à travailler comme si de rien n'était. La neige était tombée en abondance et ses reflets sur les toitures et les troncs noircis ne cessaient d'attirer les regards. Un silence avait envahi l'enceinte du collège, tout semblait plus lent, plus assourdi, plus solennel. Il suffisait de peu pour que je m'arrête de travailler. Les signes du monde élémentaire avaient toujours éveillé en moi une vocation à la rêverie et à la contemplation. Et la neige était une sorte de linceul, de suaire descendu du ciel que je ne voulais surtout pas souiller de mes pas. L'exaltation toute juvénile de mes camarades me laissait insensible. De la fenêtre de mon compartiment dans le dortoir, j'apercevais un tapis blanc sur les meneaux du bâtiment en face et quelques filaments de givre, cela me suffisait.

Les événements avaient dû se produire la nuit. La rumeur se répandit à la récréation de 10 heures. Il fut d'abord question d'un cygne qui avait été retrouvé égorgé sur les bords de l'étang. L'acte était absurde, mais il pouvait être le fait d'un braconnier ou d'un désaxé qui s'était introduit dans l'enceinte du collège. Toute cette fin de matinée, l'image du sang du cygne sur les berges enneigées ne cessa de me hanter. J'étais prisonnier d'un cours de philosophie qui ne me parut jamais aussi ennuyeux. Le temps, les liens de Bergson et de Proust ne présentaient plus aucun intérêt à mes yeux, il n'y avait qu'une chose susceptible d'aimanter ma songerie, le cygne mystérieusement sacrifié sur les rives de l'étang.

Dès midi, d'autres nouvelles nous parvinrent. Quelqu'un était entré dans la chapelle, sans forcer la porte, et avait réussi à desceller la plaque noire qui cachait le reliquaire d'Henri II d'Albret. On ne savait pas encore si le cœur du grand-père d'Henri IV avait été volé ou profané. Le déjeuner fut curieux : chacun y allait de ses supputations, de ses interprétations. Pour les uns, cela ne faisait aucun doute, c'était un pari entre élèves qui avait mal tourné. Pour les autres, le signe était clair, presque surnaturel : on en voulait à notre collège, un avertissement nous était ainsi adressé, sans doute parce que nous étions indignes de notre tradition. François, qui avait une vraie passion pour ces lieux, l'étang, la chapelle, ne desserrait plus les lèvres, il n'alimentait pas les élucidations délirantes, il n'interprétait pas, trop rationnel pour céder aux fantasmes de certains, mais j'avais senti sa souffrance dès qu'il avait appris la double violation.

On attendait, d'un moment à l'autre, une intervention de la direction. Elle ne se ferait, croyait-on savoir, qu'après le passage des enquêteurs qui devaient relever les empreintes. Jamais, depuis que nous étions là, nous n'avions senti un pareil mélange de consternation et d'effroi, de suspicion aussi parce que, dans l'esprit de certains élèves, le ou les coupables ne pouvaient être que dans nos rangs. L'atmosphère commençait à s'alourdir. Des tensions apparurent, certains n'hésitant pas à affirmer que l'auteur du forfait était obligatoirement un lycéen sans doute nourri d'obsessions macabres parce que les deux actes se répondaient symboliquement, la profanation du reliquaire et la mort du cygne. Jamais, à les entendre, un élève des petites classes n'aurait eu l'idée d'une correspondance aussi subtile ; de plus il fallait de la force, des bras pour réussir à arracher la plaque funéraire.

— J'espère que ce n'est pas vous, les Vègh, lança au sortir du déjeuner un fort en thème au visage couvert d'acné qui devait être en terminale A. Tout le monde sait que vous passez vos nuits à vous balader dans les couloirs du collège.

Il y avait de longues semaines que nous n'étions plus sortis dans les galeries glaciales. L'accusation nous parut si stupide, si inutilement provocatrice que, l'un et l'autre, nous restâmes interdits. Quelle obscure jalousie pouvait pousser cet indigne boutonneux à jeter nos noms en pâture ? Quand il entendit cela, Antonin, d'habitude si lointain, sortit de ses gonds :

— C'est très grave ce que tu dis là. Gilles et Guillaume n'ont pas quitté le dortoir cette nuit, je peux témoigner. Il y en a d'autres qui caracolent et vont fumer sur les toits…

D'une certaine manière, le mal était fait puisque nos noms avaient été cités et qu'une nouvelle rumeur allait très vite se propager. Une fois de plus, on nous regarderait comme des présences étranges, peut-être même imaginerait-on un pacte entre nous et une légende naîtrait, celle des jumeaux sacrificateurs et noctambules qui couraient les nuits de neige, électrisés par les flocons venus du nord, égorgeaient les cygnes, descellaient les pierres tombales… Oui, les jumeaux noctambules avaient leurs rites, mais ils étaient contemplatifs et pacifiques dans la grande bâtisse endormie. Encore faudrait-il, ce qui ne serait pas une mince affaire, parvenir à le prouver.

Quelques jours plus tard, séparément, nous fûmes convoqués par le directeur — le supérieur avait été remplacé par un laïc — dans la grande salle à manger Louis XV aux boiseries très noires. C'était un homme affable, d'ordinaire souriant, que ces événements avaient assombri. Quelques professeurs, un ou deux pères l'entouraient. On me fit entrer après Gilles qui était sorti par une autre porte. Il ne s'était ainsi produit aucun échange entre nous. Le directeur avait son masque des mauvais jours.

— Évidemment, Guillaume Vègh, vous n'ignorez pas ce qui s'est passé l'autre nuit. Une mise en scène atroce. La chapelle a été profanée et on a massacré un pauvre cygne de notre étang.

Je demeurai impassible.

— Où situez-vous le reliquaire d'Henri d'Albret ?

— À gauche, en entrant dans la chapelle, monsieur le directeur.

— C'est cela. Et où étiez-vous cette nuit-là ?

— Dans ma chambre, comme mes camarades. Je n'ai rien entendu.

— Vous êtes resté dans votre chambre toute la nuit ?

— J'ai dû lire jusqu'à onze heures. Je me suis réveillé avec les autres peu avant sept heures.

— Et que lisiez-vous ?

— Quelques pages de Proust pour le cours de philo du lendemain.

— Vous êtes en train de nous brosser le portrait de l'élève irréprochable. Je ne demanderais qu'à vous croire si votre nom et celui de votre frère ne m'avaient été rapportés par certains élèves qui me disent que vous aimez jouer les noctambules.

— Nous aimons bien, mon frère et moi, nous retrouver loin des autres. Une certaine promiscuité nous pèse. C'est ce désir d'être ensemble qui nous poussait les rares nuits où nous avons erré dans le collège.

— Ah bon, la promiscuité vous pèse ? Mais vous n'ignorez pas qu'il y a des règles et que vous ne devez pas circuler seul, qui plus est la nuit. Si je vous dis que vous avez été aperçu non loin de la chapelle…

— Je vous réponds, monsieur le directeur, que c'est impossible. Interrogez mes camarades de chambre, j'étais avec eux.

Étrangement, je sentais une forme d'étau se refermer sur moi.

— À votre avis, qu'y avait-il derrière la plaque funéraire ?

— Je serais bien incapable de le dire. Cette plaque ne m'a jamais intéressé. D'ailleurs, vous n'avez qu'à relever les empreintes digitales !

Cette remarque fit rire certains. Elle eut le don de mettre le directeur en rage.

— C'est la réponse que nous a faite votre frère, avec le même aplomb. Sachez que le voleur était ganté et qu'il n'y a aucune trace.

Il s'était levé et il arpentait la pièce, entre la table et le mur orné de scènes de pêche et de chasse.

— Il y a plus gênant, mon jeune ami. Je vais vous montrer quelque chose.

Il déplia un linge blanc et sortit avec précaution, en tenant le linge, quelque chose qui ressemblait à un fragment de cristal.

— Ça ne vous dit rien ?

— Rien.

— Vous confirmez que cela ne vous dit rien ?

— Je le confirme.

— Vous iriez jusqu'à jurer ?

— Sans hésiter. Je n'ai jamais vu ce cristal.

Le directeur s'était assis. Et, en se raclant la gorge, il reprit :

— Le problème, c'est que ce bris de cristal a été trouvé dans votre placard et qu'il s'agit bien d'un morceau du vase en verre de Venise qui contenait la relique.

Je sentis la rage monter en moi. À cet instant, je vis le visage de l'odieux couvert d'acné. L'avais-je ignoré ? Avais-je, sans le savoir, repoussé ses avances ?

— Tant que vous y êtes, vous allez me dire que vous avez retrouvé le cœur séché parmi mes vêtements !

C'en était trop. Le directeur écumait.

— Vous n'y allez pas de main morte pour parler d'une sainte relique qui a été confiée aux religieux de J. depuis 1555. Et où est le reliquaire ? L'avez-vous jeté dans la vase de l'étang puisqu'on a la confirmation que le col du cygne a été tailladé à l'aide d'un autre morceau du précieux vase ?

— Monsieur, dis-je avec ce ton un peu glacé et cérémonieux qui agaçait tant, tout ceci ressemble à une parodie de justice. On trouve un bout de ce vase dans mes affaires, placé là par je ne sais qui. Mes apartés et mes prétendues promenades nocturnes avec mon frère dérangent et ça suffit à me désigner comme coupable. Vous faites peu de cas de la liberté et de l'exigence prônées ici.

— C'en est décidément trop. Nous allons faire entrer votre frère puisque vous avez avec lui une relation privilégiée et nous allons lui montrer le cristal.

Gilles pénétra dans la salle, tendu, le visage d'une pâleur extraordinaire.

— Voici ce qui reste du reliquaire d'Henri d'Albret, dit le directeur, en lui présentant le bris dans le linge. Le problème, c'est que cette pièce a été trouvée parmi les affaires de Guillaume.

— Si vous le dites, monsieur le directeur. Je ne demande qu'à vous croire. Je vais vous signaler deux choses : mon frère n'a pas quitté le dortoir la nuit du 2 au 3 février et il est donc totalement innocent de ce dont on l'accuse. Mais si maintenant vous l'estimez, vous, coupable parce qu'un fou ou un jaloux est venu glisser cette pièce compromettante dans ses affaires, ce n'est pas sur lui seul que je vous demande de faire porter cette condamnation mais sur nous deux…

— Retournez à l'étude, répondit le directeur en tapant de rage sur la table. Disparaissez de mon regard, bande de filous, et surtout ne vous estimez pas quittes avec cette pirouette !

Le charme était rompu et nous nous savions en sursis. Par son aplomb, Gilles avait sauvé la mise en me sortant d'un traquenard auquel je ne comprenais pas grand-chose. D'ailleurs, peu de temps après, la plaque noire avait été rescellée dans la chapelle et on ne parlait plus de rien. Était-ce la profanation du reliquaire, le massacre du cygne, malgré la reverdie et les orvets, les jonquilles et les aubépines, le collège nous enchantait moins. Ce qu'entre nous nous appelions l'affaire avait galvanisé Gilles. Il n'était pas question pour lui de céder même si nous nous savions épiés. Il rêvait même d'une ultime provocation. Il savait qu'à la rentrée suivante, il serait à Paris, au lycée Henri-IV, loin des brumes de J. N'ayant aucune idée de ce que je voulais faire, je m'étais inscrit à la Sorbonne en lettres et en droit. La perspective d'être séparé de Gilles, le nomadisme d'une vie nouvelle ne me réjouissaient guère.

Un soir d'avril, en pleine semaine sainte, nous avons attendu minuit pour quitter de nouveau notre dortoir en entraînant ceux qui nous avaient soutenus dans l'épreuve, Antonin et François. À tout moment, nous pouvions être surpris, mais nous n'en avions cure, nous étions trop heureux d'emmener nos amis par le dédale des colimaçons et des greniers, les galeries et les coursives qui longeaient salles de cours et dortoirs, nous voulions leur faire connaître ce qui avait été pour nous le charme primordial de ce collège, l'alignement des bustes, les hautes boiseries lugubres, les marches déclives et cirées, les prélats pourpres et les ermites terreux. Dans la chapelle, les reposoirs déjà installés du jeudi saint embaumaient. Tandis que nous allions presque haletants par les méandres d'une géographie dont nous connaissions toutes les sinuosités et les caches, le souvenir du cygne massacré et du reliquaire brisé, des tessons précieux de verre de Venise dispersés dans la fange de l'étang ne cessaient de me hanter. J'y voyais comme un signe et le fait qu'on eût voulu nous mêler à cette affaire n'était pas sans m'inquiéter. Je n'avais pas osé m'en ouvrir à Gilles sans doute parce que je le savais moins superstitieux que moi. Avais-je hérité cela d'Anne, ma grand-mère bretonne qui se signait dès qu'elle voyait des corbeaux voler trop près de la maison et vivait toujours très mal, en s'enfermant dans une macération muette, l'arrivée de naufragés que la mer laissait en offrandes sur les rives de l'Élorn au bas de la propriété ?

Cette nuit d'avril, dans la poussière des greniers et les fleurs de la chapelle, me procurait une griserie extrême avec ces compagnons que nous avions entraînés dans l'un de nos rites et la transgression. Nous aimions les lieux lorsque nous les dominions, lorsque nous sentions leurs fils et leurs inductions s'entremêler entre nos mains, de la chapelle au parc, des allées aux bustes des galeries, de l'étang au reliquaire au cœur absent. Et cette nuit d'avril sentait la fuite, un printemps humide et froid, l'imminence de la mort du Christ. Le cinéphile tourmenté et le rêveur des eaux dormantes étaient les coreligionnaires idéaux pour cette expédition des jumeaux rois. C'est ainsi que nous nous étions sentis dans les vestiges du bateau Brume et la nef végétale au plafond bleu incrusté d'étoiles. C'est ainsi que nous étions cette nuit de plénitude où, de nouveau, malgré la suspicion et l'opprobre, nous étions les maîtres invisibles du collège de J.

Peu de temps après cette nuit, nous trouvâmes un billet du père Serge qui souhaitait nous parler. C'était un jeune prêtre tonsuré au regard intense, d'apparence nerveuse et autoritaire, qui enseignait l'histoire. Il n'avait jamais été notre professeur et nous l'avions simplement aperçu aux offices, au réfectoire, à des veillées. Il avait dû nous voir sur scène, mais nos échanges s'étaient limités à quelques formules de politesse. Il nous reçut dans sa petite chambre, un peu à l'écart, qui donnait sur les marronniers et la perspective de la campagne. Il parlait d'une voix saccadée qui ne souffrait pas la contestation. Les murs de son bureau étaient couverts de reproductions de nus grecs et romains.

— J'ai voulu vous voir pour vous féliciter. Je connais vos places et l'excellence de vos résultats, mais c'est votre cran dans cette détestable affaire qui m'a bluffé. Je sais bien que vous n'avez rien à voir avec cette histoire. Les coupables se sont confessés à moi, je les connais, ils vous jalousent et vous haïssent. Ce sont des fils de famille minables comme il y en a trop ici. Des songes creux, des dégénérés. Je les vomis. Ils ne supportent pas votre beauté, votre intelligence, la force qui émane de vous. Je n'en dirai pas plus, ce sont les fils de riches céréaliers qui sont de généreux donateurs… Si on fouillait vraiment les dortoirs, on y trouverait autre chose que des débris de reliquaire… Je ne suis pas entré à l'Oratoire pour cautionner cela. Ce n'est pas ma conception de la liberté de l'homme dans les pas du Christ. En septembre j'aurai quitté cet endroit. Il n'est pas sans charme pourtant avec ses ombres, ses fantômes… Je déteste l'hypocrisie et les parodies de justice. J'ai envie d'étreindre une réalité plus âpre. Il n'était pas mal le stratagème de ces petits cons, taillader dans la neige le cou d'un malheureux cygne avec les débris d'un reliquaire dont tout le monde se fout. Je ne les croyais pas capables de telles inventions. Pour ma part j'ai toujours aimé ceux qui sont différents, en marge, les trouble-fête. Je n'ai pas de jumeau, mais je vous comprends comme si j'étais des vôtres. J'essayais de prier dans la chapelle lorsque vous êtes passés la nuit du mercredi saint. Il fallait du cran pour revenir et continuer ce que vous aviez toujours fait. Cette ancienne abbaye, la nuit, est le paradis des prophètes et des veilleurs, de ceux que rien n'arrête, des noctambules et des poètes. Continuez à rayonner l'un avec l'autre, l'un et l'autre, en ces murs et lorsque vous aurez pris votre liberté…

Il s'était levé d'un coup et nous avait signifié notre congé en nous donnant une énergique poignée de main.

# NOSTALGIE DE L'UNITÉ

Le bac en poche et les adieux faits à J., sans déplaisir mais avec une sorte de nostalgie qui me pousserait toujours à désirer des lieux clos, protégés, hors du monde, nous nous étions retrouvés comme des voyageurs égarés et sans destination. J'avais depuis longtemps le projet de visiter l'Écosse, les landes, les mégalithes, les cercles de pierres, les routes pelées des hautes terres, les falaises contre lesquelles se déchirent les vagues froides du nord. Gilles n'avait pas réagi lorsque j'avais évoqué cette possibilité. Il ne semblait pas plus tenté par la Côte d'Azur où notre mère, plus attirée que jamais par la bourgeoisie d'affaires qu'elle fréquentait, nous attendait. Lézarder au bord de piscines en refaisant le monde et en sirotant des drinks n'était pas dans nos goûts. « Vous n'étiez déjà pas faciles, s'était-elle emportée, mais toutes ces années dans votre collège n'auront pas arrangé les choses. Vous ne cherchez qu'à être entre vous et loin du monde. De grâce, bougez, emmenez des amis, des filles. Vous savez que vous pouvez venir avec qui vous voulez… »

C'était au cours du dîner qui était censé célébrer la fin de notre année et la réussite au bac. Nous étions à

La Méditerranée, place de l'Odéon. Jean Tanguy était passé en coup de vent. Il exultait. Il voyait déjà Guillaume à l'École normale et il devait m'imaginer avocat ou notaire. Il avait été réélu au printemps, confortablement, mais sans l'avance éclatante que lui avait procurée la déferlante gaulliste de juin 1968.

— Vous viendrez nous voir. Il faut absolument que vous passiez quelques jours avant la fin de l'été. Vous l'avez vu ce petit appartement que je vous ai loué, rue Saint-Jacques, tout près du Val-de-Grâce ? Vous devriez y être bien.

Que serions-nous lorsque cette figure providentielle s'effacerait ? Depuis la disparition de notre père, il avait toujours été là, suivant tout, passant un coup de fil au directeur du collège pour connaître nos résultats, envoyant chaque jeudi une voiture, en permanence soucieux de nous divertir en nous faisant découvrir de nouveaux restaurants. Tout aurait pu être si difficile pour nous, nos parents ayant, chacun à leur manière, failli, mais le vieux patriarche de l'Élorn, qui nous annonçait tous les ans qu'il s'apprêtait à vivre son dernier été, gardait une forme et une présence exceptionnelles. Il avait redemandé du champagne ce soir-là, parce qu'il était heureux de nos résultats.

— C'était un bon tuyau, ce collège oratorien. Je crois que cela vous a donné de l'équilibre et de la méthode. C'était ce qu'il vous fallait pour bien démarrer.

Comme toujours, son esprit était passé à autre chose. Lui qui était si obstiné qu'il suivait souterrainement une idée sans jamais l'abandonner, trompait tous ses interlocuteurs qui le croyaient instable et dispersé.

— Gardez-le pour vous, mais les nouvelles du dauphin ne sont pas bonnes (c'était toujours ainsi qu'il qualifiait le successeur de De Gaulle). Il a un problème de santé très sérieux. Pour les médecins de l'Assemblée, c'est un secret de Polichinelle. Il y aura une élection présidentielle avant un an…

Il était reparti. Infatigable, fou de politique, à près de soixante-dix ans.

— Ce sera terrible, avait continué sa fille après son départ. Imaginez qu'il y ait des bouleversements politiques et qu'il perde son siège de député. Il m'a demandé de suivre la vente de son entreprise. Il sait bien qu'aucun de vous ne s'intéressera jamais à cela.

Nous avions remonté le boulevard jusqu'au Luxembourg. Maman, d'énormes dossiers sous le bras, voulait rentrer travailler. Elle avait pris un taxi rue Soufflot. J'avais envie de marcher, de visiter ces quartiers que je ne connaissais pas derrière l'église Saint-Séverin. Nous camperions quelques jours rue Saint-Jacques, dans le désordre des affaires rapportées de J. Malgré le soir d'été, il y avait de terribles courants d'air sur la place du Panthéon, trop vide, trop minérale à mon goût. Je venais de quitter un paradis et je n'avais aucune envie de m'éterniser sur ces hauteurs sinistres.

— Et si l'on partait dans le Périgord ? m'a dit soudain Gilles alors que nous nous installions à une terrasse sous des arbres, place de la Contrescarpe. Il suffit d'appeler le grand-père, de lui raconter que nous avons besoin de repos après le bac. Ce serait encore mieux s'il n'était pas là. On pourrait proposer à François ou à Antonin de nous rejoindre.

Le pays des châtaigniers, des taillis pleins de vipères et des rivières glacées qui roulaient au pied de falaises ressurgissait d'un passé très lointain. J'avais le souvenir de printemps pluvieux et froids où nous grelottions dans les pièces sans vie d'une maison inhospitalière. Lucien Vègh, notre grand-père, avait une sorte d'indifférence pour ceux qui l'entouraient. Ce n'était pas de lui qu'il fallait attendre une parole, quelque chose qui égaierait la journée.

— Sois tranquille, il ne quitte plus Ostende et j'ai assez envie de revoir cette propriété avant qu'elle ne soit vendue, avait poursuivi Gilles. Nous ferons une apparition en Bretagne à la fin de l'été, mais j'ai envie de chaleur, de nuits d'orage, de marches dans les vallées…

La maison avait disparu sous un fouillis de végétation, d'immenses ronciers barricadaient l'entrée, le lierre et la vigne vierge tapissaient les contrevents. Il montait des bosquets une puissante odeur d'humus noir abreuvé par les pluies printanières. C'était comme un refuge, une maison de trappeur dans la forêt primitive. Il fallut jouer de la serpe, de la faux et du sécateur pour se frayer un chemin dans un jardin que la campagne environnante avait annexé. Je ne savais pas que mon frère pouvait être aussi manuel et physique, entêté malgré la chaleur suffocante de juillet à rendre ces lieux habitables. Dès que je m'effondrais de fatigue sur l'une des méridiennes du rez-de-chaussée, il me rappelait aussitôt à l'ordre. Je voulais rêver, repasser le film des derniers mois, J., le massacre du cygne dans la neige, ma mise en cause, le singulier père Serge. Bien plus que Gilles, résolu à foncer, à aller de l'avant, je compris vite que j'avais laissé une part de moi-même dans l'enceinte de ce collège que j'avais tant aimé. Je m'étais cru libre et nomade, je devais être de la race des fidèles et des ressassants, la nostalgie d'une vie heureuse et réglée me creusait. Dès qu'il avait mis les pieds dans cette maison située à quelques encablures de Domme, Gilles avait pris le dessus et, plusieurs fois, je le vis s'agacer de mon indolence et de ma propension à la torpeur. Il n'y avait pas que le jardin qui fût un immense chantier. Les chambres n'avaient plus été aérées depuis longtemps, la literie, les draps, tout sentait le moisi et le renfermé.

Un homme était passé comme nous débroussaillions l'allée centrale, il nous avait même proposé ses services : c'était un homme sec, étrange, à l'allure de vagabond mystique, qu'en souvenir d'un personnage d'Henri Bosco nous avions surnommé Bargabot. Gilles l'avait gentiment éconduit, craignant sans doute un intrus ou un pique-assiette. Nous l'avions revu alors que nous buvions une bière à la terrasse du café, sous les tilleuls. Il nous avait poliment salués comme si nous étions très proches. Il nous avait semblé deviner que son passage sur la place suscitait de la part des consommateurs quelques sarcasmes.

François devait nous rejoindre. Avec Antonin, rien n'était jamais sûr. La maison n'avait pas le téléphone et nous attendions des télégrammes. Afin d'attirer Antonin, Gilles avait vanté des lieux « cinématographiques ». Il devait penser à cette île au milieu de la rivière où, au début de l'adolescence, nous aimions nous retirer pour nous coucher nus, sous le soleil, à même les pierres. Le lieu était lié pour nous à quelques émerveillements érotiques et, à ce titre, frappé d'interdit. Jamais nulle part ensuite, ni sur les rives de l'Élorn ni dans les coursives nocturnes du collège de J., nous n'avions retrouvé pareilles émotions et pareille intimité.

— Tu te souviens de l'île ? avais-je dit un soir que

nous profitions de la fraîcheur de la cuisine au sol couvert de larges dalles de schiste.

Gilles s'était contenté de répondre en riant :

— Il faudra y emmener François…

À plusieurs reprises, Bargabot avait tenté de prendre langue avec nous. On sentait chez cet homme une attention extrême aux éléments, aux conditions et aux variations climatiques, aux tempêtes et aux pluies, comme s'il avait passé l'essentiel de son temps à l'extérieur. C'est un arpenteur, avions-nous pensé en songeant à Kafka, c'était peut-être un archéologue parce qu'il nous avait semblé comprendre qu'il avait le projet de fouiller les ruines enfouies d'un château. Un soir, remontant de la rivière, nous l'avions croisé avec, dans sa besace, de belles truites qu'il disait avoir pêchées à la main.

— Inutile de vous le demander, vous êtes de vrais jumeaux. Vous ne le savez sans doute pas, vous êtes les fils des astres…

Et il avait continué sa route.

Les télégrammes tardaient. Il faisait si chaud qu'il fallait attendre la fin de l'après-midi pour sortir. Je n'avais aucune envie de monter sur les vieilles bécanes rouillées que Gilles avait descendues du grenier. J'en venais presque à guetter les apparitions de Bargabot. La belle formule qu'il avait dite, le jour où il nous avait montré les truites mouchetées ruisselant dans le soleil, m'était restée. Elle faisait écho à celle qu'employait le patriarche de l'Élorn. Gilles n'avait pas réagi comme si toute reconnaissance, toute célébration mythique de notre gémellité le gênait. Plusieurs nuits, je m'isolai sous un crucifix d'ivoire, sans prier, au fond d'une alcôve qui avait dû servir d'oratoire, en redoutant la prochaine éclipse de notre pacte royal, la fin de l'union des frères pareils qui nous avait fait aller comme des prophètes et des veilleurs par les dédales de l'abbaye de J. À plusieurs reprises, alors que j'émettais des signes qui exigeaient le regard et l'assentiment de mon double, je n'avais pas reçu de réponse. C'était une douleur nouvelle que je découvrais sous les arbres noirs du Périgord, un abandon, la mise en sommeil d'une connivence merveilleuse. La chambre où je méditais, fenêtre ouverte sur un champ d'étoiles, sentait les vieux vêtements, les grimoires, les cuirs durcis, les dentelles empesées et jaunies par le temps. Je savais que je ne retrouverais plus le sommeil. Dans la salle basse, je crayonnais pendant des heures. Des mains, des pieds, des torses, des visages. C'était une force étrange que je sentais sourdre, venue d'une source inconnue — j'avais dessiné jusque-là, en classe, de manière pauvre et convenue —, une force en accord avec ma douleur, intimement liée au drame sismique qui se préparait, une puissance que mes doigts n'arrivaient pas à juguler. En quelques heures, j'avais réalisé au crayon un portrait de Bargabot, porté par un élan quasi amoureux de connivence et de reconnaissance vers ce modeste errant, ce braconnier paumé qui, comme ses frères du Larzac, devait faire son retour à la terre et avait été capable, par la grâce d'une formule, de dire — au moment où je les voyais s'effacer — notre exception et notre élection.

François avait fini par nous rejoindre. Il faisait une chaleur torride, les corbeaux planaient au-dessus du jardin et de la rivière, nous restions enfermés, les contrevents poussés, à lire ou à bavarder. D'Antonin point de nouvelles : il avait parlé d'un possible voyage à New York. J'aimais beaucoup la finesse et la subtilité de François, son air d'éternel enfant rieur, la beauté de ses longs pieds fins qu'il plaquait nus sur les tommettes du salon. Il lisait *Moby Dick*. Je le retrouverais à l'automne à moins qu'à la dernière minute son choix ne se portât sur l'université d'Orléans, plus proche de Bourges. En fin d'après-midi, nous sortions. François voulait toujours passer par l'église, plus rarement il avait le désir d'aller se baigner dans la rivière. Une fois nous fîmes du stop jusqu'à Rouffignac : il souhaitait voir ce qu'était une grotte avec des peintures et des concrétions. Au Périgord de notre enfance, il avait ajouté le mystère des cavernes et des fresques, des cerfs et des taureaux d'avant l'histoire qui couraient encore, magnifiquement peints, sur les parois, des eaux glacées sous l'à-pic des falaises. Les ruines du château l'attiraient aussi. Il avait été scout et avait participé à des opérations de consolidation de monuments. Dans le fouillis de la végétation, parmi les pierres moussues, rongées d'humidité, il cherchait un blason, le linteau d'une poterne. Il ne craignait ni les vipères ni les orties et avançait sa main sous les fougères, quêtant la trace d'une muraille, l'amorce d'un escalier creusé dans le roc. « C'est une implantation templière... », avait-il conclu en découvrant sur un écusson deux anges aux ailes déployées qui se regardaient.

Un soir, comme nous rentrions les bras chargés de provisions — ces cous farcis et ces magrets que nous dévorions après les bains et les escapades —, Bargabot nous avait interpellés.

— Vous êtes trois maintenant. Je vous ai aperçus dans les ruines du château. Vous savez que c'est interdit ! Pourtant ça fait plaisir de voir des jeunes s'intéresser à de vieilles pierres. L'église, le château, l'île, la rivière, nous avons la passion des mêmes lieux. Venez avec moi une nuit et je vous montrerai l'envers des choses…

N'eût été que François, nous l'invitions aussitôt à partager notre pique-nique vespéral. Un instinct stupide de la propriété nous faisait craindre qu'il n'eût ensuite la tentation de s'installer dans la maison déserte. On l'avait laissé remonter le chemin, à l'ombre lourde des chênes.

— Voyez comme vous êtes, avait tempêté François. Des petits propriétaires rassis. Un mage, un sorcier passe et vous n'êtes pas capables de lui ouvrir votre porte !

Il riait. Il se tordait de rire. Et c'est de nous qu'il se moquait, pas de l'homme. Nous avions trouvé dans la cave des bouteilles d'un excellent vin blanc dont nous arrosions notre collation. L'ivresse légère lui donnait une volubilité et une causticité plus grandes encore. Pour peu, il aurait fait de nous les dignes héritiers de ces personnages sinistres qui avaient leurs portraits dans le salon, de part et d'autre de la cheminée. Des Périgourdins assis, louis-philippards, les ancêtres de notre grand-mère paternelle. La vive solidarité des jumeaux jouait pleinement, nous étions des Vègh et des Tanguy, des fils du Nord et de l'Ouest et nous n'avions rien à voir avec cette lignée de propriétaires bouffis dont nous ignorions même les noms.

On ne s'amuserait même plus à imaginer notre avenir. La légende naissante de Bargabot nous occuperait pour la soirée jusqu'à ce que nous allions boire un dernier verre sur la petite place, dans l'espoir de le revoir. Il n'était pas là, il avait dû regagner son ermitage sous les arbres, blessé peut-être par les quolibets de buveurs éméchés. Avec sa barbe d'ascète et ses yeux hallucinés, Bargabot avait tout d'un nomade, d'un voyageur qui avait parcouru le monde, d'un mystique païen, d'un adorateur du soleil et des eaux. Étrangement c'est François qui l'avait le mieux saisi, sous l'effet d'une sympathie souterraine et profonde. Nous avions trop bu. Sur ce piton rocheux qui dominait la Dordogne de plus de cent cinquante mètres, il soufflait un vent frais, odorant, chargé des poussières des bois et des broussailles chauffées. « Les fils des astres doivent une visite au sorcier, à ce Rimbaud des cavernes et des ruines… » Il serait apparu à cet instant, nous courions l'embrasser. Une forme de pudeur, de timidité nous interdisait de me-ner une enquête. Les consommateurs attitrés du bar devaient bien le connaître. François s'était éloigné un moment. Il revint avec un large sourire :

— J'ai interrogé le patron. Il ne connaît pas son nom. Votre Bargabot est arrivé il y a peu de temps et on dit qu'il peint. Il a été mis à la porte de l'hôtel parce qu'il ne payait pas. Il se serait installé vers la sortie du village dans une sorte de maison troglodyte…

Nous n'avions pas tardé à repérer l'ermitage de notre vagabond. On distinguait à peine l'orifice d'une entrée et une fenêtre dans une paroi crayeuse parmi les herbes folles et les éboulis. Une étrange odeur sortait de l'antre : c'était, nous l'apprendrions plus tard, des orties brûlées. À notre première visite, dans une chambre charbonneuse, l'homme nous avait fait asseoir sur de somptueux tapis rapportés d'Inde et de Perse et il nous avait servi un breuvage qui était une décoction de plantes sauvages préparée par ses soins. Il avait beaucoup voyagé. Il connaissait les temples bouddhiques et les monastères grecs. Posé sur un tapis de prière, il passait des heures à peindre de petites icônes à la lumière des bougies. C'était, disait-il, une manière de résister à une époque matérialiste qui avait perdu tout sens du sacré. Il parlait sous l'effet d'une inspiration profonde, comme un moine, un être spirituel qui aurait rompu tout commerce avec le monde des hommes. Il était beau, intense, halluciné, digne descendant des magiciens et des sorciers qui avaient toujours hanté le Périgord. L'or de ses icônes — obtenu à partir de pépites trouvées dans la Dordogne — m'avait fasciné. Dans la caverne indienne, déchaussé sur les tapis sacrés, Gilles était resté en retrait, un éclair de défiance dans l'œil. Il ne pouvait pas être insensible à la langue et à la présence de l'homme qui agissaient comme un charme et je me réjouissais de voir François aussi ému, aussi subjugué que moi.

— Votre arrivée ici est un signe fabuleux, vous les fils des astres. C'est la preuve que ces lieux ne sont pas tout à fait désertés par l'esprit. Une nuit, je vous entraînerai dans ma caverne secrète. À côté de cette chambre royale, ce troglodyte où nous sommes n'est qu'un apéritif. François et moi, nous resterons un peu en retrait et vous avancerez dans la pierre, au-dessus des eaux souterraines qui roulent dans les assises du Périgord…

Quelques jours avaient passé et nous avions un peu pris nos distances. Nous en avions profité pour visiter l'immense grotte souterraine qui s'étendait sous le village. Bargabot l'avait appris. Il nous héla un soir :

— Bande d'imbéciles ! Je vous ai proposé une véritable initiation et vous préférez gaspiller quelques francs et tomber dans un piège à touristes !

Il paraissait très excité et nous l'avions laissé suivre sa route. Quelle que fût la méfiance de Gilles à l'égard de notre faiseur d'icônes, l'envie de m'enfoncer dans la pierre à son instigation et d'y emmener mon frère était plus forte que tout. Le souvenir de nos rites insulaires à l'orée de l'adolescence m'était revenu, intact. L'errant n'était pas encore là à cette époque et le génie du lieu nous avait commandé cette étrange union sous les étoiles. Ce devait donc être la preuve qu'il y avait une sorte de magnétisme, entre le tumulus du château effondré et la rivière, entre l'à-pic du village et les grottes invisibles. Nous serions sans doute déçus, peu importait. Ce qui me rassurait, c'était l'assentiment de François, le sage, le chrétien. Sa proximité des rites immémoriaux, quasi païens, du faiseur d'icônes avait de quoi surprendre. Il semblait prêt à y aller, à nous accompagner, puisqu'il avait compris que seuls les « fils des astres » pourraient pénétrer au plus intime de la caverne.

La grotte était située non loin de la rivière, un taillis et de hautes herbes en dissimulaient l'entrée. C'était une fin d'après-midi très chaude, des chants de cigales et de grillons montaient des berges et de l'île de notre enfance. L'homme avait dû penser que nous n'étions pas suffisamment aventureux pour accepter une invitation nocturne. Dans la première pièce aux parois ocre ravinées de coulures blanchâtres, il avait allumé un feu de brindilles et d'orties, et d'immenses panaches d'un encens capiteux s'élevaient des alvéoles du roc.

— Vous vous avancerez, Gilles et Guillaume, au plus profond, jusqu'à ce lit de sable où j'aime m'allonger pour me mettre à l'écoute des eaux profondes et des rythmes de l'univers. Là, nu, je pose le masque et j'oublie que je suis un homme. Vous laisserez tomber vos défroques humaines et vous cesserez à cet instant d'être Gilles et Guillaume. Ce soir, les fils des astres vont consacrer ma chambre royale, ils portent la beauté éternelle, la lumière primordiale, les jumeaux stellaires qui vont voir sous la roche les sources de l'univers divin…

Un sentiment curieux nous étreignait, l'encens et les orties brûlées avaient fait disparaître toute inhibition, nous avions accepté et nous ne pouvions plus reculer, captifs d'une scénographie qui existait avant tout dans l'imaginaire halluciné du peintre d'icônes. Nous avancions en suffoquant dans une conduite extrêmement basse et souple, aucune aspérité de la roche ne nous blessant. Subsiste l'impression d'une chute subite, d'un sommeil rapide et profond, une suspension euphorique du temps dans un silence peuplé de circulations aquatiques. Aucun des rites que nous avions pratiqués, plus jeunes, pour nous abstraire du monde, n'avait eu cette force et cette volupté. Nous étions seuls et deux, intimement deux, en apesanteur et dans la naïveté du commencement, et il me semblait entendre, dans l'état d'amollissement physique et de confusion mentale qui était le mien, quelques bribes de cette langue secrète qu'il nous était arrivé de parler entre nous sur les rives de l'Élorn, dans les vestiges du bateau Brume ou à l'occasion des errances somnambuliques dans les couloirs de J.

Lorsque nous sortîmes, la gorge asséchée par le court sommeil et la poussière du sable lacustre, nous étions comme ivres et possédés. L'homme s'était éclipsé. Seul François nous attendait au seuil de la caverne. Nous sentions l'encens et l'ortie brûlée, la poussière et l'humidité des chambres souterraines. Et nous n'avions qu'une envie, à l'heure où sur les prairies la lumière commençait à baisser : nous élancer dans les eaux vertes et limpides de la Dordogne.

# CARNET VERT

25 septembre 1973

Impression d'un nouveau départ, sur la montagne historique, dans l'ancien couvent des doctes génovéfains. Je me suis senti rouillé, au début, presque largué, tout avance à une vitesse vertigineuse et les professeurs estiment que nous devrions avoir déjà tout lu. C'est la montagne des carillons et des cloches, les heures sonnent comme au temps des moines.

Je suis scolaire, heureux d'apprendre, d'éprouver mes forces physiques et intellectuelles. Il me semble avoir retenu l'attention du professeur d'histoire. Les élèves sont plutôt ternes, bûcheurs ; on peut nous écraser de travail, personne ne regimbe. Peu de filles intéressantes : seule la compétition les obsède. À l'heure du déjeuner, elles lisent, font des math, apprennent par cœur des chronologies. Une seule semble un peu différente avec son beau nom proustien : Élise de Souvré. C'est une brune au teint mat, très fine et nerveuse, souvent vêtue de manière plus originale que les génovéfaines modernes. Jusqu'à présent nous avons à peine échangé quelques mots

2 octobre 1973

Au soir de la rentrée parlementaire, dîner rue de Bourgogne avec grand-père, surprenant, à la fois survolté et abattu. Aveux étranges sur ses échecs et ses infidélités. Des pans de découragement et de tristesse dont j'ignorais l'existence me sont apparus. Il semblait peu content des conditions dans lesquelles son affaire a été vendue, théoriquement sous le contrôle de sa fille. Une vieille pudeur finistérienne le retenait et il n'en a pas dit plus.

Il faisait grand cas de ce qui se trame dans l'entourage de Pompidou, et peu de nous. Il est vrai que nous sommes restés très longtemps — trop ? — dans le Périgord et que nous n'avons pas passé la fin de l'été à Loscoat comme nous l'avions promis. Il n'y a évidemment pas eu le moindre commencement de reproche et je suis remonté vers la rue Saint-Jacques, seul, à pied, avec un immense fond de tristesse.

8 octobre 1973

C'est le jour du suicide d'un des personnages d'un livre que je viens de dévorer, Allan dans *Un beau ténébreux*. Au hasard d'une digression, le professeur de français a recommandé ce roman dont je connaissais le titre parce que je crois que c'est un des livres favoris d'Antonin. J'avais fini cette lecture à l'aube et, toute la journée, l'effacement d'Allan — je comprends pourquoi il a fasciné Antonin —, dans la beauté de l'automne qui commence, m'a habité.

Je n'ai pas pu m'empêcher de parler de ce roman à Élise qui m'attendait dans le cloître. « Tu aimes vraiment beaucoup le jardin du Luxembourg mais lorsque tu y es, tu ne connais plus personne… » La remarque m'a agacé et j'ai tourné les talons, d'autant que je crois bien n'être jamais allé au Luxembourg. Ce n'est que quelques heures après, alors que je faisais tout autre chose, que cette remarque m'est revenue. C'est certainement Guillaume qu'Élise a aperçu. Il n'a pas encore fait sa rentrée et passe de longues heures à errer dans le quartier. Les chances qu'il lui réponde étaient minces, et je suis prêt à parier qu'elle n'est pas son genre.

17 octobre 1973

Déserté ce carnet et Paris pendant plusieurs jours. À mon retour du lycée, mardi dernier, j'ai trouvé Guillaume prostré, incapable de parler, terrassé par ce qu'il venait d'apprendre. Il a fallu que j'insiste, et presque que je me mette en colère, pour qu'il m'annonce que notre grand-père avait été foudroyé par une crise cardiaque sur le quai de la gare de Landerneau au moment où il s'apprêtait à prendre son train. J'ai aussitôt repensé au dîner du 2 octobre, le soir de sa dernière rentrée parlementaire, et je me suis caché pour pleurer.

Les événements se sont succédé sans que j'aie le temps de méditer et nous nous sommes tous retrouvés à le veiller dans la tourelle ouest de Loscoat qu'il aimait tant. Anne, très étonnante, impassible, s'occupait de tout. Le pire est à craindre après. Ma mère est arrivée par avion, bouleversée comme je ne l'avais jamais vue. Guillaume et moi sommes restés près de lui le plus longtemps possible, regardant ce visage cireux qui n'était déjà plus le sien, la bouche légèrement entrouverte, et cette rosette rouge, comme une fleur dérisoire piquée au revers de sa veste. Il avait enchanté nos vacances au bord de l'Élorn. Nous avions en partie supporté l'enfermement au collège de J. parce qu'une voiture venait nous chercher tous les jeudis pour les déjeuners rituels de la rue de Bourgogne. Nous lui devons tout.

Lorsque le prêtre est venu bénir sa dépouille avant la mise en bière, je me suis souvenu de sa confidence sur le peu de foi qui lui restait depuis le jour fatal où il avait découvert le corps défiguré de son père. Il aurait malgré tout des obsèques chrétiennes, dans un immense recueillement, avant d'être porté en terre par ses anciens ouvriers et ses deux « phares ». Mais le poids du cercueil n'était rien à côté de notre chagrin. Nous sommes ensuite allé pleurer, jusqu'à en oublier l'heure de notre train, dans les planches pourries du bateau Brume.

Je l'avais aimé plus que de raison, sans doute comme tous les hommes qui m'ont fasciné en me désignant un chemin. Des domaines entiers de ce qu'il avait fait me demeuraient étrangers et je n'avais jamais eu, il le savait bien, le moindre soupçon de fibre politique. C'est à Gilles qu'il avait tenté de passer le témoin, discrètement, en distillant ses confidences. La pointe supérieure du triangle que nous avions formé s'était effondrée, nous laissant orphelins et moi plus encore. Le phare qui rayonnait au-dessus des naufragés, c'était lui, la conscience, le roc, le chemin, c'était lui. Je ne l'avais pas toujours suivi quand il s'enfermait trop dans son numéro de notable, quand il jouait à l'excès son rôle de député — il m'était même arrivé de concevoir de l'agacement au cours des déjeuners de la rue de Bourgogne lorsqu'il voulait trop montrer qu'*il en était* — mais le charme revenait toujours et j'étais fier d'être son petit-fils.

La terre tanguait sous mes pas comme elle ne l'avait pas fait au départ de Thomas Vègh. Un instant, j'ai pensé rester à Loscoat auprès d'Anne : Gilles, invoquant l'imminence de ma rentrée, voulait absolument que je prenne le train avec lui. Rentrer : le terme me paraissait absurde alors que je venais de tout perdre. L'image du gisant sous les fleurs, avec la rosette sanglante épinglée au revers de sa veste anthracite, ne me quittait pas. Une tristesse infinie était tombée sur la rivière, sur les salons de l'Élorn comme si ces lieux, malgré la présence d'une survivante, avaient soudain perdu leur substance et leur réalité.

À Paris, j'étais comme un spectre. Le matin, je me faisais violence pour me lever, pour me laver. Gilles était parti et il ne voyait rien. Il devait être aussi blessé que moi — notre ultime moment d'égarement dans les vestiges du bateau Brume me l'avait montré — mais le rythme soutenu de ses études ne tolérait aucune faiblesse, aucun relâchement. Je serais resté des heures dans le jardin du Luxembourg à regarder les feuilles dorées qui s'amoncelaient dans les allées et sur l'eau noire des bassins. À la Sorbonne, j'avais entendu des cours dans une sorte de brouillard, rien ne captait mon attention. Les notes que j'avais prises étaient incohérentes, griffonnées par la main d'un automate.

C'est au Luxembourg que je retrouvais les odeurs et l'esprit de la maison du Loscoat, je passais devant La Méditerranée en songeant à ce dîner heureux le soir de notre succès au bac, la force me manquait pour descendre jusqu'à la rue de Bourgogne. Avant de quitter le manoir, j'avais emporté une vieille veste de chasse, doublée d'un tissu écossais, que Jean Tanguy aimait porter les rares fois où il descendait sur la grève. Je la mettais à l'insu de Gilles. Je me sentais soudain mieux dans cette pelure craquelée, un peu trop grande pour moi, il me semblait ainsi que j'étais un spectre qui se fondait mieux à tous les autres spectres, ceux des amphithéâtres vieillots de la Sorbonne et du jardin du Luxembourg.

Il flottait dans l'appartement de la rue Saint-Jacques un parfum de femme qui ne pouvait pas être celui de notre mère qui n'y venait jamais. Était-ce celui de cette jeune fille que j'avais croisée une ou deux fois dans la cage d'escalier ? Il n'était pas dans les habitudes de Gilles de faire entrer chez nous une intruse sans m'en parler. Une après-midi, je rentrai plus tôt en me déchaussant afin de dissimuler ma présence. Gilles était enfermé dans sa chambre. Un manteau noir et des escarpins avaient été abandonnés dans l'entrée…

Je suis sorti en claquant violemment la porte. Il me semblait que je n'avais plus rien à faire ici. La rage m'avait pris, une blessure atroce qui redoublait celle du deuil. Les spectres qui me dévisageaient devaient me prendre pour un fou. En quelques minutes j'étais au bord de la Seine, subitement attiré par les ponts et le courant. Sur l'eau la lumière d'automne était vive, dorée, un vent tiède soufflait sur les quais, ce qui rendait absurde le port de la veste de chasse. Ce que j'avais deviné restait enfoui en moi, informulable, irreprésentable. Gilles m'échappait. Il n'était plus à moi. Souvent nous nous étions amusés de cette éventualité, avec d'autant plus de liberté qu'elle n'avait pas de *corps*. Je n'avais aucune envie de rentrer, d'apercevoir un lit hâtivement refait, une maison qui n'était plus la mienne. J'éprouvai ce jour-là ce que j'ai ressenti plusieurs fois par la suite dans mes grands moments de détresse : Paris, la capitale des spectres, est une ville où l'on peut se perdre, se noyer sans rencontrer une main secourable.

Prendre un train était au-dessus de mes forces, et pour aller où ? Je n'aurais pas le cœur d'affronter ma grand-mère dévastée par le deuil, il y avait trop longtemps que j'avais rompu tout lien avec le grand-père d'Ostende. Un instant la tentation du Périgord m'effleura, la rivière, les grottes, les prairies, le magnétisme du peintre d'icônes. C'était raviver trop de souvenirs, une félicité souterraine et cosmique, un amont à jamais perdu.

L'homme avait une voix gutturale et un étrange accent. Il m'avait abordé dans un café près du Luxembourg alors que je crayonnais près de la vitrine au lieu d'assister à mes cours.

— Vous aimez dessiner ? C'est rare aujourd'hui. Les jeunes ont plutôt la tentation de peindre, comme cela sans rien connaître.

Il avait regardé mon calepin avec attention.

— Vous suivez des cours ?

Il m'était difficile de mentir. Mon calepin contenait des esquisses, des visages volés, des détails architecturaux, des ferronneries, des sculptures. C'était le fruit de tout ce que j'avais engrangé au cours de mes promenades. Dans le marasme que je traversais, c'était une activité rédemptrice, une discipline qui me rattachait à la vie.

— C'est étrange, avait poursuivi l'homme, à part quelques rares visages, vous n'aimez que les pierres et la statuaire. Vous avez du talent, mais votre univers est un peu trop minéral à mon goût.

Et il s'était éclipsé. Sa silhouette légèrement voûtée avait disparu au haut du boulevard Saint-Michel. Quelque chose était passé, d'intense et de mystérieux, et j'étais revenu le lendemain dans le même café en espérant revoir celui qui m'avait de lui-même adressé la parole, celui qui, par un regard, m'avait retiré du monde des spectres. À la Sorbonne, je jouais les figurants. Gilles avait eu la délicatesse de ne pas faire revenir la fille à la maison. Il n'empêche, rien n'était plus comme avant. Certains soirs, il ne rentrait pas. Il était avec Élise, j'en étais sûr. C'était le prénom de la petite brune que j'avais croisée dans l'escalier.

Une fin d'après-midi, je prenais un verre avec François dans le café de la place Rostand qui regardait les grilles du Luxembourg. Gilles était passé tout près de la devanture, il était avec elle, il parlait fort, faisait de grands gestes. Il semblait trop occupé pour nous voir. François tournait le dos à la vitrine, si bien qu'il n'avait pas identifié ce qui venait de m'assombrir. Le couple descendait vers l'Odéon. Cette image que je craignais plus que tout avait été comme un coup de poignard. Une douleur m'avait terrassé, mes tempes s'étaient mises à battre, tout tournait autour de moi. Il avait fallu plusieurs secondes pour que j'aie l'impression de revenir à la vie. François avait continué à parler, impassible : il avait rencontré le père Serge, qui était maintenant installé à Paris, et ils avaient longuement bavardé. Il parlait d'un collège sur les quais et de la paroisse Saint-Eustache. Du fond de mon brouillard je ne saisissais plus que des bribes. Je me sentais si mal que j'avais souhaité rentrer. Mesurant soudain mon malaise, François avait même proposé de me raccompagner. Je voulais surtout être seul.

Lorsque je reviens en pensée vers cette période qui reste celle de la grande fracture, c'est l'impression d'un automne éternel, d'une lumière définitivement voilée qui s'impose à moi. Et l'effacement du patriarche de l'Élorn et l'assombrissement de notre mystérieuse et tacite entente se rejoignent. Il n'existe pas de mots pour dire les gouffres auprès desquels je passe, les cauchemars toujours marqués par le rejet et l'abandon qui me réveillent comme un enfant affolé et suant. Une certitude : je ne suis pas un homme du verbe. Toute communication m'est douloureuse et je ne survis qu'en marchant ou en dessinant, toujours dans ce même café et jamais aux heures où je pourrais apercevoir mon frère et son amie. François, si subtil, si attentif, semble ne rien deviner de ma détresse. Il est pourtant plus présent, toujours disponible pour prendre un café ou un verre. Sa présence me rassure. Je l'écoute comme un automate tout en attendant l'improbable retour de l'homme qui avait eu la bonté de regarder mes dessins. Mais la lumière paraît avoir quitté à jamais cet automne et un monde dévitalisé.

L'homme était réapparu et je l'avais suivi jusqu'au pigeonnier qu'il occupait de l'autre côté du jardin du Luxembourg, près du lycée Montaigne. C'était un petit appartement très vide avec des livres impeccablement rangés. Il y avait aussi une très belle collection d'écorchés et des estampes japonaises. À quelques allusions, il me semblait comprendre qu'il avait enseigné le dessin, il avait bien connu Marcel Aymé et Céline, il n'était pas impossible qu'il eût illustré *Le passe-muraille* et *Le pont de Londres*.

— Je voudrais bien revoir vos dessins, disait-il souvent, c'était très prometteur ce que j'ai aperçu au café. Vous êtes bien secret. Vous êtes l'exemple même de l'étudiant buissonnier. C'est une espèce répandue dans ce quartier…

Il riait, d'un rire léger qui lui secouait le corps, puis

il passait sa main dans son épaisse crinière blanche. C'était sa voix, très gutturale, qui m'avait magnétisé la première fois que je l'avais entendue et elle me procurait toujours le même effet. Il y avait un nom sur sa porte : Grégoire Rubrecht. L'homme ne s'était jamais présenté. J'avais cru comprendre qu'avant de s'installer à Paris, il avait vécu en Italie et en Allemagne. Les aveux survenaient, décousus, suivis de longs silences. Il disparaissait des jours entiers. Il marchait dans la ville pendant des heures, le long des canaux, à la périphérie, au commencement de la banlieue. Le dos cassé, vêtu d'un vieil imperméable, il parcourait les zones frontalières, un Paris populaire qu'il voyait s'effacer avec tristesse, ces lambeaux insalubres mais poétiques qui seraient dévorés par la modernité arrogante.

Qu'allait-il chercher loin de son pigeonnier du VIe arrondissement ? Sur le pupitre disposé devant l'unique fenêtre de la pièce où il recevait, il y avait toujours des plans, des cartes magnifiquement dessinées, avec des dégradés de couleurs, de l'or au rouge, en passant par des teintes plus sableuses, proches de l'ocre.

— C'est vous qui avez fait cela ? m'étais-je risqué à demander un soir où, las de tout et incapable de supporter la perspective d'une soirée solitaire, l'envie m'avait pris de sonner à sa porte.

— Comme vous, avec votre calepin. Au retour de mes expéditions, j'aime cartographier une ville qui est en train de disparaître. Les Halles, Belleville, Montparnasse, les hauteurs des Buttes-Chaumont où je me plaisais tant. Il restera, au moins, ces relevés et ces cartes qui, de toute façon, n'intéresseront personne…

Il l'avait dit d'un ton détaché, son profil d'aigle découpé sur le mur des estampes.

— Je vous emmènerais bien, mais vous avez mieux à faire, et je crois que je suis incapable de marcher accompagné…

J'avais aussitôt compris qu'il entendait laisser un voile sur ce qu'il appelait ses expéditions. Et, pour se faire pardonner, il m'avait invité à dîner dans un petit restaurant italien à quelques pas de chez lui. Ce soir-là, excité par le vin rouge qu'il buvait sans compter, il avait parlé de ses années d'enseignement artistique à Munich et à Rome. Le dessin académique, anatomique, précisait-il, le seul qui vaille. Il avait trouvé une oreille attentive et il parlait sans s'interrompre de ses voyages en Finlande et dans les pays nordiques. La lumière des fjords le hantait, pour sa limpidité, sa transparence.

— À tous ceux que j'ai rencontrés et qui avaient une prédisposition pour le dessin et la peinture, j'ai recommandé les voyages, les errances dans les paysages face au mystère du monde…

Le vin épais, tannique le rendait presque grandiloquent. Il se nourrissait de poisson et de légumes marinés, et buvait bien plus qu'il ne mangeait. De nouvelles destinations apparaissaient, les Orcades, les Hébrides. Grégoire Kubrecht aimait les îles, l'haleine du large, les confins rocheux, les paysages sculptés par le vent. L'ivresse et l'exercice magistral de la parole lui donnaient une intensité qui me subjuguait. Elle renvoyait au néant tous les professeurs, tous les doctes que j'avais sans cesse fuis.

Il se souvenait d'une chapelle extraordinaire et inachevée perdue dans la lande écossaise. Il décrivait les colonnes et leurs motifs végétaux, le projet insensé de cet architecte qui, pour une raison inconnue, n'avait pas accompli son œuvre jusqu'au bout. Cette chapelle, qui portait un nom comme Rosslyn, l'avait fasciné parce que c'était un haut lieu du mystère. Il continuait à l'évoquer avec un enthousiasme inaltérable, s'attardant au secret de sa construction, à un somptueux pilier réalisé par un apprenti, au détail des proportions qui en faisaient vraiment un joyau.

Longtemps après ce dîner de tous les excès, cette chapelle m'obséda et j'étais certain de ne pas revoir Grégoire Rubrecht les jours qui suivraient. Sans doute avait-il quitté son pigeonnier blanc pour marcher à l'est de Paris. Je croyais de moins en moins à la réalité des expéditions pédestres. Je l'imaginais plutôt enfermé dans un atelier vétuste, au fond d'un dédale insulaire de cette ville qui disparaissait, auprès d'un bief d'eaux dormantes, crayonnant, mûrissant quelque chef-d'œuvre inaccessible. Peut-être même Grégoire Rubrecht était-il le nom du précédent locataire du pigeonnier, l'identité d'emprunt d'un homme qui avait eu plusieurs vies, en Allemagne, en Italie, en Écosse, et qui avait été comme un mage, l'intercesseur de Rosslyn et de la lumière du Nord, à un des moments les plus douloureux, les plus tragiques de mon existence, celui de la fin d'un âge d'or, de l'éclatement d'une utopie.

J'ai erré. À Paris je semblais ne plus compter pour personne. Mon frère était devenu un autre. Grégoire Rubrecht avait disparu du côté de ses bras d'eaux mortes. Personne ne répondait plus dans le pigeonnier du Luxembourg. J'avais sonné à plusieurs reprises, sans résultat.

Un jour où la lumière était dorée, presque chaude, j'avais pris le train, comme un nomade, avec un léger bagage. Je voulais revoir le Périgord. J'aurais pu pareillement monter dans le premier train pour Landerneau. Comme on ne s'intéressait plus à moi, je n'avais prévenu personne. Mes dernières économies fondraient dans ce voyage d'automne. J'étais prêt à vivre d'expédients. La clé de la maison de Domme était gardée par une voisine : je ne serais pas sans toit. La population estivale avait fui. Du bistrot où nous avions établi nos quartiers, il ne restait qu'une terrasse vide et des vitres blanchies. Les quelques artisans qui s'étaient installés l'été dans le village avaient tous émigré dès la fin de la belle saison. Je traînai sur la place, sous les tilleuls jaunis, sans doute dans l'espoir de revoir le peintre d'icônes.

Un vieux brocanteur, qui vendait quelques crédences vermoulues et des machines à coudre hors d'usage, m'assura qu'il était mort. Il voyait bien de qui je parlais. Les quelques repérages que j'avais effectués du côté de la maison troglodyte étaient vains. Ce qui m'était apparu, c'est que la porte dans la roche par laquelle nous étions passés était barricadée. Des planches agencées en croix consolidaient les montants de bois. Je n'avais aucune envie de descendre jusqu'à la rivière, du côté de l'autre grotte, le sépulcre des « fils des astres ». Il avait plu ces derniers jours. La rivière charriait des filets d'herbes et d'écorces et des flots d'eau terreuse. Le brocanteur, que j'étais retourné voir, me précisa que le vagabond avait été enterré dans le cimetière, un peu à l'écart, puisqu'il était sans le sou. Je le pensai mythomane et ne voulus rien croire de la fable qu'il racontait au premier venu. Sans doute celui que nous avions surnommé Bargabot avait-il su attirer à lui une cour de rêveurs et de hippies, séduits par sa voix, ses airs hallucinés, ses rituels chthoniens, l'indéniable poésie qui émanait de sa personne. Il n'était pas impossible que les tenants de l'ordre public se fussent mêlés de l'affaire. Dans ces conditions le vendeur de meubles avait peut-être pour mission d'écarter ceux qui souhaitaient en savoir trop.

Voulant en avoir le cœur net, je me rendis au cimetière. Il y avait deux zones, l'une avec des sépultures entretenues et visitées, l'autre, très près d'un ravin, uniquement occupée de petits tumuli dépourvus de monuments. Presque au bord de l'abîme, la terre avait été récemment creusée et il y avait bien une éminence argileuse sur laquelle des fleurs sauvages et des fougères avaient séché. Aucune de ces misérables sépultures n'avait d'écriteau ni de plaque. Le corps du faiseur d'icônes, de l'homme qui écoutait le bruissement des eaux souterraines dans des senteurs d'orties brûlées était-il enfoui sous ce remblai de graviers ? Toute une part de moi-même, la plus rationnelle, la plus sensible à l'accumulation des indices incontestables se rendait à l'évidence, tandis que l'autre, la nocturne, la rebelle, celle où continuait d'agir le charme des chambres au cœur de la pierre, voulait encore croire qu'il marchait sur les routes, d'Inde, de Grèce ou d'ailleurs, loin des esprits étroits qui l'avaient pourchassé.

Le Périgord serait le pays des pluies sans fin et des enchantements morts. Un désir de Nord me tenaillait et Grégoire Rubrecht devait y être pour quelque chose. Je rentrai à Paris, pris le train pour Londres puis pour Édimbourg. Je voyageai dans des conditions épouvantables, debout, coincé dans des couloirs, à bord de convois interminables qui tombaient en panne ou restaient immobiles en rase campagne entre des gares inconnues. La conscience du deuil, de la fin de l'utopie gémellaire ressurgissait parfois comme une douleur terrible, lancinante, qui saisissait un voyageur solitaire et sans destination. Trempé, grelottant, après avoir fait de l'auto-stop dans une contrée déserte, j'arrivai à la chapelle de Rosslyn qui était fermée. Couverte d'une hideuse toiture de zinc, elle ressemblait à un hangar. Je réussis à me glisser par un entrebâillement de la palissade. Sur les piliers verdis, j'aperçus quelques têtes aux cheveux entrelacés de feuilles. J'avais imaginé un vaisseau merveilleux et je me retrouvais au bord d'une nef minuscule et moisie.

À Édimbourg où j'étais arrivé ensuite, épuisé et au bord de la ruine, des jeunes gens avaient eu pitié de moi comme je stationnais devant la porte d'un pub. Ils prétendaient m'avoir aperçu à Rosslyn, ils m'avaient invité à entrer et offert à boire. C'étaient de jeunes fous, des nationalistes exaltés qui voulaient rapatrier à Édimbourg le siège du couronnement en le volant à l'abbaye de Westminster où, selon eux, il n'avait rien à faire. J'étais ivre, mon anglais plus qu'approximatif, et cette compagnie fantasque se révélait généreuse et hospitalière. Il y eut des pubs à n'en plus finir. Je frôlais l'inconscience. Une pluie fine et froide tombait dans les ruelles au pied du château où nous titubions en pleine nuit. L'un des garçons y avait un atelier de tatouage et il voulait absolument m'y entraîner pour inscrire sur mon corps le signe indélébile de mon admission parmi les veilleurs des douves, la compagnie excentrique et hautement alcoolisée des noctambules qui m'avait adopté. On m'assura ensuite que le choix m'avait été laissé et que j'avais exprimé une préférence. Je n'en avais aucun souvenir. Le lendemain vers midi, incapable de dire où j'étais, je me réveillai avec un mal de tête effroyable.

C'était une femme imposante, parlant haut et fort, avec une faconde qui pouvait faire penser à de la gouaille méridionale. Elle avait été antiquaire, achetait et vendait encore pour le compte de galeries, elle écrivait aussi des critiques d'art dans des revues spécialisées. Geneviève Auffret était une amie des parents d'Élise de Souvré et c'est ainsi que dès l'automne de 1973 elle avait rencontré Gilles. Le chignon légèrement tombé, presque défait, elle était toujours habillée de noir. Il se disait qu'elle n'avait pas la vue très sûre, ce qui ne l'empêchait pas d'aller d'un bout à l'autre de Paris à bord d'une Austin verte qu'elle ménageait peu et dont la carrosserie portait les marques de multiples chocs.

Était-ce parce qu'elle considérait presque Élise comme sa fille qu'elle avait pris Gilles en amitié dès qu'elle l'avait rencontré ? Requis par leurs affaires, les Souvré avaient de tout temps laissé une grande liberté à la dernière de leurs filles. Les études d'Élise suivaient leur cours et ils n'avaient pas grand souci à se faire. Très proche de la famille, liée aux Souvré pour des histoires de reventes d'objets d'art, Geneviève Auffret était une sorte de tante adoptive qui, dès qu'elle était à Paris et avait un peu de liberté, invitait volontiers Élise à dîner dans son vaste appartement du quai des Célestins. Il y avait dans ces magnifiques salons très lumineux qui ouvraient sur la Seine un contraste entre l'état de quasi-délabrement des lieux — les boiseries écaillées, les plafonds craquelés laissaient penser que la propriétaire n'avait plus les moyens d'entretenir son patrimoine — et les splendeurs qu'ils recelaient. Très jeune, avec le peu de fortune dont elle disposait, Geneviève Auffret avait acheté des œuvres de Braque, d'Yves Tanguy, de Nicolas de Staël et de Soulages, des chaises en cuir d'Eileen Gray, des tables de César et d'Yves Klein.

Lorsqu'on poussait la porte de son antre peuplé de chats, on croyait arriver dans un musée ou dans les réserves plutôt, tant était grande l'impression de désordre, avec les toiles pas encore encadrées entassées au mur, les gravures roulées, les tableaux emballés dans du papier kraft, les sculptures toujours captives de leurs coffrets de bois brut. Geneviève Auffret, un fume-cigarette au coin des lèvres, s'avançait de sa démarche lourde, elle se servait un whisky, en proposait un à son visiteur avant de se précipiter vers le téléphone, on l'appelait de New York.

Les soirs où elle avait du temps et aspirait au repos, elle recevait dans sa cuisine tapissée du sol au plafond d'azulejos anciens et offrait du bar ou de la sole arrosés d'un filet d'huile d'olive. Très tôt, Gilles avait été convié à ces repas intimes au cours desquels elle voulait tout savoir des études, des résultats et des fréquentations de sa nièce d'adoption. Elle parlait sans cesse, fumait en mangeant, maugréait lorsque le téléphone sonnait parce qu'elle avait décidé que c'était un soir de relâche. Peut-être était-ce un marchand d'outre-Atlantique, un collectionneur, un galeriste qui lui commandait une expertise ou un article ; un instant elle s'absentait en pensée de son dîner mais elle demeurait à sa place, resservait du vin, s'en voulant d'avoir cédé une parcelle d'instant au divertissement. Au début, Gilles s'était montré réservé, intimidé par l'appartement et la personnalité de cette femme qui débordait de vie, à tel point que Geneviève Auffret l'avait jugé fade et timoré, et c'était ce qu'elle avait dit sans ambages à Élise. « Il vient de perdre son grand-père, il a eu une enfance compliquée… », avait plaidé Élise sans convaincre Geneviève Auffret qui avait aussitôt rétorqué :

— Ma petite, tu ne tiens pas un dispensaire !

Un brin choquée par le commentaire, la jeune fille avait boudé quelques jours. Au volant de son Austin cabossée, Geneviève était venue l'attendre à la sortie du lycée, interrompant la circulation des autobus rue Clovis, ce dont elle n'avait cure.

— Tu es seule, quel dommage ! Je voulais vous emmener dans le Marais voir des gravures de Callot, c'est pour un article…

— Je croyais que tu trouvais Gilles sans intérêt ! avait répliqué Élise avec une certaine violence.

— Tu ne me connais donc pas. Tu sais bien que je n'ai aucune finesse et que je me comporte toujours comme une grosse otarie impulsive…

Le mot venait d'elle. Et quand elle avait conscience d'avoir blessé un proche, Geneviève Auffret ne savait plus que faire pour se rendre aimable. Elle emmena Élise dans un salon de thé ravissant qu'elle connaissait rue Racine, elle avait oublié les gravures de Callot et le papier qu'elle rendrait comme toujours en retard, elle voulait parler, entre femmes, susciter les confidences. C'est ce jour-là, dans le salon de thé anglais un peu vieillot avec ses porcelaines et ses dentelles, qu'Élise avoua que Gilles avait un frère jumeau qu'elle n'avait jamais vu et qui, semblait-il, la rejetait.

— J'aime vraiment ce garçon, avait-elle poursuivi, et tu sais que j'ai eu déjà quelques aventures. Ici c'est différent. Tu me trouveras peut-être idiote, mais c'est un lien fort…

Soucieuse de se faire pardonner son indélicatesse, Geneviève Auffret était restée silencieuse, comme songeuse.

— Et que fait son frère ? Est-il aussi brillant que Gilles ?

Élise avait bien dû avouer qu'elle n'en savait rien. S'il n'y avait pas eu l'épisode du Luxembourg et de ce garçon qui semblait ne plus la reconnaître, elle aurait sans doute longtemps ignoré l'existence de Guillaume. Plus tard elle avait vu les deux noms sur la boîte aux lettres de la rue Saint-Jacques, mais elle n'avait toujours pas rencontré l'autre occupant des lieux.

— Je ne sais même pas s'il habite encore avec lui…, avait repris Élise. Ces derniers temps Gilles est très sombre. Je me demande s'il n'a pas fugué. Leur père aussi a disparu dans d'étranges circonstances.

Geneviève Auffret ne semblait plus décidée à jouer les otaries impulsives. Elle était curieusement muette, comme si l'histoire du père disparu et du jumeau fugueur l'avait plongée dans une sorte d'hébétude. Cependant elle n'avait rien perdu de son colossal appétit, elle attaquait même une seconde tarte aux fraises des bois tout en se demandant si elle aurait la force de descendre jusqu'à la galerie du Marais pour revoir les Callot.

— C'est toujours la même chose. Je dois être capable d'évoquer de mémoire ces *Malheurs de la guerre*... En revanche, tu m'as donné une idée. Il faut soutenir ce jeune homme. Tu viendras dîner avec lui lorsque je réunis mes grandes tables — elle nommait ainsi ses mondanités mensuelles. Il faut lui présenter du monde, il faut qu'il creuse son trou. Tu peux compter sur moi...

Elle avait marché d'un pas pesant vers son Austin, toujours aussi mal garée. Elle devait s'enfermer toute la soirée pour écrire son papier. Élise n'en croyait pas un mot.

J'aurais pu ne jamais rentrer. L'hiver pluvieux des pays du Nord me chassait. L'idée de revenir, d'avoir à rendre des comptes était au-dessus de mes forces. La perspective de retrouver les cours de la Sorbonne et le studio de la rue Saint-Jacques suffisait à me décourager. Ma mère, pour la première fois de sa vie sans doute, s'était inquiétée. Lorsqu'elle m'avait invité à dîner chez elle, tout près du Palais-Royal dans un appartement qu'elle partageait peut-être avec quelqu'un — c'était une part secrète de sa vie qu'elle protégeait jalousement —, elle était si heureuse de mon retour qu'elle m'avait accueilli à bras ouverts, sans exprimer de reproches.

— Tu n'es sans doute pas fait pour cette vie d'études..., avait-elle concédé avant d'avouer, avec un léger sanglot dans la voix que toutes ces semaines avaient été bien tristes.

Elle paraissait sincère, moins en représentation, comme si elle n'avait plus craint de dissimuler ses tourments.

— J'ai beaucoup vu Gilles ces derniers temps. Il est happé par ce qu'il fait. Vous n'avez pas du tout le même mode d'existence. Je croyais pourtant que tu avais été heureux ces dernières années au collège…

Je l'avais été parce que j'y avais bénéficié d'une protection et d'un cadre. Sans doute, d'ailleurs, cette situation artificielle et mensongère avait-elle trop duré. Il ne s'agissait pas de recréer quelque chose de définitivement perdu. Ma mère était bien trop lucide pour ne pas le souhaiter. Elle se retrouvait simplement face à des fils qu'elle avait aimés à sa façon, les voyant peu, presque de manière mondaine parce qu'elle avait une carrière à faire et une identité sociale à reconquérir. À cet égard le solaire Gilles ne pouvait que la rassurer, avec lui elle était en territoire connu, parmi les prédateurs, les êtres de peu d'état d'âme qu'elle côtoyait dans son métier, chaque jour. Mon éclipse la plaçait face à des doutes, une vie d'errances et de bifurcations qui la laissait désemparée. Elle était aimable parce que rongée par l'inquiétude. Je savais bien quel fantôme la hantait.

— Surtout, mon petit Guillaume, ne te détruis pas et épargne-nous. Je veux savoir ce que tu fais. Tu peux sécher tes cours, ce n'est pas un problème. Je suis même prête à t'accorder une année pour que tu puisses réfléchir avant de démarrer quelque chose de solide. Mais il est impensable que je ne sache pas où tu es. Je ne veux plus avoir ton frère au téléphone, affolé et prêt à appeler la police…

Elle servait généreusement le champagne. Elle en buvait même souvent la nuit, en travaillant, m'avait-elle avoué. Une sérénité subite me gagnait, dans cet appartement inconnu, face à une femme que j'avais toujours admirée tout en la connaissant finalement très mal. Je lui demanderais de pouvoir rester là quelques jours. L'idée de traverser la Seine, de remonter sur cette montagne minérale et venteuse que je détestais, était au-dessus de mes forces. Le Périgord et l'Écosse, la découverte de la petite stèle à flanc d'abîme et les nuits d'ivresse dans les douves du château d'Édimbourg avaient mis entre mon ancienne vie et moi une distance infranchissable. Tout serait toujours plus lent et plus douloureux, je n'étais pas de ceux qui acquiescent spontanément au monde.

— Tu restes ici le temps que tu veux. Si tu désires passer quelques jours en Bretagne, c'est possible, mais je ne suis pas certaine que ce soit une bonne idée. J'éponge toutes tes dettes…

Elle m'avait conduit jusqu'à une petite chambre au bout du long couloir qui fendait l'appartement, une belle chambre comme je les ai toujours aimées, blanche et monacale. J'étais en paix. L'homme vert de la chapelle de Rosslyn me revenait avec une précision stupéfiante. Je dessinerais toute la nuit.

Il y avait au bout du même couloir une vaste salle vitrée dans laquelle on avait entreposé des buis et des plantes vertes. D'emblée l'endroit m'avait plu, à cause de sa lumière que filtrait une verrière verdie, une lumière étrange, noyée, celle d'une clairière aquatique sur les toits de Paris. Ma mère s'en allait de bonne heure : j'étais seul enfin. D'autres seraient peut-être restés sur leur lit comme des gisants à remâcher leur noirceur. Je n'avais aucune envie de paresser, une énergie me poussait même à me lever ; les colonnes, les visages, les motifs entrevus dans le vaisseau ténébreux de la chapelle écossaise m'appelaient, nets, parfaitement lisibles, alors même que là-bas je n'avais pas pris la peine de dessiner le moindre croquis.

J'avais d'abord tracé les volumes et les formes d'une architecture onirique, sur de grandes feuilles, couché à même le sol. C'était la première fois que j'attaquais des formats aussi grands. Au crayon, sans la moindre hésitation, je retrouvai l'élan des colonnes, les motifs végétaux de la curieuse chevelure de l'Homme vert qui courait sur les parois du sanctuaire. Une force inconnue me traversait, tout m'était indifférent, la rotation des heures, les bourrasques, le martèlement des averses sur la verrière, les éclaircies. Le corps rompu, durci par l'ankylose, je marchais en titubant jusqu'à la cuisine pour y prendre un verre d'eau ou un café. Jadis je me serais effondré sur le premier canapé, et la somnolence, une profonde rêverie m'auraient vite emporté. Le breuvage avalé, je revenais dans ma serre avec le désir de parfaire une forme, le fût d'une colonne, le foisonnement des fougères creusées dans la pierre. Le soir, je faisais tout disparaître, ne supportant pas qu'un œil extérieur pût se poser sur ces ébauches.

Ma mère s'était absentée pour un périple de quelques jours. Une femme de ménage d'origine vietnamienne passait le matin, elle remplissait le réfrigérateur, me préparait quelques plats : je ne la voyais pas. À peine debout, hâtivement douché, je m'engouffrais dans ma cabine vitrée et, loin de tout, je dessinais avec pour unique passé mon récent voyage. Il était difficile d'épuiser le mystère de la chapelle. D'autres tentations m'avaient saisi, celle des paysages minéraux, brossés, couverts de lichens noirs que j'avais aperçus au cours de ce voyage. Le sanctuaire m'offrait le secours des volumes et des matières architecturales ; le paysage, ouvert, ténébreux, avec des lignes instables qui ne cessaient de fuir me donnait le vertige et frappait ma main d'impuissance.

Une après-midi, n'y tenant plus, j'entrai chez un

marchand de couleurs qui avait une boutique à l'entrée d'un passage, tout près de la Bibliothèque nationale et j'achetai des toiles, des pinceaux, des huiles. Je fis le fanfaron lorsque le marchand me pressa de questions. Ma science était des plus courtes et j'étais au début de mon apprentissage. J'étalai les toiles sur le carrelage du jardin d'hiver. Les soucoupes des pots de buis les maintiendraient parfaitement planes. Cette fois c'étaient les paysages de landes, de bruyères et de terreau noir, de roches affleurantes qui m'obsédaient. Pour les restituer, pour les imposer, il me semblait qu'il faudrait une matière épaisse, presque coagulée, des grumeaux de peinture, des balafres luisantes, et qui résistaient aux mouvements du pinceau.

C'était le noir total, une sorte de bitume à l'odeur chavirante qui me laissait hagard, comme sonné, à l'orée de mon immense rectangle vierge, je ne voyais rien, si ce n'est le lacis d'ornières goudronneuses dans lequel je m'enlisais. Je n'avais plus de toiles et soudain les forces et le souffle me manquaient. Dans un bar à l'arrière du Palais-Royal dans lequel je m'étais, avec l'audace d'un habitué, juché sur une escabelle, j'avais descendu trois bières belges sans prendre le temps de respirer et de dire un mot au patron qui me regardait en restant coi. Mes vêtements étaient maculés, je sentais la peinture, seule la canadienne de feu le député du Finistère donnait un semblant de respectabilité à ce garçon hirsute qui s'encanaillait dans le premier bistrot venu.

Rentré dans mon atelier sauvage, j'avais pris des draps qui séchaient à côté et je les avais étalés sur le sol. C'étaient comme des voiles ou des suaires sur lesquels je projetais la peinture, plus fluide parce que mieux dosée et, cette fois — mais peut-être était-ce simplement l'effet de la bière —, il me semblait que j'étais enfin pleinement dans le paysage, dans ses linéaments de roche et de tourbe, avec une présence et une grâce qui me faisaient hoqueter. J'avais peint ainsi très tard dans la nuit, avec une soif si violente qu'elle m'avait poussé à attaquer une bouteille d'armagnac, et le mélange d'ivresse et de fatigue avait fini par me foudroyer, en me laissant près de mes travaux, sous une verrière constellée d'étoiles.

Lorsque j'étais revenu à la conscience, transpercé par le froid, incapable de savoir où j'étais, j'avais rampé jusqu'à mon lit avec la sensation d'une fatigue nauséeuse plus terrible que celle qui avait suivi les ivresses d'Édimbourg. Le matin, l'arrivée de la femme de ménage m'avait réveillé et je m'étais blotti dans mon lit, paralysé par l'angoisse et la honte. Il y avait presque une semaine que je travaillais, je n'avais jamais autant dessiné, je n'avais jamais peint et le jardin d'hiver était rempli de mes forfaits et de mes déjections. Il y avait bien un grenier, que la gentille Vietnamienne m'indiqua, où faire disparaître ces toiles, ces draps noirs, les paysages d'une obscure traversée. Rien ne devait subsister, dans l'appartement, de ces folles journées où je m'étais dépensé avec une fougue jamais éprouvée.

Un sentiment curieux m'oppressait et je fus tout près de descendre les toiles et de les abandonner sur un trottoir après les avoir lacérées. Ma première réaction avait été de sauver les dessins de Rosslyn qui ressemblaient sans doute plus à mes essais antérieurs, ceux du carnet d'esquisses du Luxembourg qu'avait daigné regarder Grégoire Rubrecht. Je mis la veste de chasse, allai marcher dans les jardins du Palais-Royal jusqu'à la rue de Rivoli dont le bruit me fit rebrousser chemin. Il me semblait qu'on me regardait de travers. Personne ici ne me connaissait dans cette belle enclave campagnarde au cœur d'une austère enceinte minérale, personne ne savait que j'avais décroché du monde des vivants, que j'avais erré avant de m'enterrer et de barbouiller pendant des jours sous une verrière perchée sur les toits du beau Paris. Peut-être même le souvenir de ces jours étranges et miraculeux s'effacerait-il. Rien ne m'oppressait plus, rien ne me retenait plus, j'étais porté par l'énergie sauvage de ces pas dans les lumières et les excès d'un automne noir. Ce n'était pas Guillaume Vègh qui avait dessiné et peint, c'était le vagabond brisé, chassé de Paris et de son utopie rompue, le piéton des pluies froides du Périgord, celui à qui serait refusée toute nouvelle incursion dans les chambres sous la pierre, le noctambule tatoué, le buveur impénitent des douves d'Édimbourg. Cet autre avec lequel il me faudrait vivre désormais, fou de paysages et de dessins, parfaitement inapprivoisable comme en ces jours extrêmes et fulgurants, dans une arche céleste et vitrée, quelque part sur les toits du vieux Paris.

À force de traîner au bord des canaux, dans un univers d'entrepôts lugubres et désaffectés, j'avais fini par apercevoir Grégoire Rubrecht au moment où il s'apprêtait à s'enfoncer dans une impasse. C'était tout près d'une petite église orthodoxe en bois dans un petit parc planté de bouleaux. Je venais de contempler les icônes et la carène encrassée de l'église lorsque j'avais reconnu la silhouette longiligne de l'homme avec qui j'avais eu quelques beaux échanges sur la rive gauche. Ma joie avait été telle en l'apercevant que je l'avais hélé.

— Vous ici ! avait-il dit en me serrant froidement la main.

De toute évidence, il ne s'attendait pas à me voir dans ce Paris des confins et je le dérangeais.

— Je vous ai beaucoup cherché… Plusieurs fois j'ai sonné à votre porte. Je suis allé jusqu'à Rosslyn…

Ce nom avait la vertu d'un talisman : immédiatement Grégoire Rubrecht s'était radouci et il avait vite retrouvé son urbanité habituelle.

Il suffit qu'on prononce une destination un soir devant vous et vous vous mettez en route. Je croyais pourtant que vous aviez des *obligations*.

Le mot était resté en suspens et j'avais senti la morsure de son ironie glaciale. Nous étions entrés dans le premier café : il ne voulait manifestement pas m'entraîner dans son refuge de l'impasse. Très rapidement, dans ce minable bistrot de mariniers et de vieux alcooliques où il semblait être connu, il m'avait interrogé. Il voulait savoir exactement ce que j'avais vu. Je passai vite sur les conditions du voyage et sur ma déception. Ce que je voulais surtout lui dire, c'était à quel point la chapelle m'avait hanté au retour.

— J'ai dessiné et j'ai peint, dis-je subitement comme sous l'effet d'une force que je ne maîtrisais pas.

Les travaux étaient toujours cachés dans ce grenier dans lequel ma mère ne montait jamais, et la bonne vietnamienne était la seule à m'avoir vu manipuler les toiles. Elle était d'une remarquable discrétion.

L'homme souriait, le profil d'aigle légèrement à contre-jour, totalement décalé dans ce café des bords du canal.

— J'aimerais voir ces dessins. Vous pouvez passer demain. Pas trop tard, la lumière de ma tanière se fait rare en hiver. Et d'ailleurs, on peut très bien se retrouver ici, au café de La Passerelle. N'est-ce pas un nom magnifique ?

Le lendemain, j'étais dans le quartier bien avant le rendez-vous. J'avais enroulé une des grandes toiles et glissé dans un carton à dessin tous les travaux de Rosslyn. La patronne du café de La Passerelle, qui m'avait reconnu, avait bien voulu garder mon fardeau pendant que je visitais une nouvelle fois la petite église orthodoxe au milieu de son bosquet de bouleaux. L'angoisse était montée dès que j'avais passé le canal, je savais que je m'exposais à un jugement et j'avais besoin du feu des veilleuses et de l'or des icônes avant que ne tombe le verdict.

Grégoire Rubrecht était déjà attablé près de la vitrine lorsque j'étais entré.

— Vous n'êtes tout de même pas venu les mains vides ? avait-il grondé alors que la patronne me tendait par-dessus le zinc mon carton à dessin.

Je l'avais laissé lui-même dénouer les lacets noirs. Il s'était légèrement accoudé à la fenêtre, pour capter un peu de la lumière très froide qui flottait au-dessus des écluses. Je grelottais soudain. L'or des icônes ne m'avait pas réchauffé. L'humidité malsaine des biefs, des passerelles rouillées, des quais tapissés de feuilles pourrissantes me transperçait. Je ne voulais pas lire les réactions de Grégoire Rubrecht. C'était un examen rigoureux, méthodique, d'une incroyable vigilance. Des parieurs commentaient les résultats des courses de l'après-midi à Enghien. Leurs voix nasillardes me distrayaient.

Il déroula la toile, l'écarta de lui, sans doute pour mieux la voir. Les parieurs s'étaient tus et ils le regardaient.

— C'est vraiment surprenant, dit-il enfin avec un léger sourire. Vous avez saisi le mystère de Rosslyn. Il faut encore que vous creusiez vos obsessions. Continuez à travailler les colonnes, les fougères de l'Homme vert. Il faudrait que vous arriviez à en faire une série. Je vous montrerai un jour ce que j'ai moi-même fait, si ce n'est pas déjà pourri dans ce foutu hangar, c'est exactement dans le même esprit. Les toiles, il faudra que je les voie toutes. Évidemment vous ne maîtrisez pas l'ensemble des techniques, mais il y a autre chose. À votre place, je ne m'interrogerais pas longtemps sur ma vocation. Je louerais un gourbi par ici et je me mettrais au travail. La lumière du canal, ces ciels de l'est de Paris sont extraordinaires. Je n'en dirai pas plus. Ce n'est ni dans mon caractère ni dans mon rôle…

Au moment de s'en aller, Grégoire Rubrecht m'avait donné une accolade presque affectueuse. Je craignais plus que tout son jugement — le seul étrangement qui comptât pour moi — et, dans mon émotion et mon extrême nervosité, il m'avait semblé entendre un fabuleux encouragement. Je marchais au bord des biefs avec mon gigantesque carton à dessin, soulagé. Le verdict de Grégoire Rubrecht eût été négatif, je jetais dans le canal tout ce que j'avais produit. Celui qui connaissait et enseignait les techniques avait eu la bonté de saisir dans mes travaux quelque chose de plus, une errance, une douleur sans doute et l'esprit de lieux qui m'avaient fasciné. Rien ne provenait de moi. Mais de ce jumeau ombreux, chaotique, fils des généalogies et des chevaleries du Nord, que je m'étais inventé au moment même où ma vie basculait.

Gilles était souvent entouré de jeunes femmes très sûres d'elles qui venaient pérorer dans l'appartement de la rue Saint-Jacques. Elles passaient leur temps à tirer des plans sur la comète, le monde leur appartenait. Au milieu de cette compagnie aussi docte qu'antipathique, Élise, qui au fond d'elle-même était très décidée, manifestait une fragilité, une féminité qui manquaient cruellement aux autres. Notre rencontre avait été bizarre, très fuyante. Elle était là un soir que je rentrais de mon atelier du canal. Il faisait trop froid pour que je reste y dormir et je continuais à venir rue Saint-Jacques, convaincu de ne pas trouver Gilles qui vivait depuis quelques semaines de l'autre côté du jardin du Luxembourg. J'étais sale, mal rasé, je sentais la peinture. J'arrivais de la cellule venteuse qu'une relation de Grégoire Rubrecht, fidèle du café de La Passerelle, m'avait prêtée au fond d'une bâtisse désaffectée dont la toiture menaçait ruine. Le trouble avait fait rougir cette charmante jeune fille qui en avait bafouillé. De mon côté, j'avais dû marmonner quelques paroles inaudibles, gêné de devoir rencontrer celle qui m'avait pris mon frère. Gilles s'était absenté le temps d'une course, il ne revenait plus et nous étions là à nous regarder, l'air embarrassé, elle plutôt élégante, toute de noir vêtue.

— Ne restez pas debout, avais-je dit, souhaitez-vous boire quelque chose ?

Les réserves de l'appartement étaient pauvres, il restait tout juste un fond d'orangeade que je lui avais servi en m'extrayant de ma veste de chasse qui puait la peinture et la cigarette. Élise avait un front dégagé, des pommettes bien marquées, des joues et des lèvres d'une carnation délicate. C'était un mélange d'extrême féminité et de volonté comme toutes ces jeunes filles qui ne craignaient pas dans les études un rythme soutenu et une émulation sauvage. Tout en buvant le triste verre qu'elle avait poliment accepté — on sentait la marque d'une éducation parfaite — elle ne cessait de me regarder, pas comme un intrus, comme un être étrange, en marge, le double grossier, inachevé de celui qu'elle aimait.

— Gilles m'a dit que tu faisais une pause dans tes études…

Le mot était tombé et il me rejetait sur la rive. Il avait été dit d'une voix tendre et flûtée, légèrement haut perchée, il ne se voulait sans doute pas méchant, mais pour qui avait grandi entre l'Odéon et le lycée Henri-IV, avec un père énarque dont l'itinéraire tout tracé s'était dévoyé du côté des marchés bancaires, on suivait sa route et la notion de pause était impensable. Elle mesura très vite le coup qu'elle m'avait porté :

— Rassure-toi, je ne pensais pas à mal. Gilles m'a parlé de ce que tu fais. Il m'a dit que c'était vraiment très beau. Et puis, tu sais, des peintres, des sculpteurs, j'en rencontre souvent chez ma tante avec qui nous dînons tout à l'heure…

Je fus à deux doigts de lui dire que Gilles était un

fieffé menteur et qu'il se moquait éperdument de ce que je faisais. Au même moment le trouble me gagna : comment mon frère était-il capable de porter un jugement sur des travaux qu'il n'avait jamais vus ? Il ne restait rien chez notre mère : tout avait été déménagé dans ma cellule des bords du canal de la Villette, le long de cette frontière aquatique où la ville se défaisait en une pulvérisation de gouttelettes lumineuses et d'averses sans fin. Mon frère m'avait-il suivi ? Tout cela paraissait hautement improbable, étant donné sa charge de travail. Si mondaine fût-elle, Élise de Souvré n'avait pas parlé au hasard. Elle évoquait mes travaux parce que Gilles continuait ou feignait de s'intéresser à moi. Je n'exprimai aucun sentiment : aucune faille ne devait apparaître, même si nos liens, en apparence, étaient plus que distendus.

— On mène une vie de fou dans ces classes, mais dès que j'aurai du temps, je voudrais bien pouvoir visiter ton atelier…

— C'est un bien grand mot et il y a peu de choses à voir… J'étais un bon élève de lycée, mais très vite les démons de la vie buissonnière m'ont saisi… Au moins, tu es sûre de ne pas connaître cela avec Gilles.

Elle me regardait, tendue, mal assise sur le bord du canapé, prête à bondir. Elle disait avoir rencontré des artistes, mais cette part d'inquiétude et de vie errante lui demeurait étrangère. Je l'avais senti malgré son amabilité et les marques d'intérêt qu'elle avait manifestées. C'était Gilles Vègh qui l'attirait, le solaire, l'infrangible, celui qui allait déjà, comme elle, de succès en succès, pas le misérable, l'indécidé, le barbouilleur pouilleux des bords du canal. Tout, me semblait il, s'était joué dans cette rencontre, une sympathie, une curiosité pour le double qui avait accompagné son

Gilles depuis l'origine, et une défiance aussi, massive, résolue, à cause de nos liens, à cause de ce que je savais, à cause de ce que j'incarnais. Elle ne m'aimerait jamais.

Gilles était enfin arrivé, un énorme bouquet à la main, plus que surpris de nous trouver là tous les deux à bavarder. Élise voulait m'entraîner chez sa tante d'adoption. Cette rencontre avait remué suffisamment d'eaux noires et je n'avais aucun talent pour les mondanités. Je voulais ressasser seul dans le silence d'un appartement déserté.

Lorsque je reviens en pensée vers cet hiver, c'est une impression de froidure que je retrouve, au bord du canal, à cette frontière aquatique, sous les nuages, à l'est de Paris. Avec ses impasses, ses pavés inégaux entre lesquels poussaient les herbes folles, ses palissades constellées de graffitis, ses entrepôts aux toitures mangées par la rouille, le quartier avait quelque chose de londonien — le Londres des docks, des espaces délaissés des berges de la Tamise — et cet univers de demi-brume et de ruine m'excitait autant qu'il m'intimidait. Un minable et dangereux radiateur à gaz chauffait ma cellule délabrée, des feuilles avaient pourri sur la verrière, la couvrant d'une pellicule noirâtre qui obscurcissait l'endroit où était dressé mon chevalet. Je n'avais pas toujours l'énergie de peindre : il m'arrivait de rester immobile, comme en contemplation auprès d'un crâne que m'avait donné Grégoire Rubrecht et d'esquisses de la chapelle de Rosslyn. Je grelottais presque, mais je n'avais aucune envie de sortir. L'or des icônes du sanctuaire aux bouleaux tout proche ne m'attirait plus, le petit jardin escarpé, le vieux pope qui vendait des ouvrages de théologie dans une échoppe déglinguée. Personne ne savait plus où j'étais, dans les vestiges du bateau Brume, le couloir sableux de la grotte de Domme, les coursives et les escaliers du collège de J., la nuit humide des douves d'Édimbourg. Toute une part de l'humanité s'effaçait alors, l'écho de la voix de mon grand-père me revenait parfois, de l'autre côté d'un mur, je ne recherchais plus l'amitié de François et s'il m'arrivait de marcher jusqu'au Palais-Royal, c'était pour me réchauffer chez ma mère et m'y établir un moment en parasite.

Elle m'avait promis de venir voir ce que je peignais, mais son métier d'avocate la portait plus volontiers à Lausanne ou à New York. Elle viendrait sans doute si je perçais un jour. Il me semblait parfois deviner qu'elle considérait tout cela comme une lubie qui me passerait et si elle continuait à m'entretenir en puisant dans une cassette que lui avait laissée son père pour l'éducation des jumeaux, c'était avec la conviction que je ne tarderais pas à me décourager et à rentrer dans le rang.

J'avais parfois si froid que j'allais boire un thé ou un grog au café de La Passerelle. Les parieurs étaient toujours là, obsédés par les résultats d'Enghien et de Chantilly. J'espérais une arrivée, l'apparition d'un imperméable clair et froissé, l'irruption magique, sur la passerelle enjambant le canal, d'une crinière blanche décoiffée par les heures de marche. Avais-je à cette époque visité son antre ? Je ne le crois pas. Nos rencontres furtives avaient lieu au café et il lui arrivait de m'accompagner jusqu'à ma cellule parce qu'il voulait savoir où j'en étais. Il avait suffi que je lui parle des crânes que j'étais en train de peindre sur fond de marécage après avoir lu et relu jusqu'à l'hallucination *Les chants de Maldoror*, aussitôt il avait voulu voir ces nouveautés. Cette présence, que j'avais tant attendue, me rassurait. Le café de La Passerelle était enfin rempli, une chaleur se répandait dans mon gourbi ouvert aux vents. Un système de connivence s'était mis en place et la patronne m'adressait un signe dès qu'elle apercevait la silhouette de Grégoire Rubrecht sur la passerelle, en majesté au-dessus du canal. Pour moi, il était la Présence, le Chemin, le Regard. Sa venue me réveillait, sans lui je me changeais en spectre dans les ombres liquides de ce domaine d'entrepôts et de docks, je savais que tout à l'heure son doigt pointerait les faiblesses de mon travail : une maladresse dans le trait, un excès de couleur, un empâtement, une surcharge qui alourdissait le dessin. Il s'effaçait très vite, souhaitant sans doute me laisser cheminer seul. Une fois il s'était tu et j'avais entendu dans son silence une vive réprobation : à peine avait-il quitté les lieux, le crâne était enfoui sous une épaisse couche de bitume. Quelques jours après, au café, je lui avais avoué cette destruction.

— Vous êtes ridicule, avait-il dit en feignant de s'énerver, ce n'est pas parce que je me tais que je condamne. Chez vous j'aime une certaine austérité et la précision du trait. Il n'est pas utile de trop en mettre. C'est un péché de jeunesse. Je ne voudrais pas que vous voyiez en moi une figure nécessaire. Quand on veut peindre, il est indispensable de rompre.

Et il avait disparu sans me raccompagner. Cet aveu était une bêtise et j'aurais été bien avisé de me taire. J'avais titubé en grelottant jusqu'à ma cellule. Les forces me quittaient. Je n'aurais plus assez d'énergie pour reprendre la série des crânes. J'étais allé marcher, je m'étais perdu. J'avais passé des heures à boire des pintes d'une mauvaise bière dans un café vide et délabré au commencement de la zone ; au loin, il me semblait reconnaître la toiture verdie de la basilique de Saint-Denis.

Lorsque j'avais voulu ouvrir la porte de mon atelier, la serrure résistait en émettant un grincement étrange. Je la fermais toujours à double tour : le visiteur, qui s'était introduit en mon absence en laissant intact mon chaos de pinceaux et de crânes, s'était contenté d'un seul.

Je revois un jour lumineux, éclairé d'un soleil froid, blafard qui luit au ras des biefs. Nous sommes au café de La Passerelle, en vitrine, sous les arbres aux écorces nues. Je ne sais comment François m'a retrouvé : est-il passé rue Saint-Jacques ou a-t-il téléphoné à ma mère ? Il affiche un immense sourire que ne suscite pas seulement la joie de nos retrouvailles.

— J'ai fait comme toi, dit-il, je suis parti…

J'entends ces mots qui jaillissent dans la belle lumière du canal, sans chercher à les comprendre, sans doute parce que je n'ai jamais imaginé François en adepte de la fugue, en jeune révolté rompant avec un destin qu'il ne sent pas.

— Je suis parti, j'aurais voulu te prévenir plus tôt… Rassure-toi, je ne viendrai pas vivre au bord du canal.

Il doit me voir en sauvage absolu, refusant toute présence auprès de lui.

— J'ai ressenti un vide affreux après avoir quitté J. Et ce ne sont pas les études que j'ai entreprises qui m'auront donné le sentiment de faire œuvre utile. Rarement j'aurai été aussi vacant, aussi déconnecté…

La lumière, son sourire m'éblouissent ; les heures d'enfermement, entre rêverie et travail, m'ont laissé hagard, incertain. Jamais comme en cet instant la beauté de François ne m'a saisi, moi qui ai passé ma vie à admirer Gilles. C'est un moment étrange, je ne l'écoute pas, je le regarde comme je ne l'ai jamais fait jusque-là, séduit par son visage creusé, ses yeux incandescents, la mèche noire et souple avec laquelle il ne cesse de jouer tout en parlant. Je n'ai pas avalé des pintes et des pintes de mauvaise bière, je n'ai pas noyé mon angoisse en buvant grog sur grog, je dois même être à jeun, une sorte de brouillard nous entoure et des noms me parviennent, Saint-Eustache, Solesmes. Sent-il mon inattention qu'il prend pour de l'incapacité à l'écouter ?

— J'aurais peut-être dû t'écrire. J'ai l'impression que, comme Gilles, tu es ailleurs.

La flèche m'atteint de plein fouet.

— Je t'expliquais que depuis notre départ du collège, je n'ai adhéré à rien. J'ai traîné, j'ai flotté comme beaucoup d'entre nous sans doute. Rien dans le monde n'avait l'intensité de ce que nous avions connu dans l'enceinte de ces murs. Rien n'avait l'intensité des heures que j'avais passées à méditer dans la chapelle. Je suis allé voir le père Serge, près du trou des Halles, dans le grand vaisseau de Saint-Eustache. J'avais échangé quelques mots avec lui à J. et je savais qu'il m'aiderait à voir plus clair. C'était la première personne à qui j'ai osé parler de ce feu qui me rongeait et me poussait vers Dieu. Il m'a écouté en me prenant au sérieux. Il m'a conseillé quelque chose de radical, une interruption dans mes études, une longue et vraie retraite qui m'obligerait à me retrouver face à moi-même. Il parlait de « feu de paille », de « lubie » pour désigner les embrasements sans suite. C'est lui qui a eu l'idée de la forteresse de Solesmes où il aimait se retirer plus jeune, une bâtisse austère et froide au-dessus des eaux de la Sarthe. Il m'a recommandé de partir avec un minimum de choses, pas de livres, le Livre, un carnet de bord pour consigner les étapes de mon cheminement. L'autorité de ce prêtre est considérable et elle n'est pas seulement le fait de sa voix métallique et saccadée. Solesmes fut difficile au début, le lever extrêmement matinal, la scansion des offices et des heures. J'ai été à deux doigts de renoncer : je ne sentais plus le feu, une immense déception, une immense dépression. J'étais un vagabond de cendre près des eaux de la Sarthe. Et tout est revenu, plus solide, plus enraciné. C'était l'aimant que j'avais senti lorsque je jouais seul de l'orgue dans la chapelle de J. Revenu à Paris, je suis allé revoir le père Serge. Il me reçoit toujours dans son presbytère, dans un oratoire sombre et lambrissé qui ouvre sur la nef de Saint-Eustache. Je lui ai avoué l'impression de flottement qui avait été la mienne au début, le sentiment d'une absence au cœur de ma captivité. Il m'a encouragé à prier, à rester en éveil, c'étaient ses mots, pour mieux saisir la source du feu qui me rongeait. Il ne prononçait pas le nom de Dieu, pas plus qu'il ne parlait de vocation. Sa grande pudeur le faisait passer par mes mots qui étaient eux-mêmes très timides… De retour à Bourges le temps d'un week-end, j'ai demandé au sacristain de la cathédrale, qui est une connaissance, de me laisser descendre dans la crypte. Je voulais prier seul, le plus longtemps possible, près des tombes des archevêques de Bourges et de celle du cardinal Lefebvre qui venait de mourir. Je me suis allongé à même le sol, dans la chapelle ronde, déjà dans la position de l'ordinand, sous la terre, dans les fondations de cette magnifique cathédrale qui m'a toujours fasciné. Et j'ai senti l'élan se convertir en oui…

Il riait de nouveau, comme apaisé. Que serait son destin : Solesmes, l'Oratoire, le diocèse de Bourges ? Quelques semaines encore et il frapperait à la porte d'une abbaye ou d'un séminaire. Un léger tremblement m'avait saisi : j'étais plus intimidé que lui. Au café de La Passerelle, si loin de nos habitudes antérieures et de tout ce dont il venait d'être question, c'était plus qu'un dépaysement, c'était un séisme. J'avais certes reçu une éducation religieuse, mais je n'avais jamais vécu ces choses en profondeur. François allait donner sa vie à Dieu. C'était ce que je comprenais et ce qu'il n'avait pourtant jamais vraiment dit.

— J'ai voulu te l'annoncer à toi d'abord, parce que je crains un peu la réaction de Gilles.

Il n'avait pas à craindre cette réaction. Le futur énarque serait ravi d'avoir dans ses relations étroites un moine ou un prêtre. Je perdais François au moment où son éclat m'avait foudroyé. Et la vie me laissait seul sur le quai du canal avec mes tentations, mes fleurs de Maldoror et mes crânes.

Quelqu'un continuait à venir voir mes fleurs et mes crânes. La porte n'était jamais verrouillée comme je l'avais laissée. Quelqu'un passait le canal et venait chez moi la nuit. Cette présence mystérieuse, à quelques pas de moi, me hantait. Peut-être s'agissait-il simplement d'un veilleur qui gardait le périmètre d'entrepôts et contrôlait les possibles intrusions de clochards. Un jour que j'avais trop bu, je m'étais assoupi sur la paillasse qui me tenait lieu de lit. Le grincement de la serrure m'avait subitement réveillé : j'avais lâché un cri. Le visiteur nocturne s'était aussitôt enfui.

L'identité du visiteur m'avait fait rêver. Ce n'était pas mon père disparu dans les brumes, le patriarche de l'Élorn que l'Ankou avait emporté, ce n'était pas Gilles requis par ses dissertations et l'obsession de son concours, ce devait être Grégoire Rubrecht qui continuait à surveiller mon travail. Qui d'autre que lui pouvait se glisser dans ma cellule, curieux de l'évolution et de la transformation de mes hantises ? La série des crânes — sobrement baptisée *Crânes I, Crânes II,* etc. — dans l'entrelacs des fleurs vénéneuses de Maldoror prenait forme. C'étaient des natures mortes fantastiques avec le crâne bitumeux que je disposais chaque fois de manière différente pour mieux exhiber ses alvéoles et ses béances. J'avais voulu prolonger la série en peignant une tête de mouton tranchée. Un boucher kabyle des bords du canal avait bien voulu me donner, empaquetée dans un papier journal, une tête qui, en pourrissant, avait rempli l'atelier et ses alentours d'une odeur pestilentielle. J'avais l'impression, lorsque je me posais au café de La Passerelle, que ma veste de chasse puait la charogne. L'odeur de putréfaction, cette immonde senteur de viande faisandée, m'avait donné une inspiration nouvelle. Sur des cadres que j'avais moi-même confectionnés en récupérant du bois de caisse, j'avais tendu une toile épaisse pour continuer la série de mes vanités. Hirsute et sentant la pourriture, j'allais ensuite m'échouer au café en buvant quelques verres d'un vieil armagnac que m'offrait la patronne. Elle devait avoir une forme de tendresse pour ce jeune homme bohème et dégingandé qui était un client assidu et un payeur intermittent.

Je n'avais pas rencontré mon Élise de Souvré. J'avais déserté la montagne des doctes. Je sentais les remugles d'un entrepôt désaffecté, la vase des biefs, la décomposition d'une tête d'ovidé qui me servait de modèle. J'avais sur les ongles de minuscules coagulations de peinture qui ne voulaient plus partir. J'avais épousé une vocation nocturne que je découvrais avec la patience d'un autodidacte, un chemin semé d'élans et de repentirs, de grâces et de gouffres qui me laissait prostré sur ma paillasse ou semi-ivre à regarder les passants au café de La Passerelle. Sans doute attendais-je la venue du visiteur. Grégoire Rubrecht faisait chaque jour son apparition au bord du canal, en imperméable, les cheveux au vent, la patronne me l'avait assuré. Je ne devais plus l'intéresser. Il préférait s'engouffrer chez moi nuitamment pour inspecter mes crânes.

J'avais fini par deviner où était son atelier caché. Non loin du mien, dans l'impasse voisine, derrière une porte à ce point dévorée par la rouille qu'il semblait dangereux de la manipuler. C'était là qu'il venait chaque jour de manière rituelle, là qu'il s'enfermait quand il était las de jouer au piéton de Paris. Je voulais en avoir le cœur net. Les incursions nocturnes m'avaient fatigué et j'avais acquis la conviction, certainement hâtive, qu'elles ne pouvaient être que son fait.

Décidé à en finir, je m'étais armé d'un pied-de-biche après avoir pris quelques remontants à La Passerelle. L'excitation m'avait gagné : j'allais enfin voir ses esquisses, ses vues du sanctuaire initiatique de Rosslyn, son grand œuvre peut-être. La seconde porte, en bois, n'opposa aucune résistance et je me retrouvai propulsé par mon élan au cœur d'une salle vaste et vide avec en son centre un chevalet portant un immense monochrome blanc. Sur une crédence toute proche, il y avait des pinceaux, des tubes écrasés, un crâne et des candélabres qui avaient été récemment allumés. Tout autour de la salle, j'avais aperçu des tiroirs très plats, impeccablement cadenassés, qui devaient contenir tous les travaux de Grégoire Rubrecht.

L'intensité du monochrome, la conscience aussi d'avoir violé un secret m'avaient vite terrassé et je m'étais enfui en tentant de fermer tant bien que mal la porte. Le monochrome était manifestement plus qu'un objet de rêverie et de contemplation. C'était un signe immaculé, indéchiffrable au centre de l'atelier mausolée. Cette vision, que je n'aurais jamais dû avoir,

# LA MAISON DES MARAIS

C'était un pays très plat, avec quelques boqueteaux et un réseau d'étiers qui quadrillaient le territoire. C'était quelque part sous la Loire, pas très loin de l'océan qui déléguait ses hordes d'oiseaux blancs au plus secret du bocage lacustre. Le ciel n'en finissait pas au-dessus des arbres, d'un gris de schiste ou tourmenté de nuages noirs. C'était un pays de cahutes et de gabions, de repaires de braconniers, d'îlots argileux gangrenés par les crues des canaux. À tout moment des pans de terre pouvaient s'effondrer, entraînant dans leur chute les pacages précaires. Une vie invisible traversait le marais, les loutres, les rats musqués perçaient les assises des prairies d'une multitude de cavités et de galeries. On vivait, à l'ombre des flammes lancéolées des peupliers, entre un ciel offert à la menace des orages et des pluies diluviennes, et une terre instable et minée.

Des ombres passaient parfois, des vagabonds couleur de fougère et d'écorce macérées qui s'aventuraient dans le lacis incertain des chemins ou glissaient à bord de barques noires et calfatées. C'était le royaume des vouivres, des enchantements aquatiques, des sinuosités, des infiltrations maudites. Des heures, des jours presque, toute présence humaine s'effaçait

— les errants et les fantômes des embarcations avaient disparu, dilués dans la brume — et il ne restait qu'un ciel d'Apocalypse et un sol qui s'effilochait en bribes glaireuses. Le souvenir d'un grand seigneur avide d'enfants rôdait encore sur cette région lacérée de nuages et d'eau. Il devait rester quelque part, entre les saules et les peupliers, un donjon presque détruit avec des traces de suie et une végétation proliférante.

C'était vraiment une terre de chevauchées nocturnes, de glissements, de dévoiements et c'est pour cette raison qu'elle m'avait plu. On pouvait demeurer des heures à scruter le ciel, à attendre quelque chose qui ne venait pas, l'oreille presque hypnotisée par les bruissements du marais, le coassement des grenouilles, le passage d'invisibles barques, le frôlement des fourrures contre les herbes des rives, le mouvement de l'eau qui, sous l'effet de la marée, s'introduisait dans les terriers et les béances souterraines. Il fallait se contenter de peu dès qu'on s'établissait ici, un cabanon modeste entouré de quelques arpents de terre menacés, la compagnie d'un ciel sans fin et du vent de mer qui le vidait soudain, la floraison des nénuphars et des plantes de l'étier, toute cette vie grouillante qu'on ne percevait qu'au travers d'éboulements et de reptations.

Cette impression d'une terre qui se délitait était encore plus saisissante pour peu qu'on se réveillât la nuit : le feulement du vent dans la charpente et la petite cheminée du cabanon, le clapot de l'onde battant les pourtours de l'îlot, un cri de hulotte ou d'effraie dans le silence du marais donnaient la conscience d'une solitude aiguë et désespérée au milieu d'un territoire inconnu, sans amarres soudain, comme si la maisonnette eût été brusquement livrée aux caprices du chemin d'eau. L'odeur de bois rongé me rappelait les vestiges du bateau Brume, mais j'étais seul dans ma couche étroite, sans le secours de mon double protecteur. Le cabanon sentait l'âtre, les cigarettes que j'avais consommées sans limites ; une froidure mouillée montait du canal, plus perçante encore dans l'immobilité de la nuit. Une sensation d'érosion, de destruction insidieuse me gagnait soudain et j'avais la certitude que mon corps, comme l'îlot, était rongé par la gangrène aquatique. Une gangue, d'argile et de songe, s'était défaite dans la nuit, et ce n'était pas seulement le cabanon qui partait au gré de l'eau, c'était mon être même, diminué, amputé, la chair à vif, l'os à nu qui se réveillait, orphelin et tronqué, dans les méandres et les circulations du marécage.

Je sortais haletant, toute une part de moi-même engourdie et presque paralysée, et j'offrais ma solitude aux étoiles, pour peu qu'elles pussent percer les nuages et les vapeurs qui flottaient en permanence au-dessus de cette contrée d'eau. J'avais comme une jambe de bois, mes pas étaient incertains, j'aurais presque pu basculer dans l'étier. Ce cauchemar revenait comme une visitation régulière. Ce ne pouvait être qu'un effet de la gangrène des marais qui rongeait les vagabonds fantomatiques, les errants maudits, les jumeaux esseulés. Une voix me disait que je parviendrais à surmonter cette angoisse. Lorsque je me réveillais, les mots d'une langue perdue me trottaient longuement dans la tête, des tournures familières, les noms depuis longtemps oubliés des bateaux pirates que nous croyions voir voguer sur l'Élorn à marée haute, les noms de nos refuges dans les vertes prairies marines, les signes que nous échangions dans la carcasse démantelée du bateau Brume. Des temps heureux de ma formation, c'étaient plus les souvenirs de Loscoat que ceux de J. qui me revenaient, à un moment où le monde était plein, lisse, uni, traversé d'une sève vitale qui ne s'épuiserait jamais.

La sensation d'une blessure vivifiée par le froid humide, d'un vide au creux de moi, était telle qu'il fallait chaque fois plusieurs heures pour que je retrouve un peu de force et de vie.

Des heures, je marchais dans la pluie et le vent, sous le ciel nu. Les oiseaux qui arrivaient du large se posaient sur les langues de terre au milieu des eaux. Mes pas, sans que j'eusse à les commander, me guidaient : ils connaissaient tous les replis du marais. À Paris, au bord du canal, j'étais encore relié à la société, j'échangeais quelques mots avec la patronne du café de La Passerelle, j'attendais une apparition de Grégoire Rubrecht. Ici j'étais ressuyé de ciel, d'oiseaux marins, de sel, de brume. La veste de chasse que je ne quittais pas était la pelure idéale pour les marches et les stations contemplatives. J'observais les sarcelles, les pluviers, le ballet des bouvreuils. Jamais je n'avais osé glisser la main sous les bourrelets herbus des berges pour saisir poissons et anguilles : je craignais bien trop la morsure des loutres et des rats.

Il me semblait que le marécage avec sa ponctuation de saules et de gabions ne finissait pas. Des ajoncs et des bruyères avaient envahi des îlots que personne ne cultivait plus. Sur certaines avancées, près de pontons pourris, on devinait les restes ruinés d'une construction, avec des hampes rouillées et des pierres noires de suie. J'étais sans nouvelles de mon frère, d'Élise de Souvré, de Grégoire Rubrecht, le peintre sans tableau. J'étais seul face à l'étrangeté du monde, au milieu des saules et des sortilèges de Rais.

Je prenais parfois un car jusqu'à Nantes, il y avait un extraordinaire marchand de couleurs au fond d'une caverne d'Ali Baba tout près du château. C'était un homme hors d'âge qui aurait dû depuis longtemps renoncer au commerce. Il m'accueillait toujours avec un immense sourire : mon air hirsute l'amusait. Pour lui j'étais « l'homme du marais ». Le fait qu'un Parisien eût échoué dans ce pays de marécage l'étonnait beaucoup. Au début il m'avait pressé de questions et mon mutisme l'avait désarmé. Je n'étais pas aux Beaux-Arts. Je ne faisais pas d'extra en étant gardien de salle au musée. Il me raccompagnait très cérémonieusement jusqu'à la porte de la boutique lorsque je m'en allais avec ma cargaison de toiles et de peinture. À plusieurs reprises, il m'avait parlé d'une amie à lui qui tenait une galerie près de la cathédrale. J'avais entendu sans répondre.

L'idée de montrer mon travail me répugnait. Ces derniers temps, d'ailleurs, j'avais erré, j'avais grelotté plus que je n'avais peint. J'avais juste produit un ensemble de dessins qui était le fruit de mes déambulations dans le marais avec des vues d'étiers verglacés, de piquets pour les amarres, d'îlots sauvages, de cabanons abandonnés. La marche me passionnait et je n'avais pas peur des dizaines de kilomètres qui me séparaient du rivage, je les parcourais même avec allégresse, heureux de voir enfin la barre d'écume qui marquait la fin du royaume lacustre et le commencement d'autre chose, avec les filets d'algues sur le sable gris et les charognes d'oiseaux et les poissons échoués. Une sorte d'extase morbide me prenait, je n'avais plus aucune notion de la durée tant me fascinaient les bréchets et les cartilages qui surgissaient de masses gluantes et constellées de moucherons.

De ces stations hors du temps, de ces contemplations à la lisière des flots, j'avais tiré une série de petits formats très réalistes où l'on voyait les charognes avec leurs structures osseuses ruisseler sur des glacis impeccablement gris. Je n'avais pas rapporté les cadavres des bêtes dans mon cabanon comme je l'avais fait au bord du canal avec la tête de mouton. L'image des pourritures sur le rivage demeurait longtemps en moi, elle subsistait sous mes paupières, intense, dramatisée et même le sommeil parvenait difficilement à l'effacer.

Le marchand de couleurs était revenu à la charge.

— Je sais bien que vous n'arrêtez pas de travailler. Vous devriez aller voir, de ma part, Mme Hauve. Il faut un jour sauter le pas. Vous n'allez pas laisser tout ce que vous peignez moisir dans le marais…

Grégoire Rubrecht était le seul à qui j'avais osé présenter mon travail. L'idée de prendre le train et d'aller lui montrer quelques charognes du rivage m'avait un instant effleuré parce que c'était le seul qui vraiment comptât pour moi. Son élégance, son énigme, l'intensité qui émanait de lui le paraient d'un prestige que peu approchaient. Personne n'avait forcé la porte de mon gabion. Le visiteur mystérieux ne pouvait plus que constater l'accumulation de la poussière dans un atelier déserté.

Que pouvait cette Mme Hauve pour moi ? J'imaginais une vieille marchande acariâtre qui grognerait lorsqu'elle découvrirait mes déjections, en m'invitant très vite à prendre la porte. Je lissai mes cheveux blonds, soignai le tracé de ma raie comme le faisait toujours Gilles dans les grandes circonstances et fourrai six petits formats dans un affreux sac noir. D'un pas rapide, je montai jusqu'à la cathédrale qui, suite à un incendie, était fermée pour travaux. La boutique de Mme Hauve avait une vitrine noire vernie. Je restai un long moment pétrifié devant la porte en regardant des marines très classiques, mais d'excellente facture, et des dessins visionnaires qui représentaient des enchanteurs et des figures de la forêt. J'étais tout près de renoncer lorsqu'une voix m'apostropha :

— Dites bien que vous venez de ma part !

C'était le marchand de couleurs qui avait dû me suivre. Il en allait de mon honneur. Je tournai le bouton et m'engageai dans une boutique plutôt sombre avec de grands comptoirs et une multitude de tiroirs qui couvraient les murs. Une femme à chignon, habillée de noir, classait des papiers à la lueur d'une lampe. Elle avait tout d'une chaisière revêche.

— Madame Hauve, je suppose ?

— Oui, répondit la femme, sans aménité.

— Je viens de la part du marchand de couleurs.

— Bien. Vous êtes l'homme du marais sans doute. Que puis-je pour vous ?

Décontenancé par l'accueil, je murmurai quelques mots inaudibles en déposant devant elle sur le comptoir mes petits tableaux. Elle en saisit deux et s'approcha de la vitrine pour mieux les voir.

— Vous avez fait les Beaux-Arts ? Vous avez eu un maître ?

Je répondis timidement que non, ce qui était la vérité.

— Vous avez d'autres choses ?

Mon sac était vide, mais le cabanon regorgeait de dessins et de petites toiles — des vues fantastiques du marais — que j'avais peintes au début de mon séjour.

— Vous me laissez tout cela en dépôt, si vous le voulez bien. Et le reste m'intéresse. J'ai peine à croire que vous n'ayez pas eu de maître, mais puisque vous le dites. Nous parlerons des conditions financières la prochaine fois.

Elle n'avait pas grogné. Elle ne m'avait pas jeté. À aucun moment, elle n'avait dit que c'était beau ni que j'étais un peintre. Je me précipitai chez le marchand de couleurs.

— J'en étais sûr, s'exclama-t-il. Elle ne paie pas de mine, elle n'est pas commode, mais elle connaît beaucoup de monde. Moi aussi je veux voir ces travaux auxquels j'ai contribué…

Il avait disparu dans son arrière-boutique avant de revenir avec deux verres et une bouteille de savennières, le vin de Loire qu'il aimait plus que tout.

Les charognes et les vues des marais de Rais : c'aurait pu être le titre d'une exposition. Après que j'eus vidé mon cabanon et tout porté à Nantes, la sentence de Mme Hauve était tombée : elle était décidée à montrer mon travail dans les mois qui venaient. Ce qui s'était enclenché de mystérieux et de secret au bord du canal parisien, et qui avait continué à mûrir dans le gabion perdu, entrait dans une phase nouvelle sur laquelle j'avais soudain l'impression d'avoir peu de prise. Ce n'était pas le savennières que j'avais continué à boire avec le marchand de couleurs — l'austère Mme Hauve, elle, ne m'offrait jamais rien, sinon l'hospitalité de sa galerie — qui m'avait fait perdre la tête. Je mesurais bien ce que pouvait être le retentissement d'une exposition à Nantes, je n'en attendais pas des merveilles, un peu d'argent peut-être et un début de consécration.

Sans doute, l'exposition des travaux commencée, songerais-je à repartir. Non sans déchirement, tant la vie dans ce cabanon, que j'avais loué pour une somme dérisoire à un habitué du café de La Passerelle qui se vantait devant le cercle des buveurs de posséder un petit coin de paradis, m'avait apaisé tout en me stimulant. Autant Gilles me semblait indifférent aux lieux, tout requis qu'il était par ses spéculations et ses ambitions intellectuelles, autant j'avais besoin des lieux pour continuer à vivre. Le manoir et les prairies vertes de l'Élorn, le Périgord, l'enceinte si calme de l'ancienne académie royale de J., les paysages que j'avais entrevus en Écosse m'avaient nourri, à la différence de la montagne Sainte-Geneviève sur laquelle j'avais manqué mourir. Fort heureusement il y avait eu Grégoire Rubrecht, la frontière liquide du canal, le charme singulier des entrepôts ruinés. Je ne devais ma survie qu'à cette rencontre.

Dans le marais si plat qu'on y passait des heures à scruter le ciel — en y quêtant les signes de l'Apocalypse — et à écouter au loin la rumeur exténuée de la mer en attendant la lame de fond qui noierait un jour de manière définitive étiers et gabions, il n'y avait rien d'autre à faire qu'à rêver et à peindre. Tout était trop plat, trop vide, trop gris ces journées où la brume s'installait et où on croyait avoir quitté le monde ; des bûches crépitaient dans l'âtre, l'envie de dessiner, de peindre revenait, plus forte que tout. Je ne pensais plus à Mme Hauve. J'avais dépensé l'acompte qu'elle m'avait donné en buvant un samedi soir et en offrant des tournées au bistrot du village le plus proche. L'ivresse aidant, j'avais demandé à un jeune homme très beau de venir poser pour moi. J'avais craint une rebuffade, mais le garçon était venu dès le lendemain, il s'était déshabillé dans mon cabanon, ne gardant que ses chaussettes laineuses de paysan, et j'avais dessiné avec fougue le corps de ce jeune Apollon chasseur et pêcheur, le torse et le ventre très beaux, duveteux, de ce jeune ondin des étiers. Quelques règles de la représentation anatomique m'échappaient et j'étais allé consulter à la bibliothèque municipale de Nantes de vieux traités que personne ne lisait plus. L'ondin revenait, je lui offrais le samedi soir suivant quelques pintes de bière, mais jamais il ne révélait le secret qui nous liait.

Il y avait eu les pontons et les barques, les étiers gelés, les charognes du rivage, il y avait à présent ce corps vertigineux que je peignais dans le silence ennoyé du marais, sous la menace de la lame de fond. Il avait un physique parfait d'amant rustique, sauvage, que l'on consomme dans les bois, loin de tout. Un désir étrange me prenait, une force inconnue me traversait, qui me faisait peindre, seul et heureux au milieu des eaux, avec une grâce que je n'avais jamais connue.

J'avais assisté un soir à un vernissage chez Mme Hauve. Elle présentait le travail d'un jeune graveur qui explorait avec beaucoup de talent la veine celtique. Mme Hauve était d'humeur bougonne, l'artiste, simple et avenant, entouré d'une kyrielle de bourgeoises convenues et sûres d'elles qui m'avaient fait fuir. Les imaginer devant mes charognes et mes vues de Rais m'était intolérable. J'étais en train de m'échapper quand une main vigoureuse m'avait soudain retenu. C'était Mme Hauve :

— Vous me donnerez vite votre liste d'invités. À moins que vous ne vous en chargiez vous-même…

Je ne sais ce que j'avais bredouillé. Le marais, mes toiles, l'odeur de fumée et de peinture qui flottait dans le cabanon me manquaient. La lumière et le corps de l'ondin poseur. J'étais allé marcher dans Nantes. La boutique de couleurs était à cette heure fermée et il n'y aurait pas de verre de savennières. Je rentrerais en stop ou j'errerais toute la nuit. Une lourde torpeur régnait sur la ville et les douves du château des ducs de Bretagne n'avaient pas le charme de celles d'Édimbourg.

Entre le château et la gare, j'avais fait halte dans plusieurs bars. Des mouvements divers m'assaillaient : j'étais prêt à aller pisser sur la vitrine de Mme Hauve et à récupérer tous mes travaux. Les bourgeoises nantaises que j'avais aperçues m'avaient rempli de dégoût. Un mot m'était revenu : des *dindasses*. C'était celui que nous employions avec Gilles pour qualifier les idiotes de la bonne société qu'il nous était arrivé de croiser chez nos grands-parents et les jours de représentations théâtrales ou de remises des prix à J. Livrer en pâture aux dindasses les charognes du rivage, les enchantements de Rais, le corps de l'ondin, dans cette ruche bruissante sous la férule de Mme Hauve, l'idée m'était de plus en plus insupportable. Ou alors s'il y avait un vernissage, ce serait sans moi.

J'avais sans doute trop bu et l'énergie me manquait pour remonter jusqu'au quartier de la cathédrale. Les travaux dormaient dans les tiroirs et les réserves de la chaisière revêche. Ils y resteraient. Et lorsque la lucidité serait revenue, je m'attaquerais à ma liste d'invités. Elle ne serait pas longue. Deux noms suffiraient, ceux des visiteurs nocturnes de l'atelier du canal, ceux qui n'avaient pas craint de franchir la passerelle et m'avaient oublié ensuite, en me donnant bien malgré eux la chance d'une nouvelle vie, au beau milieu du marais des loutres, des charognes et des ondins.

— C'est bizarre cette bête que tu portes à l'aine. Il faudra que tu me dises où tu t'es fait faire ça…

Gilles m'avait aperçu alors que je sortais de la douche dans la chambre d'un hôtel minable près de la gare de Nantes, juste avant le vernissage. Il avait fait le déplacement seul, sans Élise de Souvré, et n'osant pas importuner Mme Hauve, j'avais demandé au marchand de couleurs de me réserver une chambre correcte mais pas trop chère. Il m'avait trouvé cette mansarde sur cour où je tournais comme un lion en cage dans l'attente du grand passage. Gilles avait accepté de quitter pour moi Paris, sa turne de la rue d'Ulm, et j'en aurais pleuré. Notre mère viendrait peut-être, mais tout cela était compliqué et soumis à d'aléatoires correspondances. Lorsque le facteur, que je voyais rarement, m'avait apporté au milieu des eaux l'enveloppe avec mon nom et mon adresse sagement écrits à l'encre verte, j'avais aussitôt compris. J'en avais même oublié l'ondin qui posait encore, pressé de découvrir la réponse, la seule qui comptât pour moi. C'était un oui, franc, immédiat, et que n'entravait aucune condition. Rémi, le modèle, avait dû se demander ce qui m'arrivait tant j'avais crié, j'avais même bondi sur le petit parvis devant le cabanon, délaissant l'ondin et mon travail, parce que je voulais hurler ma joie dans la lumière du printemps, ma joie d'avoir encore un frère qui serait à mes côtés au moment où des regards censeurs se porteraient sur mes toiles. Il serait là. Il revenait. Évidemment j'aurais préféré lui faire découvrir mes travaux là même où ils avaient mûri, dans la maisonnette de bois sur l'île aux fondations rongées. Quelques heures plus tard je l'avais appelé. Une femme m'avait répondu, qui n'était pas Élise. Il m'avait semblé heureux de venir, seul, sans contrainte, avec le désir de voir Guérande, pour Balzac, et le marais de Rais. Il aurait du temps et je l'aurais enfin pour moi.

— Tu ne m'as pas répondu à propos du petit animal. Tu ne t'es quand même pas fait tatouer cela en Écosse. Les landes sont remplies de cerfs et les maisons de massacres…

Il riait. Je n'avais pas répondu. L'angoisse face à ce qui m'attendait avait occulté le souvenir de l'ivresse d'Édimbourg. J'étais même un peu gêné qu'il eût aperçu cette marque qui me restait des enchantements noirs de Rosslyn. Une autre idée me traversa l'esprit : je ne me souvenais pas de lui avoir parlé de ma fuite en Écosse. Peut-être notre mère qui m'avait recueilli grelottant et sans le sou était-elle à l'origine de l'indiscrétion. Cela n'avait aucune importance. Gilles avait toujours été ainsi, avec moi et avec nos amis, Antonin, François : il enregistrait les dates, les moindres faits et gestes. C'était une sorte de penchant maniaque qui consistait à tout consigner, en particulier les itinéraires, les allées et venues de ceux qu'il aimait. Il était comme un ordinateur, une *central intelligence* qui, dans un étonnant mélange de froideur rationnelle et de prescience mystérieuse, captait et retenait tout, et peut-être d'abord ce qu'on lui dissimulait. Lorsque j'avais entendu le mot Écosse, j'avais immédiatement changé de sujet, ne souhaitant pas découvrir ce qu'il savait vraiment. Je n'aurais pas été surpris qu'il connût la chapelle de Rosslyn et pourtant rien ne permettait de penser qu'il eût un jour rencontré Grégoire Rubrecht. Je n'avais pas sa force intellectuelle, sa soif de dominer et de tout contrôler. Je vivais dans le désir et l'affect. Curieusement l'indépendance que j'avais acquise en vivant seul dans le marais fondait en sa présence, quelque chose de cette singularité que j'avais saisie dans l'art s'évanouissait, une immense quiétude me gagnait au seuil de l'exposition au moment où j'aurais dû être vraiment seul pour porter jusqu'au bout, devant les autres, la singularité d'un nom et d'un travail et où nous redevenions les inséparables, les frères pareils.

Si la découverte du petit tatouage l'avait amusé, un autre détail m'avait tout autant réjoui : sans nous concerter, nous serions vêtus à l'identique — veste bleu marine, pantalon de toile claire — comme les collégiens de J. que nous n'avions sans doute jamais cessé d'être. C'était certainement plus une tenue de normalien que d'ermite lacustre, mais il était trop tard pour changer et il ne me déplaisait pas de pouvoir être confondu avec mon double protecteur. Il n'aurait pas été là, je descendais une demi-bouteille de savennières dans l'arrière-boutique du marchand de couleurs. Les idées les plus folles me passaient par la tête : le vernissage serait un désert, il n'y aurait là qu'un essaim de critiques acerbes et de bourgeois compassés. Sur le trottoir devant la galerie, j'aperçus deux pékins qui se regardaient de travers. Je n'avais qu'une envie : partir seul battre le pavé, me saouler entre le château et la gare, rejoindre le plus tôt possible le cabanon des marais.

Il y avait un peu de monde dans la galerie de Mme Hauve, toute de noir vêtue, plus duègne que jamais. Elle avait tout juste esquissé un sourire en me saluant, manifestement surprise de me voir en compagnie de mon jumeau. J'étais à peine entré dans la boutique que m'accostait un vieil aristocrate aux belles manières qui se disait un intime de Julien Gracq. Mon travail l'avait touché et il en parlait avec beaucoup de finesse. Ce n'était pas le cas d'autres qui, me semblait-il, passaient devant les éventaires et les chevalets avec une moue dédaigneuse et sceptique. Une pimbêche d'une quarantaine d'années me héla en me demandant quel intérêt il pouvait y avoir à dessiner des charognes déposées sur des grèves. Un peintre devait peindre de vrais paysages, grands et nobles. Je l'envoyai balader. Mme Hauve, qui avait assisté à la scène, me fit la leçon en me rappelant qu'un artiste devait être cuirassé et prêt à tout entendre.

La nausée me gagnait. Un journaliste, au demeurant sympathique, m'interrogea avec une complaisance marquée pour les détails biographiques et les petits faits vrais qui me laissa de marbre. Il semblait voir en moi une bohème en rupture avec Paris qui s'était installée là pour faire son retour à la terre. Quelques vieux habitués de la galerie me pressèrent aussi de questions, affables, distingués, mais désorientés par mes toiles et les choix de Mme Hauve qui ne leur avait jusque-là jamais imposé pareilles natures mortes.

Les achats, je le savais, étaient signalés par de petites gommettes colorées que l'on apposait sur les châssis et je ne voyais toujours rien apparaître. Le vieil aristocrate avait rencontré des connaissances et il semblait se désintéresser de mon travail. Gilles s'était éclipsé et surtout je n'avais rien su de ses réactions. Les aristocrates, les pimbêches et les plumes locales, je n'en avais rien à faire. Ils pouvaient acheter, bouder, dénigrer, peu m'importait. En revanche le jugement de Gilles comptait avant tout. Dans ma solitude, dans ma rêverie bercée par les inondations, les éboulements et les oiseaux, j'avais dessiné et peint tout cela pour lui, pour le faire revenir, pour qu'il aime et me justifie. Il y eut, sur le coup de sept heures, une petite affluence, de curieux surtout. J'entendais la mère Hauve pérorer : « Mais regardez donc, c'est merveilleux, regardez le travail de ma petite révélation… » Ce subit enthousiasme, dont rien n'avait jamais filtré jusque-là, m'agaça et je bus un peu trop vite plusieurs verres d'un mauvais vin de Loire qu'on servait. C'est à ce moment que Gilles réapparut, accompagné de notre mère et d'Antonin que nous avions connu à J. Il m'avait caché ces venues tardives. Maman était étrange, discrète, comme intimidée et sous l'effet d'un important décalage horaire. Cette double arrivée me troubla terriblement et j'en voulus à Gilles d'avoir manigancé tout cela sans m'en parler. Les charognes, la vie d'ermite du marais, toutes ces obsessions morbides, ce n'était pas ce que je voulais révéler à maman et à Antonin. Le cercle de tous ces regards, ces bribes de commentaires que je captais ajoutaient à ma nausée. Heureusement il y avait l'horrible, l'acide vin de Loire dont j'avalai de nouveau quelques verres avec très vite la sensation que le parquet de la boutique tremblait sous mes pas et que la verrière qui donnait sur la cathédrale commençait à onduler. Il m'aurait fallu manger quelque chose : les maigres réserves de biscuits étaient épuisées. N'en pouvant plus, de mon malaise et de tous ces gens, je m'enfuis par la ruelle pour vomir et pleurer.

Lorsque je revins, avec le sentiment atroce d'avoir failli, je m'attendais à trouver une galerie désertée, les stores baissés sur ces immondes choses que la gentry, les aristocrates et les pimbêches avaient rejetées. Il ne me semblait plus reconnaître les gens qui étaient là, mais il y avait encore quelques groupes où l'on discutait avec un plaisir manifeste. J'étais loqueteux, confus, comme après le passage d'une tornade, maculé de honte. J'étais gris, terreux, comme les eaux des étangs, comme les charognes vitreuses. J'étais si gris, si triste que personne ne semblait me voir. Les visiteurs avaient dû rester là pour une autre raison, un autre agrément. Il me sembla que je passais dans le champ de vision de Mme Hauve comme une présence spectrale. Elle ne me connaissait pas. Elle ne m'avait jamais vu. Elle n'avait d'yeux que pour un jeune homme qui me tournait le dos et avait le don de la faire rire. L'aristocrate, ma mère, Antonin n'étaient plus là. Malgré la belle lumière de ce soir de printemps, j'avais froid et le vin de Loire m'avait laissé une migraine tenace.

Soudain une main m'empoigna, affectueuse et dure. C'était Gilles. Il émanait de lui un étonnant mélange de colère et d'hilarité. Ses paupières étaient toutes plissées tant il riait.

— Salut, le jumeau déserteur ! Passe encore que tu me quittes mais voici que tu abandonnes ton exposition le soir de ton premier vernissage. Arrête de faire le couillon. Ça fait plus d'une heure que je suis

Guillaume Vègh, ermite des marais et artiste plein de promesse. Je leur parle de mon grand-père, des rivières bretonnes, je suis un peu plus court sur l'obsession des charognes et les marais de Rais. Et si tu regardes les pastilles sur tes œuvres, je dois être efficace. La galeriste m'a dit qu'elle ne m'avait jamais vu aussi disert, mais pour elle ce sont les ventes qui comptent. File à La Cigale, place Graslin, maman et Antonin nous y attendent…

La lumière d'aucun printemps ne fut aussi douce que celle de ce soir nantais où je marchais en direction de l'opéra avec une allégresse et une légèreté que je n'avais pas ressenties depuis des années. C'était un moment plus intense encore que le jour où Grégoire Rubrecht m'avait décerné mon premier brevet, à Paris, au bord du canal. Gilles était venu. Dans la débâcle de ma fuite, il avait tout sauvé en endossant avec beaucoup de finesse et d'émotion le rôle du peintre ermite. Et surtout il m'avait *reconnu*.

Dans le cabanon ouvert sur le marécage qui sentait le pollen et le foin sec, au milieu de mes détritus et de mes tubes compressés, il parlait et rien ne semblait pouvoir l'interrompre. Il avait voulu tout voir : l'entrelacs des rus dans le marais, les îles et les fermes lointaines, les grèves sur lesquelles soufflait l'haleine de l'Atlantique. Son désir de Guérande s'était vite évanoui. À la cité de Béatrix, il semblait préférer mon habitacle rudimentaire au milieu des eaux. Il s'était découvert une passion pour l'économie et la politique. Et c'est de cette envie de retrouver, à la suite de notre grand-père, les sources d'un gaullisme social qu'il m'entretenait parmi mes esquisses, mes toiles ratées et mes coagulations noires. C'était de son cheminement intellectuel qu'il aimait parler, de la jouissance qu'il éprouvait à se sentir à contre-courant à Normale et à Sciences-Po au milieu des gauchistes et des giscardiens triomphants où je l'imaginais entouré de ces chanoinesses et de ces sorcières qu'il m'était arrivé d'apercevoir autour de lui dans les parages de la montagne Sainte-Geneviève. Jamais il ne citait le nom d'Élise, à tel point que je m'étais demandé s'ils se fréquentaient toujours. Il me semblait, à l'écouter, qu'il avait encore gagné en assurance et qu'il considérait l'avenir comme une succession d'épreuves à surmonter, l'ENA, un poste dans la haute fonction publique, un mariage brillant. Il lui arrivait de parler de lui à la troisième personne, comme s'il se fût agi d'un autre, et certainement pas de moi. J'avais décroché. Si, dans une insomnie, la pensée de mon avenir me maintenait éveillé, c'était surtout à cause de ses aléas et de sa part d'incertitude. Je n'avais aucune conscience de ce que je ferais. Je savais simplement que je ne serais pas l'ermite perpétuel du marais de Rais. Ce qui comptait surtout pour moi, c'était de continuer à créer, à vivre dans un imaginaire qui m'était essentiel, loin des accrocs et des déceptions de la réalité. Le monde intact, protégé, hors du temps, des grèves de l'Élorn et du bateau Brume, des couloirs sans fin du collège de J., des grottes rupestres du Périgord, je l'avais retrouvé et prolongé en empruntant la passerelle du canal et en m'enfermant, loin de tout, dans cette retraite lacustre. Mes images de charognes, de vues de mer et d'étangs, de corps mystérieusement dénudés en portaient la trace. Cette mue d'homme qui me faisait si peur, cette immersion dans le monde adulte avec tout ce qu'il pouvait comporter pour moi de férocité et de souillure, Gilles l'avait accomplie avec une facilité déconcertante.

— Tu te trompes, disait-il, en croyant qu'on peut rester éternellement dans l'enfance. Je n'oublie évidemment rien. Nous nous étions composé un monde magnifique. Avec le père fantasque que nous avions et une mère hantée par l'idée de se reconstruire. C'est à J., la dernière année, que j'ai compris que nous ne serions pas toujours des chevaliers imaginaires, que cette mythologie qui nous avait façonnés avait fait son temps, qu'il fallait sortir de tout cela et entrer une bonne fois pour toutes dans la réalité.

Ces mots, lorsque je les entendais, ravivaient toutes mes blessures. Je voulais enfouir loin de moi ces paroles dures comme des tessons, préférant me souvenir du vernissage où, devant ma déconfiture, Gilles, plus brillant et plus facétieux que jamais, s'était amusé à reprendre le rôle de Guillaume Vègh. Ces interversions jusque-là nous avaient toujours laissés indifférents. Si forts qu'aient été les liens qui nous unissaient, nous avions toujours détesté être pris l'un pour l'autre. Notre grand-mère de l'Élorn était sujette à ces erreurs, Jean Tanguy, lorsqu'il nous voyait au réveil débarquer l'un sans l'autre, avait aussi parfois tendance à nous confondre et je ne parle pas de nos camarades du collège qui, ne faisant pas l'effort de nous distinguer, se trompaient régulièrement. Notre unité fusionnelle et nocturne ne regardait que nous. À l'intérieur de notre sphère secrète, avec nos rites et nos mots choisis, nous étions Gilles avec Guillaume dans une proximité, une porosité sans doute malsaine ; à l'extérieur, il y avait Gilles et Guillaume, deux individus, deux êtres singuliers. Que notre unité nocturne se fût rejouée à l'occasion de ce vernissage manqué me troublait beaucoup. Jamais, même dans mes rêves les plus fous et les plus désespérés, je n'aurais osé imaginer cette étrange cérémonie où Guillaume Vègh rongé par la trouille avait renoncé à assumer la paternité publique de ses toiles, préférant une déambulation chaotique et traquée dans les rues de Nantes, tandis que Gilles Vègh, qui découvrait ces travaux et ne connaissait rien aux conditions de leur fabrication, se voyait, face à la défection de son frère, dans l'obligation d'être pour un soir peintre et ermite des marais. La mère

Hauve n'y avait vu que du feu. Gilles, même si ma défaillance l'avait un moment obscurci, riait beaucoup de cette curieuse aventure et le vieux tabou de l'indifférenciation, qui nous avait longtemps chagrinés, n'existait soudain plus. Il y avait eu ce soir-là dans la boutique, de part et d'autre d'une vitre, un parleur mondain et un vagabond traqué, et personne ne s'en était rendu compte, l'un au centre des regards, à l'intérieur et en gloire, l'autre nocturne et errant, et malgré la vitre, à la faveur de ma défection, l'immémoriale conjonction des phares, des fils des astres, des frères analogues s'était enfin ressoudée.

Il était avec moi et cela suffisait à mon bonheur. Antonin, qui avait pourtant une prédilection pour les beaux sites, n'était même pas venu jusqu'au cabanon. Maman avait filé le lendemain du vernissage en emportant une petite huile qu'elle avait tenu à acheter. J'étais repassé à la galerie de Mme Hauve. Elle paraissait contente.

— Ce sont des débuts très honnêtes. Quelques pièces ont été vendues, mais l'exposition continue et je garde tout. J'attends encore un ou deux collectionneurs. Il ne faut pas se laisser griser par un succès. Vous allez très vite vous remettre au travail…

Je n'avais aucune envie de m'enfermer de nouveau et je n'étais pas sûr que la série des nus intéressât Mme Hauve. J'étais heureux de retrouver une arche habitée, de marcher dans le marais, de parler enfin. Gilles ne se contentait pas d'avoir des projets pour lui.

— Il va falloir que tu rentres à Paris, disait-il, que tu montres tes travaux à des galeries plus importantes. Je n'y connais rien, mais j'ai souvent dîné avec Élise chez une femme qui a beaucoup de relations dans ces milieux. On croise à ses dîners des artistes et des hommes politiques. Les d'Ornano sont des fidèles de ses soirées. Et Geneviève Auffret est un peu folle et tout à fait adorable…

Un pan nouveau de la vie de mon frère m'apparaissait qui me laissait insensible. Une autre fois, il me dirait encore à quel point cette femme était généreuse et soucieuse de l'introduire dans le monde. Je connaissais la détermination de Gilles. Il était assez fou pour inviter Geneviève Auffret à venir à Nantes. Les mondanités le grisaient. Elles devaient entrer dans son plan de carrière. J'avais peint depuis des mois et je n'avais aucune certitude pour la suite. Sans doute d'autres images viendraient-elles, avec leur part de nuit, de silence et d'eaux mortes. Évidemment je ne m'imaginais pas revenir dans la réalité — à Paris surtout — sans la protection de mes toiles. Mais je savais que je ne pourrais pas être heureux à Paris parce que la proximité de Gilles me serait douloureuse. Élise, contrairement à ce que j'avais un instant pensé, était toujours dans sa vie. Elle suivait les mêmes études que lui et ils devaient partager le même plan de carrière. Il me faudrait continuer à explorer la solitude des rivages et des marges. Un désir de Finistère me tenaillait parfois. Notre grand-mère, assombrie par le veuvage, avait délaissé la maison de l'Élorn, lui préférant le béton de Brest et ses mouettes qui crient dans des artères vides. L'idée de m'installer à Loscoat et d'y travailler m'avait effleuré. La lumière sur la rivière et les prairies marines, le mouvement des marées, le flot les jours de fort coefficient qui venait presque mouiller les bosquets d'hortensias et de rhododendrons renouvelleraient sans doute mon inspiration. Et la proximité des chapelles, des bannières, des jubés, des retables baroques que je souhaitais revoir. Mais Loscoat était une maison de fantômes. Je n'avais qu'une peur : y trouver, en poussant une porte une nuit d'insomnie, deux enfants extatiques au pied d'un vieil homme qui leur racontait le monde…

C'était notre dernier soir dans le marais. Nous avions rapporté de Nantes un excellent whisky tourbé, avec un fort parfum d'algues fumées, du saumon, quelques charcuteries de qualité, et d'autres flacons tout aussi divins. Ce qui ne m'était jamais arrivé depuis mon installation, j'avais débarrassé et rangé le cabanon en dégageant au milieu de la pièce qui me tenait lieu de chambre et d'atelier une aire où nous pourrions dîner. C'était un soir de printemps un peu chaud et il montait des rus et des biefs, avec une impression de vie renaissante et surmultipliée, une odeur de vase tiédie. Il n'y avait rien d'insupportable, seulement la certitude d'être au milieu de la nature, au cœur de ses métamorphoses et de ses décompositions, de cette vie mystérieuse et cyclique entre les aulnes et les saules qui m'avait tant fasciné. Je ne laisserais pas partir Gilles sans lui offrir un petit cadeau. Lorsque le whisky d'Écosse eut produit ses premiers effets, je lui tendis une petite toile sur laquelle je n'avais peint ni charogne ni miroitement du marais.

— C'est un petit souvenir de celui que tu auras été un soir à Nantes, dis-je en lui présentant le petit format, non sans émotion. Tu l'emporteras et tu en feras ensuite ce que tu veux.

Il le regarda longuement, en silence.

— Mais c'est le petit animal que tu as à…

Je l'interrompis.

— C'est la trace d'un enchantement d'Édimbourg

et je voulais que tu aies le même. Je ne peins pas sur les corps. Fourre cette chose dans ton bagage et qu'on n'en parle plus.

Elle finirait rue Saint-Jacques ou rue d'Ulm, quelque part dans ce Paris venteux et gris que je détestais. Peu m'importait. Dans les vapeurs du whisky qui sentait si fort l'algue et les décompositions du rivage, cela ne me déplaisait pas de voir Gilles rattrapé par ce qu'il avait ironiquement appelé la « mythologie ». Celle des frères semblables, des bessons de l'Élorn, de leur indissoluble symétrie. Elle continuait. Elle nous dépassait.

# RETOUR À LOSCOAT

Geneviève Auffret était entrée dans notre vie comme une mère de substitution, plus efficace, plus chaleureuse que la Nantaise Mme Hauve. Elle était étrange et impressionnante, grise et plissée comme un hippopotame cuirassé de boue, on la devinait toujours dans un halo de fumée. Que d'heures nous aurons passées chez elle, dans l'extraordinaire appartement du quai des Célestins envahi la nuit tombée par les faisceaux lumineux des bateaux-mouches, dans ce capharnaüm qui tenait de la réserve de musée et du cabinet de curiosités ! Elle avait d'abord connu Gilles — et je crois que son parcours fulgurant, son entrée à l'ENA, son rang de sortie l'avaient séduite plus que tout, elle qui demeurait profondément étrangère à ce monde — mais je dois dire que dès notre première rencontre un lien très fort s'était tissé entre elle et moi dans un domaine qu'elle connaissait par cœur et qui donc ne la dépaysait guère. D'où tirait-elle cette aisance financière qui la faisait aller d'Oslo à New York, de Tokyo à Chicago pour trouver une œuvre de Staël ou de Klein qu'on ne voyait dans aucun catalogue ? L'art restait sa première passion, et la politique arrivait juste derrière, ce qui fait que les ministres de Giscard, et bientôt ceux de Mitterrand, avaient chez elle table ouverte. Elle n'avait plus de galerie. Officiellement elle conseillait des galeristes, de possibles acquéreurs, des mécènes. Elle avait été un temps très proche des communistes, une sorte de compagnon de route à sa manière, ce qui expliquait ses accointances avec la frange cultivée de la gauche ; elle connaissait aussi très bien le milieu gaulliste, ce qui justifiait sa trouble proximité de la mairie de Paris. Jacques Chirac et Claude Pompidou dînaient chez elle, c'est ce qu'elle nous assurait, même si nous ne les voyions jamais.

Je vivotais. Je peignais des décors pour la télévision et le théâtre, je ripolinais des fonds pour les studios des Buttes-Chaumont. Je vivais maigrement de ces expédients. La période heureuse et féconde du Marais breton était un lointain souvenir. Ce jaillissement miraculeux qui m'avait un temps porté s'était éteint. Je ne croisais guère Gilles, sinon chez Geneviève qui faisait tout pour nous réunir. Élise était elle aussi entrée à l'ENA et, curieusement, ce succès avait agacé mon frère qui aurait sans doute aimé voir sa future femme prendre une autre direction. Gilles ne vivait plus rue Saint-Jacques. Entre deux stages à Carcassonne et à Rome, il avait loué un appartement avec Élise, pas très loin des Halles, rue Greneta. Jamais je n'avais voulu mettre les pieds dans cet antre que Geneviève Auffret et ma mère disaient charmant. C'était absurde. C'était d'une imbécillité profonde. Ce n'était en rien justifiable, mais c'était ainsi. Je détestais les changements, les déceptions du temps qui va. Trop longtemps, de façon innocente et cruelle, j'avais cru que pourrait durer notre entente singulière, le pacte des frères analogues. Et j'avais erré et commencé à peindre lorsqu'une femme était entrée dans notre vie et que nos liens s'étaient distendus. Mon attitude était peu compréhensible, je l'avoue : je pouvais pendant des heures, dans des dîners, devant des amis, évoquer les succès de Gilles, donner force détails sur le stage préfectoral de Carcassonne ou celui, infiniment plus prestigieux, du palais Farnèse, on aurait pu penser que je racontais mon propre parcours — ou que j'avais Gilles au téléphone tous les jours. Dissimulé sous cette vêture brillante, je n'avais pas à parler de moi, de mes heures d'attente et d'hébétude dans l'appartement merveilleux du quai des Célestins, dans le vaisseau de Saint-Eustache à guetter une improbable apparition du père Serge — lequel m'avait un jour profondément blessé en faisant celui qui ne me connaissait pas —, de mes marches sans fin dans Paris, dans les ruelles pentues des Buttes-Chaumont ou le parc dont les fausses roches façon zoo de Vincennes me désolaient. Geneviève, qui devait être un peu lasse de m'avoir sur les bras, m'avait obtenu, par le truchement de ses relations politiques à la mairie de Paris, une chambre atelier sous les toits, rue de Grenelle, dans un extraordinaire hôtel particulier hérissé de pinacles et de cheminées. Il fallait certainement avoir peint et dessiné bien plus que je ne l'avais fait pour pouvoir prétendre à pareil logement. C'était une immense pièce sous la charpente, éclairée par une grande verrière qui surplombait un jardin, une étonnante prairie en plein Paris ponctuée de crocus et de jonquilles dès que les beaux jours arrivaient. J'avais eu énormément de peine à habiter cet espace que beaucoup auraient pu m'envier, et ce à juste titre. Ce lieu avait sans doute besoin d'une consécration particulière avant que je ne puisse vraiment m'y mettre au travail, et cette consécration, ce n'était ni la possession d'une de ces filles dont la compagnie me lassait vite, ni l'irruption fantasque et bruyante de Geneviève qui me la donneraient.

Elle ne se lassait pas de nous, de Gilles dont elle récitait les titres et les victoires comme s'il eût été son fils, de moi aussi, malgré mon indolence et mes atermoiements. Elle était allée à Rome, elle avait insisté pour que je l'accompagne, je ne l'avais pas fait parce que je craignais trop la présence d'Élise que les années rendaient orgueilleuse, conquérante, dure et méprisante comme on peut l'être face à tous ceux qui n'ont ni votre aisance ni votre rapidité. J'étais resté ces jours de printemps à Paris, condamné aux errances, à quelques esquisses qui ne m'avaient guère convaincu — j'avais même poussé jusqu'au canal Saint-Martin et jusqu'au café de La Passerelle, quêtant une apparition de Grégoire Rubrecht, lequel n'était peut-être plus de ce monde — pour apprendre, au retour, que Geneviève avait passé des moments fabuleux et qu'Élise avait annulé sa visite à la dernière minute. C'est étrange à dire, mais je m'ensauvageais dans Paris. Étendu dans la bibliothèque des Célestins, parfaitement indifférent à l'heure et au temps qu'il faisait, je lisais des heures, Bataille, Proust, Blanchot dont Geneviève collectionnait les œuvres parées de beaux et substantiels envois. Pareillement étendu sur ma luxueuse paillasse — il s'agissait d'un duvet avec des motifs de Sonia Delaunay que m'avait offert ma protectrice — je rêvassais rue de Grenelle, envoûté par le ruissellement de la pluie et les jeux de la lumière sur la verrière. Le ciel était d'anthracite ou crevé par l'embellie, les nuages filaient, poussés par le vent d'ouest, les mouettes arriveraient hurlantes et en tournoyant de l'estuaire de

Seine et j'irais écouter leurs cris sur les quais, comme au sortir d'un rêve, d'une arche céleste miraculeusement échouée.

Il m'arrivait de parler seul dans la rue, convaincu que quelqu'un m'accompagnait et marchait à mon pas. C'était une impression étrange, comme si un corps mobile, celui d'un autre pérégrin, fût sorti de ma chair. Plusieurs fois, après ces heures de solitude hantées par la lecture et la songerie, j'ai eu la sensation violente de cette présence, pas de mon frère — je l'avais perdu —, pas d'un ami — je ne m'étais jamais encombré de ces présences si peu désirables —, pas même d'un confident, comme si ce temps eût été fini. Mais qui pouvait-il bien être ce complice des quais de Seine que j'ai trouvé tant de fois au sortir de l'antre douillet et voluptueux des Célestins ou de l'austère rue du Bac dès qu'elle s'ouvre sur la froidure et le vent frais des berges du fleuve, qui pouvait-il bien être, lui qui me faisait croire sans réserve à la fable des êtres gigognes ou des corps qui se dédoublent ?

Je n'étais pas déprimé au point de me jeter dans les eaux de la Seine. Évidemment je ne pensais qu'à lui. Il nous arrivait de nous parler au téléphone, mais j'ai toujours détesté cet instrument qui me tétanise, limitant son usage aux seules actions pratiques. Je savais que s'ennuyant dans son bureau de Rome ou de Carcassonne il passait des heures à bavarder avec Geneviève qui n'ignorait rien des menus potins de l'ambassade ou de la préfecture. Nous avions vécu trop proches en des temps trop heureux, et ma douleur venait de ce que je ne savais à qui en adresser le reproche. Notre état, la division de nos parents, cette proximité gémellaire qu'on avait respectée parce qu'elle arrangeait tout le monde ? Sans doute les années lumineuses et fusionnelles de J. avaient-elles été de trop, mais on nous avait laissés ensemble parce qu'on connaissait ma fragilité et ma sujétion qui n'entravaient en rien l'ascension de mon frère.

La peinture des décors habitait mes rares jours de travail. J'ai même recopié sur d'immenses portants les petits bonshommes volants de Folon qui animaient alors le générique d'Antenne 2. C'était pour une soirée spéciale de l'A2, façon *Grand Échiquier* avec Jacques Chancel. Une fille d'origine irlandaise travaillait avec moi et nous avions sympathisé. Elle portait le beau nom ancien de Deirdre. Je l'avais emmenée un soir rue de Grenelle et la vue de la façade blanche de l'hôtel avec ses hautes cheminées et ses pinacles l'avait amusée. Je crois qu'elle s'était demandé avec quels fonds je pouvais m'offrir un tel logis. Nous avions bien ri, bien bu aussi sous la verrière anuitée, mais les choses entre nous n'étaient pas allées loin.

Deirdre était devenue une compagne de marche et de beuverie. Dans les troquets des Halles, dans des bars miteux de Montmartre, dans des cafés au décor de formica entre la Seine et la bibliothèque de l'Arsenal, tout près de l'appartement de Geneviève où jamais je ne l'aurais fait monter. Deirdre travaillait aussi pour des théâtres et pour l'Opéra. Avec elle j'étais entré dans cette confrérie de tâcherons mal payés, tous ces déçus des Beaux-Arts qui avaient rêvé de la FIAC et des plus grandes galeries. Ils avaient tous des diplômes et moi aucun : je n'avais que la recommandation de Geneviève Auffret, mon nom avait transité par le cabinet du ministre de la Culture et celui du maire de Paris. Je restais nébuleux dès qu'on m'interrogeait. Les d'Ornano, les Michel Guy, les Lecat et autres dignitaires de la culture dînaient souvent chez Geneviève. Je m'échappais avant. J'avais croisé un soir Michel d'Ornano, blême et comme groggy : c'était peu après son échec aux élections municipales à Paris. Je préférais rejoindre Deirdre dans les troquets des quais ou marcher des heures sous la pluie dans la compagnie mystérieuse du fantôme au pas régulier qui ne me quittait pas.

Une femme austère et mutique — elle avait, murmurait-on, quitté les ordres passé quarante ans — veillait ma grand-mère dans sa maison des bords de l'Élorn. L'installation à Brest n'avait duré qu'un temps, ma grand-mère ne pouvait se faire à une vie sans ses palmiers, les pentes si douces de la pelouse qui descendaient vers la rivière, le mouvement des marées. Notre mère vivait surtout dans les avions et les aéroports, entre les États-Unis et l'Extrême-Orient. Elle n'avait même pas eu à me suggérer de prendre le train, je m'en étais aussi ouvert à Geneviève qui avait un temps caressé l'idée de me rejoindre à Brignogan dans un hôtel qu'elle aimait beaucoup, niché entre les replis d'une ria et d'immenses rochers. La connaissance qu'avait Geneviève d'une région qui avait tant compté pour nous me stupéfiait. Un lieu-dit prisé, un calvaire d'exception, un menhir christianisé, un fond de baie sauvage, rien n'échappait à sa curiosité encyclopédique. Plusieurs fois, craignant qu'elle me prît en flagrant délit d'ignorance, j'avais même joué le fin connaisseur, alors que dans mon souvenir tous ces paysages et tous ces lieux se confondaient. Celle qui avait grandi entre l'Élorn et Portsall, c'était Geneviève, aurait-on pu penser en l'écoutant, bien plus que moi qui ai une mémoire loqueteuse et aussi trouée qu'une passoire.

Geneviève Auffret avait grandi entre Montmartre et le canal Saint-Martin, ce que trahissait une pointe d'accent qu'elle laissait échapper parfois, sa famille étant essentiellement parisienne, avec une souche polonaise aussi qui était sa fierté.

Rien n'était très clair en ce tout début de printemps qu'illuminait pourtant l'or des mimosas et des ajoncs. Geneviève se disait retenue à Paris par des problèmes dont elle ne souhaitait pas parler. Gilles avait semblé extrêmement déçu d'être assigné à résidence dans sa préfecture de Carcassonne lorsque je lui avais annoncé, au cours d'une brève conversation téléphonique où perçait son désarroi, mon intention de me rendre à Landerneau. Les rares confidences de ma mère et les échanges limités avec la gardienne mutique me faisaient redouter le pire. La religieuse défroquée avait une haute estime de celle qu'elle appelait toujours Mme Tanguy et il y avait des choses qu'elle ne pouvait pas dire ou qu'elle ne voulait pas voir. Deirdre, qui ne me quittait plus, avait tenu à m'accompagner jusqu'à la gare Montparnasse. Sans doute espérait-elle, jusqu'à la dernière minute, un geste de ma part. Elle avait, se lamentait-elle, des kilomètres de forêts à peindre pour les décors d'une dramatique arthurienne que l'on devait tourner aux Buttes-Chaumont et elle aurait cent fois préféré les marches dans le grand vent de Brest qui était pour elle, bien qu'elle n'y eût jamais mis les pieds, l'exemple même de la « ville cinématographique ». J'aimais plus que tout la compagnie de cette jeune rousse frondeuse et rieuse, j'étais presque désemparé lorsque je ne la trouvais pas dans les cafés où nous avions nos habitudes — peu à peu le territoire de nos bistrots d'élection s'était élargi aux bords du canal Saint-Martin, certainement parce que je n'avais pas enterré l'idée de voir réapparaître l'intercesseur mystérieux qui m'avait mis sur la voie de la peinture — mais jamais je ne lui aurais proposé de venir avec moi pour ce pèlerinage intime.

Je ne m'attendais à rien de glorieux. Cependant je n'avais rien à cacher. Sans doute avais-je beaucoup parlé à Deirdre, et ce sans en avoir une nette conscience, de Loscoat et de ses palmiers, des vestiges du bateau Brume et de notre chapelle enfouie, de la mer qui venait et repartait en laissant des luisances entre les méandres noirs, de notre grand-père, ce témoin singulier, magnifique qui nous avait tant marqués. Je voulais une ultime fois arpenter les lambeaux d'un royaume disparu. Je voulais quêter dans l'écheveau des souvenirs un socle — l'assise même de ces paysages de mer et de terre, de mer dans la terre — qui me rendrait la proximité de celui qui me manquait, une forme de *tangence*. Peu m'importait le froid mouillé, les lenteurs d'une saison qui tardait à s'imposer, l'or des mimosas — un peu pâlis déjà — et des ajoncs si bretons était une promesse qui me galvanisait. Évidemment il y avait la figure de cette femme que nous n'avions pas aimée comme il convenait à cause de ce compagnon volubile et fascinant qui l'éclipsait. Je souhaitais aussi retrouver le grain d'une voix, le froissement des ombres, l'odeur du terreau noir dans le chemin bordé de camélias et de mimosas, cette lumière si particulière qui envahissait la véranda lorsque la marée avait entièrement inondé les vasières, et les colimaçons des fausses tourelles médiévales, les grimoires, les atlas, les papiers jaunis de Jean Tanguy. Et, pour toutes ces raisons, je ne pouvais qu'être seul.

Ma grand-mère se reposait. C'est ce que m'avait dit la gardienne en m'accueillant à la gare, avec un fort accent qui m'avait surpris, tout simplement parce qu'il m'était étranger. Cette femme semblait me connaître, s'obstinant malgré tout à me donner du Gilles, ce qui m'agaça au début, mais comme je n'eus pas l'impolitesse de la reprendre, je sus très vite que je serais Gilles jusqu'à la fin du séjour. C'était donc elle cette religieuse en qui la tentation de la vie monastique s'était éteinte, une femme minutieuse, pratique, avare de confidences, le dernier rempart des secrets de Loscoat. Elle conduisait nerveusement sa vieille deux-chevaux à la carrosserie maculée d'éclats et de points de rouille, si nerveusement qu'en quelques minutes nous fûmes sous les mimosas et les lauriers sombres du parc sans que j'aie eu le temps d'apercevoir l'Élorn, la perspective des grèves et des vasières — et les horribles lotissements aux minuscules maisons couleur coquille d'œuf qui défiguraient les alentours.

C'était le royaume de mon enfance dont je foulais les parquets et, imitant la gardienne, j'avais instinctivement abandonné mes chaussures sur le seuil. C'était surtout le royaume d'une vieille dame cachée, recluse, et dont le regard vide, d'un bleu dévasté, me déchira lorsque la gardienne eut fait pivoter vers moi le fauteuil qu'en le découvrant j'avais cru inoccupé tant ma grand-mère, que j'avais connue si droite, si altière, s'était ratatinée. Que regardait-elle ? La rivière inaccessible, l'épicentre perdu de ses souvenirs, des ombres qui défilaient incertaines entre la brume et l'eau ? J'avais touché une main osseuse et glacée en m'écriant, bêtement, qu'il faisait trop froid et que ma grand-mère allait prendre mal.

— C'est toujours comme ça, avait répliqué d'un ton sec la gardienne qui était tout sauf commode, la pièce est chauffée à dix-neuf degrés comme elle l'était du temps où Madame avait toute sa tête…

— Pardonnez-moi, ne tenez aucun compte de ce que je viens de dire, avais-je murmuré en dissimulant mon chagrin. Je sais bien que vous vous occupez parfaitement de ma grand-mère…

— Mais je ne me fais pas de souci, monsieur Gilles. Vous avez fait un long voyage. Il y a de quoi manger dans la cuisine.

J'étais soudain seul et désemparé face à cette femme hagarde, élégante encore avec sa couronne de cheveux blancs, qui avait été ma grand-mère et qui l'était encore, dans ce royaume d'incertitude depuis lequel elle me considérait, moi ce visiteur improbable, infirmier, brancardier peut-être, bref tout sauf cette moitié infidèle des petits-fils qu'elle avait tant choyés après la séparation de nos parents. Veillée par sa gardienne défroquée, ma grand-mère, dans son attitude, dans son égarement tragique, avait quelque chose d'une grande abbesse de Port-Royal, ces reines noires des vallées de larmes qu'a si bien peintes Champaigne et dont la solitude mystique nous atteint encore. Elle aurait pu porter un scapulaire et une grande croix ensanglantée. Elle avait simplement un impeccable chemisier blanc et un gilet d'un bleu discret qui rappelait la beauté perdue de son regard.

Face à ces deux femmes, dans des lieux qui soudain ne me disaient plus rien — les années infidèles, insincères avaient tué toute connivence avec Loscoat et le royaume renié ne renvoyait plus rien, aucune onde favorable, aucune amorce d'accord — j'étais comme un fantôme, en apesanteur entre les lugubres boiseries bretonnes et les eaux enfuies de l'Élorn, j'étais un parfait inconnu pour ma grand-mère dont le regard vitreux ne captait plus le moindre signe de ma présence, et un autre — l'autre — pour la garde-malade qui ne ménageait pas sa peine pour me restaurer et me mettre en confiance.

Dans la maison je ne reconnaissais plus rien. Avait-on changé les meubles de place ? Avait-on commencé, à notre insu, le grand déménagement des antiquités et des reliques familiales ? Dès que j'aurais repris mes esprits, je verrais vite qu'il n'en était rien. Mais le choc — cette révélation tout au bout des mimosas et des ajoncs — avait été tel que j'étais comme sonné, sans repères, terrifié dans un domaine à l'abandon, sous la conduite spectrale d'une vieille femme ruinée et murée en elle-même. J'avais voulu appeler Geneviève et Deirdre. Personne ne répondait. Je me disais qu'elles se vengeaient peut-être du peu d'empressement que j'avais mis à accepter leur désir d'être du voyage. Et d'ailleurs eussent-elles été là, étant donné l'état de délabrement de ma grand-mère, toute présentation eût été inutile. Geneviève rêvait des huîtres et des homards de Brignogan et de Roscoff et mon apathie avait fait qu'elle n'avait pas donné de suite à son projet. Deirdre voulait fuir un chantier qui lui pesait. Je ne resterais pas seul ici, et cependant je ne pouvais plus partir, ne voulant pas avouer si vite, si visiblement, ma défaite, mon infidélité à ce royaume de l'Élorn et à tout ce qu'il m'avait apporté, ma douloureuse impuissance devant les ravages du temps.

Isolé, face à l'abbesse absente et à sa servante mutique, j'avais un instant pensé fuir. Mais un mélange étrange — l'obscur devoir, le génie des lieux — me poussait à demeurer là, un peu hagard, un peu errant comme je l'étais à Paris entre les quais de Seine et le pigeonnier de la rue de Grenelle. Ma grand-mère ne disparaîtrait pas si vite. On sentait dans ce corps diaphane, effondré, une énergie farouche, celle du lignage et des cellules immortelles, qui ne s'en irait pas comme cela. Il y avait là de vieux vinyles abîmés que j'écoutais dans la tourelle ouest où il ne subsistait plus grand-chose du temps de mon grand-père : la méticulosité maniaque de la femme de ménage poussée sans doute par sa patronne avait eu raison de tout. Quelques pièces baroques, quelques enregistrements de Bach joué par Jean Guillou à Saint-Eustache avaient miraculeusement échappé au saccage. Je les écoutais sans y mettre l'attention nécessaire, uniquement attiré par le gris des vasières et les miroitements du chenal. Les livres, les dossiers de Jean Tanguy, tout avait disparu. Les loges des bibliothèques basses, sous les fenêtres, étaient vides, impeccablement cirées. J'apprendrais plus tard — sans vraiment y croire — qu'un jeune chercheur qui enquêtait sur le personnel politique des débuts de la Ve République avait tout emporté avec la bénédiction de ma grand-mère.

Je ne regrettais pas ce ménage radical qui, lorsqu'il l'apprendrait, mettrait Gilles hors de lui. La musique et l'attente de la marée me suffisaient. La tourelle où je m'étais réfugié était vide de tout souvenir et ce dénuement dans une maison que la vie était en train de délaisser accentuait ma dérive rêveuse. Dès que l'ombre envahissait le rez-de-chaussée, je m'asseyais près de ma grand-mère et je tenais un long moment sa main inerte et froide. De la cuisine parvenaient les bruits des préparatifs d'un repas auquel elle et moi nous toucherions à peine. Loscoat était la maison des chauves-souris, des souvenirs en lambeaux, des ombres humides et du terreau noir qui gangrenait tout. J'espérais une visite : François, Geneviève Auffret, Deirdre, mon frère ? À la nuit tombée, lorsque ma grand-mère serait couchée dans l'ancienne salle à manger qui avait été aménagée pour elle en chambre, rempli de la musique de Bach et de ruminations crépusculaires, je sortirais, ivre de mer, de large, de rivage étrillé par les vagues, prêt à prendre la première barque pour gagner l'autre bord de la rivière, heureux de marcher enfin sur les graviers, les goémons secs, l'épissure noircie des cordages rongés par le sel.

Ces moments au bord du gouffre, à la lisière des eaux montantes de l'Élorn et d'un monde qui s'effondrait, j'en garde un souvenir étrangement fort et lumineux. La pêcherie désaffectée dans laquelle je me réfugiais la nuit me rappelait mon cabanon des marais. Et dans le silence seulement habité par la vie visqueuse de la grève, sous les étoiles, des images, une force me venaient et je priais pour qu'elles ne m'eussent point quitté lorsque je me mettrais au travail sous la verrière de la rue de Grenelle. Ces grandes figurations crépusculaires et inquiètes, ces mystérieux royaumes engloutis qui m'occuperaient toutes ces années, j'ai dû les rêver entre la maison de l'absente et le mascaret dont j'aimais défier le courant. Tout ce qui me vaudrait une certaine notoriété à Paris et à Dublin a été inventé là, ces nuits froides que je passais à marcher, à ramer, sous les astres, dans le concert rugueux du monde. Et cette série — *Loscoat I, Loscoat II*, etc. — qui serait montrée dans une galerie du Marais et dont un collectionneur me parlerait près de trente ans plus tard à Shanghai, elle a été pensée et esquissée entre mes heures de veille auprès d'une femme qui ne me voyait plus et ces belles nuits de dérive élémentaire.

C'était le printemps et je ne savais plus qu'il pût avoir sur moi pareil effet. J'avais soudain le souvenir des années de J., des cygnes qui voguaient au fond de la prairie, sous les pousses vert tendre des saules. Malgré le déclin, la mort qui s'annonçait, malgré le vide d'une maison déjà parée pour la liquidation finale, une énergie m'accompagnait qui me venait de très loin, de l'Élorn, de ses nuits criblées d'étoiles, de ses marées, des enchantements du bateau Brume dont je n'avais pas voulu vérifier l'état des reliques. J'avais fugacement parlé au téléphone à Geneviève et à Deirdre. Geneviève semblait soucieuse et Deirdre boudait.

Je ne l'avais pas appelé. Pris par son stage à Carcassonne, il avait autre chose à faire que de se tourner vers sa grand-mère et son passé. La violence de mes réactions me stupéfiait toujours lorsque je cédais au ressentiment. Le contentieux, l'écharde, la bifurcation de nos routes me mettaient dans un état de douleur et de rage qui ne s'estompait pas. Puis la nuit, curieusement, quand je n'avais plus que la compagnie des étoiles et des eaux — et de cette puissance sauvage qui me tiendrait éveillé jusqu'à l'aube —, la rage, la douleur s'en allaient et je me remettais à rêver, comme avant. Celui qui marchait avec moi dans les rues de Paris était là sur la grève, en larmes, en sueur, trempé par la pluie brestoise qu'il s'était prise en pleine figure en descendant la rue de Siam. Jamais je ne me déferais de l'emprise de ce fantôme, de ce vagabond mouillé qui surgissait entre les ajoncs et les mimosas en fleur, fébrile, libéré, comme chez lui.

Il me faudrait quelques minutes pour que je comprenne que je ne rêvais pas, qu'il était vraiment là, qu'il était parti sur un coup de tête, plaquant le préfet de l'Aude, ce qui ne serait sans doute pas sans conséquence sur l'évaluation de son stage et son classement de sortie. Notre grand-mère n'était pas morte et dans ce monde-là les permissions ne sont accordées qu'au seul moment du deuil. Il me faudrait quelques heures pour deviner, même s'il ne le disait pas, que ses liens avec Élise s'étaient distendus. Il s'était avancé avec beaucoup de réserve et de timidité, lui qui était d'ordinaire si à l'aise, si conquérant, dans le salon sans lumière où se tenait, frileusement recroquevillée, Anne. Je l'avais regardé s'incliner devant elle avec dévotion comme on le fait devant les momies royales et pontificales. Notre grand-mère avait sursauté, comme si la conscience lui fût revenue en un éclair — je n'avais pas eu droit à cette grâce depuis le commencement de mon séjour —, puis elle était vite retombée dans sa prostration.

— C'est terrible, m'avait-il dit, elle est complètement partie… Elle serait sans doute mieux dans une maison spécialisée…

Puis il s'était calmé. Il avait vite admis qu'elle était entre de bonnes mains, que cette femme qui s'occupait d'elle était d'une dévotion comme on n'en voyait plus. La rage lui reviendrait quand il découvrirait le dénuement de la bibliothèque et les casiers impeccablement cirés. Une colère froide le saisirait et il me faudrait inventer une nouvelle fable : tout avait été enlevé et confié à un chercheur sur ordre d'Anne qui avait encore une lucidité intacte.

— Partons, roulons, avait-il murmuré, c'est vraiment trop douloureux…

Il avait loué une voiture à Brest. Nous ne resterions pas captifs à Loscoat. Nous n'aurions pas à aller contempler les arcatures démembrées et pourries du bateau Brume. Nous ne resterions pas figés devant le manoir qui abritait l'abbesse aux mains glacées. Gilles voulait rouler, une force subite l'animait, il voulait passer l'Élorn, rouler jusqu'à l'estuaire de l'Aulne et l'abbaye de Landévennec. Le ciel était assombri de grains qui cinglaient le pare-brise. La radio ne diffusait que des musiques funèbres, des requiems et des chorals de Passion. Sous le ciel noir, dans ce pays minéral aux maisons couvertes de toitures d'ardoise, les genêts, les ajoncs, au bord des prairies et des anses vidées par le jusant, mettaient une note de couleur, ce jaune insolent, venu d'ailleurs, qui contrastait avec l'austérité du ciel et des parures de schiste. Les grains n'étaient jamais très violents, mais lorsqu'ils s'abattaient sur la voiture, nous avions presque l'impression de rouler dans un labyrinthe de terreur, comme dans un film fantastique. La route jouait avec les méandres de l'Aulne, avec les taillis qui descendaient à pic au-dessus des grèves, dans la splendeur jaune et funèbre d'un printemps glacial. À son arrivée à Brest, Gilles avait été baptisé par la pluie froide de la rue de Siam et le souvenir des grues et des installations portuaires qu'il avait aperçues ne le quittait pas.

— C'est tellement plus beau que cette misérable Carcassonne, cette préfecture de carton-pâte ! Je voulais revoir l'escalier de *Remorques*, les bassins...

Gilles n'avait jamais été l'homme de la demi-mesure et, de façon surprenante, ses études ne lui avaient pas imposé le moule, la réserve, l'onction que je redoutais tant. Étaient-ce le déclin si avancé d'Anne, l'insouciance de notre mère qui le mettaient dans un pareil état ? Sincèrement je ne le crois pas. Et j'aimais sa blessure et sa rage, sa solitude et sa liberté qui lui avaient permis de traverser la France pour revenir dans des lieux qui avec le Nord et le Périgord, sans oublier notre collège de la campagne betteravière, avaient compté pour nous plus que tout.

Il ne me parlait pas d'Élise. Il le ferait un peu plus tard, à demi-mot et pour évoquer le passé, lorsqu'une forme d'intimité se serait retissée entre nous, dans ce havre de bout du monde où sous un plafond enfumé et calfaté qui rappelait les carènes du port nous descendrions bière sur bière. Pour l'heure nous marchions dans les bois de Landévennec, dans le petit cimetière dont la forêt de stèles domine la mer. Les camélias des jardins illuminaient le village désert. À Landévennec on venait vivre son éternité face aux vagues ou les derniers moments qui y préparaient, dans la beauté des camélias et des genêts, sous la protection de palmiers, identiques à ceux de Loscoat, qui sont toujours la marque des paradis finistériens. Nous étions seuls. Intimidés par tant de silence et de beauté, concentrés dans l'effort qu'exigeait l'ascension jusqu'à l'abbaye, nous ne parlions plus. Toutes ces choses que nous avions pourtant à nous dire, tous ces instants de nos vies séparées ne comptaient soudain plus. Nous nous retrouverions pareillement muets et démunis dans la nef moderne et vide de l'abbatiale devant le cercle des moines aux aubes éclaboussées de feu. Nous étions là par hasard et pourtant tout, depuis que nous avions quitté les rives de l'Élorn, nous y avait conduits : les obscurcissements du ciel, l'austérité des ardoises, les anses aux eaux absentes, les averses cinglantes, les chorals grésillants de la voiture. C'était un jour sans lumière, sans chant, sans consécration, c'était un jour de prostration, de jeûne, de pieds nus et de génuflexions infinies. C'était le vendredi de la mort du

Christ, le vendredi de la kénose et de l'ascèse, tout à l'heure Jésus expirerait et un immense silence envelopperait les corps étendus des moines et nous aussi, malhabiles, agenouillés, saisis par cet effroi rouge et poignant qui nous revenait à tous deux, conjointement, de l'enfance et d'un lointain vendredi dans la chapelle assombrie du collège de J. Comme au temps du bateau Brume, de notre nef sacrée sous les lierres, comme au temps de nos marches de somnambules dans les couloirs du collège endormi, dans le mystère de cette convocation et de cette vénération d'un corps ensanglanté et percé, dans le vaisseau nu de Landévennec quelque chose du pacte des frères analogues renaissait.

Il y avait cet effroi, plus grand que tout, et le déclin de la pauvre femme de Loscoat, la maison lugubre, promise au néant, la noirceur des grains, l'or des ajoncs, la chasuble rouge du père abbé qui ne me quittait plus, les indentations des taillis et des grèves, les méandres de ce terroir de moines et de passeurs, de marins et d'ermites, il y avait la cendre et le sang de ce grand vendredi — je me disais que tant de printemps avaient commencé sans que je connusse ce rendez-vous — et une mystérieuse joie m'emplissait, nous emplissait. C'était ce désir lancinant que l'on éprouve lorsque rôde la mort, cette pulsion vitale au bout du déclin et de la cendre. C'était surtout la joie précaire, intense, d'une entente restaurée entre les grèves de l'Aulne et les frondaisons de Landévennec, au-dessus du grand cimetière des navires de guerre promis à la casse. C'était tout cela, inattendu, inespéré, et j'en aurais pleuré.

Les larmes me viendraient plus tard, à Camaret, après tant de bières bues dans le bar au plafond calfaté, dans ce port extraordinaire qui sentait le sel et le feu de tourbe. Nous parlions fort, trop fort, dans ce pays de pêcheurs mutiques et rugueux. On nous regardait et ce regard inquiet, désapprobateur, des autochtones nous ravissait. Nous n'avions plus les manières et les codes, si tant est que nous les ayons eus un jour. Nous buvions et parlions jusqu'à plus soif le vendredi saint. Plus que de Paris, du Nord ou du Périgord, nous étions d'ici. Comme eux. Comme nos frères de la pluie et de la suie. Un peu ivres déjà, nous avions offert une tournée à nos compagnons de beuverie qui nous dévisageaient sans méchanceté.

— C'est ici que je veux revenir, c'est ici que je veux renaître, me disait Gilles d'une voix lourde et empâtée, si je fais de la politique, c'est ici que tout démarrera…

— À Camaret ? avais-je risqué, ahuri.

— Pas à Camaret, à Landerneau, le plus près possible de Loscoat et de l'Élorn !

Il y songeait encore. Il voulait reprendre le flambeau de Jean Tanguy dont les archives avaient été dispersées. Jamais ce soir-là il ne serait question d'Élise ni d'aucune étrangère. Sur les quais qui sentaient la saumure et la tourbe brûlée, une pluie fine commençait à tomber. Nous avions faim. D'huîtres, de langoustines, de pain frais. Nous étions prêts à tous les sacrilèges. Nous ne voulions surtout pas rentrer.

Gilles ne semblait pas très pressé de rejoindre Carcassonne. Il disparaissait de longues heures, multipliait les conciliabules téléphoniques, loin de la maison et des oreilles de possibles indiscrets, dans une cabine à l'entrée de la propriété. L'état de santé d'Anne était stationnaire, mais je la trouvais plus raide encore, les yeux d'un bleu délavé. Dans le grenier, j'avais étalé de vieux rouleaux de papier peint que l'on avait mis au rebut et j'avais commencé à dessiner mes domaines de la nuit. La disparition momentanée de mon frère — et sa présence magnétique le reste du temps —, l'étrange rituel qui entourait la sentinelle absente du rez-de-chaussée me plongeaient dans un état de grande effervescence qui ne s'apaiserait que lorsque j'aurais travaillé des heures, allongé dans la poussière du grenier qui avait miraculeusement échappé aux assauts des termites maniaques, jusqu'à sentir ankylose et courbatures. C'étaient les eaux, les étoiles, leurs reflets sur l'Élorn que je voulais retrouver, avec cette odeur de saumure et de mimosas, de vase remuée par le flot. On parlait sous moi, des voix remontaient du salon, de l'enfance, une voix forte, assurée d'homme habitué à haranguer. Il y avait dans la fabuleuse conjonction du retour de Gilles et de l'effondrement — et de la fermeture — imminent de Loscoat quelque chose qui me portait. Et le retour de mon frère délivré de l'étrangère me rendait intact ce royaume de l'Élorn et mon désir de dessiner et de peindre. À Paris tous ces derniers temps, je n'avais été qu'un copiste et qu'un exécutant. J'avais erré, j'avais flirté avec Deirdre, mais je n'avais rien produit. Je n'étais pas certain d'avoir un jour un nom dans l'univers de l'art, et peu m'importait, mais il me semblait que revenait en moi un peu de l'énergie du cabanon des marais. J'avais imprudemment vanté au téléphone les grâces du printemps finistérien à Geneviève Auffret qui menaçait de débarquer. J'avais été très lâche comme souvent, j'avais mollement répondu, sans doute parce que je ne souhaitais pas que fût troublée notre connivence retrouvée. L'excitation qui était la mienne, alors que je dessinais couché sur d'improbables supports, me donnait une clairvoyance folle ; j'entendais des voix — je l'écris et peu m'importe si cela fait rire — et surtout celle de celui qui avait si longtemps régné sur ces lieux, je le sentais là, près de moi, dans la maison soudainement habitée, tandis que la marée montait, submergeant les méandres noirs et les prairies marines. Sans doute la proximité de l'eau m'était-elle nécessaire comme elle l'avait été à Paris au bord du canal et dans le marais nantais, l'assentiment au monde qui renaissait aussi — et l'immersion dans la kénose pourpre de Landévennec et les bières nocturnes de Camaret avaient eu un effet salvateur — mais il y avait plus que cela, il y avait bel et bien notre entente scellée autour des fantômes de deux absentes, Élise envolée et notre grand-mère murée dans le tombeau de la vieillesse.

Oui, à près de vingt-cinq ans, nous étions toujours les seigneurs de Loscoat, les « fils de l'Élorn » drapés dans nos rites et nos souvenirs intacts. Une fois encore, j'étais de la constellation des sédentaires, avec l'absente et celle qui la veillait, tandis que Gilles caracolait je ne sais où. Seuls les paysages et les forces du monde m'occupaient. Les corps que j'avais peints dans le marais n'entraient plus au chapitre de mes hantises. Ici ces désirs s'éteignaient, la mort et la loi du lignage imprimaient leur marque, l'ordre d'Anne, du nom, le souvenir du patriarche, de sa gloire un peu tonitruante, un peu factice aussi et qui était si loin de ce à quoi j'aspirais. Toujours je serais un être incertain, peu assuré, en quête inlassable et éperdue de béquilles. L'enfance m'était revenue, comme d'un amont lointain, avec sa force et sa charge inentamée de mystère. Et dès que j'avais franchi le seuil de Loscoat, en me déchaussant comme si j'étais entré dans un sanctuaire, avant même de m'incliner devant Anne déjà statufiée, j'avais su qu'il arriverait, qu'il me rejoindrait.

C'était dans cet étrange et précaire équilibre que je créais. Mon énergie était si grande que j'avais demandé à Gilles de me rapporter d'une de ses escapades du papier, des toiles et des encres. J'avais colonisé une des petites pièces désaffectées des tourelles, et c'était là, sous le ciel qui se chargeait au moment du flot, que je fixais les émotions et les vertiges des nuits qui avaient préludé à son retour.

Il était comme moi, en vacances éternelles. Il avait pris congé de tout. Il s'était absenté de sa vie avec Élise et des obligations de sa scolarité à l'ENA. C'était la première fois que je le voyais ainsi dévier. À la fin de l'après-midi, quand il revenait de ses promenades apparemment sans but — je comprendrais vite qu'il prospectait auprès du personnel politique local dans la perspective des municipales de 1983 — il s'asseyait en silence auprès d'Anne, comme prostré, la tête dans les mains avant de me proposer très vite de sortir, de « prendre l'air », selon sa formule. Immanquablement nous nous retrouvions dans un bar du port de commerce à Brest que fréquentaient surtout les dockers et des hommes louches qui devaient avoir une double vie. Camaret était un peu loin, mais les bières de notre bouge n'étaient pas sans saveur.

— Ce sont vraiment tous des vieux cons, m'avait-il glissé un soir, tous bons à vous décourager en vous pressant d'aller voir ailleurs… Je leur cache ce que je fais. Ils doivent voir en moi un roquet, un morveux, ils ne s'amadouent que lorsque je leur donne le nom de mon grand-père…

La politique ne m'avait jamais attiré et je faisais d'immenses efforts pour m'y intéresser. Je savais bien qu'à l'heure du giscardisme dominant, et déjà menacé, il y avait dans le gaullisme revendiqué de Gilles une part affective qui lui venait en ligne directe de Jean Tanguy. Était-ce d'ailleurs l'effet de mes heures de claustration songeuse, il me semblait parfois qu'il retrouvait les intonations du grand-père, ce côté conquérant, éternel boute-en-train, cette virilité massive, intimidante, qui me laissait sur la rive. C'était un rôle qu'il endossait. C'était un personnage qu'il jouait. Il avait du reste très bien su jouer celui d'un apprenti peintre un soir dans une galerie de Nantes. Ce jeu m'amusait parce que je ne voyais que trop sur quelles bases mouvantes il reposait. Parfois, pour éviter que l'ivresse ne nous fasse défaillir, nous sortions marcher sous les grues du port et la masse des immenses coques rouillées, nous allions aussi jusqu'à la double volée de marches de *Remorques* et je me souvenais de la « ville cinématographique » de Deirdre. À quelques confidences qu'il susurrait, profitant toujours, pour amortir ses paroles, du bruit du vent ou du vacarme du port, il m'avait semblé deviner que le préfet de l'Aude était quelqu'un de jaloux et d'ombrageux et que le stage se passait mal.

— Je serai mal classé, tant pis, je ne finirai pas au Palais-Royal…

— Au Palais-Royal ? avais-je répondu comme un sot, songeant au ministère de Malraux ou à la Comédie-Française.

— Enfin, tu m'as compris, au Conseil d'État !

Et nous avions changé de sujet. La contemplation des grues, des bassins aux eaux huileuses, de tous ces filins rouillés qui entravaient l'accès des darses m'enchantait. À ma manière, dans la songerie, dans la vocation rêveuse, j'étais un matelot de Genet. Je ne voulais pas servir l'État, je n'avais eu aucune envie d'être un ministre de Pompidou, quelqu'un qui aurait un rôle dans l'appareil d'État. Je comprenais aussi, à la lumière de la blessure que j'avais perçue, combien la vocation de mon frère était plus complexe que je ne l'avais cru. Son aisance, son appétit de pouvoir et de titres m'avaient fasciné, mais je n'étais pas très sûr de les avoir toujours bien saisis. J'y avais vu une fringale superficielle et irritante, le désir de foncer, d'écraser, et c'était ce qui expliquait que j'avais si vite rompu avec la montagne Sainte-Geneviève. Je n'avais pas voulu le voir prendre le masque du technocrate gominé.

— Tu t'en souviens sans doute, notre grand-père avait comme moi pleuré au moment du départ de De Gaulle… L'été suivant, il regardait en écrasant une larme les photos où on voit le Général avec Flohic sur une plage d'Irlande…

Ces photos, je les avais vues, j'avais même été sensible à ce qu'elles avaient de douloureux et de tragique, mais il ne m'était resté aucun souvenir des larmes de Jean Tanguy et de celles, cachées, de mon frère. Sans doute avais-je mis, dès l'enfance, trop de distance entre l'univers des adultes et moi ; j'avais assisté aux conversations politiques du grand-père et de son petit-fils et je n'en avais gardé que des intonations, des lumières, au crépuscule, les soirs d'été, dans la tourelle ouest qui sentait un insistant mélange de vase et d'herbe chauffées.

— Le gaullisme, c'était la religion des patriarches et des totems. À l'heure du libéralisme avancé, tout cela est fini. Mon préfet, c'est un petit con qui pratique la chasse aux sorcières…

J'avais faim. J'avais soif encore. Soif de ces bières crémeuses et lourdes qu'avaient bues nos ancêtres Vègh, dans ces villes nordiques quadrillées de canaux, dans ces estaminets anciens aux tables de bois grossier sur lesquelles tremblotent les fines bougies lancéolées de Vermeer, soif de pas aussi comme à Ostende sur la jetée entre les murailles et la mer, dans le port de Genet et des équipées brumeuses, soif de ces mots que Gilles distillait, l'air de rien, et jamais en me regardant. À aucun moment je n'avais voulu voir la faiblesse de Gilles. Sans doute parce que j'avais trop besoin de son rayonnement et de sa force. De sa présence, physique, opaque, indéchiffrable. J'avais un besoin éperdu d'admirer. Le papillon, le ludion que j'étais se satisfaisait vite des apparences et des légendes. Et dans ma joie si vive de l'avoir retrouvé, je mesurais que je n'avais rien compris. Je l'admirais — alors qu'il avait tout — d'aller quémander une place, un ancrage, comme un gueux. Il pouvait si vite agacer en raison de ce qu'il était. Pour les centristes qu'il rencontrait, il devait être une énigme et une menace.

— Va faire de la politique ailleurs, chez toi dans le Nord, fous-nous la paix, lui avait répliqué un jeune coq qui briguait la circonscription qui avait été celle de Jean Tanguy. Vègh, ce n'est pas un nom de chez nous. Jamais un Vègh ne sera élu ici, tiens-le-toi pour dit.

Et il l'avait jeté dehors sans ménagement.

Le nom d'Élise était absent de ces conversations du soir à la lisière des flots. Geneviève m'avait confirmé qu'ils ne se voyaient plus puis elle avait parlé d'autre chose. Tous les soirs, au bord des bassins, nous croisions un errant hirsute toujours vêtu du même imperméable kaki.

— Il ne te fait pas penser à notre père ?

La remarque de Gilles, pour inattendue qu'elle fût, m'avait fait sursauter. C'était juste ce que je m'étais dit en apercevant le vagabond qui, me semblait-il, avait détourné la tête en apercevant ces jumeaux légèrement ivres qui cherchaient à se dégriser dans le vent de mer. Et nous avions crié d'un même élan « Monsieur Vègh ! » en riant. Affolé par nos hurlements, l'homme avait pris la fuite. Ivres d'émotion et de rires, nous nous étions embrassés et étreints comme nous ne l'avions plus fait depuis des années, en criant dans la pluie et le vent ce nom du Nord, ce nom de Vègh « qui n'était pas d'ici » et qui était le signe d'une greffe politique qui ne prendrait jamais — ce nom qui était le nôtre et dans lequel jamais nous ne nous étions reconnus. Nous n'étions ni des Vègh ni des Tanguy. Nous étions Gilles et Guillaume, jumeaux sans nom, nimbés de nos seuls prénoms, dans le vent de mer, au bord des flots, entre les carènes ocre et les docks, sous les murailles et les marches des hauts veilleurs océaniques.

## CARNET VERT

Je note ces lignes dans la tourelle de Loscoat et il me semble entendre ma grand-mère râler de l'autre côté de la cloison. C'est curieux : nous ne sommes jamais si soudés qu'à la fin d'un cycle. La disparition d'Anne fermera à jamais le temps merveilleux de l'Élorn. Et pourtant, depuis quelques jours, tout est comme avant, depuis notre station à Landévennec, depuis le silence dans la nef aux moines étendus et notre longue ivresse de Camaret. C'est le moment que choisit notre père pour réapparaître sur les quais de Brest, à moins que nous n'ayons été victimes de ce qu'il convient d'appeler une hallucination gémellaire. C'était son pas. C'était cette silhouette de vagabond tout droit sortie d'un film de Tati. Il est peut-être en Belgique, il est peut-être mort depuis des années, mais pour nous, il n'y a pas de place pour le doute : c'était bien lui.

Je suis en rupture de ban. J'ai rompu avec Élise. J'ai rompu avec l'ENA. Un médecin de Landerneau qui connaissait bien notre grand-père m'a signé un certificat de complaisance. Élise : je ne supportais plus sa domination, ses plans tout tracés, ses projets impeccables, son goût constant pour l'action, son aversion pour le rêve, le retrait, la vie songeuse. Elle adore entendre Geneviève lui parler de Guillaume, lui dire qu'un jour il comptera. Mais elle ne tolère pas Guillaume en moi.

Je confie à ce carnet ce que je suis incapable de dire à Élise, à Guillaume. Il n'y a peut-être que devant notre pauvre chère Anne murée en elle-même que je pourrais parler. Tout ce que j'ai fait ces dernières années me paraît fade et sans intérêt. D'une sécheresse totale. J'avais rêvé du Conseil d'État, pour le Palais-Royal, pour les fantômes de Colette et de Malraux : c'est plutôt mal engagé. Ce que j'ai vécu à Carcassonne m'a confirmé dans mes intentions : je ne veux pas de la préfectorale. Je ne veux pas être un minable scribouillard de ministère. Je ne veux pas servir un appareil désincarné. Jamais depuis que je suis revenu ici je n'ai deviné aussi nettement ma vocation. Souvent, la nuit, une voix me réveille, celle du phare de l'Élorn. Tel il est resté dans mon souvenir. Et il me dit de le suivre, de me méfier de ces Parisiens à gros bec, de faire de la politique, simplement, sur le terrain, en aimant les gens, comme il l'a fait.

Ces imbéciles que je rencontre et qui feignent de croire que je veux me prévaloir d'un nom n'ont rien compris. Le fait que mon grand-père ait joué un rôle dans la vie politique ici ne compte pas. Ce n'est pas une affaire de lignage et je sais pertinemment que cela ne me donne aucun droit. C'est en revanche une affaire de transmission, secrète, souterraine, et cela, ces imbéciles ne sont pas prêts à l'entendre. Ce n'est pas la place de mon grand-père que je guigne, c'est son exemple qui m'inspire. Je suis prêt à louer une mansarde à Landerneau ; les trains de nuit avec les matelots de la Royale ne me font pas peur. Qu'ils ne s'imaginent pas que je vais leur faire le coup du seigneur de Loscoat ! Guillaume sera bien mieux dans le manoir. Mais je sais bien qu'il ne s'y installera pas : trop d'attaches, trop de fantômes. Ce n'est pas pour lui.

Toutes ces années de séparation ont fait que nous n'avons plus besoin l'un de l'autre la nuit. Ce qui me permet, dès qu'il s'en va errer sur les grèves, de monter voir ce qu'il a fait pendant le jour. Je me souviens de l'extraordinaire séjour dans le Marais breton, le cabanon au milieu des charognes et des loutres. Guillaume est un homme de l'eau, de la nuit, des contemplations élémentaires, des décompositions morbides. L'autre jour je lui ai acheté une belle provision de toiles et d'encre, et je ne le regrette pas. On dirait des encres de Michaux géantes, des calligraphies de sismographe, les éclaboussures noires d'un monde qui se défait. De la bande que nous formions au collège de J. — j'ai promené l'autre jour Antonin, qui n'a pas renoncé au désir de faire des films, sur les remparts de Carcassonne — je suis indéniablement le plus sec : François va faire le sacrifice de sa vie à Dieu, Antonin et Guillaume sont des artistes (et Guillaume plus encore), je ne suis rien. Si, je suis quelque chose, lorsque je me souviens de Jean Tanguy, lorsque me revient sa voix forte, assurée, d'homme qui avait réussi, lorsque, dans la clandestinité, le souffle coupé, je pousse la porte des ateliers de Guillaume et que je m'arrête devant ses écritures et ses visions. Il faut toujours passer une ligne d'eau avant d'arriver à ses sanctuaires. Ici le chenal de l'Élorn, près de Nantes l'étier envahi de ragondins. À Paris, dans ce quartier ruiné du

X^e arrondissement, le canal avec ses ponts et ses bancs de feuilles pourries. C'était lorsque j'étais à Henri-IV et que j'avais commencé à vivre avec Élise de Souvré, pour la fille, sa beauté et son intelligence, et certainement aussi un peu pour son nom. Guillaume frayait avec un vieux gourou dont l'allure rappelait Beckett et Cioran. J'ai noté quelque part le nom littéralement imprononçable de cet homme, comme j'enregistre tout ce qui concerne mon frère. Un soir, après avoir un peu trop bu dans un bistrot du Quartier latin, j'ai traversé Paris comme un fou et j'ai forcé la porte de l'antre où, avec la complicité du vieux gourou, se terrait Guillaume. C'était un capharnaüm extraordinaire, un désordre de crânes, de tubes, de pinceaux, et, alignées sur une étagère métallique, des têtes de mouton qui puaient. La lumière électrique que j'avais allumée, ne craignant rien, avait jeté sur ce foutoir un éclat blafard et j'avais alors vu, contre le mur, une série de petits formats, une suite de têtes de mouton tranchées, noires, ocre, mordorées, comme si elles avaient macéré dans la pluie et la tourbe. C'avait été une révélation foudroyante. C'était plus beau, plus troublant que toutes les interprétations des maîtres d'Henri-IV qui, elles, jamais, ne me mettraient au bord des larmes. C'était la mort traversée, c'était une autre vie conquise, c'était déjà, indéniablement, une signature. Et, moi qui avais durablement déserté la foi et ses rites, je m'étais mis à prier, pour qu'il poursuive son exploration, pour qu'il continue de creuser sa voie et son talent, pour qu'il se fasse un nom.

Si étrange que cela puisse paraître, je ne lui ai rien dit. Il me voyait en transfuge et en déserteur, et j'irais jusqu'au bout de mon sale rôle. J'étais rentré, à pied, en pleurs, convaincu de ma médiocrité, de mon indignité. Je m'étais lancé dans cette vie nouvelle, ces études, ce couple précoce, j'avais rompu les enchantements de l'Élorn, de J. et de la grotte de Domme, j'avais joué au con et j'irais jusqu'au bout de cette vie sèche et fallacieuse. Je me souviens qu'en rentrant rue Saint-Jacques je me disais que la seule façon d'expier serait, un jour, d'écrire le catalogue raisonné des œuvres de Guillaume.

Je ne lui ai rien dit, je ne lui ai toujours rien dit. Sa prescience des choses est telle qu'il doit savoir. Très jeunes, lorsque nous débordions, lorsque l'un ou l'autre avait un geste que la morale et les usages des adultes réprouvaient, la lumière du jour revenue, il n'en restait rien. Au tréfonds de notre unité siamoise, ces actes n'avaient pas eu lieu et, en conséquence, ils n'avaient pas à être transmués en aveu, en demande de pardon, en simagrée mondaine et extra-gémellaire. En traversant le canal, d'une certaine manière, c'était cette ligne secrète et interdite au fond de notre lit que j'avais franchie. Et, ce faisant, j'avais emporté un peu du secret de Guillaume et capté de son énergie. J'avais volé une parcelle de son feu de démiurge aquatique et nocturne. Je ne me donnais des allures de Prométhée que parce que j'avais un jumeau que j'avais pillé. Les têtes de mouton tranchées, comme plus tard les corps décomposés du marais de l'Atlantique, ne cesseraient de me hanter. Guillaume, tu attendais en tremblant la validation, la justification de ce vieux célibataire, ce vieux gourou stérile à la crinière léonine, alors que tu avais mon assentiment, ma bénédiction, mon cri d'admiration et d'amour mais, en ces heures si difficiles, si troublées de nos vies, tu n'en avais rien à faire.

# LA BOUE DE BROCÉLIANDE

J'avais sombré à Brocéliande. Je ris aujourd'hui en notant cette formule qui fait se rejoindre la mer et la forêt primordiale, le naufrage et l'ancrage des bois. La messe de mariage avait été célébrée dans une étrange chapelle qui jaillissait au milieu des plaques de schiste rouge, une chapelle aux boiseries délavées sentant la mousse et les colonies d'insectes tapies entre les retables et les murailles. C'était un signe. Cette nef me rappelait notre sanctuaire secret dès que nous avions passé la ligne des palmiers de l'Élorn. Elle avait aussi quelque chose de l'odeur de celle du collège de J. lorsque le printemps au milieu des prairies et des terres à betteraves était humide et lent à venir. Mais ces sanctuaires avaient été marqués par notre complicité et notre union. Il n'y aurait rien de tel ici. Gilles avait accepté ce mariage parce que Élise était enceinte. Il avait accepté la Bretagne, ses marges plutôt, loin de l'Élorn, de ses barques ruinées et de ses vagues, parce que les Souvré avaient une propriété entre Comper et Paimpont, avec une vue splendide sur un de ces étangs qui ponctuent la forêt, parmi les fougères et les lames de schiste pourpre.

J'aurais dû ne pas venir. Tout me rebutait, tout

s'annonçait comme une effroyable souffrance. Geneviève Auffret avait fini par me convaincre :

— Ton jumeau ne peut pas se marier en ton absence. Je sais bien que c'est douloureux pour toi et tu as cru ces derniers mois, et les signes le laissaient penser, que ce mariage n'aurait pas lieu. Élise et Gilles sont liés plus qu'on peut le croire. Et pas seulement par leurs études et l'ancienneté de leur histoire. Je les aime tous les deux. Je sais depuis longtemps qu'ils ont envie de faire leur vie ensemble. Et je t'aime aussi.

Ces paroles n'avaient pas suffi à mettre du baume sur ma plaie. Quand j'avais appris l'imminence de ce mariage — comme cela, par un simple coup de téléphone — j'avais marché dans Paris et j'étais allé frapper à la porte du père Serge qui était devenu curé de Saint-Eustache. Je voulais m'ouvrir à lui. Je voulais lui demander de célébrer la messe, de faire revivre au milieu des bois de Brocéliande quelque chose des sortilèges de notre enfance. Une chaisière acariâtre m'avait répondu qu'il était en Pologne. J'avais simplement laissé un numéro de téléphone. Dès son retour, le père Serge m'avait appelé pour me dire très aimablement qu'il se souvenait de nous, que sa porte nous était ouverte, mais qu'il ne viendrait pas célébrer cette union parce que tout — la Bretagne, le mariage, les familles, la forêt — le rebutait. Sa voix n'avait rien perdu de son assurance métallique et ses convictions n'étaient pas celles d'un tiède. C'était un curé urbain qui régnait dans un grand vaisseau de pierre au-dessus du trou des Halles que l'on venait juste de remplir de constructions hideuses, au carrefour de toutes les splendeurs et de toutes les misères.

J'irais le voir, mais après. La dernière nuit — je devais retrouver Geneviève tôt le matin à la gare

Montparnasse — j'avais pendu la crémaillère chez Deirdre dans un charmant petit cottage qu'elle avait trouvé près de la porte d'Auteuil. Ses cachets de décoratrice commençaient à lui rapporter de l'argent, elle avait récemment travaillé pour le festival d'Aix et pour l'Opéra. J'avais un temps pensé lui demander de m'accompagner. Mais ce n'était pas parce que Gilles convolait qu'il était nécessaire que j'installe de mon côté l'illusion d'une vie rangée. Deirdre, c'était la rousseur, l'excès, l'inquiétude, un corps en apparence fragile qui contenait une énergie féroce ; lorsqu'il lui fallait concevoir des décors, dessiner, peindre, elle pouvait travailler des nuits durant, sans repos, et sans renoncer à une fête si l'occasion s'en présentait.

Ce soir où l'angoisse était si vive, j'aurais aimé être seul avec Deirdre, l'entendre encore parler de Dublin, d'Ulysse et des ponts sur la Liffey, de sa famille originaire du Donegal, tout au nord de l'Irlande près de Fanad Head et des eaux pures du Lough Swilly, mais il me faudrait côtoyer une faune faussement branchée qui sentait la sueur et le pétard, toujours vêtue de jupons ou de salopettes maculés de peinture, les balafres, les coulures d'autant plus visibles qu'aucun ne peignait vraiment. C'était cette faune qu'elle avait fréquentée dans les petits bistrots de la rue Bonaparte et avec laquelle, bonne fille, alors qu'elle s'était imposée à la différence de tous ces minables, elle avait gardé des liens. Dans ce cottage en plein Paris, au jardin rempli de roses et de lilas, Deirdre, trop sollicitée, trop entourée, ne pouvait me prêter qu'une oreille distraite. J'aurais ruiné mon crédit — j'en avais déjà peu — en avouant que je buvais pour chasser ma tristesse parce j'allais perdre mon gémeau le lendemain. Les vins, les alcools forts, l'odeur des fumettes, tout se mêlait. J'avais le pas si peu sûr que Deirdre ne voulait pas me laisser partir. Dans mon ivresse, je gardais la hantise de mes obligations, l'exactitude lumineuse d'un rendez-vous matinal à la gare Montparnasse. Je voulais me doucher, récupérer mes affaires. Je voulais dormir un peu, tenter d'assourdir la migraine. J'avais marché comme un gueux jusqu'à la station de taxi du boulevard Murat. Un chauffeur d'origine antillaise avait daigné me prendre. Il roulait à tombeau ouvert en écoutant Bob Marley. La vitesse, les effets de l'ivresse, je n'aurais plus su dire où j'étais. C'était une autre ville que je traversais, avec des cours immenses, des grilles, des jardins, des hôtels endormis, et soudain le taxi s'était engagé dans une rue étrange, comme à pic, qui débouchait sur un quai, face à la ligne des flots. J'aurais pu être à Brest ou dans quelque port de l'Atlantique, au bout des enchantements de la nuit. La tour des modernités lointaines dressait sa carcasse scintillante de l'autre côté du fleuve…

Le lendemain j'étais sans illusions sur l'image que je pouvais donner. Au sortir de ma douche, j'avais repassé tant bien que mal mon costume bleu marine. Je l'avais porté la dernière fois pour l'enterrement de notre grand-mère. Elle était partie au moment du solstice de juin, lasse, vidée de toute vie, lorsque les jours sont si longs sur l'Élorn et les prairies au foin mûr, ce devait être un an avant, je ne savais plus. C'était peu de temps après notre dernier voyage, notre dernier printemps de gémeaux réconciliés. Heureusement Geneviève Auffret était là et elle veillait sur moi. Je m'en remettais à elle. Un taxi nous attendait à Rennes pour nous conduire à la lisière de Brocéliande. Le chauffeur n'était pas noir, mais il écoutait Bob Marley. Ce n'était pas celui qui avait manqué s'enfoncer dans les eaux de la Seine la nuit précédente sous le spectre froid de la grande carcasse ferrugineuse…

L'espèce de coma dans lequel j'étais plongé mettait entre le monde et moi la bonne distance. Même les ordres de Geneviève me parvenaient dans une sorte de ouate. Elle était d'abord une amie des parents d'Élise, elle s'était introduite dans la famille comme une sorte de figure tutélaire et, à ce titre, elle serait le témoin d'Élise au moment de la bénédiction. Je ne connaissais personne. Ni les Souvré qui me firent l'impression de grands bourgeois aimables et désinvoltes, ni Élise dont le regard autoritaire me glaça, pas plus que le compagnon de ce jour de ma mère, un bel homme à l'élégance tout italienne qui me séduisit d'emblée. C'était à se demander où j'avais vécu toutes ces dernières années. On pouvait compter sur les doigts d'une main mes rencontres avec Élise. Et chaque fois ç'avait été la même chose, un ton emprunté, une réserve qui ne fondait jamais. Je n'aimais pas cette fille. Je n'aimais pas ce qu'elle était, son assurance, son intelligence vive et supérieure, la certitude qu'elle avait d'être d'une caste, celle de ceux qui dirigent le monde. Un rêveur, un artiste n'a pas à être gouverné. Et pas par une raisonneuse froide et sans chair, eût-elle deux fois passé le chas d'écoles prestigieuses au fronton frappé de lettres au nombre de trois qui me laissaient de marbre.

— Heureusement tu avais Geneviève pour s'occuper de toi, sinon tu n'aurais pas été là ! cingla-t-elle avec un immense sourire alors qu'elle attendait sa famille sur le placître de la chapelle.

Même au paroxysme du bonheur, elle ne pouvait s'empêcher d'être désagréable, elle ne pouvait retenir sa violence et sa haine.

J'étais ailleurs et je ne répondis pas. Cette cérémonie peuplée d'aristos fatigués, de Versaillais bon teint, de cathos prolifiques, de jeunes doctes et d'arrogants qui étaient deux fois passés par le sas des écoles aux trois lettres, ne pouvait être qu'une catastrophe. Les roses et les lilas d'un jardin d'Auteuil, les bohèmes de la veille, la voix de Deirdre, l'éclat nocturne de Paris qui, du taxi, m'était apparu sous un angle hallucinatoire que je ne lui connaissais pas, tout cela continuait de mettre entre cette comédie mondaine et ma douleur le filtre, le baume qui me permettaient de survivre encore.

L'Italien racé avait eu la bonne idée de s'écarter et je pus m'installer dans la chapelle près de ma mère, pas très loin de Gilles qui semblait absent. Était-elle heureuse ? Je n'aurais su le dire. La mort récente de sa mère, le mariage de son fils la précipitaient durement dans les eaux de la cinquantaine. Catherine Tanguy s'était crue d'une jeunesse éternelle. Elle ne serait plus la jeune femme intrépide et brillante vers laquelle les regards convergeaient. Il y avait chez elle une raideur qui ne mentait pas. Elle n'avait pas besoin de le dire, je l'avais pressenti : jamais elle n'aimerait Élise.

Une messe poussive et presque niaise, des lectures et une homélie si convenues qu'elles frôlaient l'asepsie, l'étrangeté profonde d'une communauté germanopratine et versaillaise transportée au milieu des rocs et des genêts de Brocéliande sans qu'elle eût le moindre lien, le moindre accord avec ce monde, tout de bout en bout ne pouvait que sonner faux. Très vite la nausée me prit, un fond de vieille cuite ravivé par la désolation de ce qui m'entourait. Je sus répondre, l'initiation bretonne et oratorienne agissait encore, mais quand arriva le moment de prier pour Élise et Gilles, pour

Gilles surtout, les mots ne me venaient plus, toute inspiration m'avait quitté, mon cerveau charriait une infâme marmelade. À un moment, dans la liturgie, il fut question de moi. De notre père parti et de nos défunts, des morts du Périgord, d'Ostende et de l'Élorn. Des disparus de la famille Souvré aussi, dont je n'avais que faire. Je sentais les larmes monter. La marée venait d'emporter les ultimes vestiges du bateau Brume.

Antonin et François avaient fait le voyage de Brocéliande. J'étais heureux de les retrouver sur la belle pelouse qui menait à l'étang. Les ajoncs du solstice étaient en fleur. Des galeries constituées de treillis débordaient de petites roses d'une couleur tendre et presque fanée. Antonin avait vécu quelque temps à New York et il pensait maintenant passer le concours de l'IDHEC. Quant à François, il poursuivait sa route mystique.

— Viens me voir à Bourges quand je suis en paroisse, j'ai du temps, disait-il. Je te ferai entrer la nuit dans la cathédrale.

Avec François et Geneviève qui nous avait rejoints un instant, avec Antonin surtout, j'avais commencé à boire. Nous avions pris nos distances, les clans des grands bourgeois, des normaliens et des énarques ne nous attiraient guère. Antonin avait assez de hauteur et de répondant pour les fréquenter. Nous avions remarqué quelques jeunes filles, quelques garçons aussi qui ne manquaient pas d'allure. Plusieurs étaient venus vers moi en me disant :

— C'est toi qui peins. C'est toi Guillaume. Gilles nous a beaucoup parlé de son frère. On a vu une œuvre de toi chez lui.

Cela m'amusait d'être ainsi reconnu. Un temps,

dans l'illusion flatteuse d'un compliment, dans la grâce des retrouvailles avec nos amis du collège de J., je flottai à la surface des choses, loin de l'abîme que je voyais se creuser sous mes pas. Malgré la nullité esthétique de la cérémonie, quelque chose de sacré s'était joué là qui enterrait définitivement nos pactes anciens. Un mariage est un sacrement, j'avais entendu Gilles dire oui à Élise — un oui faussement assuré et sonore — et dans la chapelle de schiste rouge avait été signée la fin de toutes nos utopies et de mes illusions. C'était cette image des reliques du bateau Brume, d'une arche disloquée par la montée du flot, qui ne me quittait plus au cœur des bois de Brocéliande et de son maillage aquatique. J'avais soif, une soif atroce, ravageuse, à la mesure de la souffrance qui me taraudait. François le vit, qui me proposa de faire quelques pas en sa compagnie. C'était peut-être une façon de m'écarter du buffet et de la tentation des verres. Il restait charmant, d'humeur égale, confiant. C'était ce que l'on peut appeler un heureux caractère. Il croyait en Dieu, en l'Église, il ne doutait pas de la profondeur de sa vocation. Était-ce ce jour-là — je n'en jurerais pas — que je l'entendis soutenir que la prêtrise lui permettait de se garder d'un abîme qu'il ne voyait que trop ? La douleur, l'alcool me donnaient une perception tranchante et clivée du monde. Il y avait les purs et les autres, les rêveurs, les anges, les hommes de Dieu et de tous les dieux, ceux qui avaient une nature sacrificielle et oblative, et tous les autres, en face, qui ne rêvaient que de gouverner, de contraindre, d'écraser. Je souffrais que Gilles eût choisi ce clan, qu'il eût épousé cette cause. Je l'aimais lorsqu'il doutait, lorsque ses certitudes refluaient. À Carcassonne, il avait douté mais ce doute n'avait pas duré. Élise l'avait requinqué et vite remis sur les rails. La rue de Rivoli, le Palais-Royal étaient redevenus des cibles accessibles. Elle lui avait interdit de me voir parce que j'étais une mauvaise fréquentation, parce que le temps passé avec moi à marcher, à rêver et à boire était fondamentalement pour elle du temps gâché. Un instant il avait parlé d'enseigner, de suivre les cours de l'École du Louvre, de rompre avec cette machinerie trop bien huilée, et je m'en étais réjoui. Il cachait dans la poche d'un vieux pardessus chiné qu'il avait sauvé à Loscoat les récits de Gracq qu'il allait acheter chez Corti, pour le plaisir de franchir la porte de la belle librairie immémoriale, et dont il découpait ensuite pieusement les pages. Il me donnait rendez-vous rue des Petits-Carreaux dans un bar ancien dont il considérait la patronne, Dhebia, comme une amie. C'était non loin de la rue Greneta, de l'appartement qu'il partageait avec Élise, mais jamais nous ne la croisions. Nous buvions des bières en parlant de Jean Tanguy, notre grand-père, et de l'agonie d'Anne, sa femme, en nous perdant en conjectures aussi sur ce qu'avait pu devenir notre père. Ces rendez-vous avaient été nombreux à la suite de notre miraculeux printemps breton, puis ils s'étaient espacés et l'annonce du mariage m'avait été faite, sans détour, au téléphone.

Ma mère s'était éclipsée. Je ne la voyais plus. Le soir tombait, et avec lui la fraîcheur qui venait du lac. Elle avait passé un long moment avec les parents d'Élise dont le couple semblait raccommodé pour la circonstance. Les dîneurs commençaient à rentrer dans les salons de la maison qui curieusement ressemblait à une villa comme en voit du côté de Trouville. La plus inouïe, la plus vraie demeurait Geneviève Auffret qui allait de groupe en groupe, lourde, fagotée dans une invraisemblable robe moulante noire qui lui donnait l'allure et la corpulence d'une otarie. Elle buvait, elle mangeait, elle fumait. Elle parlait de Hegel et du mariage d'Yves Klein, de Sagan et des Pompidou, des projets pharaoniques de Mitterrand pour Paris, qui la galvanisaient. Et elle ne me perdait pas des yeux.

C'est terrible à dire, mais la transparence, la gentillesse foncière de François commençaient à me lasser. Il était si pur, si acquis à sa vocation, que mes angoisses, mes récriminations, l'expression de mes rages et de mes blessures glissaient sur lui. Peu semblaient comprendre la douleur qui était la mienne. Cette journée était un drame. Pas du fait de la vie nouvelle, de l'inguérissable bifurcation qu'elle annonçait. Il y avait bien longtemps que nos destinées étaient devenues singulières, en un sens elles l'avaient toujours été, mais elles étaient maintenant ostensiblement séparées. Cette journée était un drame en ce qu'elle mettait au tombeau toute l'innocence de notre adolescence, la porosité de nos vies accordées, les pactes cryptés de nos assentiments nocturnes, le bateau Brume, la grotte de Domme et les labyrinthes de J., l'Élorn et ses ailleurs, les prairies marines et le large, notre Bretagne cachée et siamoise, tout ce qui avait revécu dans la grâce précaire d'un printemps, tout ce matériau précieux que ma rêverie ne cessait de ressasser et qui s'était brisé ce tragique automne de 1973 à Paris, sur la montagne des doctes, des carillons et des cendres illustres, lorsque Gilles avait reçu la révélation de ce que serait sa vie nouvelle, sans moi, et de son probable destin.

Un jeune homme me regardait avec insistance. Était-ce mon égarement qui le saisissait ou bien ma ressemblance avec le marié ? Il était du côté Souvré, il composait de la musique et considérait cette soirée et cette petite société avec une distance cruelle. Je ne me souviens pas de grand-chose. Dès le début du bal, nous avions piqué des bouteilles de vin et de whisky et nous étions descendus dans la froidure humide jusqu'aux berges de l'étang. François, Antonin m'avaient déçu et Gilles plus encore qui ne m'avait pas adressé la parole. C'était ce que je disais au musicien inconnu. Je lui parlais encore de mon initiation de peintre sauvage, de la chapelle de Rosslyn et des douves d'Édimbourg, du Marais breton et de Mme Hauve qu'il semblait connaître parce qu'il avait des accointances nantaises. À Brocéliande dont cette nuit ramenait tous les sortilèges — les fées, les chevaliers, les chapelles perdues, les dévoiements, les cervidés qui portent des croix d'or entre leurs bois —, sur la route du Finistère et de l'Élorn dont les marées surgissent de l'infini, je lui parlais de ce mystérieux tatouage que j'avais reçu dans la pluie glacée d'Édimbourg ce jour où j'avais compris qu'il me faudrait vivre seul. Les étoiles brillaient sur le lac. De la fête nous ne percevions plus qu'une rumeur confuse. J'avais tant bu que je sentais ma langue épaisse et râpeuse. On m'appelait, me semble-t-il, de la terrasse. C'était Geneviève qui s'inquiétait. Je ne voulais pas quitter ce garçon. Je voulais continuer à boire pour noyer ma souffrance, pour explorer la part maudite que ceux qui dansaient dans la fausse villa normande vouaient aux gémonies. Je ne voulais plus revenir. Ils pourraient me chercher jusqu'à l'aube. Aucune réserve ne nous retenait plus. Alors, ivres et fous, nous nous sommes étreints, nous nous sommes battus, avant de rouler ensemble dans la vase molle des bords de l'étang, parmi les roseaux.

Gilles était entré au Conseil d'État. Il cohabiterait selon son souhait avec les ombres de Colette et de Malraux, au bout du jardin, dans les anciens appartements du cardinal de Richelieu. Élise avait rejoint l'inspection des Finances. Ils vivaient toujours, plus pour longtemps puisqu'une naissance s'annonçait, rue Greneta. Lorsqu'il voulait me voir, il me donnait rendez-vous à La Grappe d'Orgueil. Il disait toujours « chez Dhebia » tant il aimait cette femme élégante, attentive aux autres, pleine de sensibilité et de tact. Gilles venait toujours se réfugier là en tenue décontractée si bien que Dhebia nous confondait volontiers. Nous restions mystérieux sur nos activités. Le mariage, ses excès, l'état pitoyable dans lequel on m'avait retrouvé le lendemain matin, ensanglanté et boueux, m'avaient fait entrer dans une phase hautement mélancolique. Je vivais la plupart du temps chez Deirdre et ne regagnais la rue de Grenelle que lorsque j'avais envie de travailler, c'est-à-dire peu souvent. Geneviève Auffret m'avait présenté un collectionneur un peu inquiétant, très maniéré, très Oscar Wilde, qui vivait rue Saint-Sauveur dans l'ancien hôtel de la Du Barry, dans un véritable cocon de soie. Elle m'avait emmené aussi rue Charlot chez un jeune galeriste qu'elle adorait, Rémi Pfister. Il voulait constituer autour de lui une garde de créateurs nouveaux qui ne dédaignaient pas la figuration, le mythe, la peinture hantée. La greffe n'avait pas pris. C'étaient les bouées qu'elle m'avait lancées dans ma détresse. J'étais loqueteux, spectral, un ruminant noir. Sur les eaux vidées de l'Élorn, j'étais le phare des ténèbres. Dans le cottage du XVI$^e$, je profitais de l'absence de Deirdre pour rester immobile, lové, prostré dans un vieux canapé défoncé ou même dans la baignoire. C'était mon bateau fantôme en plein Paris. J'aimais aller jusqu'au bout de l'engourdissement et de l'ankylose. Je rêvais de pétrification et d'anéantissement.

Sous les miroirs de La Grappe d'Orgueil, au milieu des immenses bouquets de roses qu'affectionnait la patronne, j'écoutais mon frère analyser la situation politique, de l'autre côté de la paroi du songe. Il était évident qu'il ne ferait pas de vieux os au Conseil d'État. Ce qui l'attirait, c'était l'action, la conquête politique au moment où la gauche et le gouvernement Mauroy connaissaient leurs premiers revers.

— Mais pour qui as-tu voté ? m'avait-il demandé un jour.

— Pour personne. Je ne me suis pas inscrit. Et si je l'avais fait, je crois que j'aurais soutenu Mitterrand. Il habite bien sa fonction…

Ma réponse l'avait fait sourire. Face à mon indifférence et mon irrésolution, il capitulait.

— Mais c'est Chirac qui porte nos espoirs. Je multiplie les contacts avec la rue de Lille et la mairie de Paris. Je vais louer une mansarde à Landerneau et je compte bien me présenter aux municipales de 1983.

Il n'osait pas trop dire de mal de Mitterrand, vieux

rescapé de la IV$^{e}$ République que notre famille et l'entourage actuel de Gilles haïssaient. Le rite de la Pentecôte à Solutré, les projets de bâtisseur qu'il développait pour Paris, son goût pour les quais et les bouquinistes me le rendaient sympathique et je ne devais pas être indemne de la propagande insidieuse de Geneviève qui disait bien le connaître, mais qui ne connaissait-elle pas ?

C'est au sortir d'un de ces rendez-vous dans le Sentier que, sans en dire un mot à Gilles, j'étais allé sonner à la porte du père Serge à Saint-Eustache.

— Mais que fais-tu ? m'avait-il demandé avec cette brutalité qui, comme au temps du collège de J., désarmait ses interlocuteurs.

J'étais venu lui avouer ma détresse et, d'un coup, il me projetait, au-delà de mon marasme, dans un agir qui m'était si pénible.

— Tu peins ! Mais c'est superbe ! avait-il poursuivi en laissant exploser un enthousiasme que je ne lui connaissais guère. Je voudrais faire de Saint-Eustache une paroisse d'artistes, et tout spécialement de peintres. Va voir en me quittant tout à l'heure, les chapelles autour du chœur et dans les bas-côtés sont dans un triste état. La mairie de Paris me mettra sans doute des bâtons dans les roues mais je voudrais réhabiliter ces chapelles en passant commande à quelques artistes contemporains. De la même façon, pour le vendredi saint, ce grand trou noir avant la traversée de Pâques, je voudrais organiser quelque chose d'inquiétant et de fort à la mesure de ce drame.

Il m'avait ensuite demandé ce que devenait Gilles. Et je m'étais mis à décliner les étapes de son parcours, non sans fierté. Sans doute le père Serge attendait-il que je fasse de même, mais je n'avais rien à décliner.

— J'ai erré, j'ai peint dans le Marais breton, j'ai exposé à Nantes, je n'ai aucun diplôme, ni de la Sorbonne ni des Beaux-Arts, je suis en relation avec un galeriste de la rue Charlot.

— Rémi Pfister ? Mais je le connais bien et je compte travailler avec lui.

Nous avions peine à nous quitter. Il voulait me montrer l'étonnant oratoire de la duchesse d'Orléans qui surplombe le chœur et le vide du transept dès qu'on en fait glisser les volets de bois, les chapelles humides aux fresques éteintes où il rêvait de voir triompher l'art contemporain. Il y avait chez cet homme qui ne portait aucun des signes distinctifs du prêtre une vitalité magnétique qui déjà m'avait subjugué à J. lorsque, à la veille de notre départ et du sien, il nous avait reçus, Gilles et moi, pour nous dire — le mot m'était resté — que « nous avions du cran ».

— Et François ?

— Je l'ai revu au mariage de Gilles. Il est au séminaire d'Orléans.

— Il est intelligent, je l'ai reçu ici il y a quelques années, c'est un garçon de qualité, mais avec lui il n'y a rien à craindre, il sera bien dans le moule…

Il semblait soudain agacé ou pressé.

— Reviens me voir. Je voudrais te montrer quelque chose dans les souterrains de l'église et il faudra que nous préparions cet office des Ténèbres…

L'errance m'avait repris. Je portais volontiers la canadienne vieillie de mon grand-père. Geneviève Auffret continuait de payer le loyer du studio sous les toits de la rue de Grenelle. Je partageais ma vie entre le cottage de Deirdre et mon atelier empoussiéré, entre le ravissant logement décoré de bois peints et ma chambre désaffectée, sous une verrière obscurcie de lichens. Parfois, à la fin d'un dîner, l'envie me prenait de partir, de sauter dans un taxi pour le plaisir de descendre un peu vite la rue Wilhem, pour cette sensation si dépaysante de débouler sur les quais d'une ville inconnue, avec le fleuve qui miroitait, les péniches éclairées et la carcasse bleu nuit de la tour Eiffel. J'étais perdu. C'était peut-être aux quais de Brest — la ville de *Querelle* et de *Sous la lumière froide* — que j'accostais soudain.

Ce mélange de vertige, de flottement désorienté me hantait longtemps. La rupture avec Gilles, son succès éclatant, son inscription trop visible dans la société nourrissaient ma rage. Le pacte des frères analogues avait été rompu à Brocéliande, dans la chapelle de schiste puis sur les rives boueuses de l'étang où je m'étais effondré en compagnie du musicien inconnu.

Toujours je porterais la marque de cette boue, de cet opprobre. Je ne voulais plus lui ressembler, *leur* ressembler. Timothée, leur premier enfant, était né en juin 1982. On m'avait rapporté qu'Élise s'irritait des absences de Gilles qui prenait dès le jeudi soir le train pour Landerneau. La situation était étrange parce que tout laissait à penser qu'Élise approuvait ce désir qu'avait Gilles de s'insérer dans la vie politique locale. Le week-end, avec encore des dossiers à instruire, elle se retrouvait seule avec l'enfant, et plusieurs fois Geneviève avait dû voler à son secours.

Les maigres économies qui me restaient du legs de nos grands-parents fondaient comme neige au soleil. Bientôt viendrait le moment où, comme les amis de la faune déjantée de Deirdre, il me faudrait aller offrir mes services à un musée pour y assurer des heures de garde. Tant qu'à en choisir un, je préférais l'ancien hôtel particulier de Gustave Moreau pour son odeur d'encaustique et les visions fabuleuses qu'il recelait. Je glissais vers mes trente ans. Chez Deirdre, dans sa baignoire ou sous la tonnelle des lilas aux beaux jours, je lisais pendant des heures, Rimbaud, Genet, Proust, Blanchot, et Tolstoï et Thomas Hardy. J'attendais son retour — elle rentrait souvent très tard de ses chantiers — pour dîner. Je ne voulais pas boire en son absence. Je ne goûterais à la merveilleuse liqueur d'or de Bushmills que lorsqu'elle serait là. Des images, des paysages de forêt et de lande, des perspectives brouillées avec des milliers de particules en suspension m'habitaient. C'était l'Élorn toujours, plus sauvage, plus nordique, c'étaient ces confins de brume et de mort qui étaient vraiment ma terre matricielle. Tout ce que j'avais lu — les Ardennes, la steppe, Stonehenge, la blancheur désespérée, les matelots tatoués — me hantait longtemps, et l'arrivée de Deirdre, le rite du whisky, les sushis ou ces merveilleux petits morceaux de poulet rouge cuits à l'indienne qu'elle servait avec le breuvage du Nord me mettaient dans un état d'excitation rare. Je savais que je ne passerais pas la nuit porte d'Auteuil. Il me restait assez d'argent pour prendre le taxi, pour revivre l'instant magique d'un surgissement sur les quais. Tout me portait cependant à ne pas quitter le cottage, le whisky, le feu de tourbe qui était allumé chaque soir dans la minuscule cheminée du salon, la voix de Deirdre, son accent surtout, intact, inaltéré, malgré les années d'un long séjour parisien. Deirdre parlait parfois de rentrer à Dublin pour vivre le réveil d'un pays qui prenait son envol. C'était sa formule. L'idée de la perdre, elle et le cottage de la porte d'Auteuil, m'emplissait d'une tristesse sans fond. J'aimais sa rousseur, son corps tout blanc, ses seins discrets que couronnaient des aréoles sombres. J'aimais ses éclats de rire, la sauvagerie soudaine qui la saisissait dans le plaisir, cette part d'elle, secrète, inaccessible, qu'elle ne livrerait jamais.

Avant de s'installer à Paris, Deirdre avait vécu à Dublin avec deux de ses sœurs qui étaient artistes. L'aînée jouait de la harpe, la cadette voulait écrire pour le théâtre. Elle me parlait de cet appartement pas très loin de la rivière, dans un entrepôt de briques rénové. C'était là que, tout en apprenant à dessiner et à peindre, elle avait pris le goût de la fête, des nuits enfumées entre amis qui duraient jusqu'aux premières lueurs de l'aube. Ils avaient tous un rite qui leur tenait à cœur : aller dans la nuit toucher le mur de la poste centrale d'où avait jailli l'insurrection de 1916.

— J'irai un jour avec toi. C'est promis. Maintenant je vais rentrer…

Elle n'aimait pas me voir partir. Sans doute rêvait-elle d'un autre verre, d'un commencement d'intimité. Elle m'appelait le « Tarish » en souvenir d'un peuple nomade d'Irlande. Elle ne supportait pas de voir ce Tarish parasite qui avait rêvassé chez elle toute la journée disparaître la nuit venue.

— Ne mens pas, tu vas voir quelqu'un d'autre...

Je ne répondais pas.

Je n'avais personne à voir. J'avais le fleuve à traverser, l'atelier froid et bleu sous les étoiles à retrouver. Mais, comme au temps du café de La Passerelle et du réduit où pourrissaient les têtes de mouton, je voulais laisser planer le secret.

La rue Wilhem descendue, dans cette accélération étrange qui me donnait chaque fois à craindre que la voiture n'allât s'enfoncer sous les eaux, la Concorde et la Seine passées, je revenais à pied vers le jardin du 102 rue de Grenelle dans un sentiment de joie transparente et excessive. Les cheminées pinacles de l'hôtel montaient dans le ciel de Paris comme des tours féeriques. Cet endroit était proprement extraordinaire avec son jardin, ses bosquets, cette enclave d'une nature paradisiaque en plein cœur du faubourg Saint-Germain, et quelle que fût l'heure, quel que fût le temps, je m'asseyais sur un banc en bordure de la petite prairie aux crocus. Il me fallait cette pause pour me calmer, pour regarder les constellations, le ciel rarement clair de Paris. L'hôtel semblait modeste, écrasé, ce qui rendait la hauteur des cheminées encore plus baroque et surprenante. Mon refuge se cachait là quelque part sous les toits, entre ces tourelles blanches qui partaient à l'assaut des nuages. C'était là que je travaillerais jusqu'à l'aube. Ma volonté de créer était intacte. Malgré les coups, malgré la trahison. Malgré la dislocation du bateau Brume. J'étais le Tarish de Deirdre. Le phare des ténèbres du royaume perdu de Loscoat. J'étais, selon une formule prononcée un jour sur les rives de l'Élorn, de la lignée des porte-lumière. Au bord de la prairie incurvée, sous les cheminées proliférantes d'un palais des *Mille et Une Nuits*, il me restait à m'en remettre à la grâce des flots.

De Saint-Eustache, je connaissais l'oratoire mystérieux dont les fenêtres intérieures donnaient sur le vaisseau de la nef. J'avais rappelé le père Serge pour qu'il me montre, conformément à sa promesse, les souterrains. Il m'attendait auprès du portail nord, l'air sombre et tendu. Je devais être en retard. Je m'étais attablé chez Dhebia, je n'avais pas de montre comme toujours et j'étais resté écouter les vieux clients qui se désolaient des transformations ravageuses du quartier. Le visage de Paris changeait, défiguré par les promoteurs, les gens d'argent. J'étais heureux sous les miroirs et les roses de Dhebia, j'avais peint toute la nuit. C'était une période curieuse, presque sereine, où je ne détruisais plus ce que je faisais. Je n'avais jamais tant détruit qu'après le mariage de Gilles. De manière quasi systématique, je brûlais mes travaux dans la petite cheminée de l'atelier, je jetais les châssis à la Seine ou je recouvrais les toiles d'un badigeon noir. J'étais un Tarish ténébreux et destructeur. Mais depuis un mois ou deux quelque chose s'était dénoué et les visions du Nord prenaient corps. C'étaient comme des fjords, des rivières remontées par la mer, des échancrures d'eaux et d'arbres, d'un vert épais avec des infiltrations d'or, une exploration, une série que je n'avais encore montrée à personne, pas même à Geneviève qui, lorsqu'elle s'aventurait sur ce territoire, devait m'attendre dans un café à l'angle des rues de Grenelle et du Bac.

Le père Serge avait le masque des mauvais jours. Une grave contrariété l'obscurcissait. Évidemment il n'en dirait rien et quand je lui eus proposé de reporter notre visite, il répliqua d'un ton agacé :

— Si tu veux travailler pour la semaine sainte, c'est maintenant qu'il faut que tu descendes sous l'église !

À l'extérieur, une petite porte donnait sur un escalier qui s'enfonçait dans les caves et les conduites souterraines. Des aménagements récents avaient bétonné les parois, mais il y avait encore dans les murailles des traces de mortier qui attestaient que dans un passé pas si lointain des issues avaient été bouchées, ce qui laissait accroire que des racines du grand vaisseau tout un étoilement de ramures secrètes se déployait dans les profondeurs de Paris. Ce n'était pas ce que voulait me montrer le père Serge. Nous n'avions pas marché longtemps, la lumière extérieure était revenue, elle filtrait d'une grille qui aérait la voûte.

— Ici nous sommes exactement sous le grand orgue, dit mon guide.

C'était extraordinaire, de la crypte je voyais l'élancement des colonnes et même les nervures des voûtes dessinées par une lumière très blonde qui flottait.

— Regarde par ici, nous sommes sous le narthex…

Devant nous, dans la muraille, s'ouvrait une sorte de tabernacle avec, entassées, amoncelées, des centaines de crânes, de tibias, d'humérus, toute une profusion de reliques mêlées comme si une onde souterraine eût poussé jusque-là tout ce qui n'avait pas pourri dans les caveaux et les sépultures.

— C'est l'ossuaire secret de Saint-Eustache. Les restes de Rameau et de Colbert sont peut-être dans ce reliquaire anonyme. Je vais faire poser une grille pour empêcher les nécrophiles de venir ici faire leur marché. Et chaque 2 novembre, en souvenir de tous ces morts dont on ne sait plus rien, j'allume pour eux le cierge pascal, là-haut, près du grand portail. Je tenais à ce que tu voies cela…

Ce soir-là j'étais resté à la messe que célébrait le père Serge dans une petite chapelle à laquelle conduisait une double volée de marches, remué par la beauté du vaisseau, de ses verrières, et par le mystère macabre de ses profondeurs. Je ne savais pas trop dire où j'en étais de mon cheminement religieux. Il m'arrivait de prier par intermittence ; en revanche je ne communiais plus. Les oratoriens de J. nous avaient enseigné que ce qui comptait, c'était la liberté de l'homme et qu'il y avait mille manières de marcher vers Dieu. Oui je ne communiais plus, le symbolisme de l'eucharistie me mettait chaque fois en résonance avec le grand mémorial de la Cène, mais je n'avais plus besoin de sentir fondre sur ma langue un fragment de pain azyme, je n'avais pas communié au mariage de Brocéliande et je savais que ce manquement avait blessé Gilles.

J'étais resté à la messe pour rendre grâce, mais de manière muette et discrète. Les démonstrations pieuses, les actes trop visibles n'étaient pas ma chose. Le père Serge, qui venait de me révéler l'existence d'un ossuaire secret sous l'église, arrivait de mon passé, d'un passé lumineux, auréolé. Il célébrait avec exactitude et vivacité, sans pathos, sans émotion manifeste. J'ignorais tout de son questionnement, des aléas de sa route, mais je le devinais homme d'éclipses et d'intermittences. Il détestait la sensiblerie, la niaiserie sulpicienne. C'était dans cette exigence radicale que nous avions grandi. L'église s'anuitait et je croyais entendre la marée d'ossements qui roulait dans ses cryptes. Les visions du Nord n'étaient pas achevées et déjà je songeais à celles qui suivraient, ces miniatures de nuit et d'os rincé, ces hampes, ces ricanements, ces fleurs des tombes, ces concrétions blanches. Je savais à qui je les dédierais. À qui encore je penserais en les peignant. À qui enfin j'oserais les montrer parce que je n'avais plus peur.

Qu'ai-je fait toutes ces semaines où l'on perdit ma trace, où le bruit courut même que terrassé par le mariage de mon frère et l'échec de tout ce que j'entreprenais je m'étais retiré dans une maison de repos à la frontière belge ? J'avais voyagé un peu. Je voulais revoir le miroitement gris des sables de la baie de Somme, les hortillonnages d'Amiens, la place ducale de Charleville, la forêt des Ardennes, la vallée de la Semoy qui est peut-être celle de la rivière de Cassis. C'est terrible à dire, mais pour la première fois depuis longtemps je me suffisais. Je n'avais plus besoin de Deirdre ni de Geneviève. J'étais un vagabond qui se nourrit de peu. Un temps j'avais pensé pousser jusqu'à Bruges. J'étais un loup creusé, famélique, obsédé par une face humiliée dont je voyais les traits se défaire dans mes songes. C'était le visage d'un très jeune homme aux pommettes saillantes, au regard perdu qui ne me quittait plus. C'était une face de douleur meurtrie par la haine.

L'urgence de peindre était telle que j'avais abrégé mon voyage. J'avais dit au bistrotier de l'angle des rues de Grenelle et du Bac que si l'on me cherchait, il fallait répondre que j'étais quelque part entre Charleville et Ostende. La seule idée d'avoir fui, d'être introuvable, alors que je revenais toutes les nuits dans mon pigeonnier de la rue de Grenelle, me grisait. La seule idée d'avoir mis mes pas dans ceux de mon père, d'avoir donné congé à tout, d'avoir coupé les dernières attaches humaines qui me restaient — et peu m'importait que Deirdre et Geneviève se fissent du mauvais sang — m'emplissait d'une joie sauvage, d'une puissance vitale et créatrice que je n'avais jamais approchée.

C'est qu'il me fallait ce dépouillement, cette rage intérieure, ce mélange aussi de puissance et de dessaisissement pour affronter toutes les nuits la face atroce, blessée, cette chair finie, défigurée que mes doigts tremblants ne parviendraient jamais à fixer. C'était comme un frère que je retrouvais, une moitié perdue, un errant plus fou, plus aventureux que moi soudain tombé sous les coups de l'ignominie et de la haine. C'était une face grise, terreuse, comme sortie des fosses secrètes de la prairie aux crocus, sur laquelle j'appliquais du sang de bœuf noirci que j'étais allé chercher dans une boucherie en gros du quartier des Halles.

Le grelot du téléphone pouvait tinter pendant de longues minutes, je ne répondais jamais. Il n'y avait en apparence aucun lien entre le voyage de nomade nordique que je venais d'accomplir — sinon que je rêvais toujours de voir apparaître au détour d'un chemin la figure d'un professeur Nimbus en imperméable ruisselant sous l'averse — et la face nocturne et sanglante que je peignais à la lumière de quelques bougies sous les étoiles.

Le visage défiguré était finalement plus grand que je ne l'aurais pensé. Lorsque je le regardais à la lueur des étoiles, dans ma nef perchée sous les pinacles, j'avais l'impression de voguer comme jadis sur les eaux de l'Élorn et pourtant je n'avais rien bu. Rien mangé non plus tant je m'imposais un amoindrissement de ce qui restait de corps, au moment de travailler, de capter cet égarement, cet abandon au plus profond de la nuit. C'était aussi de la nasse de mes terreurs que je faisais remonter cette ténèbre, cette proximité de la mort que je n'avais jamais si bien sentie qu'en Bretagne et récemment quand le père Serge m'avait conduit jusqu'à l'ossuaire secret de Saint-Eustache.

Un temps j'avais songé à traverser la Seine pour aller voir au Louvre pareilles faces dévastées. Mais c'eût été jouer de connivence avec des modèles, ce qui ravirait sans doute galeristes et critiques, mais n'avait rien à voir avec ma démarche, bien plus solitaire, plus brutale, plus sauvage. C'était l'égarement suprême de celui qui tombe que je voulais montrer et je pensais aux jeunes résistants troués de balles dont le sacrifice, lorsqu'il m'était raconté par Jean Tanguy, me glaçait le sang, à toutes ces victimes enfermées dans des camps, en Allemagne, en Pologne, en Russie, ces victimes tondues, affamées et niées, en qui d'invisibles bourreaux voulaient éteindre toute trace d'humanité.

Je m'affaissais au pied du chevalet, prostré, incapable de manger, de boire et même de dormir. Je regardais au-dessus de moi une des cheminées pinacles qui se dressait sur le ciel comme une potence. À cet instant j'aurais aimé que quelqu'un entrât pour me dire la valeur de ce que j'avais fait, et surtout pour poser sur ce visage terrifiant un regard de tendresse, de compassion et d'adoration, un regard qui dépasse la seule appréciation esthétique.

La peinture et le sang avaient séché. Le colis pouvait partir. J'emballai la toile dans un papier kraft qui m'avait été donné chez Sennelier lorsque j'y avais acheté des châssis. J'attendrais les premières heures du jour pour sortir. Je voulais traverser Paris à pied, longer la Seine, passer entre la colonnade de Perrault et Saint-Germain-l'Auxerrois ; j'attendrais dans un café au commencement de la rue Montorgueil l'ouverture de l'église Saint-Eustache. Je voulais être un livreur anonyme, quelqu'un qui vient déposer dans le chœur un paquet qui l'encombre, un visage qu'il ne supporte plus.

D'où m'était venue cette force incroyable qui m'avait permis de peindre la Face défigurée ? Cela resterait toujours de l'ordre de l'énigme. Et je revois cette célébration unique dans le grand vaisseau de Saint-Eustache enténébré, les lustres encapuchonnés de noir, les lampes transformées en chauves-souris lugubres et tout au bout d'un passage que délimitaient des bougies, un chemin avec des manteaux, des défroques, des vêtements éparpillés, la Face tragique du Crucifié. Dans la nef, tout avait été vidé, les chaises, les cloisons amovibles, il ne restait que les vêtements épars, la ponctuation des lumières et, au fond, seule dans le chœur, centre de tous les regards et de toutes les dévotions, la Face que j'avais peinte ces nuits d'insomnie sous la verrière de Grenelle et le feu des astres.

Les épines étaient à peine visibles, je n'avais figuré ni couronne ni écriteau. C'était un frère blessé dont j'avais peint le visage, avec ma peur et ma sueur, avec de l'huile, de la terre et du sang de bœuf, un visage de sacrifice qui, ce soir-là, dans l'effroi d'un vaisseau déserté, seulement empli d'ombres dévotes et silencieuses, devenait la sainte face du Fils de l'homme. Il avait fallu, en effet, la tombée de la nuit terrible sur Paris et la proclamation de l'Écriture pour que les choses fussent évidentes. Le père Serge, le crâne rasé, tout vêtu de rouge, était longuement resté prostré avec ses acolytes, sous le grand orgue, au début du chemin de lumière. C'était juste au-dessus de l'ossuaire secret, de la grande réserve des fémurs et des crânes qui m'avait inspiré pour une série de petits formats qui se voulaient être une exploration des Enfers.

Je n'étais rien dans cette nuit où l'effroi de la Passion et de la mort du Christ descendait sur ceux qui étaient venus affronter ce mystère. Aucune commande ne m'avait été véritablement passée, j'avais pensé de manière très inconsciente à cet office de terreur et de sang auquel le père Serge voulait donner un relief particulier. Car c'étaient toutes les souffrances, toutes les infamies, toutes les indignités dont se chargeait l'Agneau en ce soir de printemps glacial. La froidure montait du pavage, des conduites souterraines et des crânes.

Évidemment je connaissais ces textes et cette liturgie par cœur. Les souvenirs des vendredis saints de J. me revenaient avec une précision extraordinaire. Le « J'ai soif » du Christ résonnerait en moi comme si on perçait mon corps. Et je m'agenouillerais après la profération du « Tout est accompli », dans une attitude de soumission et de dépossession totale, sonné, écrasé par ce que je venais d'entendre et qui surgissait des profondeurs de l'enfance et de la nuit humaine. D'ordinaire dans tous les offices de la croix que j'avais connus, l'assistance vénérait à un moment le bois du supplice. C'était ce que j'avais revu avec Gilles chez les moines de Landévennec. Mais, ici, cette nuit-là — la nuit était vraiment tombée et la ville avec elle avait peut-être glissé dans la grande faille des Halles et du fleuve —, il ne serait pas présenté de croix à la vénération des fidèles. La chose m'apparut lorsque je vis le père Serge remonter la nef entre les vêtements éparpillés et les poinçons lumineux pour aller s'agenouiller au pied de la Face, puis l'assistance lui emboîter le pas.

Il m'était difficile de me désolidariser du rite en quittant la procession. Et pourtant il m'était impossible d'aller vénérer la Face qui avait accompagné toutes mes nuits. C'était pourtant reconnaître qu'elle ne m'appartenait plus, que je l'avais donnée et qu'elle représentait bien plus que ce que j'avais cru y voir. Elle était un signe, une icône douloureuse, l'œuvre d'un orant sans nom qui s'en était débarrassé au petit matin comme d'un objet volé. Et parce qu'elle était ce signe, et qu'elle n'avait plus rien à voir avec moi, il me fallait suivre le rite jusqu'au bout, ce que je fis.

J'avais peint la Face défigurée de cette nuit en me retranchant du monde des vivants. C'était la formule superbe du livre d'Isaïe qui venait d'être lu. La perspective de revenir à la vie, à la ville, de découvrir qu'autour du grand creuset de mort et de ténèbres Paris n'avait cessé de vivre, que les circulations, les trafics, les séductions et les négoces poursuivaient leur œuvre, m'était douloureuse. Après cette dépossession, cette pureté précaire, quelque chose tomberait. Je ne voulais pas parler. Je n'avais pas la force d'aller jusqu'à la rue Greneta voir Élise et Gilles penchés sur le berceau de Timothée. C'était certainement une attitude dénuée de toute générosité, mais je savais que depuis ma chute boueuse j'étais persona non grata. Je n'avais pas à me vanter de ce qui venait d'arriver.

Les mots de « foi » et de « mystique » ne viennent pas sous ma plume. Je ne me souvenais pas d'avoir prié, j'avais beaucoup marché, erré, médité en errant. J'étais le fils de la croisée des routes et des lits du vent. J'avais peint ce visage au bout d'un chemin âpre et dur et l'office de cette nuit sans croix visible l'avait consacré.

J'ai remonté la rue Montorgueil ; malgré le printemps froid, les terrasses étaient bondées, mais je n'avais pas soif. C'est ce soir-là, je crois, que j'ai découvert l'existence d'une rue du Nil qui me serait chère par la suite. Au terme de cette cérémonie radicale, dénudante, une forme de fierté commençait à poindre. C'était détestable. Ce sentiment ne devait pas avoir sa place pareil soir. Et je n'aurais pas dû regarder les femmes, les garçons, la vie qui revenait. J'aurais aimé parler au père Serge, mais l'officiant pourpre que je venais de voir avait effacé l'homme que je connaissais en le plaçant sur une rive inaccessible. J'étais seul et c'était bien. J'irais dormir enfin.

# VIES EN MIROIR

## CARNET VERT

On m'a dit que le pont de Rohan sur lequel j'ai loué un modeste studio mansardé était le dernier pont habité d'Europe. Je reprends ce cahier. À marée basse, le déversoir fonctionne à plein et j'entends sous l'immeuble rouler les eaux de l'Élorn. C'est un bruit qui n'est pas désagréable et qui me tient souvent en éveil la nuit. La greffe commence à prendre, laborieusement. Au début, la presse s'est emparée de façon insidieuse de tout ce qui pouvait me nuire : mon parcours, mon prétendu parachutage, le Conseil d'État, la particule de ma femme, tout aura été livré en pâture. Antonin, qui suivait mes premiers pas dans le cadre d'un reportage qu'il pense proposer à FR3, en était écœuré. Plusieurs fois j'aurai été à deux doigts de renoncer. Le plus drôle aura été la visite qu'au tout début j'ai rendue au sous-préfet de Brest, un petit rondouillard zozotant, genre principal de collège monté en graine. Il savait bien sûr tout de mes origines et de ma vie.

— Vous n'avez aucune chance, a-t-il dit en me regardant droit dans les yeux. Votre grand-père est mort il y a dix ans et quoi que vous pensiez vous n'êtes pas d'ici, la droite locale a des leaders tout à fait estimables que vous aurez du mal à déboulonner…

Pour qui se prenait-il ? Au nom de qui parlait-il ? Avais-je affaire à l'un de ces petits suppôts de gauche zélés et prêts à tout pour barrer la route aux forces de la réaction ? Je l'ai laissé dégoiser, résolu à ne rien changer à mon projet. Mais l'affreux zozotant devenait vipérin. Et voici qu'il s'en prenait à ma jeunesse, à mon inexpérience… Derrière son faux bureau de ministre et sa lampe bouillotte — l'emblème du pouvoir — je lui trouvais un côté ridicule et dangereux, du genre à truquer les résultats d'une élection pour faire plaisir à Defferre qui n'en demande pas tant. Soudain il s'en est pris à mon grand-père, lâchant d'un ton fielleux :

— Il n'a pas laissé que de bons souvenirs… Tout le monde sait dans quelles conditions il s'est enrichi…

C'en était trop. Je me suis levé :

— Monsieur le sous-préfet, au revoir. Vous pouvez penser de moi ce que vous voulez. Mais insulter la mémoire de mon grand-père, ça c'est intolérable !

Et j'ai tourné les talons. Sur le cours d'Ajot le vent était vif. Dans les blocs de granit gris les micas scintillaient.

J'ai dissuadé Antonin de filmer la propriété de Loscoat. Il faut éviter absolument l'image du jeune aristo — ce que je ne suis d'ailleurs pas — revenant sur ses terres. Loscoat : je n'ai pas osé y habiter. Trop de souvenirs, trop de fantômes, un poids symbolique aussi qui ne peut que me nuire. J'ai eu le malheur de donner une interview à des journalistes en me laissant aller à la pente mémorielle (les marées, les grèves, les palmiers, le grand-père…), j'ai tout de suite mesuré que l'effet était calamiteux. Les réalités économiques, la dure réalité de la vie, la gauche qui tue l'initiative, voilà le discours à tenir. J'ai su nouer quelques amitiés solides dans le camp gaulliste, la veuve d'un notaire en particulier qui me reçoit chaque samedi et me prépare un beau tourteau. Mais il faut éviter ce côté tradi, les salons, les douairières. Il faut que j'arrive à toucher les jeunes. Clubs de foot, de hand, vestiaires…

« Nostalgique et sentimental » titrait le journal local. « Il tirait les grives dans les bois de Loscoat ». Je ne l'ai jamais fait, je ne l'ai jamais dit. Les barons, la droite locale veulent ma peau. Pour peu les modestes tourelles deviendraient des donjons. Heureusement il y a Chirac et la rue de Lille. C'est lui qui a fait rendre gorge au prétendant, mon rival. Chirac se souvient de Jean Tanguy qu'il a bien connu lorsqu'il était ministre de l'Agriculture. Nostalgique, sentimental, romantique, pistonné, pourri, que n'écriront-ils pas ?

Le pont de Rohan. Notation sans doute absurde (et de cuistre, souvenir du collège de J. ou de Henri-IV) : « des ciels gris de cristal », « quelques-uns de ces ponts sont encore chargés de masures »… C'est ce que je me dis le soir lorsque je rentre ici en sortant de dîners à périr d'ennui.

Une vie nouvelle qui se déroule, coupée de tout. Après quoi suis-je en train de courir ? À treize ans, quand j'ai vu mon grand-père ceindre l'écharpe tricolore, je me suis dit que je serai un jour député du Finistère. Et ministre ? Qui m'a mis ça dans la tête ? Ce doit être Élise. Je ne sais plus. Déjà si je suis maire de Landerneau un jour ! Ce ne sera pas ce coup-ci.

Une gauche implantée et des dissensions à droite. Oui, une vie coupée de tout. D'Élise, de nouveau enceinte, de notre fils que je ne vois pas grandir. Je leur consacre l'après-midi du dimanche, si je ne suis pas trop crevé et si j'arrive à prendre le train de 8 heures. Et ce sont les matches du dimanche où on ne me voit pas.

Séquence nostalgique. Les grèves de l'Élorn. Avec Rome, avant Rome, sans doute ce que j'aime le plus au monde. Des ombres. Jean Tanguy que j'entends encore lire à voix haute des pages des *Mémoires de guerre*, Anne, si vive, si drôle aussi (j'ai gommé toutes les images de la fin tragique) et lui, mon double, mon analogue. Impossible de le voir, d'avoir une conversation avec lui. Le petit cerf qu'il m'avait donné dans le Marais breton est dissimulé entre mes piles de dossiers au Palais-Royal. Lu dans la presse qu'il avait peint une admirable Sainte Face pour la Passion à Saint-Eustache. Élise, qui n'aime pas cette paroisse et juge le père Serge « inquiétant » — parce qu'il est si peu conventionnel et qu'il ressemble si peu à ces dispensateurs de jus pieux qui nous endorment — m'a dit que c'était certainement très beau mais que ce n'était pas la tête du Christ. Elle, que la religion laissait indifférente, fait avec quelques-unes de ses amies un retour à la tradition qui m'agace. J'aurais voulu voir ce visage. J'ai tout vu jusque-là. Je vais griffonner un mot embarrassé. Espérons qu'il ne déchirera pas la lettre.

Lui, mon double, mon frère adoré. Sans nul doute l'être que j'aime le plus au monde et dont je suis durablement sans nouvelles. Élise ne me semble jamais si contente que lorsque nous ne nous voyons plus. Elle admire Guillaume, à distance, mais c'est comme le père Serge, il inquiète, il n'est pas dans la norme, il campe au bord de l'abîme. Elle ne l'a jamais formulé mais, pour elle, ce jumeau, c'est de la dynamite, elle craint, de façon tout à fait irrationnelle, qu'il ne me nuise.

Ce devait être à la fin de l'hiver de 1986, un soir de mars, très lumineux, très beau. Nous nous étions tous retrouvés dans le Marais, dans la cour pavée, bosselée et herbue de la galerie de Rémi Pfister. C'était à la fois l'inauguration de la galerie qui, en hommage à René Daumal, s'appellerait Le Grand Jeu, et le vernissage de ma première exposition parisienne. On se serait cru dans la cour abandonnée d'un immense entrepôt tout de briques et de structures métalliques, un de ces lieux reconvertis que cette époque et ce milieu prisaient. Geneviève Auffret était évidemment là, mais pour la première fois depuis longtemps elle ne commandait plus rien. Tout était cette fois venu de Saint-Eustache et de l'entremise du père Serge. À peine avais-je déposé la Face à l'église que Rémi Pfister avait été invité à venir la voir. C'était un homme curieux, extrêmement distingué, toujours vêtu de noir, d'une réserve et d'une mollesse qui décourageaient l'échange. Je l'avais rencontré plusieurs fois, il s'était même déplacé jusqu'à la rue de Grenelle, il regardait dans le vague, parlait peu et semblait n'adhérer à rien. Il était plus rêveur, plus taciturne, plus décalé que moi. Geneviève, qui enrageait de n'avoir pas été à l'origine de l'événement, s'était au début montrée indifférente. Puis dès qu'elle avait su quels seraient les artistes qu'il allait exposer, et plus encore quand elle avait vu son premier stand à la FIAC, elle avait vite renoué avec son enthousiasme du départ et, en snob qu'elle était, m'avait signifié que sa foi en Rémi Pfister n'avait pas varié, qu'il n'y avait rien de mieux que Le Grand Jeu et que c'était là qu'il fallait être.

La formule m'avait amusé. C'est là qu'il fallait être… Moi qui n'étais de nulle part, moi qui n'étais bien nulle part. Dans quelques semaines je serais à la rue. Un incendie d'origine accidentelle avait détruit l'appartement juste à côté du mien, entraînant un affaissement spectaculaire de la toiture ; un promoteur paraissait décidé à reprendre le magnifique hôtel du 102 rue de Grenelle en y engageant des travaux importants. J'étais à la rue et je ressentais cela dans un étonnant mélange de tristesse et de jubilation. Cet atelier des toits était rempli de concrétions, d'horreurs, d'œuvres avortées, et de fantômes, de souvenirs, de dérives et d'ivresses sous le spectre des cheminées géantes. C'était un peu comme cette vieille canadienne que je ne quittais jamais, c'était une seconde peau. Les chances de retrouver un jour ce pigeonnier splendide étaient nulles. Ce Paris-là se vidait de ses bohèmes, de ses vieux qui jouissaient encore des loyers de 1948, toute une gentry étrangère et friquée remplaçait les doux rêveurs, les vieillards, les amoureux des étoiles et des chats qui avaient donné au quartier une couleur généreuse et poétique qu'il ne retrouverait jamais.

Rémi Pfister demeurait une énigme. Je ne lui connaissais aucune relation proche, seulement un discret assistant gay qu'il tyrannisait. L'accrochage avait été une épreuve. Lorsque j'avais voulu dire mon mot, j'avais été vertement rembarré. Le maître du Grand Jeu, c'était Rémi Pfister et lui seul. Le principe d'un accrochage chronologique que je souhaitais et qui avait été un temps retenu — on aurait commencé par les vues anciennes de Loscoat et de l'Élorn pour aller vers les crânes, les crucifiés, les corps démantelés — n'avait plus l'heur de plaire à Rémi qui voulait commencer par la Face de Saint-Eustache, seule dans une salle uniformément blanche et vide. Une colère sourde grondait et j'étais décidé à tout faire pour l'éviter. Rémi Pfister testait-il ainsi ceux qui l'entouraient ? L'assistant lui était pieds et poings liés, il n'avait ni le temps ni le droit de penser. Un moment, j'avais imaginé que je pourrais peser un peu sur l'ordonnancement des salles, j'étais Guillaume Vègh, cette exposition me regardait un peu... Tel ne semblait pas être l'avis de Rémi Pfister qui, jusqu'à la dernière minute, bouscula les choses, refusant des toiles — une figure de marcheur fantomatique qui devait provenir de mes errances du Nord et qu'il jugeait trop « classique » —, en exigeant de nouvelles, si bien qu'il me fallut multiplier les allers et retours dans la fourgonnette d'un factotum entre la rue Charlot et la rue de Grenelle.

Ces caprices me lassaient. Plusieurs fois je fus près de tout laisser tomber. Rémi Pfister commençait, il était évident qu'il allait compter : le braquer eût été une extrême maladresse. Et derrière lui il y avait la main du père Serge qui était le véritable initiateur de cette exposition. C'était lui qui m'avait sauvé, c'était lui qui m'avait mis sur la voie, c'était lui qui m'avait lancé avec cette Passion, cette Sainte Face qui avait été remarquée, commentée et qui avait même été au cœur de vives polémiques. Des esprits étroits et traditionalistes, heurtés par la dimension spectaculaire et inquiétante d'un office de la croix sans croix, s'en étaient pris au curé et à moi en dénonçant cette icône qui n'en était pas une, cette Face qui était le portrait d'un inconnu, d'un malfrat, d'un drogué du quartier et peut-être même d'un homosexuel, cette œuvre dégénérée et profane qui avait été scandaleusement offerte à la vénération des fidèles. La polémique s'était développée sans que j'y fusse associé. Elle avait réjoui Rémi Pfister et quelques critiques et galeristes qui gravitaient autour du père Serge. Certains assuraient même que l'affaire était remontée jusqu'au cardinal Lustiger qui était certainement un grand prélat, mais qui, si j'en juge par ce qu'il avait fait installer à Notre-Dame, était tout sauf un amateur d'art éclairé. Le cardinal avait laissé faire. Il y avait donc à l'origine de ma petite notoriété dans ce quartier une once de provocation et de scandale qui m'était totalement étrangère. Je ne voulais pas être un peintre à scandale, je ne souhaitais porter aucun étendard, je vivais une amitié fusionnelle et à éclipses avec Deirdre, le militantisme et l'enrôlement ne me concernaient pas, j'avais à témoigner d'un tâtonnement, d'un cheminement, en montrant des travaux qui avaient une vérité, une existence esthétique : le reste, les remous, les crachats, l'écume et les paillettes, m'était étranger.

C'était mon soir. C'était ma fête. Je ne pouvais l'admettre tant tout ce qui avait partie liée avec la publicité, avec l'extérieur, avec la reconnaissance m'était douloureux. Et je me sentais terriblement gauche dans le costume noir très tendance — Rémi Pfister ne l'aurait pas désavoué — que m'avait choisi Deirdre. Un peu avant le début des opérations, inquiet, tendu, j'avais bu deux bières sur une terrasse de la rue de

Bretagne en compagnie de François qui était venu de Bourges. Je lui avais simplement demandé d'ôter son col romain, ce qui l'avait froissé je crois, il devait se dire que je n'aimais pas le prêtre en lui, d'autant qu'à la différence de Gilles, je ne m'étais pas déplacé pour son ordination. Je devais le trouver trop raide, trop conventionnel, moi qui n'aimais que les prêtres des frontières, ceux qui, comme le père Serge, jouaient sans cesse avec l'abîme. Mais rien n'affectait François qui gardait toujours son sourire d'ange, intact et pur, au-dessus des choses, lumineux, aérien et fidèle, fidèle aux pactes anciens, aux printemps mouillés de J., au théâtre et aux déclamations qui nous avaient tant amusés.

Posté à l'entrée, dans un très beau costume noir, Rémi Pfister semblait décidé à tenir son rôle de maître du Grand Jeu. Il attendait des politiques, des critiques importants, des visiteurs de la mairie de Paris, il semblait décidé à tout contrôler, c'était l'avenir de sa galerie qui se jouait ce soir-là. Il m'avait jaugé lorsque j'étais entré avec François qu'il devait trouver un peu emprunté, un peu provincial, lâchant aussitôt :

— Je t'ai cherché. Je voulais te présenter Franck Lorber… Ne t'écarte plus, s'il te plaît.

J'ignorais qui était Franck Lorber. Geneviève me souffla que c'était un journaliste qui travaillait pour France Culture et *Libération*. Quelques invités, quelques créatures extravagantes juchées sur de hauts talons foulaient le pavage inégal et bosselé de la cour. Les murs de briques de l'entrepôt étaient tendus de pièces de lin écru, comme des voiles, avec simplement mon nom et les dates de l'exposition : 20 mars-25 avril. C'était tout mon travail des dernières années qui était contenu dans la galerie, depuis mes navigations nocturnes sur la rivière en Bretagne jusqu'à la découverte de l'ossuaire secret, mon jeu avec les grèves, le ciel, les crânes, le visage du Christ, les crucifiés, les corps démantelés. Ce n'était pas forcément ce que ce public aimait, conceptuel, désincarné, aseptisé, libre de tout ancrage et de toute mythologie. Dans les galeries avoisinantes, le trait pur, les installations, le refus du dessin, le déni d'une histoire de la peinture triomphaient. Rémi Pfister avait fait un double pari en décidant d'inaugurer sa galerie avec mon travail : je n'avais pas de réseau, j'étais à contre-courant, résolument ailleurs. La courte biographie qu'il avait rédigée pour la circonstance n'était pas sans sel : « Né à Lille en 1955. Enfance et adolescence entre le Nord, Paris, le Périgord et la Bretagne, les vallées et les rivières que visite la mer. Se définit comme un errant, un autodidacte, un jumeau solitaire. Vit et travaille à Paris, sous les toits. Des projets dont il ne veut rien dire. »

La tension montait. Je ne voyais pas arriver les visages attendus. Deirdre était en retard. Et il me semblait que dans les bribes de conversation que je captais il était bien plus question de la composition du cabinet de François Léotard rue de Valois que de mon travail. Quand Antonin apparut, d'une élégance aussi codée, aussi ténébreuse que celle du galeriste, je me jetai littéralement dans ses bras. Le père Serge se promenait dans les salles, sûr de lui, nerveux, un rien conspirateur. On ne me disait rien, et je n'étais pas du genre à quémander les compliments ou à commenter moi-même l'exposition. La peur revenait, celle de n'être qu'un imposteur, celle de m'être fourvoyé, celle qui m'avait fait fuir le jour lointain de l'exposition nantaise. Antonin parlait d'un film qu'il préparait, d'une série de portraits de jeunes gens qui se lançaient dans la politique, il rentrait de Bretagne, je ne comprenais rien. Un jeune critique, charmant mais un peu lent, très bonne famille française, un peu égaré dans cet univers de dépravés chic, me posait cent questions dans lesquelles je m'empêtrais comme dans de la glu.

Un homme était entré, de cette même élégance ténébreuse et codée, il connaissait bien Rémi Pfister et travaillait dans la finance. Il collectionnait Manessier, Fautrier et Debré. Il avait le regard sûr et froid d'un tueur. Il semblait bien connaître Georges Rogue, le vieux dandy wildien de la rue Saint-Sauveur, qu'il embrassa.

— Si Sylvain Descombes achète, c'est gagné. Et tu verras que les autres lui emboîteront le pas…, murmura Rémi Pfister.

Ce Sylvain Descombes ne faisait rien au hasard. Il avait tout du fils de notable provincial, intelligent, ambitieux, qui monte à Paris après des études de commerce pour y faire rapidement fortune. Il n'était pas beau, il m'avait semblé maigre, le nez busqué, peu éloquent, la voix nasillarde, mais rien ne devait l'arrêter. Son audace, le sentiment de supériorité qui émanaient de sa démarche m'avaient immédiatement saisi. Le dandy wildien m'enveloppait encore de ses roucoulades et de ses pâmoisons, je ne perdais pas l'autre du regard. Il s'était posté devant la Face, l'air surpris et inquisiteur. Il fit un tour des lieux très rapide, revint, héla Rémi Pfister. Il me semblait deviner qu'il voulait la Face. Rien ne l'arrêterait, pas même la mention « collection particulière » qui figurait pourtant sur le cartouche. Rémi Pfister dut se montrer convaincant, ils disparurent au fond. Je vis l'assistant se précipiter dans la dernière salle. Sylvain Descombes achetait la totalité des vues de l'Élorn, baptisées *Loscoat I, Loscoat II,* etc. et un grand crucifié, un des plus rouges et des plus insoutenables, le plus fort sans aucun doute. Les pastilles avaient été apposées auprès des œuvres. La vente était conclue. Il revint vers moi :

— Vous viendrez dîner à la maison. C'est superbe, vraiment. Je voulais avoir aussi la Face, mais Rémi me dit qu'elle est au curé de Saint-Eustache. Je verrai ça directement avec lui. J'aime bien avoir le dernier mot…

D'autres étaient arrivés ensuite, de la même souche, financiers arrogants, gominés, propres sur eux, aussi minces et ténébreux dans la mise, et qui achetaient sans hésiter, sûrement parce que l'autre avait donné le *la*. C'était une meute étrange, libre, magnétique, qui venait amasser son butin dans les entrepôts huppés du Marais tandis que les critiques à l'œil sec et les cocottes wildiennes se contentaient de pérorer en buvant le champagne très ordinaire qui était servi. Sylvain Descombes avait lancé Le Grand Jeu et Guillaume Vègh accessoirement, à la grande joie de Geneviève qui promettait de faire un grand papier, mais je n'étais plus très sûr qu'elle eût toujours de l'influence. Il y avait encore un conservateur bedonnant, d'origine corse, un certain Antonietti je crois, qui m'entreprit longuement. Extrêmement maniéré, il parlait d'une voix sourde, décochait flèche sur flèche et gloussait à s'étouffer de ses bons mots. Je crus comprendre qu'il haïssait le père Serge.

— Méfiez-vous de lui. C'est une crapule. Je le connais, je le rencontre souvent, je ne vous dirai pas où… Ou plutôt si, quand vous m'inviterez à visiter votre atelier…

Les traits de Georges Rogue, le vieux collectionneur wildien de la rue Saint-Sauveur me semblaient bien modestes à côté des insinuations méchantes d'Antonietti, si tel était son nom. Un autre, qui devait appartenir à ce cercle, vint me dire que l'inspection générale des Affaires culturelles suivait de près ce conservateur qui avait un peu trop tendance à confondre les collections de ses musées et les siennes propres. À défaut de champagne, le fiel coulait à flots. Dans cette galaxie féroce, un seul m'avait vraiment fasciné, par son rythme, son aisance, l'emprise qu'il exerçait sur les autres, le lynx noir, Sylvain Descombes.

Il commençait à faire froid dans la cour aux pavés inégaux. Le vent s'engouffrait et gonflait la toile avec mon nom et les dates de l'exposition. Je ne l'attendais plus. Lorsqu'il se présenta sous le porche, mon cœur bondit, j'eus la sensation de me décomposer, de perdre tous mes moyens. Il était plus magnétique, plus distingué, plus charmeur que le lynx noir, il s'avançait lentement, inspectait les lieux en souriant aux uns et aux autres. Il m'embrassa comme si nous nous étions quittés la veille. Ceux qui restaient là, quelques amis de Rémi Pfister, quelques critiques et des parasites inconnus le regardèrent, saisis par sa beauté et notre ressemblance. Mais autant j'étais gauche, emprunté, peu sociable, autant il était agréable, radieux, attentif aux autres. Il disait simplement :

— Gilles Vègh, le frère de Guillaume.

Il parcourait la galerie, accompagné de François et d'Antonin qui savaient qu'il allait venir. Comme à Nantes jadis, il n'aurait plus pu faire croire qu'il était l'artiste, il avait le délié, l'assurance de l'homme de pouvoir, de celui qui côtoie les cabinets et les hautes instances. Il avait chaussé de petites lunettes pour observer les toiles, il regardait tout, dans une grande concentration, silencieux, presque recueilli.

— C'est un endroit exceptionnel, dit-il à Rémi Pfister lorsqu'il revint de sa visite. C'est évident que ça va marcher, le quartier, les lieux, l'exigence de ce que vous montrez. Vous me permettrez de ne pas commenter le travail de mon frère. Je suis un indéfectible admirateur. Bonne chance au Grand Jeu !

Il l'avait dit avec sobriété et retenue, et avec cette justesse de la parole et cette apparente gentillesse qui me manquaient tant. Sa facilité me subjuguait, cette manière de sourire, d'acquiescer qu'il avait peut-être apprise à Sciences-Po et à l'ENA et qu'avait dû affermir la fréquentation de sa belle-famille. Elle jouait aussi sur les autres, je l'avais tout de suite senti, qui le considéraient comme un homme important, ce qu'évidemment il serait.

— J'imagine que vous avez prévu quelque chose, dit-il comme nous nous apprêtions tous à gagner le quai des Célestins où Geneviève, aidée de Deirdre, s'apprêtait à nous recevoir. Je ne vous promets pas de rester avec vous jusqu'à l'aube, mais je ferai bien volontiers un petit bout de chemin avec vous. Je pars demain aux aurores pour Rennes. J'ai été élu dimanche au conseil régional…

De cette soirée de printemps, il me reste un souvenir unique dans le grand appartement aux fenêtres ouvertes sur la Seine et la perspective de l'île Saint-Louis. Je mesurais mal à quel point le vernissage avait été un succès, le passage du lynx noir, quelques achats importants, le soulagement de Rémi Pfister, qui n'était pas insensible au charme de Gilles et que je vis plusieurs fois rire. Il y aurait des articles, des ventes, c'était l'antienne de Geneviève qui avait fait les choses en grand en offrant une réception somptueuse. Le champagne, les vins coulaient sans tarir. Heureux d'être là, de retrouver Antonin et François, Gilles ne semblait pas pressé de se coucher. Il bavarda aussi très longuement avec Deirdre qu'il découvrait. « Tout cela est épatant… », répétait-il. C'était son mot, un peu factice, un peu frelaté, je n'étais pas sûr d'y trouver la force de tout ce qui venait de se produire, mais il était là et c'était l'essentiel. Les invités avaient pris leurs aises et tout le monde s'était égaillé dans les fauteuils de Macintosh et les chauffeuses d'Eileen Gray. Le foie gras, les sushis, les macarons, tout avait été parfaitement choisi par Geneviève.

— Je lève mon verre à la santé de Guillaume et de Gilles, à la magnifique exposition de Guillaume, à la carrière politique de Gilles en Bretagne et au-delà, à eux deux ici réunis, au Grand Jeu de Rémi et à vous tous mes amis que je suis si contente de voir ici ce soir ! dit-elle, perchée sur un tabouret de Mies van der Rohe, en obtenant péniblement le silence.

Je m'étais posté au balcon, hypnotisé par les feux des péniches et les sillages du fleuve. Une sorte de tristesse s'abattait sur moi après ce vernissage que j'avais tant craint. Le retour de Gilles m'avait bouleversé, comme celui d'un amant qu'on n'attendrait plus. Son retour, seul, sans personne, avec l'élégance, l'assurance de celui en qui, et notre grand-père le premier, nous avions toujours cru. Plus mystérieux que jamais, le père Serge était venu me saluer sur le balcon : il avait envie, en cette nuit de printemps, de marcher dans Paris.

C'est alors que Gilles est venu me rejoindre, sur ma proue au-dessus de la Seine. Il avait beaucoup bu.

— Quand tu penses que Pompidou vivait là en face ! Quelle époque ! Nous il nous reste les miettes…

L'ivresse lui procurait une excitation jusque-là inconnue.

— Je suis saoul ce soir. Merci pour ce moment. Je m'emmerde un peu, beaucoup, au Conseil d'État et dans ma vie. Ton exposition, je t'en parlerai un jour. C'est à pleurer. Moi qui passe tant de temps en Bretagne, l'Élorn, les crânes, les corps crucifiés, c'est de là-bas que tout cela te vient. C'est le mystère. C'est une magie dont tu sais tout. Au fait qui a écrit ta brève biographie ?

— Rémi Pfister.

— Ça m'a bien fait rire. Autodidacte, je te l'accorde. Mais jumeau solitaire ? Tu voulais, il voulait sans doute dire « séparé ». Eh bien je suis là. Et je suis heureux d'avoir vu cette Face dont j'avais entendu parler. J'espère qu'on t'aura dit que c'est ton autoportrait en Christ camé, en paumé des Halles… À Paris il n'y a que le père Serge et les oratoriens pour oser montrer ça un vendredi saint. Ils sont fous. Oui, ton portrait et peut-être le mien ! Non, le tien, je n'ai rien de torturé ni de mystique. Je suis affreusement lisse !

Il semblait avoir tout oublié, ses attaches familiales, ses obligations du lendemain. Il riait comme un enfant. Sur la proue des Célestins, face à l'île des Pompidou, seuls enfin, nous goûtions la liberté revenue, la rever die, la beauté de Paris.

Je conserve de ce moment un souvenir épouvantable. C'était en ce printemps de 1986, très peu de temps après l'inauguration du Grand Jeu. Gilles et moi, nous nous étions pas mal revus. Je l'avais même accompagné à Rennes pour la première session du conseil régional nouvellement élu. Je ne comprenais rien aux usages et aux tractations d'un monde qui me laissait sur la rive. Le conseil se réunissait au cœur de la ville, dans une salle moderne sans intérêt ; j'étais sorti marcher au bord de la rivière, la Vilaine — la bien nommée — et dans le quartier, plus charmant, de la cathédrale. Gilles avait un temps attendu un poste de conseiller technique dans un cabinet ministériel, les choses tardaient, il s'agaçait, le nouveau paysage politique, sous le signe de la cohabitation Mitterrand-Chirac, le désolait.

— C'est la mort de la Ve République de De Gaulle. Avec la proportionnelle de la IVe, Mitterrand a instillé le poison… Il veut la mort du régime…

Gilles flottait. Il feignait de ne rien attendre alors qu'il espérait vraiment cette charge d'obscur conseiller ; il ne parlait que des élections municipales de 1989 pour lesquelles il achevait de constituer son équipe.

À Rennes, dans les coulisses du conseil régional, pour le peu que j'avais pu observer, il m'avait semblé qu'il s'était imposé. Les nuits passées dans le train, les fins de semaine landernéennes entre les stades de football et le manoir interdit avaient porté. Patiemment le petit-fils de Jean Tanguy avait conquis ses galons dans un univers qui lui était hostile à cause de ses origines et de ses études. Je l'avais vu plaisanter de façon très virile avec de vieux briscards de la politique finistérienne qui lui témoignaient, c'était évident, une affection toute paternelle. Il serait député, je le lui avais dit.

Un soir de ce bref séjour rennais, alors qu'aucune nouvelle ne venait de Paris, il avait pris une voiture du conseil régional. Il voulait voir Saint-Malo et le Grand Bé. Il se souvenait d'un cours assommant sur l'autobiographie en khâgne dont il avait combattu l'ennui en apprenant par cœur des passages entiers des *Mémoires d'outre-tombe*. Il récitait encore de longs fragments de l'enfance à Combourg et de la rencontre de Chateaubriand avec Charles X déchu au château de Prague. La campagne de l'Ille-et-Vilaine — un bocage un peu triste — était toute fleurie. La perspective de marcher sur les remparts au-dessus des vagues nous excitait. Gilles était déchaîné, drôle, d'une causticité décapante sur tous ces gens qu'il fréquentait au Palais-Royal et en Bretagne, portraiturant les uns, imitant les autres, dans un numéro éblouissant qui me faisait rire aux larmes lors même que je ne connaissais aucune de ces personnes.

À Saint-Malo, la mer était haute quand nous étions arrivés et les vagues éclataient en belles gerbes d'écume contre les murailles. On distinguait à peine la croix de granit du Grand Bé au-dessus d'un champ de houle.

Nous avions marché, dans le vent, heureux de recevoir en plein visage les embruns salés dont l'odeur et le goût nous réjouiraient longtemps. Gilles connaissait un libraire caché au fond d'une boutique qui tenait du capharnaüm. Il voulait acheter Chateaubriand en Pléiade. J'étais un peu surpris de le voir déambuler dans la ville avec un tel sens de l'orientation. J'avais cru comprendre qu'il y était venu plusieurs fois pour des week-ends, au temps de sa scolarité à l'ENA et avec une relation cachée dont j'ignorais tout. Ce serait peut-être le temps des aveux. Il connaissait aussi, toujours logé dans la muraille, dans l'intimité minérale de la ville claustrale, au creux des pierres que vient frapper le boutoir des lames, un merveilleux bistrot à bières, ces bières de Belgique et d'Irlande, qu'il affectionnait plus que tout. La vitesse avec laquelle il descendait les pintes me sidérait. Je lui découvrais ce penchant. Il aimait les bières brassées en Belgique et la Guinness.

— J'ai été heureux de rencontrer Deirdre l'autre soir, avait-il dit d'une voix éteinte. Cette soirée était très réussie. Je suis sorti de là avec un mal de crâne épouvantable et un profond malaise. Tu m'as ouvert les portes d'un monde fascinant. Les artistes, le commerce de l'art, c'est ce que je devrais faire. L'État est mort, la religion de l'État dans laquelle j'ai grandi ne parle plus à personne. J'aurais dû étudier la littérature, écrire, faire autre chose. Je suis un homme de devoir, alors je continue ce dans quoi je suis engagé. Mais au fond de moi, ça ne me plaît pas et ça commence à se voir… Notre éducation, l'absence de notre père, notre gémellité, tout cela m'a bousillé. On tient debout. On tient droit. On fait comme si. Je suis cousu de plaies partout. On m'admire. On m'envie. Une belle place, un beau mariage, deux beaux enfants. C'est pour la galerie. Tu n'imagines pas comme je m'ennuie, Guillaume, comme j'ai le sentiment d'une vie absurde et inaboutie. Le phare de Jean Tanguy est bâti sur une faille. Je ne sais pas dans quoi on nous a élevés, mais ça n'a rien à voir avec la vraie vie, et c'est pourquoi on souffre tant…

Il ne voulait plus repartir. Il voulait attendre le jusant pour aller embrasser la pierre tombale de Chateaubriand. Nous buvions bière sur bière comme des adolescents en bamboche.

Le moment dont je garde un souvenir effroyable se situe à peu de temps de là et j'en ai différé le récit. Un soir je suis convoqué par Élise de Souvré — c'est à cette occasion que j'ai appris qu'elle continuait à porter son nom — au bar de l'hôtel du Louvre, tout près du ministère des Finances où elle travaille. Le bar est une sorte d'hypogée avec des murs noirs et des lumignons qui vacillent. Elle arrive quelques minutes après moi, tailleur gris très strict, hauts talons, les maternités n'ont pas laissé la moindre trace sur ce corps musclé qu'elle soumet à une dure discipline, sportive et alimentaire. C'est une belle femme assurément, posée, distinguée, très sûre d'elle, trop consciente de sa classe et de sa caste. Je ne l'ai pas revue depuis le mariage. Au début, elle feint la complicité, l'état de grâce d'une amitié sans nuages. Puis très vite les choses changent et le coup part :

— Je ne veux plus que tu voies Gilles. Tu as sur lui une influence détestable. Il rentre à pas d'heure, il fait la fête, il veut tout remettre en question. Je sais tout, le vernissage, la soirée folle chez Geneviève, votre escapade à Saint-Malo. Gilles n'est pas un artiste.

C'est un père de famille. Il a des devoirs et des responsabilités, il ne peut pas se permettre de brûler sa vie par les deux bouts. Et il y a des lieux dans lesquels il ne doit pas être vu. Les galeries branchées et interlopes du Marais, ce n'est pas pour lui. Il faut que tu le comprennes. S'il a des choses à régler en lui, ce n'est pas toi qui les régleras. Aucun secours ne lui viendra de cette famille maudite. Je lui ai conseillé une analyse. Je me suis juré de faire de lui un ministre et j'y parviendrai. Il a tout pour cela, l'étoffe, le physique, l'intelligence politique. Alors, s'il te plaît, si tu aimes vraiment ton frère, aide-le et ne ruine pas mes plans.

Elle s'était levée, glaciale. Elle n'avait même pas touché son verre. Et elle était partie, en ayant l'immense élégance de payer l'addition.

À l'approche des élections municipales de 1989, contrairement aux recommandations d'Élise — mais je n'avais pris aucun engagement devant elle, et Gilles et moi n'avions cessé de nous voir en secret —, je m'étais mis en route vers la Bretagne, sans me presser et en suivant le chemin des écoliers. J'avais passé l'hiver à Bologne, la ville des tours et des kilomètres de galeries, dans un atelier que m'avait prêté un vieil ami italien de Georges Rogue. Il avait fait froid, il avait énormément plu, et j'avais beaucoup traîné entre le musée Morandi, le théâtre anatomique aux bancs de bois délavé, la basilique Santo Stefano qui sentait les remugles et les sources souterraines. Les bouteilles poussiéreuses de Morandi, ses paysages aussi, mornes et inhabités, me captivaient. C'était pourtant tout le contraire de ce que je savais faire. Si je ne peignais pas, et avant de marcher dans les galeries labyrinthiques de la ville comme un fou, jusqu'à l'épuisement, je stationnais devant l'atelier gris et fossilisé de Morandi, hypnotisé par le vide, les pauvres flacons encapuchonnés de poussière, le désert métaphysique qui me prenait dès que je franchissais le seuil du musée, dans cet extraordinaire palais féodal avec un escalier aux immenses marches déclives que pouvaient emprunter les calèches.

Bologne était la ville de l'enfermement, l'impression d'être au cœur d'une bogue de briques s'imposait vite et mon atelier, creusé comme un puits dans un ancien monastère avec ses hautes fenêtres de prison qui laissaient passer un jour lointain et mouillé, ne faisait qu'amplifier cette sensation. Plus que Morandi, c'était le théâtre anatomique qui m'avait attiré, le souvenir des corps disséqués, ouverts sous le regard du public massé sur les gradins. Un carabin, avec qui j'avais sympathisé dans un petit café près de mon atelier, sous des arcades, m'avait fait entrer de manière clandestine à la morgue de l'hôpital et j'avais pu photographier sans limites les corps, de vieillards, d'enfants, d'adolescents, roides sous les linceuls dans les chambres froides. Il était beau, il était brun, intense avec ses petites lunettes cerclées, il s'appelait Jacomo et appartenait à une vieille famille aristocratique d'Émilie-Romagne. Il savait tout de l'histoire du théâtre, de sa destruction sous les bombes et de sa reconstruction, il connaissait par cœur les dédales de sa ville et c'est lui qui m'avait montré Mahomet aux enfers sur la grande fresque de la basilique San Petronio.

Plusieurs fois, grâce à lui, je m'étais introduit à la morgue et j'avais enrichi mon reportage macabre. Georges Rogue devait arriver, mais une mauvaise grippe le retenait à Paris. J'étais ravi. J'avais pour moi toute une partie de l'ancien monastère, mon atelier puisard dans lequel je m'étais mis à peindre les corps, pas uniques, posés sur la pierre d'onction à la façon du Christ mort de Mantegna, mais entassés, réunis, accouplés, comme les éléments d'une danse macabre, statique et horizontale. C'étaient mes bouteilles, je jouais avec les photos des cadavres, les déplaçant à peine, une vieillarde décharnée avec une cataracte de cheveux gris, un gros homme ventripotent, atrocement laid, un enfant malingre, un jeune suicidé dont le cou portait encore les marques de la strangulation. Jacomo viendrait le soir, racé, un sourire discret logé au coin des lèvres, toujours gêné d'entrer. C'était l'heure du vin blanc sous les arcades. Il parlait un français impeccable :

— Il faut que tu fasses d'autres photos. Il y a d'autres corps qui sont arrivés…

Il m'entraînait la nuit. Un cadavre avait été déposé dans l'après-midi, un Africain sublime, musculeux, fuselé, un vrai corps de mage. L'émotion avait été telle que j'avais été incapable de prendre une photo et je m'étais mis à crayonner sur le carnet Moleskine qui ne me quitte jamais, comme un voleur, un intrus qui venait déranger le sommeil profond de ces morts anonymes dans la clarté blafarde et crue des lanternes. Le mage et tous les autres me hantaient tandis que je battais le pavé humide des rues en compagnie de Jacomo qui me parlait de Morandi, de la vie morne et vide qui avait été la sienne, des sept chapelles et des sources cachées de Santo Stefano.

— C'est fou de voir comme cette ville t'inspire !

Jacomo, d'ordinaire si réservé, avait laissé passer un enthousiasme, une complicité que je ne lui connaissais pas.

— Tu as vu tout ce que tu as peint !

Je peignais tous les jours et la même chose à l'infini dans mon puits monacal. Je n'avais pas osé transporter un cadavre dans l'atelier. Les photos me suffisaient. Je peignais en attendant la visite crépusculaire du futur médecin. À Bologne je ne connaissais que lui. Oui j'étais inspiré comme je l'avais rarement été. L'enfermement de la ville, les arcades et les galeries, les tours, les sept chapelles moisies de Santo Stefano où je descendais me détendre, le théâtre des corps et les flacons gris de Morandi, tout cela formait une conjonction extraordinaire. Et la froidure et le déluge de l'hiver de Bologne.

C'était le dernier soir. Georges Rogue avait annoncé son arrivée pour la semaine suivante, mais j'avais promis à Gilles d'être à ses côtés pour les derniers moments avant l'élection. Un transporteur était déjà venu préparer l'embarquement des toiles qui attendraient le moment d'être montrées dans les réserves de Rémi Pfister rue Charlot. Après les rituels verres de vin pétillant, nous sommes revenus vers l'atelier et j'ai demandé à Jacomo d'ôter ses vêtements en gardant seulement ses chaussettes noires et de s'allonger sur la lourde table qui me servait de bureau. Je voulais peindre sa maigreur, sa cage thoracique finement dessinée, son ventre creusé, son pubis noir et dru qui contrastait avec la blancheur de sa peau. Le jeune carabin était étendu, d'une beauté et d'une impudeur totales. On était loin du scientifique un peu froid, un peu hautain qui m'avait intimidé au début de notre relation. Jacomo allait rejoindre les morts du théâtre anatomique qui porteraient les noms de *Bologne hiver 89, 1, 2,* etc. C'était le dormeur de la science, le visiteur des morts, mon guide de Bologne, celui qui m'avait montré Mahomet aux enfers et les sept sources secrètes. Je regrettais presque d'avoir promis à Gilles d'être à ses côtés sur les bords de l'Élorn. L'Élorn toujours… Nous dînerions une dernière fois dans notre trattoria favorite en buvant et en riant beaucoup. Jacomo viendrait peut-être à l'automne à Paris quand Rémi Pfister accepterait de montrer mes corps de Bologne. Le galeriste m'avait réservé ce qu'il appelait dans son jargon un « créneau ». Il avait tout vendu de ce que je lui avais confié et j'avais cru deviner que Sylvain Descombes et sa meute attendaient avec impatience ma prochaine exposition. Dans la petite trattoria voûtée près de Santo Stefano où nous étions les derniers, Jacomo était superbe, attentif, en phase avec tout ce que je disais. Il fallait partir et c'était sans doute mieux ainsi.

Sur la route du retour, j'avais fait halte à Bourges. François y avait maintenant la charge d'une paroisse à la lisière des quartiers modernes et des barres de HLM, une petite église bétonnée, fonctionnelle, sans charme. Il s'acquittait de sa mission avec bonheur, investi, dévoué, prêt à sauver les âmes à toute heure du jour et de la nuit. Le chômage faisait des ravages dans ces quartiers du nord de la ville et François avait mis en place, avec des jeunes de sa paroisse, un système d'assistance et d'entraide dont le diocèse s'inspirait. Je rentrais de Bologne. J'avais peint des cadavres. J'avais attendu la visite rituelle de Jacomo. Tout nous séparait. Je lui avais longuement parlé de ce séjour magnifique. Il semblait ravi que j'eusse atteint une forme de sérénité dans la peinture. Sérénité n'était pas le mot. La discipline du travail artistique m'avait permis de maîtriser mes hantises, c'était tout. Je demeurais lucide. L'instabilité et les gouffres pouvaient me ressaisir du jour au lendemain.

Porté par le mystère des morts de Bologne, une nuit d'insomnie, j'avais peint sur un des murs du petit oratoire où il célébrait sa messe quotidienne une Sainte Face dans l'esprit de celle de Saint-Eustache. Il l'avait découverte le lendemain matin en venant ouvrir la chapelle aux bigotes. Sa surprise avait été telle qu'il s'était agenouillé, comme devant une apparition.

— C'est superbe, avait-il dit, mille mercis, mais c'est une erreur de l'avoir peinte à même le mur… Je ne pourrai pas l'emporter quand je partirai…

Cette bouffée de matérialisme aigu m'avait amusé.

— À l'heure où triomphent les tags, prends cette fresque pour ce qu'elle est… C'est la modeste offrande d'un peintre de passage…

Bourges ne m'avait pas séduit, et pour tout dire, un peu déçu. La part de la reconstruction et des colmatages modernes était trop visible, avec quelques injures qui rompaient l'unité de la ville. Heureusement il y avait la cathédrale, somptueuse, massive, colossale et cependant élancée, un délire de portails, de travées parallèles, une forteresse gothique trouée d'admirables verrières. François, qui y avait fait un stage sa dernière année de séminaire, la connaissait comme sa poche. Il m'avait montré, pendu à l'une des voûtes du chœur, le chapeau rouge d'apparat du dernier cardinal de Bourges. Puis, dans la sacristie superbement lambrissée, il s'était amusé à tout sortir des tiroirs, des armoires, des chapiers, les chasubles tissées d'or, les dalmatiques, les pantoufles liturgiques, les crosses, et même la *cappa magna* du cardinal Lefebvre avec son camail d'hermine, la *cappa* toute soyeuse et moirée que nous avions l'un et l'autre passée en déployant la traîne dans toute la splendeur de ses plis. François riait comme un enfant à l'idée qu'on pût nous surprendre. Il devait être interdit d'enfiler la parure d'un cardinal, le dernier prince du diocèse qui avait si mal vécu le Concile et l'entrée de l'Église dans une ère pauvre et désolée. Car François était comme Jacomo à Bologne : c'était un guide incollable. Il m'impressionnait toujours par ce curieux mélange de gravité mystique et d'immaturité d'adolescent. C'était un intellectuel de haut vol que les spéculations théologiques ne rebutaient pas, c'était un prêtre bernanosien tout dévoué au service des pauvres et des déclassés des quartiers nord et c'était un gamin capable de rire en se parant de la *cappa* splendide qui lui allait à merveille.

— Tu seras évêque, avais-je dit en le voyant ainsi harnaché.

— Cardinal tant que tu y es ! Pftt ! Tout ça est sans importance !

Et nous avions achevé notre visite dans les racines de la cathédrale par la crypte, vaste, éclairée et dont les parois portaient encore les marques mystérieuses des compagnons bâtisseurs (à cet instant, le prêtre des quartiers ouvriers qui n'hésitait pas à se muer en maître des arcanes de l'édifice avait murmuré en riant quelque chose comme : « Apprentis et compagnons doivent s'approcher de l'Orient sans se brûler les yeux »), avant de descendre dans la rotonde des archevêques, un caveau circulaire et tout blanc, pavé de pierres tombales, parmi lesquelles celle du cardinal Joseph Lefebvre, disparu en avril 1973. Ce lieu fascinait François, je le savais bien, parce qu'on y sentait la conjonction souterraine de ceux qui avaient bâti la cathédrale et de ceux qui avaient régné sur elle, les architectes et les archevêques rassemblés, malgré la pourpre et les secrets, en une même poudre blanche. Le temps des mystères et des enchantements de Rosslyn était pour moi révolu. Rien ne m'avait plus touché que la messe matinale, sobre, remplie de ferveur que François célébrait devant une assistance clairsemée, au premier rang de laquelle figuraient celles qu'il appelait tendrement ses bigotes ; je ne l'avais jamais manquée les quelques jours que j'avais passés au presbytère et, plusieurs fois, au cours de cet office sans faste où l'on était affronté à l'âpreté du rite, je m'étais même surpris à prier.

Quelques giboulées avaient salué mon arrivée sur le sol breton. Je n'avais pas eu la force de remonter par Paris, préférant faire halte à Loches pour revoir le château de Chenonceaux dont j'aime la galerie suspendue sur le Cher. Dès les marches de la Bretagne, un temps instable, avec des ciels noirs, puis des embellies entrecoupées de fortes averses de grêle, avait accompagné ma traversée des terres intérieures. Je n'étais pas pressé. Il me fallait simplement être arrivé pour le 19 mars, date du second tour. Deirdre avait un temps évoqué l'idée de me retrouver à Quimper, puis à Brest. Elle se disait retenue à Paris par un énorme chantier, une adaptation d'un roman de Jules Verne qui l'obligeait à recruter des assistants. La distance qu'avait mise entre nous mon séjour à Bologne l'avait refroidie. J'aurais dû repasser par Paris, c'était évident, aller présenter mon travail au maître du Grand Jeu, saluer Geneviève, lancer la recherche d'un nouvel atelier. J'étais d'une paresse extraordinaire. Un effort continu m'épuisait, j'étais capable de fulgurances, de phases de création quasi ininterrompues comme à Bologne, puis le désert s'installait. Si personne ne voulait de moi à Paris, je resterais un peu à Loscoat — le manoir qui appartenait maintenant à notre mère ne recevait jamais sa visite — ou je me réfugierais à Bourges, dans la mansarde du presbytère des quartiers nord.

Je m'étais arrêté pour déjeuner dans un petit restaurant ouvrier avec une cuisine riche, une patronne obséquieuse et des nappes à carreaux rouges. De la cabine de l'hôtel, j'avais appelé la permanence de campagne de Gilles.

— M. Vègh, m'avait-on répondu, est sorti. Voulez-vous laisser un message ?

— Je suis son frère. Dites-lui que j'arrive.

— Ce soir ? Parce qu'il a une dernière réunion.

— Ne vous en faites pas pour moi. Embrassez-le. Je suis sur la route.

Ma réponse m'avait fait rire. J'étais sur la route, j'aurais aimé voir des chapelles, des croix, des calvaires sur la lande, des pierres levées, sculptées. Ce rendez-vous à Landerneau avait quelque chose d'improbable, de décalé. Tant qu'à être dans cette cabine, surveillé par la patronne qui ne me quittait pas du regard, j'en avais profité pour appeler Rémi Pfister. J'étais tombé sur Stéphane, son charmant assistant qui faisait des mystères, me disant seulement que Rémi était à Amsterdam.

— Vous avez au moins reçu les colis en provenance de Bologne ? Vous les avez même peut-être ouverts ?

— Oui…

Ce « oui » timoré m'avait énervé au dernier degré.

— Et alors ? Il m'expose ? avais-je hurlé dans la cabine.

Inquiète, la patronne avait pudiquement détourné la tête.

— Il ne m'a rien dit. Il faudrait que vous le rappeliez. Mais rassurez-vous, Guillaume, avant de partir pour Amsterdam, Rémi m'a confirmé que vous étiez toujours prévu pour octobre.

Un brin rasséréné, j'avais regagné ma place parmi les VRP solitaires pour boire mon café qui était bouilli et froid. J'étais sur la route et Rémi Pfister avait certainement tenté de me joindre à Paris. Je ne m'habituerais jamais au comportement des marchands. J'avais un créneau et je l'occuperais en octobre, les morts de Bologne seraient pendus, en plein cœur du Marais, aux murs blancs du Grand Jeu. On aurait pu me susurrer que c'était nouveau, que ce travail n'était pas sans qualité. Le maître du Grand Jeu devait prospecter à Amsterdam. L'amitié, le soutien affectueux fatiguaient ces dandys indolents qui savaient toujours rester à la surface des choses, sans engagement excessif. Je ne m'y ferais jamais.

À Landerneau, dans la permanence des quais, entre un marchand de livres anciens et une pâtisserie, il régnait une fébrilité de ruche. La vitrine était toute placardée d'affiches ; Gilles, souriant, avait le triomphe modeste au milieu de son équipe. Sa liste l'avait emporté d'une courte tête le 12 mars. Rien n'était acquis. De jeunes RPR, parfaitement lisses et sans saveur, tenaient la permanence. Ils avaient sursauté en me voyant entrer, mal rasé, les vêtements froissés après les heures de route. Je les avais vite laissés, préférant déguster dans la pâtisserie voisine un mille-feuille, un baba au rhum, et vivre un moment d'extase douloureuse : les gâteaux étaient sublimes, ils n'avaient pas changé, c'étaient ceux qu'achetait ma grand-mère vingt ans auparavant. J'avais félicité la pâtissière qui m'avait reconnu. Elle en avait les larmes aux yeux, je pleurais aussi et, plein de tristesse et de nostalgie, j'étais allé m'asseoir au grand vent sur le quai, en regardant les mâts, les mouettes et le bouillonnement terreux de la rivière, à la sortie du pont habité, dans le chenal.

C'est Antonin qui m'avait accueilli à Loscoat. Gilles employait tout le temps que lui laissait la campagne légale pour présider des réunions, serrer d'ultimes mains, recevoir les délégations des quartiers. Il avait parfaitement respecté la contrainte qu'il s'était fixée : rompre avec le passé, ne plus apparaître sur les terrasses de Loscoat, garder jusqu'au bout l'image de l'homme modeste qui prenait les trains de nuit et habitait sa mansarde du pont de Rohan. Il était convaincu, à entendre Antonin, que le sous-préfet de Brest le faisait suivre, prêt à informer la presse locale au premier dérapage. Antonin semblait bien renseigné : Gilles s'était malgré tout offert quelques extra en prenant l'avion et en passant une journée à Quiberon, le temps de se remettre, au lendemain du premier tour.

— C'est risqué, commentait Antonin, tu n'imagines pas comme le jeu est serré. Les socialistes sont enragés, il y aura de la castagne dimanche soir. Ils sont en train de lancer une campagne de calomnie avec des tracts, rappelant les turpitudes de votre grand-père, vos origines flamandes, l'absentéisme de Gilles au conseil régional, tout y passe. Gilles est exténué. Et, de toi à moi, l'équipe ici est faiblarde, des notables, charmants mais mous. Ils ont une approche très Rotary de la politique, les dîners, les bonnes œuvres… Les autres, en face, sont des pros. Des enseignants, des fonctionnaires, des syndicalistes aguerris. Ils ne lâcheront pas le morceau. Ils savent pertinemment que si Gilles gagne la mairie, dans quatre ans ou avant si Mitterrand claque, il est député. Plusieurs fois on est passé à deux doigts de la gaffe magistrale. Fort heureusement la *central intelligence* de la campagne veille à Paris.

Il n'était pas utile de m'en dire plus.

— Elle s'est montrée ici ? risquai-je avec un brin de perfidie.

— Oui, elle a fait quelques apparitions, y compris dimanche dernier, avec des copines à elle, très Versailles, très Quai d'Orsay. La greffe ne prend pas vraiment. Impensable pour elle de coucher dans le pigeonnier du pont, elle a trouvé le manoir glacial et délabré, elles ont préféré un bel hôtel à Brignogan. Elle a pris Landerneau en grippe. Elle acceptera tout ce temps donné lorsqu'elle aura un beau logement de fonction dans le VIIe arrondissement… Les femmes dévouées du QG de campagne lui donnent du « Élise » long comme le bras quand elle appelle, mais elles ne la supportent pas.

Antonin, déchaussé, marchait sur les vieux tapis du manoir délabré, comme chez lui. Je savais qu'il avait tourné quelques images pour FR3 au début ; je découvrais qu'il était devenu le conseiller occulte de la campagne. Délaissant ses propres images — il voulait suivre le peintre Bloas à Brest, filmer les moines de Landévennec et les ruines de l'abbaye Saint-Matthieu les jours de tempête, écrire le scénario d'un film breton qu'il réaliserait ensuite — il consacrait tout son temps à Gilles : les affiches, les slogans, les professions de foi, il contrôlait tout.

Il avait réchauffé quelques portions d'une infâme pizza, versait généreusement le Bushmills, en déambulant dans la maison de Loscoat comme s'il y avait toujours vécu. Très maigre, très pâle, il avait beaucoup d'allure ; avec l'âge, il avait perdu cette dimension un peu narcissique et ostentatoire qui m'avait gêné autrefois. L'affirmation précoce de son goût pour les hommes, sa luxueuse vie de nomade entre consulats et ambassades, le succès qu'il avait rencontré très tôt avec un premier long-métrage remarqué, *Villa Amaris*, la fascination très forte qu'il exerçait sur Gilles, tout cela avait contribué à l'éloigner de moi. Je savais pourtant qu'il n'était jamais très loin des lieux que je fréquentais puisque le père Serge lui avait demandé de travailler pour Saint-Eustache et qu'après le vernissage du Grand Jeu, il avait sympathisé avec Rémi Pfister.

C'était à la fois agréable et curieux d'être accueilli par lui à Loscoat. L'Élorn charriait des vagues épaisses et puissantes. « Mauvais présage… », pensai-je en jetant une nouvelle bûche dans le feu. Gilles avait toujours eu le don de s'attirer des fidélités fortes, de s'entourer d'êtres qui étaient prêts à tout pour lui. Bien qu'il fût un véritable touche-à-tout, Antonin avait certainement mieux à faire que de régler dans le détail une campagne municipale. Était-il intéressé ? Gilles lui offrait le couvert et le gîte. Voyait-il plus loin ?

— Les amis, je fais une exception pour vous ! Je viens dîner avec vous ici ce soir !

Il était entré comme un fou, balançant sa canadienne et ses chaussures trempées dans le vestibule, se jetant dans mes bras, demandant qu'on lui serve d'urgence un grand verre d'eau pétillante et un peu de whisky.

— Je suis vanné, avait-il dit un peu plus tard, alors qu'il avait pris près de la cheminée la place de Jean Tanguy. Ça va se jouer à quelques centaines de voix, peut-être moins. À votre place, j'irais allumer demain des brassées de cierges à Sainte-Anne-La-Palud, à Locronan, à Landerneau et à Rumengol ! Ça vous permettra de quitter cet univers fétide… Les insinuations pleuvent. Ils voient ma femme, ils colportent que je suis un aristo ; ils ne la voient plus, ils racontent que je suis pédé. Et le pauvre grand-père, il doit se retourner dans sa tombe. Corrompu, faux résistant, baiseur invétéré, tout y passe. Vivement dimanche. Pour le camp d'en face, ça sent le roussi. Les derniers rapports des RG, que m'a transmis le préfet, me donnent gagnant. J'aurais sans doute dû rester seul dans mon pigeonnier au-dessus de l'Élorn, mais je n'en peux plus du froid, de l'humidité, du bruit de l'eau, et vous me manquiez trop. Timothée arrivera demain. Il sera à mes côtés, quoi qu'il arrive. Élise restera sans doute à Paris avec Julia qui est malade. On peut me voir ici ce soir, peu importe. Il y a peut-être des yeux dans les buissons. Demain tout Landerneau saura que je fêtais mon élection dès le vendredi soir, dans le manoir vieillot du profiteur de guerre, avec mon frère jumeau et mon meilleur ami. Basta !

Lorsque je m'étais réveillé, je me croyais au fond de mon puits de Bologne, j'étais glacé, courbatu, le soleil inondait pourtant ma chambre et scintillait sur les vagues tout au bas du jardin. Le soleil, m'étais-je dit, c'est un bon signe. Ce devait être une bouffée de superstition ridicule. Le destin des jumeaux était régi par un vieux fonds de sapience archaïque. Le soleil acide de mars sur la rivière annonçait la victoire du soir. Le samedi, conformément au vœu de Gilles et pour le plus grand plaisir d'Antonin, nous avions roulé comme des fous pour allumer dans les églises qu'il nous avait indiquées tous les cierges et toutes les lampes votives qu'elles contenaient. Nous étions même passés sous l'arche de Sainte-Anne dans son sanctuaire des dunes, nous avions touché les pieds du gisant de Ronan dans sa nef moussue de Locronan, en achevant notre périple par Landévennec et Rumengol.

Ce dimanche serait curieusement calme à Loscoat. Gilles, au retour du bureau de vote, s'était enfermé à l'étage, dans une des tourelles. Antonin était rentré après avoir confié Timothée à un couple de médecins qui avait des enfants du même âge. Il n'y avait plus un bruit à Loscoat. *Le Télégramme* déployé sur une table basse titrait :

ÉLECTION TEST À LANDERNEAU
Le jeune conseiller régional Gilles Vègh (RPR)
tente de ravir la mairie à la gauche

Je m'étais mis à crayonner sur mon carnet Moleskine les extraordinaires figures de madones et de gargouilles que j'avais vues la veille. C'était ma façon de tuer le temps. Antonin avait disparu à son tour. Lorsque le téléphone a sonné, j'ai instinctivement décroché :

— Allô, oui…

— Gilles, c'est Jérôme. C'est bon, les premiers résultats donnent 52 % des voix.

— Merci. J'arrive !

C'était stupide. J'aurais dû dire que je n'étais pas Gilles. J'aurais surtout dû ne pas prononcer ce stupide « J'arrive ».

— Gilles, Antonin, ai-je crié dans le couloir, au bas des marches. C'est bon. Il faut y aller. 52 % !

Vêtu de sa canadienne marron qu'on verrait le lendemain à la une des journaux régionaux, mal coiffé, le visage un peu bouffi comme s'il s'était assoupi, Gilles descendait les marches quatre à quatre, suivi d'Antonin qui paraissait aussi peu réveillé.

— Qui te l'a annoncé ?

— Un certain Jérôme qui m'a pris pour toi.

— Jérôme ? C'est sûr alors. Filons à la permanence.

Je fis mine de rester sur le perron. La peur de la foule, du bruit, m'avait saisi.

— Mais viens donc ! me dit Gilles d'un air autoritaire.

La permanence était assaillie. Gilles avait réussi à atteindre un petit réduit à l'arrière. Le maire sortant l'appelait au téléphone. Il proclamerait les résultats définitifs à la mairie vers 19 h 30. Les résultats partiels des bureaux donnaient une belle avance à Gilles. Les sympathisants affluaient, de tous les âges, d'horizons sociaux plutôt variés. J'avais craint la marée uniforme des Burberry et des Barbour, des faux Chanel et des lodens autrichiens. La foule de ceux qui arrivaient ne tiendrait jamais dans le minuscule local de campagne. Déjà la garde rapprochée de Gilles multipliait les recommandations : victoire modeste, dignité, tenue, respect des sortants. La joie était plus forte que tout. Les « On a gagné » commençaient à fuser. J'étais heureux, mais loin de ces démonstrations bruyantes. Je n'avais pas participé à la campagne. J'étais heureux pour Gilles parce que son rêve se réalisait, heureux de nous voir revivre ensemble sur ce petit bout de terre au bord de l'Élorn, heureux de perpétuer la mémoire de notre grand-père dont je ne pouvais pas tolérer qu'elle eût été salie.

J'étais sorti sur les quais avec Antonin. Les gens continuaient à arriver : à ce rythme jamais Gilles ne pourrait atteindre la mairie. La mer était partie et la nuit commençait à tomber : sous le pont où il avait connu tant de nuits d'insomnie, les eaux de l'Élorn jaillissaient en gros bouillons terreux. Parfois des passants s'approchaient de moi, je les saluais avec une telle réserve qu'ils poursuivaient leur route. Je n'étais pas l'homme à la canadienne marron. Je n'étais pas Gilles Vègh, leur futur maire qui n'avait pas trente-quatre ans.

Plus tard, à la mairie, les choses ne furent pas faciles. Les sympathisants de gauche, qui affichaient des têtes d'enterrement, avaient envahi les lieux pour nous empêcher d'entrer, ce qui fait que, lorsqu'il se présenta vers 19 h 30 devant l'hôtel de ville, seul avec son fils, Gilles eut toutes les peines du monde à se frayer un chemin et, dans la cohue, le jeune Timothée fut même bousculé. C'était une pagaille indescriptible, la gauche vociférait pour couvrir les vivats, la droite hurlait : « Dehors ! Virez les vaincus ! » Le maire sortant s'était posté sur une petite estrade sous la photographie officielle de François Mitterrand, ce faux portrait d'écrivain pris par Gisèle Freund dans la bibliothèque de l'Élysée. Le pauvre homme, un médecin honorable, avait le teint aussi blafard que le président de la République. Il lut, d'une voix tremblante et dans un chahut qui ne faiblissait pas, les résultats qui donnaient 27 sièges sur 33 du futur conseil à la liste de Gilles Vègh.

Gilles avait réussi à s'avancer, avec Timothée affolé à côté de lui. Je le voyais de l'embrasure, derrière les rideaux où je m'étais glissé, tendu, visiblement touché par l'émotion du maire battu. Les cris avaient repris. Les militants de gauche en appelaient à une revanche rapide. Des banderoles avec le slogan « Au secours ! La droite revient ! » venaient d'être déployées. Avec un certain cran, le maire sortant demanda le silence et le respect de la voix des urnes, avant d'inviter Gilles à venir sur l'estrade. À cet instant, une jeune femme brune était apparue à la porte du bureau du maire, elle gesticulait, voulait entrer dans la salle, elle multipliait les signes en direction de Gilles qui lui tournait le dos.

— Je serai bref, mes chers amis. C'est un moment d'immense émotion et de fierté pour moi, pour vous, pour nous tous, pour notre ville. Ce n'est surtout pas la victoire d'un camp sur un autre, et je vous engage tous à la retenue et à la dignité. Nous nous mettrons au travail dès demain. Un homme politique doit avoir le cuir dur, mais j'ai souffert pour deux raisons, injustes, durant cette campagne. Certains ont osé dire que je n'étais pas d'ici alors que j'ai grandi sur les rives de l'Élorn avec mon jumeau Guillaume qui est dans cette salle ce soir. D'autres s'en sont pris au souvenir de Jean Tanguy, député du Finistère, notre grand-père. Eh bien c'est à lui que je dédie cette victoire en espérant marcher à sa suite, pas pour moi, mais pour vous et pour le rayonnement de notre ville. Merci.

La mairie ne lui appartenait pas encore et Gilles donna le premier le signal du départ. Une fête était prévue chez les médecins qui avaient recueilli Timothée. Je n'étais pas sûr d'avoir envie d'y assister, mais le bruit se répandit que notre mère y serait. Elle avait sauté dans le premier avion et devait arriver vers 22 heures. Elle n'était pas la fille de son père pour rien, la politique l'avait toujours passionnée. Les élus, les sympathisants de la liste, les soutiens financiers se pressaient dans les vastes pièces d'une demeure néo-rustique sur les hauteurs de Landerneau. Dans la vallée, rapportait-on, des heurts violents avaient éclaté, une bande de jeunes cagoulés venait de fracasser la vitrine du QG de campagne de Gilles. Rien de cela ne se percevait au sein de la belle demeure où la bourgeoisie et les jeunes RPR se précipitaient avec insouciance sur les buffets.

Gilles tardait. Il était rentré à Loscoat pour téléphoner à Élise, au préfet, aux barons du RPR finistérien qui ne voyaient pas sa victoire d'un bon œil. De la maison où nous nous trouvions, nous suivions tout de ce qui se passait à Loscoat. On apprit ainsi que Jacques Chirac, qui venait de remporter les vingt arrondissements de Paris, avait pris le temps d'appeler Gilles pour le féliciter. Mauvaise langue, Antonin y voyait la main d'Élise. Un commissaire-priseur, qui semblait tout savoir, racontait que le manoir de Loscoat n'était pas inconnu de Chirac qui y avait déjeuné lorsqu'il était le ministre de l'Agriculture de Georges Pompidou.

Superbe, rajeunie, notre mère était arrivée, embrassant les uns, congratulant les autres, plus rompue à la politique que son fils qui venait d'être élu. À ceux qu'elle ne connaissait pas, elle se contentait de dire avec un large sourire :

— Je suis Catherine Vègh.

Ce ne serait pas la seule surprise.

Lorsqu'il arriva, au terme de ses innombrables coups de fil, accompagné de celui qui serait son premier adjoint, le futur maire de Landerneau avait dans son sillage, très près de lui, la jeune brune qui s'était illustrée tout à l'heure en se faufilant dans le cabinet du maire — ce qui était à la fois interdit et indécent — afin d'être aux premières loges. Un peu plus tard dans la soirée, lorsqu'on les aurait vus danser dans une boîte de la rive gauche où les fêtards les plus enragés voulaient boire du champagne jusqu'à l'aube, il n'y aurait plus de place pour l'équivoque. Il était évident que la jeune femme, venue de Rennes, passerait la nuit à Loscoat.

# CARNET VERT

Plus de dates, l'impression d'un contre-la-montre permanent, la rivière des années enfuies, quelques notes jetées de temps en temps, Paris, la Bretagne, la perspective des élections de 1993, la naissance de notre troisième enfant, Étienne : j'ai l'impression de ne rien maîtriser, d'être un automate emporté dans un torrent.

Sur ma table de travail, à la mairie, une relique du bateau Brume déposée là par Guillaume, un bois flottant venu de notre enfance. Au mur, une des vues fuligineuses de l'Élorn peintes lors du lumineux printemps du déclin d'Anne. Ce sont mes talismans qui me prémunissent contre l'usure, les mesquineries, le train-train, les tensions de mon équipe, la sape permanente de la gauche qui veut ma place et ma peau. Lorsque j'en ai assez, je vais boire un café, seul, au Goéland, sur le pont de Rohan et je rêvasse, un peu.

La politique. Un coup de pistolet au milieu d'un concert, beaucoup de médiocrité aussi, de boue, un observatoire cruel des bassesses humaines, des appétits, et un virus. L'impression fréquente de ne pas aimer ça, d'être pris dans un tourbillon, de porter une tradition et une mémoire, de ne pas pouvoir défaillir. Tradition et mémoire : il est évident, malgré l'ENA et le Conseil d'État, que si je n'avais pas été le petit-fils de Jean Tanguy, jamais Chirac ne se serait intéressé à moi. La première chose dont il a parlé quand je l'ai rencontré dans son immense bureau de l'Hôtel de Ville où il promenait sa grande carcasse un peu lasse, c'est de mon grand-père et du plantureux déjeuner qu'il avait fait à la maison. Il ne se souvenait ni de Loscoat ni de l'Élorn, il s'était affalé dans un immense fauteuil bleu nuit près du feu qu'il surveillait frénétiquement, les noms, les lieux semblaient s'être effacés, restait le souvenir de la chère, de plaisanteries paillardes, de vieilles complicités de barons gaullistes et pompidoliens sans états d'âme dès qu'il s'agissait de tracer des routes, de défigurer les paysages, d'industrialiser l'agriculture. C'était le soir et l'Hôtel de Ville semblait désert, un vaisseau à la dérive. Le vaincu de 1988 était contesté de toutes parts. Il parlait un peu mécaniquement de la politique, de la nécessité de s'implanter localement, d'aimer les gens — la formule m'avait surpris —, il parlait encore de Mitterrand, de sa rouerie, de son délabrement physique qui pouvait laisser croire à une élection anticipée. Devant lui, dans la grande pièce assombrie, les flammes faisaient luire les copeaux d'or de la table d'Yves Klein. C'était exactement la même que celle de Geneviève, quelques pas plus loin, quai des Célestins.

— Reviens me voir, a-t-il dit. Mais n'oublie pas d'aller baiser la babouche d'Édouard. Je n'ai aucune envie d'être une nouvelle fois le Premier ministre de Mitterrand. C'est Édouard qui distribuera les secrétariats d'État… Si tu veux venir travailler ici avec moi, on te trouvera quelque chose…

Élise, que j'ai interrogée et qui connaît plusieurs inspecteurs des Finances dans l'entourage de Chirac, m'a conseillé d'attendre. Pour elle, quoi qu'il lui en coûte, il faut que je me concentre sur la Bretagne, la Région et ma ville, en la rénovant, en lançant la réhabilitation du vieux centre, en implantant des industries, en développant le tourisme. C'est de là et de là seul, du succès des chantiers engagés, que viendra la suite. Elle ne manque jamais de bonnes idées.

Un souvenir singulier dans ces mois chaotiques et cette vie morcelée : le vernissage de *Bologne 1989*, l'étrange exposition macabre de Guillaume. J'ai regretté d'y avoir emmené mon fils aîné qui m'a parlé ensuite pendant des semaines des cadavres et des morgues, des dissections et des leçons d'anatomie. J'y suis revenu seul, deux fois, pour revoir les corps traités de manière réaliste et brutale, mais aussi avec une attention, une poésie qui laissait affleurer le mystère de ces vies. Surprenant aussi le dernier tableau, un jeune homme, très maigre, christique, étendu sur un établi rugueux. Le modèle, un intello à petites lunettes cerclées, était là le soir du vernissage, j'en suis sûr. Je n'ai pas posé de questions à Guillaume. Jamais nous ne parlons de nos vies. Il m'est revenu qu'il avait jugé déplacée la présence de la jeune C., à la mairie et à la fête le soir de l'élection. Il n'était pas le seul. Il n'avait pas tort. Mais les reproches les plus cinglants me sont venus d'Antonin, qui m'a battu froid pendant plusieurs jours.

Je tombe par hasard, en ouvrant le tiroir de mon bureau, sur la une du *Télégramme* du 20 mars 1989. Je relis le titre :

## SECOND TOUR DES MUNICIPALES : FORTE POUSSÉE DE LA DROITE GILLES VÈGH (RPR, 34 ANS) L'EMPORTE NETTEMENT À LANDERNEAU

Je me vois, en canadienne, en train de me frayer un difficile chemin parmi la foule réunie dans la salle des mariages. Sur cette photo, j'ai encore quelque chose d'insouciant et d'allègre que j'ai perdu depuis.

Antonin. Je lui ai laissé la jouissance de Loscoat, préférant m'installer dans un appartement refait à neuf, sur les quais, avec des chambres pour la famille — qui y viendra très peu. Il a achevé l'écriture d'un nouveau long-métrage dont les scènes se déroulent à Brest et à Venise. Je le trouve inquiet, irascible, possessif. La préparation du film ne le dispense pas de suivre ce qu'il appelle mes « fautes » (la présidence d'un syndicat de voirie imprudemment abandonnée à la gauche, le vernissage d'une exposition où je suis apparu goguenard et distant, quelques dîners de la gentry locale au cours desquels j'aurais été bien inspiré de cacher un peu plus mon ennui). Je ne sais pas qui dans mon entourage le renseigne. J'espère surtout qu'il n'est pas en contact avec Élise. Avec Guillaume non plus, le courant d'ailleurs n'est jamais vraiment passé entre eux. Susceptibilité d'artistes. L'exposition *Bologne 1989* l'a bouleversé. Ce sont ses mots. Il me l'a dit à plusieurs reprises. Et c'est lui qui a acheté, je crois, le gisant christique aux lunettes cerclées. Étrange circulation des corps…

# L'OR ET LA CENDRE

— Ils commencent à mourir, très nombreux, dans le quartier, avait dit le père Serge. Leurs cendres sont dispersées, parfois reprises par les familles. Je voudrais que tu imagines pour eux une urne, un reliquaire où on gardera le souvenir de leurs noms.

Il avait été le premier à célébrer les funérailles d'un toxicomane mort du sida dans un hôpital des confins du XXe arrondissement. D'autres avaient suivi, des danseurs, des artistes, des étudiants, des hommes mariés qui menaient une double vie. Parfois déferlait dans l'église une meute de blousons noirs, une population qui ne dissimulait pas ses goûts et son appartenance ; d'autres fois le curé était seul avec le petit ami éploré et la famille montée de province. Un dimanche j'étais venu à la grand-messe de 11 heures et j'avais entendu la litanie des noms des garçons disparus dans le mois, Louis, Étienne, Christian, Benoît, Stéphane, Jean-Franck, Cyril, Thomas, des noms qui n'étaient plus qu'une poudre de syllabes dans la bouche de l'officiant, les noms de tous ces porteurs d'étoile qui avaient vécu leur condition dans le défi ou l'opprobre, la clandestinité malheureuse ou l'extravagance, avant de trouver la solitude et la souffrance au bout de leur liberté. Pour eux j'inventerai ce mémorial, ce tabernacle du souvenir. Les mots d'urne et de reliquaire ne convenaient pas. Leurs cendres étaient parties. Ils ne laissaient rien dans le vent d'hiver. Si, des amis esseulés, des parents qui souvent n'avaient rien vu venir et maudiraient toute leur vie la capitale, ses dangers, ses enfers, ses quartiers damnés.

Stéphane, l'assistant de Rémi Pfister, m'avait éclairé sur l'étendue du drame. Plusieurs de ses amis étaient touchés. Certains avaient goûté à la drogue, d'autres avaient eu simplement une vie libre en Amérique et dans les bars du Marais. Il parlait d'une épidémie terrible qui allait ravager la colonie homosexuelle. Il connaissait les signes, une extrême maigreur, de graves soucis cutanés. Il m'avait fait lire Guibert, *À l'ami qui ne m'a pas sauvé la vie*, et les livres qui suivraient. Saint-Eustache était entouré d'un cercle de souffrance et de mort. Il y avait dans la Sainte Face que j'avais peinte voici quelques années une certaine gratuité qui n'était plus de mise. La litanie de ces prénoms de garçons qu'il m'arrivait d'entendre me glaçait. Ce n'était pas dans le mémorial, c'était en moi qu'ils tombaient, c'était en moi qu'ils germaient, éternels, magnétiques. J'avais voulu accompagner le père Serge à l'occasion d'une de ses visites à l'hôpital Saint-Antoine. Lorsque j'avais croisé les garçons amaigris et défigurés que Serge embrassait comme ses frères, je m'étais senti mal, j'avais eu l'impression d'être un voyeur. L'humanité extrême, profonde, nocturne, torturée du père Serge éclatait dans ces rencontres et ces retrouvailles qui dépassaient le cadre de son seul ministère. Il connaissait ces hommes, il les avait côtoyés à Saint-Eustache ou ailleurs, il les aimait. Je n'étais pas allé si loin, et c'était ce qui rendait ma présence problématique et déplacée. Un homme jeune, qui avait dû être très beau, m'avait regardé du fond de sa solitude avec un étrange sourire qui mêlait le charme et l'ironie. Il avait un peu travaillé pour le théâtre et pour des galeries photographiques, m'apprendrait le père Serge plus tard. Il n'était pas impossible que je l'aie croisé au Grand Jeu. Son visage creusé me hanterait longtemps. Celui d'un ange qui ne sortirait plus de ces couloirs blancs, de cet enfer qui sentait les soins et les perfusions. Je lui avais souri, sans être capable de lui parler, d'aller vers lui.

La conscience de mon indignité ne me quitterait pas si vite. Ces noms, cette épidémie, cette maladie atroce qui fauchait la jeunesse et la beauté jetaient sur mes journées une lumière voilée. Des images me trottaient dans la tête, un mémorial de plexiglas à la manière des urnes d'Yves Klein, un coffre doré, mordoré, tourbeux, avec des éclaboussures d'or et dans lequel on faisait glisser les noms, les dates, les visages de ceux que le mal avait tués. C'était la forme que je donnerais à cette commande difficile, impossible. N'eût été le père Serge, n'eût été la fraternité qui m'unissait à ces garçons, je renonçais. J'avais déjà capitulé dans les couloirs de l'hôpital Saint-Antoine. Cette fois je ne pouvais plus reculer.

C'est à Bourges que je m'étais retiré pour réaliser cette boîte mortuaire. François avait quitté sa paroisse des quartiers nord pour un presbytère plus cossu du centre ville, une bâtisse étroite dans laquelle il avait mis à ma disposition la totalité du troisième étage. La dernière soirée que j'avais passée avec Deirdre à la porte d'Auteuil avait été plus qu'orageuse :

— Tu n'aimes que les homosexuels et les morts. Tu ne peins que des cadavres. Et j'ai envie de vivre, de vivre, je souhaite avoir un enfant et je sais bien que tu n'en veux pas. Laisse-moi souffler un peu, Guillaume, nous nous retrouverons juste après…

J'avais réagi avec une extrême violence, j'avais hurlé, tout jeté par terre. Je n'étais plus qu'un visiteur incommode dans la vie de Deirdre, je revenais vers elle parce qu'elle était la balise, la bouée, le roc, que sa sérénité et son éternelle bonne humeur me sauvaient de mes gouffres. J'avais déserté depuis trop longtemps le cottage de la porte d'Auteuil. Bologne, Bourges, mes séjours en Bretagne, les errances qui me reprenaient et me poussaient à prendre le premier train pour marcher dans les rues de Lille, dans la campagne du Perche ou sur les landes du Cotentin avaient creusé entre elle et moi une faille que rien ne pourrait combler. Et, cruelle, elle avait ajouté :

— Les morts, les homosexuels, je pourrais dire aussi tous tes fantômes. J'ai envie d'être heureuse, Guillaume, tu n'es jamais là, tu ne donnes rien !

La scène du couloir de l'hôpital Saint-Antoine m'était revenue en pleine figure, je m'étais levé, ivre de honte et de rage, et j'avais couru prendre un taxi ; je n'avais qu'un souhait : qu'il s'écrase dans la Seine en descendant un peu vite la rue Wilhem, qu'il m'engloutisse dans la Seine, avec mon tombereau de fantômes, d'homosexuels et de morts, et qu'on n'en parle plus.

Je n'aurais pas eu la destination salvatrice de Bourges, je sombrais une fois encore dans l'amertume, le ressassement, les bordures de la folie. Je quittais Paris et j'avais l'impression de laisser derrière moi un champ de ruines, Saint-Eustache, le Marais qui se vidait, tous ces garçons que j'avais croisés au Grand Jeu et dans les bars proches qui disparaissaient les uns après les autres, foudroyés. Dans une indiscrétion, Stéphane m'avait laissé comprendre que Rémi Pfister se soignait à son tour. Ce n'était peut-être qu'une hépatite, mais Stéphane, qui s'en était ensuite voulu d'avoir parlé, manquant sans doute ainsi à une parole donnée, s'interrogeait sur l'avenir de la galerie.

C'était comme un long et lent crépuscule, une cendre poisseuse qui assombrissait le monde. Je ne savais pas ce qu'était l'espérance. Je ne concevais pas l'idée de me projeter dans le futur. Une sorte de cécité native avait posé sur mes yeux d'épaisses taies. L'évolution de Deirdre, ses désirs, sa volonté de ne pas réduire sa vie au seul accomplissement artistique, tout m'avait échappé. Ma relation avec Gilles était tissée d'éclipses et de résurgences. Il y avait à l'origine de tout un pacte, un accord que rien n'entamait. Je pouvais ne plus le voir, le laisser fomenter ses coups politiques dont les enjeux m'ennuyaient, jamais je ne le perdrais. Ce mode de relation unique, je ne pouvais pas le transposer dans le cadre de mes autres affections. J'entendais encore Deirdre furieuse se dresser dans le petit salon vert du cottage sous les glycines où ma colère avait tout détruit. Elle aurait pu très bien dire :

— Les morts, les fantômes et ton frère !

Elle ne l'avait pas dit. Oui mon frère, quelqu'un, une présence, un jumeau fantôme qui s'interposait entre tout être que j'aurais pu désirer ou aimer et moi, et qui me rendait incapable de déplier dans le temps une relation amoureuse, de l'inscrire dans une durée étale et sans brisure, d'aimer en me donnant, d'accepter que ma chair se perpétue.

Cette confession ne passerait jamais le verrou de

mes lèvres. Elle ne troublerait pas la méditation de François qui, en plus de sa charge de curé, allait chaque semaine enseigner au séminaire d'Orléans. La nouvelle population des séminaristes le désolait, triste, coincée, identitaire. Des propagandistes, des conservateurs blanchis avant l'âge, pas des éveilleurs.

— C'est grave, remarquait-il, certains rêvent du retour d'une Église qu'ils n'ont même pas connue, avec soutanes et dentelles, les autres sont si humainement inachevés que le jour où la haire qu'ils se sont imposée sautera, tout est possible… Ils croient tout connaître, ils ne savent rien, je les trouve incultes. Tu devrais venir leur parler de la Sainte Face de Saint-Eustache, des morts de Bologne ou de ce que tu prépares. Mais tu as mieux à faire.

— On est loin du père Serge !

— Le père Serge, c'est un homme d'absolu, le prêtre crucifié au bord de la faille, le pasteur radical, surtout là où il est et avec ce qu'il voit. Avec mon col romain que tu détestes, crois-le bien, je suis plus près de lui que de ces curaillons châtrés.

Le mot m'avait amusé, il résumait François dans son intrépide et immuable jeunesse et son mépris des carcans et des codes. Il n'avait peur de rien. Nous aimions boire des bières, pas très loin de la cathédrale, dans un pub qui avait une forme de bateau. Les bières belges, les bières d'abbaye, les meilleures. La nuit, incapable de dormir, je continuerais à peindre les visages et les noms de tous les fauchés de la grande épidémie, et les parois du mausolée avec de la vase que j'étais allé prélever dans un petit canal au fond du jardin, de la poussière d'or et une étrange substance, une sorte de gomme sèche, la mumie que je confectionnais à partir de cœurs de bovins séchés que m'avait donnés un boucher. Je m'étais souvenu de l'extraordinaire histoire de ce peintre oublié qui, pour composer le glacis de ses natures mortes, avait réalisé cette horrible mixture à partir des cœurs royaux qu'il avait achetés au moment de la profanation du reliquaire du Val-de-Grâce. C'était une histoire que j'avais lue, j'en étais certain, dans la bibliothèque du collège de J.

Les bières succédaient aux bières. Dans le pub naviforme et enfumé où ne s'aventuraient jamais ses dévots et ses bigotes, François ne craignait manifestement rien. Il me parlait de Gilles à qui je ne pensais plus.

— Tu verras, il va être député, Chirac le soutient, et dans la foulée ministre !

— J'espère pour lui qu'il a d'autres appuis. Chirac, c'est un has been ! C'est curieux de voir comme l'Église reste fascinée par le pouvoir…

François éclatait de rire. Évidemment je serais ravi de voir Gilles occuper un bel hôtel avec jardin, dans ce VIIe arrondissement d'où j'avais été chassé. Pour l'heure je disposais du dernier étage d'une bâtisse étroite à Bourges et d'un mystérieux petit cabanon au fond du jardin, au-dessus d'un ruisseau. C'est là, dans cet ancien cabinet d'aisances, que je travaillais le mieux.

Après les bières, une fois encore, je demanderais à François de nous faire entrer nuitamment dans la cathédrale, pour le plaisir de le revoir ouvrir les portes de la crypte et du trésor, et déplier, sur le magnifique parquet de la sacristie, les mètres de soie rouge de la traîne cardinalice.

Cette fois, je n'avais pas fait le voyage jusque dans le Finistère. Je campais dans un petit studio que m'avait prêté Geneviève Auffret rue Beautreillis. J'avais table ouverte chez elle. J'étais un parasite de la plus belle espèce. Et c'est chez Geneviève, dans le magnifique salon qui donnait sur les frondaisons des bords de Seine, que j'avais entendu le dernier mardi de mars le secrétaire général de l'Élysée annoncer devant les drapeaux d'Arman, depuis le perron du palais, l'entrée de Gilles Vègh au gouvernement. Je le savais déjà par ma mère qui m'informait heure par heure. Les choses n'avaient pas été faciles, mais Jacques Chirac était intervenu personnellement pour que soit récompensé un de ses jeunes lieutenants qui venait d'être brillamment élu aux élections législatives. Gilles n'aurait même pas le temps de siéger au Parlement. Le portefeuille n'était pas prestigieux, c'était celui d'un ministre délégué aux énergies et aux technologies nouvelles. Sitôt l'annonce faite, Élise avait débarqué chez Geneviève. Elle exultait.

— C'est un sans-faute. La prochaine fois, ce sera un ministère régalien. On fera tout pour.

Dans l'ivresse du succès, elle m'avait embrassé

comme du bon pain. Nous étions les meilleurs amis de la terre, aucun nuage n'assombrissait le ciel de notre relation. Elle avait littéralement squatté le bureau de Geneviève, assise à cette table ovale de Saarinen que je lui enviais, pour passer des coups de fil importants. Elle voulait placer un de ses amis, Renaud Dufourcq, au poste de directeur de cabinet. Les cheveux tirés, sanglée dans une robe élégante, elle avait déjà tout de l'éminence grise. Je comprenais qu'elle se souciait aussi de la localisation du ministère. Gilles serait sous les ordres du ministre de l'Industrie, Gérard Longuet. Élise utilisait ses relations au secrétariat général du gouvernement pour obtenir un hôtel rue de Grenelle, rue de Varenne ou rue Barbet-de-Jouy.

— Je veux un ministère digne de ce nom, répétait-elle, avec appartement et jardin. Il y en a, j'en suis sûre, qui resteront vacants. Le nouveau gouvernement est restreint.

Son arrivée chez Geneviève, l'exhibition de ses préoccupations matérielles m'avaient gâché la fête. À Landerneau, où elle était aussi le soir du 29 mars, ma mère m'avait rapporté qu'elle avait tout régenté, à tel point que certains esprits perfides avaient fini par dire que c'était elle la députée. Gilles n'avait pas manifesté l'enthousiasme juvénile — et l'imprudence — du soir des élections de 1989. Il était sous contrôle, comme absent, laissant les choses se dérouler. D'ailleurs, seuls les happy few avaient été admis à la réception dans l'appartement blanc des quais de l'Élorn. Gilles avait tardé à y apparaître. Il s'était enfermé dans son bureau à la mairie pour téléphoner, parler aux uns et aux autres, aux parlementaires bretons qui avaient tout fait pour lui barrer la route et se bousculaient ce soir-là pour le congratuler, à Chirac, enfin, qui l'avait chaleureusement félicité comme un fils, en lui souhaitant d'obtenir très vite l'Agriculture ou le Budget.

Tout cela m'avait vite lassé. L'idée de voir Gilles s'installer rue de Grenelle m'amusait beaucoup, même si je n'avais plus vraiment envie de ce quartier qui appartenait au passé. La mainmise d'Élise m'était insupportable, je l'avais vue jouer la pieuvre, tirer les ficelles, flatter, minauder, exiger, c'en était trop. La joie factice de Geneviève m'avait aussi agacé. Comment elle qui venait d'autres horizons et qui avait voué sa vie à l'art, ou à son commerce, pouvait-elle tolérer ces histoires de basse cuisine où l'orgueil et l'intérêt personnel l'emportaient sur toute autre considération ? J'aurais aimé serrer mon frère dans mes bras. Il passerait sa soirée en docile valet de deux maîtres, entre l'hôtel Matignon et l'Hôtel de Ville, entre ce Premier ministre qu'il allait devoir servir et Jacques Chirac auquel le liait une fidélité à contre-courant. J'irais plus tard l'embrasser dans son bureau du VIIe arrondissement. Je pensais à Jean Tanguy, à sa fierté s'il suivait tout cela de là-haut. Gilles avait repris la circonscription familiale et il obtenait en même temps ses galons au gouvernement. Quelque chose de la liesse de la maison de l'Élorn me revenait, ce fameux été de 1968, lorsque la déferlante gaulliste avait porté notre grand-père au Palais-Bourbon. C'était il y avait vingt-cinq ans. Jean Tanguy avait passionnément aimé la politique et le service des autres, Gilles avait suivi sa voie, par tradition et mimétisme, poussé par Élise surtout, qui écrivait le rôle et parachevait la mise en scène, sans trop se soucier de l'acteur.

Je marchais sur les quais, léger soudain dans la nuit de printemps et le vent qui arrivait du fleuve, il me restait quelques touches à donner au mémorial des garçons emportés, qui devait être présenté à Saint-Eustache pour une nuit tragique du carême. Le coffre transparent, les parements de terre et d'or, les visages peints comme des icônes bitumeuses, les dates et quelques souvenirs de leur existence terrestre, tout était presque prêt. En venant en voisin découvrir l'urne rue Beautreillis, Rémi Pfister, raide et affreusement amaigri, avait murmuré :

— Encore quelques semaines et tu pourras faire tomber dans cette boîte mon visage et l'alliance de ma grand-mère.

Je ne sais plus dans quel roman de Blondin un somnambule ivre s'introduit la nuit dans un hôtel ministériel et en explore salons et jardins. Le roman n'existe peut-être pas et c'est moi qui ai inventé la scène. C'était le souvenir qui m'était revenu lorsque j'avais foulé le pavage vieilli et bosselé de la cour de l'hôtel particulier de la rue de Varenne où s'étaient installés Gilles et son cabinet. Je n'avais pas bu pourtant, je titubais un peu, séduit par le charme de la maison, j'étais comme le visiteur ivrogne de Blondin, décalé, extérieur, heureux de voir que la République restait soucieuse de rite et d'apparat, même quand elle avait à s'occuper d'énergies et de technologies nouvelles. C'était un petit Élysée avec un perron encadré de colonnes doriques et des ailes latérales où s'entassaient les collaborateurs, des salons démeublés, des lambris sur lesquels d'odieux technocrates avaient osé punaiser statistiques et croquis, un bel escalier avec une rampe de cuivre, un joli bureau à l'étage, dans l'axe de l'hôtel, qui donnait sur le jardin et surplombait un bassin à la margelle ébréchée tout rempli d'algues vertes. À ma première visite, le cabinet n'était pas encore constitué et il régnait en ces lieux une activité relative. L'endroit m'avait plu d'emblée, comme m'avait plu naguère l'hôtel de la rue de Grenelle aux cheminées géantes.

Lorsqu'elle avait découvert les lieux, Élise avait trouvé que cela manquait d'espace. Impossible de s'installer avec une famille dans l'appartement de fonction qui se réduisait à un salon, une salle à manger et une salle de bains. Gilles m'avait montré sous les combles la chambre aveugle et douillette où l'un des précédents occupants des lieux aimait s'isoler avec sa maîtresse... C'était un boudoir secret avec des portes coulissantes, une moquette vert pomme, un point d'eau, une alcôve digne des ballets roses de la IVe République.

— J'ai évité l'exil à la Défense ou encore un building avec des capteurs solaires, il n'y a pas de quoi loger ma famille, l'essentiel est sauf, ça ressemble à un ministère et je pourrai m'occuper de la Bretagne et de Landerneau. Pour le reste, je ne suis pas dupe, c'est un gadget que Balladur a concédé à Chirac, mais je vais faire quelque chose de ce gadget, je vais tenter d'exister sur la scène nationale. Je suis lucide, ce sera tout sauf simple. La guerre a commencé...

Son sang froid m'avait touché.

— Tu devrais t'installer au rez-de-chaussée, lui avais-je soufflé, vire les collaborateurs du salon central, passe un coup de blanc sur les boiseries, tu seras au niveau du jardin. Même si tu n'y es que deux ans, ce sera plus agréable...

— Tu ne voudrais pas te charger de cela ? Je n'y connais rien et je n'ai pas le temps. Tu accompagneras le chef de cabinet au Mobilier national.

— Mais je n'ai aucune compétence !

— Si je te le demande... Mais il faut que cela reste entre nous.

J'avais été de la virée secrète dans les réserves somptueuses du Mobilier national dans le XIIIe arrondissement. Le jeune blanc-bec qui nous guidait nous avait vite fait comprendre qu'un ministre délégué ne saurait avoir les exigences d'un ministre d'État, mais que pour un hôtel de la rue de Varenne, il était prêt à certaines faveurs. À la table de travail Régence assez commune qu'il voulait nous imposer, j'avais préféré un beau bureau d'Arbus, en sycomore, légèrement incurvé, et un ensemble de fauteuils du même ébéniste, garnis de cuir vert, qui avaient peut-être servi pour les appartements de réception de l'Élysée, il ne savait trop. Je trouvai aussi une belle paire de lampes Empire, très hautes, très sobres. J'étais grisé, c'était mieux qu'aux puces. Des murs rafraîchis, un beau tapis clair, un canapé contemporain pour le coin salon près de la cheminée, quelques toiles, l'affaire était réglée. Un mois plus tard, Gilles Vègh pourrait poser pour *Le Figaro Magazine* dans son beau bureau vaste et clair en indiquant que c'était à son frère peintre qu'il devait l'aménagement de ses lieux de travail. Car j'avais continué, bénévolement bien sûr, en installant le directeur de cabinet Renaud Dufourcq — l'œil d'Élise — et en rénovant les salons de réception. Rémi Pfister avait accepté de confier quelques œuvres de peintres pas trop dérangeantes, pas trop scandaleuses, quelques sculptures aussi qui feraient de cet hôtel l'équivalent, discret, d'une belle galerie du Marais. Contre mon gré, Gilles avait fini par accrocher dans son bureau une toile récente, un maelström de couleurs sans ossature que j'avais curieusement intitulée *Le phare et la faille*. Cette œuvre avait été prêtée par Le Grand Jeu, en fait par Stéphane, l'assistant, Rémi Pfister se reposant en Suisse, sans que personne me consulte.

Les visages de tous ces morts, ces jeunes gens barbus ou glabres, le crâne rasé, magnifiques, soucieux de leur apparence et de leur corps, d'autres plus timides, moins disposés à proclamer leur appartenance au monde du Marais et à la constellation des porteurs d'étoile, ne m'abandonnaient plus. Au cours d'une longue nuit, dans le vaisseau de Saint-Eustache envahi de toute une population qu'on n'y voyait jamais, le père Serge avait fait glisser une à une ces icônes dans l'urne de terre et d'or que j'avais réalisée. Les ombres passaient, se jaugeaient, entre les colonnes. Le coffret avait été placé pas très loin du tombeau de Colbert, dans la chapelle qui jouxtait celle des *Pèlerins d'Emmaüs* de Rubens.

Après cette cérémonie, j'avais quitté Paris. Sur un coup de tête, j'avais acheté dans le Marais breton une maison suédoise, toute de lambris blancs sur un ponton, dont un couple de jeunes bourgeois nantais en train de divorcer cherchait à se débarrasser. La maison des eaux était parfaite, d'un goût sans fautes, un peu à l'écart, perdue dans la vastitude des brumes et des saules. C'était le premier bien que j'achetais, moi le nomade, un îlot parmi les hérons et les aigrettes, un salon blanc et nu avec un parquet peint, un lieu où méditer, où rêver, en suivant le mouvement des nuages au gré des marées et les voliers qui arrivaient de l'Atlantique. C'était le premier bien que je possédais, comme un lien aussi avec mon passé, avec le temps du cabanon modeste dont il restait une carcasse calcinée et démembrée prête à s'effondrer dans l'étier.

Les rats, les loutres, les ragondins aussi qui dévastaient les berges, je retrouvais cette faune inquiétante qui m'avait fasciné quand j'avais vingt ans. Et très vite j'avais ressenti l'envie de travailler, de lutter contre la mort, l'angoisse — Rémi Pfister était soigné par sa mère dans une maison des bords du lac Léman —, en transformant l'autre pièce, dont les fenêtres donnaient sur le canal, en atelier. Des papiers étaient sortis à l'occasion de l'installation du *Mémorial des garçons emportés*. C'était le nom que je donnais à ce reliquaire rempli de portraits et de souvenirs. Du coup, certains collectionneurs s'étaient intéressés à moi et avaient voulu piller les réserves du Grand Jeu. J'étais désigné, étiqueté, jeté sous les feux de la rampe. On se souvenait de mes corps de Bologne, un peu moins de mes paysages qui devaient paraître trop lyriques, trop ancrés dans une tradition, trop marqués par l'assentiment et la célébration. Quelques articles avaient signalé que j'avais un frère au gouvernement, un jumeau qui était un homme de pouvoir, quelle horreur ! On commençait à citer nos noms ensemble, comme les Debré, l'installé et le maudit.

Je n'étais pas mécontent d'avoir fui Paris. Les coteries, les modes, les flambées d'intérêt, les cotes qui s'emballent, ce ne serait jamais mon monde. Ici j'avais pour compagnons les nuages et les oiseaux, les saules et les étiers, et cette vie profonde du marécage qui m'inspirait. J'avais peint un carnage sanglant, une toile rouge que j'avais intitulée *Machecoul*. C'était la première des toiles que je dédiais à Gilles de Rais, le seigneur sauvage dont je venais de lire le procès dans la transcription qu'en donne Bataille. Je travaillais dans l'allégresse, l'ingénuité, quelque chose de l'insouciance de mes vingt ans me revenait, une sûreté dans le geste surtout, un sens de la couleur qu'aiguisaient les variations du ciel et la blancheur du cabanon suédois. C'était vertigineux, mais je ne m'accomplissais que dans la solitude et en peignant. J'oubliais de manger et de boire, j'étais sans désir, je sortais entre chien et loup, hagard, ivre d'avoir trop travaillé.

Je n'aimais pas le mot de création qui me semblait prétentieux. J'étais un conducteur, un récupérateur, un transformateur, je donnais une forme nouvelle à des choses qui étaient là avant moi. Un peu plus loin, à un endroit où les canaux inexplorés s'envasaient sous les arbres, j'avais trouvé les vestiges d'une barque plate, une nef égyptienne cuirassée de boue que j'avais extraite de l'étier pour la laisser sécher au soleil. Il n'y avait pas de corps, ni d'amulette, simplement le bois brut, superbe, avec la trace des bancs et d'un coffre, les arcatures gainées de vase. C'était, en version réduite, le bateau Brume échoué dans les marécages de Gilles de Rais. Lorsqu'elle serait bien sèche, je m'attaquerais à cette barque, ce serait peut-être un mémorial flottant, une nef votive, un bateau venu de l'enfance, avec de l'or toujours et des talismans, pour passer le gué des épidémies et de la mort.

Un journaliste était venu me voir, jeune, un peu prétentieux, blond roux, d'ascendance irlandaise peut-être. Il avait paru surpris que je lui demande de se mettre en chaussettes pour fouler le parquet blanc. Et je lui avais parlé de Gilles de Rais, de l'enfer de Machecoul, de la barque des brumes qui séchait au-dessus de l'étier, de la cathédrale de Bourges où j'avais passé des nuits entières en préparant le *Mémorial des garçons emportés*, de la gémellité, de mon frère qui était un phare et un roc alors que toute ma vie j'avais flirté avec l'abîme. J'en avais rajouté, disant que j'étais un Robinson, un trappeur, que j'avais grandi auprès d'une rivière à marées, et que toujours j'aurais besoin d'eau, de cette présence distante de la mer, de cette horloge de va-et-vient, de flots et de jusants qui commandait ma création. Assis sur le parquet, il buvait le whisky que je lui avais servi, tout en griffonnant quelques notes. La suffisance, qui n'était peut-être que de la timidité, avait disparu. L'idée que je fusse revenu dans le lieu où je m'étais enfui à vingt ans pour me reconstruire, pour apprendre à vivre entre les brumes et les aulnes avec mon double fantôme, le laissait sans voix. C'était un de ces garçons fins, lettrés, mais qui ont peu vécu. Je ne lui racontais pas pourtant des choses extraordinaires. Je lui parlais d'une vie singulière, indépendante, exclusivement vouée aux songes et à l'art.

— À la fidélité aussi, avait-il risqué.

Il ne croyait pas si bien dire. Il ne me trahirait pas dans le papier qu'il voulait écrire. Il s'appelait Matthieu Luce. Je savais qu'il reviendrait.

À Paris où je venais de temps à autre, je m'installais au ministère sous les combles. Rue de Varenne, rue de la garenne, c'était ma friche secrète, dans le petit appartement sous les toits que je découvrais glacial ou surchauffé selon les jours. J'aimais descendre par le petit escalier de service, aller rêver auprès du bassin au feutrage vert avant de m'approcher des croisées du bureau de Gilles. Les lampes Empire étaient allumées, la table d'Arbus avait disparu sous des montagnes de parapheurs et de dossiers. J'attendais le dernier passage de Renaud Dufourcq pour m'introduire par la fenêtre comme un voleur. Je venais pour le vin blanc ou le whisky crépusculaire. Un minuscule bar était caché sous les boiseries. La tension du ministère avait donné à Gilles une gravité et une maigreur qui lui allaient bien.

— On a téléphoné pour toi, m'avait-il dit un soir d'octobre 1993. Rémi Pfister est mort. Il a été incinéré en Suisse. Sa mère souhaite qu'il y ait un moment de recueillement à Saint-Eustache.

Stéphane, l'assistant, avait tenté de me prévenir, mais j'étais déjà sur la route. Des larmes avaient aussitôt ruisselé sur mes joues. Notre amitié avait toujours été empreinte de réserve et de pudeur, nous ne nous étions jamais rien confié de personnel, jamais Rémi ne m'avait parlé vraiment de mes travaux, trop verrouillé, trop secret. Il m'avait fait confiance le jour où il avait découvert la Sainte Face, et son soutien ne m'avait jamais manqué. Tout avait toujours été compliqué entre nous, les dates d'exposition, les contrats, les pourcentages, je le revoyais maigre et terriblement décharné — ce serait notre ultime rencontre — rue Beautreillis, quand il avait tenu à venir voir le mémorial.

— Je suis sans galerie, avais-je dit de façon stupide en levant mon verre à son souvenir dans le bureau de Gilles.

— Ne t'inquiète pas, je vais te dégotter quelques commandes publiques.

— Surtout pas, avais-je répliqué en un cri qui montait du cœur. Je veux garder toute ma liberté.

Et je m'étais servi un nouveau verre de whisky, tourbé, fumé, plein de l'iode et des algues brûlées des îles au large de l'Écosse. Gilles ne voulait pas me laisser partir. Il avait même demandé un plateau-repas, un peu de saumon, de pain et de jambon à l'os, pour que nous ayons quelque chose à grignoter. Il voulait s'assurer que, la collation prise, je monterais me coucher sous les toits. Il avait des notes à lire, des lettres à signer. Un instant j'avais pensé me lever, traverser le fleuve et marcher jusqu'au Marais qui devenait pour moi un royaume de stèles et d'ombres. C'était au-dessus de mes forces. J'avais appelé Stéphane chez lui. Pas de réponse. Il était peut-être déjà en Suisse. Je voulais me faire mal, voir la galerie enténébrée, les stores baissés du Grand Jeu. Avec le soir, le froid du jardin et de la pièce d'eau était entré dans le bureau. J'avais demandé à Gilles la permission d'allumer un feu.

Tout en signant ses courriers qu'il lisait à peine, sans doute pour me changer les idées, il me parlait de ce qu'il vivait. Élise était sur un nuage. Elle voulait un quatrième enfant. Elle venait rue de Varenne pour un oui ou un non, contrôlait tout. Elle s'était mis en tête de préparer l'avenir en opérant un rapprochement avec le clan Balladur. Elle était convaincue que c'était lui le futur président de la République.

— Je freine des quatre fers, disait Gilles le regard perdu dans ses dossiers, mais c'est bizarre, je n'y crois pas. Intelligent, mais trop orléaniste, trop raffiné, trop Deauville et Chamonix, incapable de sentir ce que veut le peuple, et même ce qu'il est. Il est en lévitation. Il ne touche plus le sol. Et ce n'est pas la cour qui l'entoure qui lui dira ce qu'est la vraie France. J'ai la certitude que tout cela n'est qu'un trompe-l'œil et que le jour venu, à l'épreuve des faits, tout se dégonflera.

D'autant que les vieux crocodiles n'ont pas dit leur dernier mot.

Les vieux crocodiles. Le premier, le malade reclus de l'Élysée, il le regardait avec admiration. Il le voyait chaque mercredi dans le salon Murat de l'Élysée, plus blême, plus tassé, souffrant le martyre mais décidé à ne pas céder une once de son pouvoir.

— Il est rongé, il se vide de l'intérieur et il est d'une dignité, d'une ruse extraordinaires. Capable de rivaliser avec Balladur de subtilités lexicales, de citations et d'imparfaits du subjonctif. Balladur enrage de ne pas avoir le dernier mot et il fait tout pour l'humilier, le rabaisser. Mitterrand est un homme d'une rare culture. Lorsque je suis allé lui rendre ma visite de politesse, il n'était pas en forme, il se tordait en grelottant derrière son bureau gris-bleu. J'étais tout intimidé de m'asseoir dans le salon doré de De Gaulle et de Pompidou. Le Président n'avait rien à me dire, un petit ministre, un énarque de plus, un jeune roquet du camp d'en face. Et soudain nous avons parlé de Landerneau, du Finistère, des billets de Xavier Grall qu'il relisait encore, des aphorismes de Perros, de la chronique télé que ce dernier avait tenue dans *La NRF* de Lambrichs. C'était bluffant.

Je n'étais pas tout à fait certain qu'il eût avec l'autre crocodile, celui de l'Hôtel de Ville, les mêmes échanges littéraires. Mais j'aimais l'entendre me parler de Chirac à qui rien ne me liait, mais que je considérais presque comme un vieux totem familial. Était-ce parce que j'avais appris qu'il avait un jour déjeuné à la table de mes grands-parents sur les bords de l'Élorn ? En dépit des pressions d'Élise, Gilles n'avait pas coupé ses liens avec Chirac. Il l'appelait, il lui demandait conseil, il lui rendait visite.

— Je suis officiellement à la librairie Gallimard, au bout de la rue. Aucune trace dans mon agenda. C'est le nom de code convenu avec l'officier de sécurité quand j'ai envie de souffler, de disparaître. L'Hôtel de Ville est un désert. Les fidèles lieutenants se compteront bientôt sur les doigts d'une main. Ça fuit en masse chaque semaine, dès la parution des sondages. Et notre vieux crocodile tout recousu est là, au coin du feu, lucide, amer, en train de compulser ses beaux livres sur les Celtes et les empires disparus. Il tisonne les braises, descend quelques bières en attendant des jours meilleurs. La saignée du RPR est organisée. Il voit tout ce qu'il a construit se défaire, sa machine de guerre se déliter de l'intérieur. Pour moi, l'espoir n'est pas mort. Chirac n'a pas dit son dernier mot, et mai 1995, c'est encore loin…

J'aimais entendre Gilles me parler du marigot des crocodiles, du triangle où se nouait une minuscule tragédie. Ces quelques soirs de liberté au ministère, assis au bureau d'Arbus bientôt débarrassé de ses piles de dossiers, il était intarissable, très drôle aussi quand il s'agissait de brosser les portraits du pharaon rongé, du marquis levantin et du guerrier à terre. Il était temps de monter par le colimaçon secret. Je m'en irais dès l'aube. Je ne pensais plus qu'à la barque que j'avais sortie de l'étier envasé — et à la *destination* qui serait la sienne.

« Un âne plane / autour des tours de Notre-Dame / un âne clame son existence / avant qu'il ne se fane / jette du riz sur le parvis / blanchis les gargouilles… » Que de fois toutes ces semaines de l'hiver à la charnière de 1993 et de 1994, dans le marais embrumé puis gelé, dans les mansardes de la rue de Varenne, à Dublin où sur un pari j'avais rejoint Deirdre qui venait de rompre avec le décorateur connu dont elle attendait un enfant, j'ai écouté cette chanson envoûtante de Bashung que je réussirais à faire aimer à tous ceux qui m'entouraient, Gilles, Matthieu Luce, le jeune journaliste, Deirdre la rousse qui m'avait entraîné à Glendalough et à Clonmacnoise dans un froid à vous glacer les moelles.

Dans le marais qui avait perdu toutes ses feuilles et où le ciel semblait infini et très bas, le quadrillage des canaux d'une austérité désolante, sous un hangar de fortune que m'avaient prêté les paysans voisins, j'avais achevé la préparation de la barque, je l'avais calfatée, laissant dans la coque toutes les béances qui ouvraient sur l'arcature intérieure où je déposerais les offrandes, les masques, les bronzes, les totems. La musique de Bashung me trottait encore dans la tête. Je rêvais de nefs votives, de cryptes, de gargouilles, de cathédrales. À l'occasion d'une de mes escapades parisiennes, j'étais monté sur le toit de Notre-Dame, il n'y avait pas d'âne planant, il n'y avait pas de sortilèges ni de riz sur le parvis, il n'y avait pas même de faucons cachés dans les loges des tours, il n'y avait pas comme à Bourges de chapeaux cardinalices pendus au plafond et je n'avais pas vu la crypte des archevêques. J'étais d'une fécondité sans limites. Dans les phases de repos que laissait la préparation de la barque, je dessinais des gargouilles, des cathédrales fantastiques que m'inspiraient l'écoute répétée de Bashung et le souvenir des explorations nocturnes avec François à Bourges. À Paris, dans le jardin de Gilles, la pièce d'eau était verglacée. J'étais rentré de Dublin avec un mal de gorge sévère, une voix éteinte, mais j'avais repéré les pas d'Ulysse sur les bords de la Liffey, j'avais touché les murs de la poste centrale d'où était partie l'insurrection de 1916, j'avais vu les deux lacs de Glendalough et l'ermitage de saint Kevin, la route militaire dans la lande et la tourbière qui scintillaient de givre, les ruines de Clonmacnoise et les eaux hautes du Shannon, j'avais bu jusqu'à plus soif dans des pubs aux boiseries patinées, des antres sombres pour ivrognes et poètes — et j'avais dormi entre les bras de Deirdre. Était-ce un appel au secours qu'elle m'avait lancé ? Une énième façon de me mettre à l'épreuve ? Était-ce qu'elle voulait m'annoncer sur ses terres qu'elle portait un enfant qui n'était pas mon fils ? J'étais flottant, requis par les images qui me hantaient, le marais et la barque, les fragments des cathédrales, la suite de l'hommage à Gilles de Rais, et terriblement affecté par la disparition de Rémi Pfister.

Dans le café de la rue de Bretagne où nous nous donnions rendez-vous, Stéphane, qui était l'exécuteur testamentaire de Rémi au grand dam de la mère suisse, m'avait dit qu'il reprenait la galerie et qu'il comptait bien poursuivre tout ce qui avait été entrepris.

— Ce n'est pas parce que la cendre de nos fantômes adorés vole dans ces rues, avait-il continué, que je vais m'en aller. Rémi a fondé Le Grand Jeu rue Charlot. La galerie restera dans le Marais. Je souhaite aussi que tu puisses me donner quelque chose au printemps pour l'exposition collective que je veux organiser à sa mémoire.

Nous avions pleuré sur la terrasse où le dandy sec et noir n'apparaîtrait plus que dans nos hallucinations et nos songes. Geneviève Auffret, avais-je cru deviner, prenait des parts dans l'affaire et elle aiderait Stéphane, en particulier pour l'inventaire des collections impressionnantes accumulées par Rémi. C'était mieux ainsi. Sylvain Descombes et sa meute devaient certainement attendre en embuscade.

*Un âne plane...* Deirdre la connaissait pas cœur, même si sa préférence, sur le même album, allait à la chanson intitulée *À perte de vue*. « À perte de vue / Des lacs gelés... » À perte de vue des canaux glacés... Elle s'était déplacée pour visiter mon refuge des marais.

— C'est un paysage pour Tarkovski ou Bergman, avait-elle murmuré. C'est très beau, un peu angoissant peut-être. Heureusement je n'y suis pas seule...

Et je lui avais montré la barque noire et les concrétions étranges, les coagulations mystérieuses qu'elle renfermerait.

Le jeune journaliste, Matthieu Luce, était revenu me voir. Il arrivait de la Plaine-sur-Mer où ses parents possédaient une villa. Il débarquait le soir au terme de ma journée de labeur, les cheveux roux emmêlés, le caban bleu sentant les algues, le sel et le vent marin. Dans les anciennes salines du marais, on oubliait la proximité des vagues. Au pied des projets des cathédrales et des esquisses pour les amulettes et les trésors de la nef votive, j'aimais le voir marcher en chaussettes sombres sur le parquet que rien ne devait souiller. Il s'asseyait en tailleur près de la table basse où je le laissais disposer les verres. Le jour n'était pas loin où je lui demanderais de poser. Pour l'heure, il m'écoutait raconter mes naufrages et mes errances. À ses boucles, à ses pieds, à son sourire d'adolescent éternel, j'étais décidé à tout livrer.

J'avais du mal à m'arracher au marais. Le printemps arrivait, les premières pousses, les talus, les prairies, tout reverdissait. En souvenir de l'hiver je m'étais lancé dans une série de petits formats noir et gris qui porterait le nom curieux de *Polyptyque du gel*. L'âne inspirateur planait toujours au-dessus des étiers, et de mon atelier. Ce soir d'avril, Geneviève et Stéphane rendaient hommage à Rémi Pfister au Grand Jeu en présentant des œuvres de sa collection et des travaux inédits. Tout au fond de la galerie, dans une salle où ils avaient accroché la Face de Saint-Eustache qui avait marqué le commencement de notre histoire, la barque funéraire, sobrement baptisée *R. (I) P.*, dans l'esprit du mémorial des garçons réprouvés et fauchés, était mon ultime salut, un rêve d'enfant avec son trésor, ses boules d'or, ses têtes noires extraites de la tourbe, les visages et les corps des éphèbes qu'avait désirés Rémi, des carnets aussi, et des ratures, des silences, des pages arrachées. J'avais demandé à Stéphane le journal de bord du Grand Jeu que tenait Rémi de façon presque maniaque et je m'étais librement inspiré de ses cahiers à l'encre verte. Il me semblait que dans cette salle, qui avait été pourtant repeinte pour l'occasion, il flottait encore une odeur tenace de racines et de terre mouillée.

Dans un coin le père Serge s'agitait. Il collectait des fonds pour un malade qui voulait rentrer mourir au Maghreb auprès de ses enfants. Il voulait créer une association d'entraide pour tous ceux qui étaient touchés par le sida. Certains collectionneurs s'étaient déjà engagés à verser l'équivalent du prix des œuvres qu'ils acquerraient au bénéfice de cette association. Il y avait dans ce vernissage quelque chose d'emprunté et de triste, les gens parlaient bas, il y avait là pourtant tous les artistes que Rémi Pfister avait lancés, un peintre tchèque qui ne peignait que des corps monstrueux, un sculpteur hollandais qui avait une passion pour les bronzes noueux, plus tragiques encore que ceux de Giacometti, un Japonais bizarre dont les dessins immenses étaient remplis de points et d'empreintes de pas, à croire qu'il demandait à ses modèles d'inscrire eux-mêmes la trace de leurs pieds sur des feuilles étalées au sol. Entre artistes, nous nous connaissions à peine, Rémi n'ayant jamais voulu fédérer une famille, et le seul lien qui nous restât était Stéphane qui paraissait casculé et surpris de ne plus recevoir d'ordre. Le Grand Jeu n'existait que grâce à Rémi, au hasard de ses coups de cœur et de ses élections, sans manifeste, sans esprit d'école. Et d'ailleurs, à un moment où le crépuscule tombait sur Paris, les manifestes et les écoles n'avaient plus cours.

Matthieu Luce était entré, un peu gauche, un peu ahuri comme il l'était souvent, intimidé de débarquer dans un univers où il ne connaissait personne. Je le conduisis vers Geneviève et le père Serge qu'il prit à part parce qu'il voulait le faire parler de tout ce qu'il avait entrepris pour les malades du sida. Il était toujours aussi beau avec sa tignasse embroussaillée et son éternel caban. Je vis qu'il ne laissait pas insensibles plusieurs critiques et collectionneurs qui avaient soudain autre chose à regarder que les œuvres. Deirdre m'avait fait dire qu'elle ne viendrait pas, elle vivait une fin de grossesse compliquée. Elle avait multiplié ces derniers temps les séjours à la clinique et les phases de repos chez elle où elle demeurait alitée.

Dans le calme et la retenue funèbre qui marquait cet hommage, il y eut soudain un moment de vive tension. C'était juste à l'instant où Gilles franchissait le seuil du Grand Jeu. Geneviève s'était précipitée — pas pour accueillir mon frère —, elle hurlait, gesticulait, visiblement hors d'elle :

— Vous n'avez pas votre place ici ! Sortez ! Votre présence est indécente. Nous ne voulons pas de charognards !

Ses paroles avaient résonné dans toute la galerie. Il se répandit aussitôt qu'un des hommes de Sylvain Descombes était venu en éclaireur. Le chef de la meute ne devait pas être loin et je compris qu'il était suspecté — Stéphane me le confirmerait — d'avoir profité de la maladie de Rémi pour lui extorquer des œuvres à bas prix.

Je n'avais rien vécu de cette maladie et de cette période affreuse. J'avais plané dans l'indifférence des marais. Les quelques occasions où il m'avait été donné d'apercevoir Sylvain Descombes avaient suffi. Son appartement de la rue de Douai, dans la nouvelle Athènes, était, paraît-il, un véritable musée. J'y figurais aux côtés de Manessier, Debré, Messagier. Le conservateur corse venait aussi de faire son entrée et le père Serge et lui avaient échangé un regard assassin. Matthieu conversait avec le ministre qui avait réussi à former en quelques minutes un joli cercle. Ce n'était pas le portefeuille dont Gilles était détenteur qui les intéressait, c'étaient les indiscrétions qu'il pouvait leur distiller, le déclin rapide du vieil homme de l'Élysée, la disparition programmée de Chirac, l'envol de Balladur. Matthieu Luce était tout ouïe. L'étudiant de Sciences-Po qu'il avait été revivait en écoutant le ministre. Ils se reverraient, c'était évident, s'ils ne se connaissaient déjà.

Il y eut, la nuit qui suivit, une cérémonie très émouvante à Saint-Eustache. C'était le « moment de recueillement » qu'avait souhaité cette famille de tradition protestante. Le mémorial des garçons avait été disposé au milieu du chœur entièrement vidé et nous avions pris place dans les stalles qu'éclairaient des centaines de bougies. Soucieux de discrétion, Stéphane s'était fondu dans l'assistance.

Le curé, après avoir rappelé le rôle du fondateur du Grand Jeu dans le Marais, à Saint-Eustache et au service de l'art contemporain, fit glisser dans l'urne le portrait qu'il m'avait commandé et le petit cercle d'or que Rémi portait toujours à l'annulaire gauche et qui lui venait de sa grand-mère maternelle, une pianiste de renom qui l'avait initié au raffinement et à la beauté. Ensuite, une fois encore, les noms de tous ceux qui n'étaient plus que cendres avaient été lus sous les hautes voûtes vides. Je grelottais. Au sortir de l'office, j'irais boire un vin chaud avec Matthieu dans un café de la pointe Saint-Eustache. Gilles nous hébergeait rue de Varenne.

Un soir de février 1995, je m'en souviens comme si c'était hier, des jonquilles égayaient le jardin de la rue de Varenne, j'avais poussé la porte-fenêtre du bureau de Gilles, désemparé, exténué après avoir passé l'après-midi à faire les comptes avec Stéphane qui me cachait des choses. C'était un garçon immature, capricieux, trop longtemps couvé et rudoyé par Rémi. L'entente avec Geneviève, un autre fort caractère, n'avait pas duré et je la sentais prête à reprendre ses parts. Les derniers choix de Stéphane n'étaient pas bons, les artistes retenus, adeptes de la vidéo et des installations clinquantes, n'avaient ni souffle ni vision. Du coup, poussé par Deirdre et Geneviève en sous-main, j'avais confié la barque votive, *R. (I) P.* et la série des petits formats sombres du *Polyptyque du gel* à un galeriste de Dublin qui avait une succursale à New York. La crise avec Stéphane avait été d'une rare violence :

— Tu as trahi la mémoire de Rémi. La barque ne devait pas partir. Elle m'appartient.

Autant dire qu'il n'était pas près de la revoir, ni de me revoir. J'étais dans ce curieux mélange de souffrance et de déception quand j'avais poussé la porte-fenêtre du bureau de Gilles.

— Bienvenue chez le proscrit ! avait-il dit en éclatant de rire. On a encore l'eau et l'électricité, et le téléphone, sans doute plus pour longtemps…

Il riait. Il ne pouvait pas comprendre mon humeur maussade. En quelques mots je lui avais confié ce qui me préoccupait. Il m'écoutait à peine. Ces histoires d'expositions et de commissions détournées ne semblaient pas de nature à l'intéresser. Je comprendrais vite le motif de son excitation. Le matin même, invité de France 2, il s'était déclaré pour Jacques Chirac. Il était un des rares ministres du gouvernement Balladur à afficher ainsi sa fidélité et à déclarer qu'il était prêt, pour le pays et pas pour lui, à en payer le prix.

— Je n'étais pas revenu ici, racontait-il, que le directeur de cabinet du Premier ministre m'appelait pour me recommander plus de discrétion. Il m'a laissé entendre que j'avais droit à un repentir. Je lui ai poliment répondu que je serais jusqu'au bout un serviteur loyal, mais que mon choix était fait depuis longtemps.

La matinée, à entendre Gilles, avait été édifiante. Quelques ministres balladuriens l'avaient appelé pour lui demander quelle mouche l'avait piqué. Ils ne manquaient pas d'adjectifs pour qualifier le maire de Paris : has been, cramé, caramélisé, selon eux une bûche qui ne tiendrait pas jusqu'au premier tour. Très vite aussi Chirac s'était manifesté. Gilles l'imitait à merveille :

— Écoute, mon petit, c'est très courageux. Tu rejoins dès demain mon équipe de campagne. Et en mai, si tout va bien, tu auras un beau ministère…

Dans cette tourmente, Gilles paraissait extrêmement calme. Élise, à qui il avait tu le projet de sa déclaration matinale, ne décolérait pas. Feignant l'homme occupé, Gilles ne la prenait plus au téléphone, si bien qu'elle assaillait Renaud Dufourcq qui n'était pas loin de penser, comme elle, qu'il était peut-être encore temps de présenter des excuses à Balladur.

— Mais on rêve ! Des excuses. Je peux aussi partir tout de suite et quitter le ministère…

Le directeur de cabinet était vite rentré dans son antre.

— Je n'en ai rien à faire, clamait Gilles. Les Vègh ont toujours été libres. Toi-même, tu es à la fin d'un cycle, change ! J'ai bien entendu ce que tu m'as dit tout à l'heure de tes relations avec le giton de Pfister. Tu sais tout faire, tu travailles le bois, tu dessines, tu peins, vise autre chose, ne t'emmerde pas avec un escroc, élargis tes ambitions…

Il marchait à larges enjambées. Il avait passé le week-end sur les bords de l'Élorn, détendu, concentré, prêt à passer à une nouvelle phase de son action et de sa carrière.

— Nous allons avoir quarante ans. Entre trente et quarante ans, on met en place. Entre quarante et cinquante, on engrange… C'était la théorie d'un de mes professeurs. Je suis prêt à tout, à prendre un ministère plus important ou à reprendre ma liberté. Je soutiens Chirac parce que c'est le meilleur malgré ses défauts, que c'est le seul qui sache ce qu'est la France et parce que je suis lié à lui, inutile de développer, par une vieille fidélité gaulliste. Rien n'est gagné, mais les sondages actuels sont artificiellement favorables à Balladur. Le vent va tourner. À l'aube dimanche matin, j'ai marché sur la grève jusqu'à l'anse du bateau Brume, je voyais, comme lorsque nous étions enfants, les choses se présenter sous un jour faste. À Landerneau, mon équipe, que j'avais mise dans la confidence, me soutient à cent pour cent. Je ne dirai pas cela de mon cabinet.

Il était dans une forme éblouissante, heureux de s'être déclaré, d'avoir suscité tout ce tumulte.

— Rentre dans ton marais après avoir passé une dernière nuit dans ton pigeonnier là-haut. Romps avec tous tes morts, tes reliquaires, commence autre chose. Imagine le futur bureau de ton frère ! Arbus, c'est beau indéniablement, mais au printemps il me faudra un nouveau décor, quand on partira, on laissera ici les vieilleries du président Auriol !

Matthieu Luce ne semblait pas pressé de regagner Paris. Il écrivait dans la villa de ses parents quelques papiers en free-lance — il avait donné au *Figaro* un beau portrait de Gilles qui avait confirmé mes soupçons : ils s'étaient rencontrés bien avant l'hommage à Rémi Pfister rue Charlot —, il arpentait le marais, frappait à ma porte, deux à trois fois par semaine, et s'asseyait près de la table basse après s'être rituellement déchaussé. Il ne demandait rien. Il était d'une sensibilité totale. Il m'emmenait dîner quand il me sentait sombre. C'était ce qu'il avait fait ce jour affreux où j'avais appris la naissance de James, le fils de Deirdre. Quelque chose m'échappait. Deirdre m'échappait. J'avais craint le retour du décorateur dans sa vie. À cette occasion surtout j'avais mesuré combien je demeurais fragile.

Elle était étrange cette relation qui m'unissait à Matthieu. C'était un visiteur du crépuscule, un fils que je n'avais pas eu à élever, peut-être plus. Il était né en 1971. Il avait fait des études brillantes. Ses parents n'étaient pas à plaindre. Il prenait tout son temps. Il me rendait souvent visite et il appelait aussi Gilles. Très fréquemment il m'informait d'événements qui allaient se produire — les défections, les ralliements de la campagne — et il ne pouvait tenir ces renseignements que de Gilles. Oui, il était surprenant, indéchiffrable, le lien qui l'attachait aux jumeaux Vègh.

L'ordre que j'avais mis dans la maison l'inquiétait un peu. Matthieu craignait mon départ. J'avais confié beaucoup de travaux au galeriste de Dublin, la suite des cathédrales nocturnes et des esquisses fantastiques, des dessins fragmentaires dans l'esprit de la série sur le gel. La maison suédoise paraissait démeublée. Il s'assombrissait aussi lorsque je lui parlais d'un autre garçon. Jacomo m'avait invité à Bologne pour la soutenance de sa thèse et il était impensable pour moi de lui faire défaut. Matthieu avait l'art de poser des questions insidieuses, l'air de rien. Mes carnets traînaient sur le parquet, jamais il ne les aurait ouverts. Il avait bien vu que je ne peignais plus. Les toiles entamées étaient en plan. Toute la journée, avant qu'il n'arrive, les jambes ballantes sur le ponton au-dessus de l'eau, je dessinais. Je n'étais pas certain d'avoir trouvé la ligne juste, l'équilibre des formes, l'harmonie de la table et de ce qui l'environnerait ; autant j'avais été inventif, délié quand il s'était agi de créer les reliquaires, autant ici je butais contre des formes qui me résistaient. Le sentiment d'une indignité, d'une inappropriation, un vieux fonds de superstition me paralysaient aussi.

Le téléphone m'avait arraché à ma rêverie. C'était le jeudi 20 avril 1995, trois jours avant le premier tour de l'élection présidentielle. C'était Gilles. Il ne me téléphonait pas cette fois pour me parler de l'inquiétude qui gagnait le clan Balladur.

— Le cabinet de Pasqua m'a appelé. Un homme a été trouvé dans un village de l'arrière pays niçois. Il avait sur lui un billet : « Prière de prévenir mon fils, Gilles Vègh, ministre. » La police fait toutes les vérifications. Dans le contexte actuel, venant de chez Pasqua, on peut tout craindre, tu me comprends. Ne dis rien à maman. Ne dis rien à personne. Tout laisse à croire que c'est notre père, Thomas Vègh. L'homme est mort il y a quelques jours. On le transporte à l'institut médico-légal de Nice.

J'étais resté inerte, hagard et en même temps peu concerné par ce que je venais d'apprendre. Peut-être d'ailleurs ne s'agissait-il que d'un coup politique fomenté pour déstabiliser la campagne de Chirac et le vagabond trouvé n'avait rien de Thomas Vègh. Un second coup de fil, quelques heures plus tard, confirmerait que c'était bien notre père qui avait été retrouvé dans une masure de l'arrière-pays. Il avait une carte d'identité sur lui, une vieille carte des années soixante. Sa mort avait été celle d'un clochard, sans toit, sans le sou, totalement démuni. Il était à la morgue de l'hôpital de Nice, comme les cadavres de Bologne.

Je devais dîner ce soir-là chez Matthieu. Gilles m'avait recommandé le silence et je savais bien que, si je sortais, je serais incapable de me taire. Sur mon carnet Moleskine, au-dessous des esquisses pour le futur bureau de Gilles, j'avais écrit de manière automatique :

THOMAS VÈGH
Ostende, 1929-1995

Notre père avait donc survécu à sa disparition, il s'était caché, il avait erré vingt-sept ans, on ne saurait sans doute jamais rien de cette vie folle qui l'avait mené de Lille aux environs de Nice, en passant par on ne sait quel refuge, quel hôpital, en revenant peut-être à Brest ce soir d'ivresse commune où nous avions hélé un vagabond apeuré sur les quais du port de commerce. Le corps d'un blond lunaire, mon double disait-on, était à présent allongé sur une table carrelée de la morgue de Nice. L'ammoniac, l'odeur atroce de celle de Bologne me revenaient.

C'était la fin d'un cycle, m'avait prédit Gilles, et de nouveau la mort me frappait de plein fouet, la mort d'un père parti, la disparition d'un fantôme qui soudain prenait corps. Mon travail était adossé à la mort, aux cadavres, aux chambres froides, à la pourriture et à la poussière. Je ne savais quel retentissement aurait cette découverte pour Gilles. J'avais voulu l'appeler sur sa ligne secrète. Il n'était plus au ministère.

Au troisième verre de vin blanc, j'avais évidemment tout avoué à Matthieu. Il avait préparé un somptueux plateau d'huîtres et des soles qui ne me tentaient plus. Je voulais boire et parler. Revenir inlassablement à cette absence, à ce départ qui m'avait fracassé.

— Mange un peu quand même, avait-il dit, extrêmement affectueux.

À l'annonce de la disparition de mon père, en juillet 1968, je m'étais terré dans l'une des tourelles de Loscoat. Les images de cette fuite, de cette redescente surtout dans les bras de mon grand-père ou dans ceux de mon frère, me revenaient avec une acuité extraordinaire. Je parlais sans cesse. J'imaginais le destin de ce clodo métaphysique, ce vagabond du grand chemin qui avait sillonné la France, ce fils du vent qui était à présent un corps roidi sous un linge. Je me disais, tout en n'y croyant pas un seul instant, qu'il avait peut-être poussé la porte d'une galerie rue Charlot. Le poulet qui avait été retrouvé sur lui et que la police porterait à Gilles — ne mentionnait pas mon nom. J'avais erré comme lui, dans le dédale des nuits et il ne connaissait qu'un phare, le plus en vue de ses jumeaux.

— D'une certaine manière, c'est nous qui l'avons fait fuir, la légende qui nous entourait, la mainmise étouffante du clan Tanguy sur nous et donc sur son couple…

Je ne voulais plus rentrer, rouler, veiller seul. Matthieu, attentif et complice, m'avait rejoint sur le canapé. Il semblait décidé à ne pas me laisser partir.

C'était un pauvre corps décharné que nous avions dû reconnaître à la morgue de l'hôpital de Nice, le corps d'un homme de soixante ans qui en faisait quatre-vingts. Il avait été retrouvé plusieurs jours après sa mort dans une bâtisse abandonnée de Peillon, dans l'arrière-pays niçois. L'apparition sous le drap bleu de ce visage qui ne nous disait plus rien avait été pour nous deux une épreuve. Au moment où l'employé de l'hôpital avait soulevé le drap, nous nous étions serrés l'un contre l'autre, nous nous étions pris la main, affolés, curieusement soudés. C'était Thomas Vègh, ce vagabond inconnu qui nous revenait des brumes du Nord et de l'enfance. C'était Thomas Vègh, ce gisant sans passé qui avait effacé toute trace de son errance. Pris par les dernières réunions de la campagne, Gilles était rentré très vite à Paris. J'avais marché sur le front de mer, j'étais allé voir les nus bleus en relief de Martial Raysse et d'Arman immortalisés par Yves Klein. La lumière était vive et belle. Le souvenir du visage du vieillard décharné, tel qu'il m'était apparu sous le suaire de la morgue, ne me quittait plus.

En accord avec notre mère qui était légalement la veuve, Gilles avait demandé que le corps fût transporté à

Paris. Notre grand-père, Lucien Vègh, grabataire, à demi conscient, était enfermé depuis des années dans une maison spécialisée de la périphérie lilloise. Il était tombé si loin dans l'hébétude qu'il était inutile de lui annoncer qu'on avait retrouvé son fils. Un instant, j'avais pensé aller jusqu'à Peillon pour interroger les voisins de la maison qui avait été la dernière résidence de Thomas Vègh. Gilles m'en avait dissuadé. Les enquêteurs lui avaient confirmé que notre père, qui venait d'arriver d'on ne sait où, était inconnu de tous. J'étais ainsi. J'avais besoin de voir les lieux, de me faire mal. Mais j'avais écouté Gilles et quitté le Sud à regret.

C'était étrange, je ne tenais plus en place. À Paris, le père Serge m'avait hébergé au presbytère de Saint-Eustache sous les toits. Des heures — il était aussi insomniaque que moi —, j'avais parlé avec lui de cette mort, de ce père fantôme qui me revenait, au terme d'une vie marquée par la souffrance et l'épreuve. Il avait passé, on le saurait quelques jours après, ces dernières années dans un hôpital psychiatrique de la région lyonnaise d'où il était sorti en signant une décharge. Entre février et avril, nul ne pouvait dire où il avait erré. Il était évident qu'il était mort dans un état de très grand délabrement physique et d'intense souffrance morale. Moi qui avais peint les morts de Bologne, j'avais appris à capter le secret de leurs derniers instants, gravé dans leur rictus, leur masque ultime. C'était de cela que je parlais avec le père Serge qui avait accompagné tant de mourants. De cela et de Lille, des images d'un père lunaire, d'un homme de la spéculation et de la nuit qui avait eu si peu de choses à nous dire. J'avais quarante ans et cette fois j'étais vraiment orphelin.

J'avais demandé au père Serge de dire une messe, mais il était apparu que Gilles, sans doute conseillé par Élise, ne souhaitait pas qu'il fût donné une publicité excessive à cette affaire. Jacques Chirac venait d'être élu et il avait proposé à Gilles le portefeuille de la Défense. C'était une promotion, Gilles s'était installé dans l'hôtel de Brienne, rue Saint-Dominique, c'était un vrai ministère avec des huissiers et des aides de camp mais il n'avait pas le charme désuet, endormi, du petit hôtel de la rue de Varenne où je m'étais tant plu.

Rien ne devait entacher l'image du jeune ministre chiraquien qui avait si brillamment réussi. Dans une interview, Gilles avait dit sa fierté de s'installer dans une maison qui abritait le bureau du général de Gaulle et il avait abondamment cité son grand-père qui l'avait initié au gaullisme et à la religion de l'État. Je n'avais pas tout lu, agacé par l'exploitation publique d'une figure qui ne regardait que nous et par l'exposition médiatique alors que nous étions en deuil. Gilles prenait ses fonctions, il allait vite, un déplacement dans la rade de Brest, à l'île Longue, était déjà prévu.

J'avais eu toutes les peines du monde à trouver dans son agenda une date pour qu'il vienne au crématorium du Père-Lachaise. Il m'avait fallu téléphoner vingt fois à son secrétariat particulier. Il y avait toujours quelque chose, la Bosnie, une visite au centre de Taverny, un conseil de défense. Miraculeusement le 1er juin était libre. Celle qui se faisait de nouveau appeler Catherine Vègh, depuis que nous étions un peu connus, Gilles surtout, se reposait à Bellagio. Gilles n'avait pas voulu qu'Élise l'accompagne, Timothée était encore trop jeune pour assister à pareille cérémonie, nous serions donc seuls. Avant la mise en bière, je m'étais rendu à la Salpêtrière pour voir une dernière fois le visage de mon père. Je l'avais trouvé plus apaisé. Les embaumeurs étaient passés par là, effaçant l'effroi qui avait été le sien au moment de plonger dans le gouffre.

Tout le temps qu'avait duré la crémation, nous étions restés là en silence. Gilles, qu'escortait un aide de camp, avait beaucoup de mal à contenir son impatience. Il avait fui dès qu'il avait pu. Et j'étais rentré seul avec l'urne. Ne voulant pas descendre dans le métro, les restes de mon père dans les bras, j'avais préféré prendre un taxi boulevard de Ménilmontant. Un jour gris d'hiver, j'irais jeter les cendres sur la digue d'Ostende. En attendant elles reposeraient à Saint-Eustache dans la chapelle de la duchesse d'Orléans.

# DOULEUR D'IRLANDE

# CARNET VERT

Tout est allé si vite, je n'ai pas vu passer ces deux années, une vie intense, un agenda rempli, des nuits très courtes, des déplacements incessants. En une semaine j'ai tout perdu, mon siège de député, mon ministère. Étrange impression. Après la passation des pouvoirs, j'ai traversé Paris à pied et c'est sur les marches des Halles, au chevet de Saint-Eustache, que Guillaume m'a trouvé par le plus grand des hasards : j'étais au téléphone et je reprenais contact avec le Conseil d'État. J'étais épuisé et déçu. Il avait l'air d'un vagabond ou d'un fou. Nous nous sommes assis en terrasse. Il faisait beau. J'étais libre soudain, comme en vacances. C'était l'anniversaire de Timothée. J'ai invité Guillaume chez nous rue Française pour les quinze ans de son neveu. Il a bougonné : « Les familles, tu sais… Je suis en rupture de ban. »

Du temps, enfin et une terrible impression de vide. À Landerneau, j'ai perdu de peu, mais comme beaucoup d'autres on m'aura fait payer le prix de cette malencontreuse dissolution. La gauche pavoise. Je vois venir cinq années désertiques. Retrouver le Conseil ne m'excite guère. Être assigné à résidence, alors que depuis quatre ans j'étais absolument libre. Passer dans le privé, aller vivre à l'étranger, pourquoi pas ? Pris contact avec un ou deux industriels bretons qui me font des propositions alléchantes. J'ai attendu en vain un coup de fil de Chirac. Il doit être douché, foudroyé par sa folle initiative. Qui a pu lui souffler une idée aussi délirante ?

C'est tout ce en quoi j'ai cru qui s'effondre, le gaullisme, l'État. Je me suis laissé griser par la victoire en trompe l'œil de 1995. Chirac n'est pas Pompidou. Je suis arrivé trop tard. Les lumières du monde où j'aurais aimé servir s'éteignaient.

À Loscoat que j'ai réintégré et où je note ces lignes, Loscoat qu'Antonin n'utilise plus guère depuis que ses soins l'appellent très souvent à Paris, je pense à Jean Tanguy qui, lui, avait été réélu en 1973. Ce mandat de député, je ne l'ai même pas rempli, immédiatement happé par la vie ministérielle. Et, découragé, en regardant les vasières de l'Élorn, en marchant dans les pièces du manoir triste et vide, quelque chose de son esprit, de sa volonté me revient. Je l'entends presque. Et il me dit de continuer, de ne pas passer dans le privé, de rester fidèle à mes engagements.

Conseil municipal houleux. La gauche excitée, toutes griffes dehors, prête à m'humilier, à se payer un ex. Il faut que je hausse le ton pour me faire entendre. L'impression douloureuse que, privé de mon portefeuille et de mon mandat, je ne suis plus rien.

À l'Élysée, reçu par Chirac dans le bureau de De Gaulle où il a installé toutes sortes de statuettes et d'objets africains, j'ai l'impression d'être chez un antiquaire ou un ethnologue. À contre-jour, dans le fauteuil bleu où il s'est assis, je trouve le Président tassé, vieilli par le mauvais coup qu'il s'est tiré dans le pied. D'ailleurs nous parlons assez peu de politique. Il me donne l'impression de penser que l'expérience de gauche n'ira pas jusqu'à son terme. Je le vois mal une nouvelle fois dissoudre, ou s'en aller. Pas un mot sur ce que j'ai fait à la Défense, comme si tout cela n'existait pas. Il me montre le petit Bouddha qui appartenait à Georges Pompidou. Il dit toujours « Monsieur Pompidou », en orphelin qui ne s'est jamais remis de la mort de son mentor. Je sors de là un peu déboussolé, c'était un moment agréable, mais sans nerf, sans vision. Là où j'ai vu Mitterrand en fin de parcours toujours prêt à griffer — à tuer —, je trouve un Chirac comme usé après seulement deux ans de mandat, désengagé, loin de tout, dans la compagnie secrète de son Bouddha et de ses objets sauvages, rêvant peut-être à la vie d'archéologue ou d'antiquaire qu'il n'a pas eue.

Petites promenades avec Timothée. Après-midi au musée Carnavalet, je lui montre ce qui m'a toujours fasciné, la chambre de liège de Proust et sa pelisse de loutre. Il va entrer en seconde et j'aimerais tellement qu'il s'intéresse à la littérature et à l'histoire. Je veux aussi l'emmener à Colombey visiter la Boisserie, je veux qu'il voie la maison modeste du général, la tombe blanche près de l'église. Chaque fois que je visite ce village des confins, bien moins lugubre qu'on ne l'imagine, l'émotion me saisit, intacte.

Début d'été vacant. Je marche dans Paris. Place des Vosges, Saint-Louis-en-l'Île, quai de Béthune,

Pompidou toujours, puis la montagne Sainte-Geneviève, le jubé de Saint-Étienne-du-Mont, et le lycée Henri-IV où je n'ai plus mis les pieds depuis 1975. Je me pose dans le cloître dans l'indifférence générale. Je cherche en vain cette cour avec des herbes où il m'arrivait de m'isoler avec Élise.

Dans la tristesse qui est la mienne d'avoir perdu le pouvoir, même si je respire enfin, délivré de ces oripeaux et de ces fausses obligations, de cette vie de fou qu'on vous impose, ce qui me peine le plus, c'est d'avoir dû laisser rue Saint-Dominique, dans le salon bleu, le mobilier, la table de travail semi-circulaire, les fauteuils que Guillaume avait conçus à ma demande. Un ensemble parfait, fabriqué au Mobilier national, que mon successeur, me dit-on, s'est empressé de remplacer.

Je relis une biographie (que j'avais jadis annotée) de Pompidou. Suprême intelligence, culture, roublardise, élan, courage, volonté. Et une époque extraordinaire, confiante, portée par la croissance. Qu'ai-je fait ces deux ans ? Accompagner la mort lente d'une armée que le pays ne peut plus se payer. C'est ce que je dis à Matthieu Luce, surpris par ma franchise. Elle est curieuse la relation qu'entretient ce jeune journaliste doué avec Guillaume et moi. De Guillaume, qu'il a vu récemment dans son marais, il me donne des nouvelles qui ne me rassurent guère. Il n'est pas certain qu'il travaille beaucoup. Matthieu me fait le portrait d'un homme usé, brisé, obsédé de théologie, relisant sans cesse l'Évangile de Jean, les *Psaumes* de La Tour du Pin, très atteint par mon échec, ce qui me surprend. Il dit, paraît-il, qu'il a perdu un protecteur. En quoi pouvais-je, là où j'étais, le protéger ? C'est vrai que je lui avais commandé quelques œuvres, pour la Marine en particulier, qu'il n'a pas livrées. Ce qui m'alerte bien plus, c'est qu'il parle sans cesse de notre père, du fantôme qu'il a été pour lui, de son errance et de sa folie. Il se voit marchant à sa suite. Matthieu, qui fut un temps très proche de Guillaume, me décrit un homme très seul que tout blesse, la naissance du fils de sa compagne Deirdre, la mort de son galeriste et celle de notre père, et de façon plus anecdotique, les aléas de la vie politique.

Je l'appelle aussitôt — répondeur — pour lui dire que je serai à Nantes demain.

Ce devait être l'automne de nos vies, un automne en miroir. Une force s'était éteinte avec la découverte du cadavre de la morgue de Nice et l'impression, que j'avais déjà connue, de flotter, de rester à la lisière des choses, comme un étranger, était revenue, décidée cette fois à ne plus se dissiper. Il y avait bien ces commandes d'État que m'avait passées Gilles lorsqu'il était encore rue Saint-Dominique, ces gigantesques carènes rouillées que j'avais commencé à peindre, un peu comme un automate, sans désir. À l'origine de toute toile, il fallait une émotion que je ne ressentais plus. Je connaissais le sort que le successeur de Gilles avait réservé au mobilier que j'avais dessiné. Ces œuvres, commandées par le ministre d'avant, n'intéresseraient personne. Elles seraient reléguées dans une réserve ou une lointaine amirauté.

Gilles n'allait pas bien, c'était évident. Il avait maigri, il flottait dans ses beaux costumes de ministre, il jouait encore volontiers le rôle de l'homme politique investi, mais il n'y croyait plus. Il avait follement aimé la vie de membre du gouvernement, les palais ministériels, l'agenda surbooké, les courtisans, les jolies femmes. Plusieurs fois, alors que j'arrivais par le jardin — les militaires qui gardaient l'hôtel de Brienne m'avaient accordé cette faveur —, j'avais senti dans son bureau les effluves d'un parfum qui n'était pas celui d'une simple collaboratrice. Moi aussi j'avais aimé les palais, les salons aux belles boiseries qui craquaient, le grand globe terrestre qu'il avait dans son bureau et qui datait du temps de Charles Hernu, les passages secrets entre les étages, le faste et le silence, les conversations feutrées, l'ancien bureau du général de Gaulle dans lequel il m'était arrivé de m'asseoir, comme un intrus. J'avais cédé au charme de cette fierté factice. J'oubliais mes failles au contact de cette drogue qui n'était pas éternelle.

La gauche me semblait là pour longtemps. J'avais été invité à un cocktail rue de Valois au ministère de la Culture, les nouveaux hiérarques ne cachaient pas leur joie d'avoir humilié Chirac deux ans seulement après sa victoire, certains blancs-becs m'avaient regardé de travers, me prenant sans doute pour mon frère. Ils n'avaient pas l'œil parce que la différence s'était accusée, je ne m'étais pas épargné, je perdais mes cheveux, je n'avais pas l'assurance, l'éloquence de Gilles. Sur la terrasse où j'étais sorti fumer, un homme m'avait abordé, la trentaine, les tempes légèrement argentées, une indéniable aisance.

— Vous êtes Guillaume Vègh ? Je vous ai connu au Grand Jeu, j'ai même acquis un de vos morts de Bologne.

Il se souvenait de tout, de l'urne des disparus du sida, de la Sainte Face, de la barque dédiée à Rémi Pfister et des paysages lacustres gelés qu'il avait vus à Dublin.

— Vous avez une galerie ?

— J'aimerais beaucoup. Non, je travaille ici au

ministère. Je suis Christophe Clouet, je serai ravi de vous revoir…

L'homme s'était éclipsé. Sa gentillesse, le fait qu'il se souvienne de toute cette période m'avaient touché. Cependant, au-dessus des jardins du Palais-Royal, à deux pas des nouveaux bureaux de mon frère — à mon sens, un des plus beaux lieux de Paris —, je ressentais une gêne extrême. On m'avait reconnu, moi qui m'étais si peu montré. C'était donc la preuve que j'existais, grâce à mon travail, sans Gilles.

J'étais sorti de là, un peu grisé, un peu ému. J'avais aussitôt appelé mon frère qui était en Bretagne dans sa mairie.

— Ils sont là pour longtemps, avais-je bafouillé, en taisant la rencontre que j'avais faite.

— Tu ne crois pas si bien dire. Ils vont sortir tous les cadavres des placards de l'Hôtel de Ville et du RPR, toutes les affaires obscures. Jospin peut jouer les vertueux, tout est orchestré pour compromettre Chirac et l'empêcher de se présenter en 2002. La traversée du désert sera très longue.

Nous avions été coupés. Un instant, j'avais pensé rebrousser chemin, remonter dans le salon des Maréchaux, tenter peut-être d'y recroiser Christophe Clouet. C'était l'automne, vraiment. Les cendres que j'avais jetées sur la digue d'Ostende et que le vent avait ramenées vers moi, cette poudre grise et dérisoire, m'obsédaient encore. À Saint-Eustache où je résidais lorsque je venais à Paris, le père Serge estimait qu'il avait fait son temps et il attendait des responsabilités nouvelles au sein de sa congrégation. Je n'étais pas certain de vouloir rester là après lui. J'avais demandé à Dhebia, à La Grappe d'Orgueil, de me trouver un lieu où je pourrais vivre et travailler. La rive gauche, c'était celle de Gilles, et j'aimais profondément ce quartier, ce Sentier poétique avec ses boutiques juives et ses portefaix pakistanais, ce grouillement, cette impression d'authenticité qui subsistait. J'en arpentais les rues, quêtant un local, un écriteau, comme un vieux type sans ressort, dans le souvenir dévorant d'un jour très gris, de cette lumière qui n'appartient qu'au Nord — d'un vent de cendres sur la mer, à Ostende.

Je sortais du bar du Lutétia où j'avais retrouvé Christophe Clouet qui voulait me commander l'aménagement d'un salon pour le ministère de la Culture lorsque j'avais reçu un appel de Deirdre. La réception était mauvaise, je croyais comprendre qu'elle était en Irlande, je l'entendais très mal. J'avais attendu d'être rentré chez Geneviève, qui de nouveau m'hébergeait, pour la rappeler. Elle était à Dublin en effet où elle venait d'être opérée. Et, n'y allant pas par quatre chemins, elle avait dit :

— C'est un cancer. Mais il est pris à temps. Rassure-toi.

Geneviève n'était pas rentrée. Je m'étais laissé tomber dans un des canapés du salon, foudroyé par cette nouvelle qui, dans l'automne lugubre que nous traversions, ne me surprenait pas. Nos liens s'étaient distendus, depuis la naissance de l'enfant surtout, et Deirdre avait beaucoup travaillé à Dublin et à Londres ces derniers temps. Jamais je n'oublierais l'enchantement de notre rencontre, les premières années, les soirées sous la verrière du 102 rue de Grenelle et dans le merveilleux cottage de la porte d'Auteuil ensuite. Les derniers beaux moments, nous les avions vécus dans la maison du marais — la maison de Tarkovski, avait-elle dit —, et nous avions longuement marché au bord de la mer. Depuis Nice, les sortilèges noirs ne me quittaient plus. C'était ce que je ruminais, accablé, étendu dans le canapé comme une loque, en regardant les faisceaux lumineux des bateaux-mouches qui éclairaient à intervalle régulier le salon de Geneviève. Lorsque la maîtresse des lieux arriverait, je n'aurais qu'à me jeter, ivre, dans ses bras en sanglotant.

— C'est affreux, dirait-elle pour me rassurer. Deirdre est une jeune femme vigoureuse. Elle va se battre. Il faut rester confiant.

Elle n'en savait rien. Les médecins sans doute n'en savaient rien non plus. Dès le lendemain, j'aurais d'autres nouvelles : c'était une leucémie qui exigeait l'enfermement de Deirdre dans une chambre stérile. Elle avait choisi de rester à Dublin.

Passé l'horreur de cette annonce, j'étais allé à La Grappe d'Orgueil revoir Dhebia. Par l'entremise de gens qui travaillaient dans la publicité, elle m'avait trouvé rue du Nil un atelier très sombre sous un toit de verre constellé de lichen, dans une cour, avec à l'étage un petit appartement agréable où je pourrais me poser. Dhebia était surtout une amie de Gilles qu'elle se plaignait de ne plus voir beaucoup. Son élégance, son calme me rassuraient. Sous les miroirs vieillis de son bistrot, elle me racontait le quartier, ses évolutions funestes et je lui racontais mes drames. Je ne pensais qu'à Deirdre captive de sa chambre stérile. Elle semblait résister au traitement de cheval qu'on lui infligeait. J'enrageais de ne pas être à Dublin, mais Deirdre ne serait visible que dans quelques semaines. Dhebia m'écoutait avec une patience infinie, comme elle écoutait tous les poivrots, tous les blessés, tous les laissés-pour-compte qui venaient se confesser à elle. Avec Gilles, elle avait aimé parler de politique, bien qu'ils fussent de bords opposés. J'aimais l'entendre me raconter la vie des rues du quartier — la rue du Mail où ses parents avaient tenu un café, la rue Greneta, la rue Saint-Sauveur où n'habitait plus le vieux collectionneur Georges Rogue qu'elle connaissait bien —, la vie de ces quelques figures qui s'accoudaient volontiers au zinc patiné, sous les somptueux bouquets de roses rouges qu'elle faisait venir de Rungis. Elle m'avait aidé à aménager le petit espace de la rue du Nil, je lui avais offert un catalogue qui me restait de l'époque du Grand Jeu, Bologne, le sida toujours.

C'était presque devenu une période archéologique. Et le départ du père Serge avait mis un trait final sur cette époque ; le successeur, me disait-on, était un homme honnête et terne que le père Serge avait peut-être placé là pour qu'il ne lui fît pas d'ombre — il ne lui en ferait pas et telle est la dure loi du milieu clérical, je peux en témoigner — et j'avais vidé ma mansarde, emportant mes livres et les quelques encres que j'avais réalisées après être une dernière fois descendu contempler l'ossuaire secret.

Christophe Clouet me suivait à la trace. Il s'échappait de son bureau rue de Valois pour me retrouver chez Dhebia ou rue du Nil. Il rêvait pour l'antichambre d'une cartographie marine, dans la tonalité grise et blanche du *Polyptyque du gel*. Je ne saisissais pas bien quel était son rôle auprès de Catherine Trautmann, lui l'incarnation élégante du Marais et des galeries branchées. Il se plaignait beaucoup de l'entourage alsacien du ministre qui se méfiait bien trop de Paris et de ses milieux culturels. Il avait un peu travaillé au Quai d'Orsay, un peu écrit et beaucoup traîné dans les galeries d'art et chez Rémi Pfister qu'il admirait profondément.

— Et la barque, où est-elle ? avait-il demandé alors qu'il explorait la vaste pièce de la rue du Nil que le soleil ne visitait jamais.

— Elle doit être à Dublin, à L'Escalier en spirale, juste à côté du théâtre de l'Abbaye, là où vous avez vu les paysages gelés. C'est à Samuel et Jennifer Hall que je donne tout désormais. Vous savez que j'ai rompu toute relation avec Le Grand Jeu.

Il avait une manière de fureter dans l'atelier que je n'aurais admis de personne d'autre. Je ne savais pas qui le renseignait, mais j'avais l'impression qu'il savait tout sur moi. Il était de la constellation de ces visiteurs qui m'inspirent. Pour lui je commencerais à crayonner les projets de fresques de l'antichambre de la rue de Valois. Et je lui avais montré l'étrange série que j'avais entreprise ces mois marqués par le gris cendreux d'Ostende, des pieds d'homme — à l'origine ceux de Jacomo et de Matthieu Luce — que j'avais peints sous le titre *Ruissellement de la Cène*. Il avait presque fallu que je me batte pour l'empêcher d'emporter un de ces petits formats qui l'émouvait aux larmes. La série complète serait montrée à Dublin dans la galerie de Samuel et Jennifer Hall. Je lui avais demandé de se déchausser, ce qu'il avait fait. Et le soir, après avoir bu quelques bières chez Dhebia, j'avais peint. Je m'envolais pour Dublin le lendemain.

Deirdre se reposait chez Samuel et Jennifer Hall dans le beau loft qu'ils avaient aménagé non loin de la prison de Kilmainham. Elle était enturbannée, souriante, mais d'une maigreur extrême. On sentait que le moindre pas, le moindre effort lui coûtaient. Jennifer m'avait pris à part pour me dire que le pronostic n'était pas bon et que Deirdre, voulant voir un peu James grandir, avait accepté que l'on expérimente un nouveau traitement. Je la rejoignais en fin d'après-midi sous la verrière de sa chambre constellée des gouttes de la dernière averse : elle aimait se tenir sur une méridienne blanche d'où elle pouvait regarder le ciel et le reste de la maison creusée comme un puits sous son belvédère. Nous écoutions *Fantaisie militaire* de Bashung que je lui avais offert et qui venait tout juste de paraître. C'était la musique que j'avais écoutée rue du Nil en peignant les pieds de la Cène. « Aucun express ne m'emmènera / Vers la félicité / Aucun tacot n'y accostera / Aucun Concorde n'aura ton envergure / Aucun navire n'y va / Sinon toi… » C'était ce que nous écoutions, l'un près de l'autre, sous le ciel de Dublin, les ondées, les flocons, les giboulées.

Jennifer s'occupait merveilleusement de James. Elle l'avait installé dans la chambre de leur dernier fils qui, étudiant, avait souhaité prendre le large. Le traitement semblait faire de l'effet, il y avait eu un autre séjour à l'hôpital et Deirdre était rentrée moins fatiguée et avec quelques désirs : manger des huîtres, boire un peu de bière, revoir les roses de son jardin parisien. James s'approchait très respectueusement de sa mère comme s'il eût craint de la déranger et Deirdre lui chantonnait quelques vieilles ballades irlandaises, dont la fameuse *Molly Malone*. À Paris, du temps de notre jeunesse, j'avais toujours senti en elle cette fibre que la maladie changeait en un chauvinisme exalté.

— Ne pars pas longtemps, m'avait-elle dit. Le printemps revient et ta place est ici, avec… nous…

J'avais voulu rentrer à Paris achever *Ruissellement de la Cène*. Je voulais surtout revoir Matthieu Luce et

Christophe Clouet, marcher dans la ville, et pleurer sous la verrière verdie de la rue du Nil. Les nouvelles de Dublin avaient beau être rassurantes, je n'en croyais pas un mot. Face à Gilles avec qui je dînais chez Gallopin derrière la Bourse, je m'étais effondré, à telle enseigne que j'avais dû sortir pour me ressaisir. La sole, le vin blanc, rien ne passait. Deirdre est en train de mourir, répétais-je. Gilles était totalement démuni. Il revoyait le Président, organisait avec l'Élysée la reconquête. Il parlait de laver la blessure de 1997. Tout cela ne rimait à rien. La politique m'avait toujours ennuyé. Comme elle devait ennuyer Gilles qui se raccrochait à la perspective d'être de nouveau ministre comme à une branche qui lui permettait d'échapper à la fadeur de sa vie. Le portrait qu'il m'avait fait de Chirac en sumo combatif m'amusait, mais les balladuriens étaient en embuscade et les affaires nauséabondes sortaient de partout. J'étais allé jusqu'à la rue Française prendre un dernier verre : la famille était à Chamonix. L'extraordinaire désordre de l'appartement m'avait stupéfié. Il n'y avait qu'un lieu qui fût vraiment en ordre : le bureau de Gilles, avec ses Pléiade et ses éditions originales, et tous mes catalogues impeccablement classés. Il y avait même le petit dépliant chichement imprimé par Mme Hauve à Nantes en 1977, les numéros de *L'œil* qui parlaient de mon travail pour Saint-Eustache, tous les catalogues du Grand Jeu et de Dublin évidemment. Il y avait surtout, accroché entre les fenêtres, le paysage noyé, avec des irisations d'or, qu'il avait eu dans son bureau du ministère de la rue de Varenne et que je croyais restitué à la galerie et vendu parce que je ne l'avais jamais vu rue Saint-Dominique. Dans la nuit, taraudé par l'insomnie, le titre du tableau m'était revenu : *Le phare et la faille*. Je n'en sortirais jamais.

À Dublin, l'état de santé de Deirdre s'améliorait. Un beau dimanche de mars, avec les Hall et James, nous avions pu aller marcher dans les jardins de Powerscourt sous la ligne des montagnes aux landes encore noircies par la proximité de l'hiver. James avait été impressionné par les chutes d'eau du parc. Au retour, Deirdre voulait apercevoir le début de la grande tourbière qui l'affolait tant dans son enfance parce qu'elle l'imaginait peuplée d'esprits verts et de créatures maléfiques. Ce n'était pas tout. Elle souhaitait aussi faire halte dans un pub des collines, le plus haut d'Irlande, le Johnnie Fox's. De nombreux souvenirs l'attachaient à ce bric-à-brac où elle avait tenu à tremper ses lèvres dans un verre de Guinness. À peine arrivée à Dublin, elle s'était couchée, épuisée et ravie.

— Il y aura d'autres beaux jours et nous irons chez moi dans le Donegal. Je voudrais te montrer Fanad Head. Et nous dormirons dans un hôtel au bord du Lough Swilly. Les pelouses descendent directement sur la grève.

« Il y aura d'autres beaux jours. » Ç'aurait pu être le titre d'une chanson de Bashung. C'est ce mois-là aussi que j'avais appris que j'étais nommé chevalier des Arts et des Lettres. J'y avais tout de suite vu la main de Christophe Clouet qui m'avait dit qu'il s'occupait de tout. Je lui avais répondu qu'il était urgent d'attendre. L'annonce de l'attribution du ruban vert avait étonnamment touché Deirdre que je croyais indifférente à ces colifichets. Christophe imaginait déjà une réception rue de Valois. Je préférais demander à

Geneviève de me remettre les insignes, chez elle, dans l'intimité.

Je continuais à lire et à méditer saint Jean, en cachette chez Samuel et Jennifer qui, en bons Irlandais, vomissaient la religion catholique. Samuel avait eu à souffrir de prêtres indélicats dans des pensionnats. Il pouvait même être d'une rare violence dès qu'il était question du pape et de l'Église. J'avais surtout continué la série des douze tableaux de *Ruissellement de la Cène*. Même si l'idée rebutait Samuel et Jennifer, je voulais que ce travail fût présenté dans leur galerie, dans le temps qui précédait Pâques. Chez saint Jean, plus que l'institution de l'eucharistie, ce qui compte, c'est le ruissellement de l'eau lustrale sur les pieds des apôtres. Et c'était ce que je voulais montrer à L'Escalicr en spirale (The Winding Stair) chez Samuel et Jennifer Hall, au seuil de ce printemps si cruel et si beau qui, comme le dimanche lumineux de Powerscourt, portait les promesses d'une vie qui n'avait pas de fin.

J'avais vécu tout ce printemps et cet été en Irlande, au rythme des hospitalisations et des revifs de Deirdre. Elle était apparue à L'Escalier en spirale le soir de la présentation de *Ruissellement de la Cène*, hagarde et tremblante, à la veille d'une nouvelle rechute. Puis le traitement avait vite donné des résultats éblouissants, elle se sentait mieux, elle avait même retrouvé de l'appétit. Sous la verrière du loft, à ses côtés, j'écoutais Bashung toujours — « La nuit je mens » que nous passions en boucle — ou je lisais des ouvrages racontant l'indépendance irlandaise. Curieusement Deirdre m'avait fait savoir qu'entre un voyage au nord de l'Irlande ou un petit séjour à Paris à l'occasion de ma remise de la croix des Arts et des Lettres, elle préférait, si elle se sentait plus forte, venir en France. Paris et son cottage lui manquaient, ses rosiers grimpants surtout qui portaient le beau nom de Christophe Colomb.

— On attendra un peu pour le Lough Swilly, avait-elle murmuré d'une voix lasse, on ira un peu plus tard lorsque les rhododendrons seront en fleur.

Samuel et Jennifer étaient en contact avec les médecins et ils ne me cachaient rien. À tout moment la maladie pouvait s'emballer, de nouveaux foyers cancéreux étaient à craindre et alors tout serait perdu. Pour l'escapade parisienne, il suffisait de s'envoler dès qu'elle se sentirait mieux. Gilles nous préparerait le cottage, nous passerions rue du Nil — Deirdre tenait absolument à voir l'atelier où avaient été peints les derniers tableaux de la série sur la Cène — puis nous irions quai des Célestins pour la petite fête en mon honneur. Un collectionneur anglais avait acquis pour une somme que je jugeais exagérée la totalité des toiles. L'ensemble avait eu beaucoup de succès et on m'avait même demandé de poursuivre la série. Douze pieds seulement avaient été baignés dans l'eau lustrale. Je n'en peindrais pas un de plus.

Cette somme considérable, qui avait aussi fait le bonheur de Samuel et de Jennifer, j'étais décidé à la dépenser très vite, tant que Deirdre serait là. Je voulais que la vie lui fût facile, à James et à elle, que rien ne leur manquât. Nous n'étions pas à Roissy que déjà Deirdre se sentait nauséeuse. Il avait fallu vite rentrer au cottage de la porte d'Auteuil où, suprême contrariété, des moucherons avaient attaqué les rosiers. Je n'étais pas certain que Gilles eût réagi avec la rapidité attendue ; la maison sentait le renfermé et les provisions n'avaient pas été faites comme je l'avais demandé. La moindre déception dévastait Deirdre quand elle était ainsi fatiguée.

— Tu as vu les rosiers, répétait-elle. Ils dépérissent. Ils n'ont même pas attendu que je sois partie.

Elle s'était endormie dans sa chambre rose, épuisée, avec de lancinantes douleurs dans le dos. Un instant, j'avais pensé dire à Geneviève de tout annuler. Samuel et Jennifer devaient arriver en fin d'après-midi avec l'enfant.

Un peu plus tard, dès qu'elle se sentirait plus forte après avoir bu une étrange tisane qui, prétendait-elle, lui redonnait la vie, je pourrais annoncer à Geneviève que nous nous mettions en route. Deirdre avait dissimulé son postiche roux sous un magnifique turban émeraude, elle portait une belle robe sombre dans laquelle elle flottait un peu, elle s'était appuyée contre moi en sortant du jardin, ce qui était le signe d'une faiblesse nouvelle. La lumière de ce soir de mai était superbe, les eaux de la Seine roulaient comme une coulée de feu et j'avais dissimulé mon émotion en contractant mes mâchoires lorsque le taxi avait emprunté à vive allure la rue Wilhem. Mon émotion avait été plus forte encore au moment où la double porte de l'appartement de Geneviève s'était ouverte : tous les invités étaient rassemblés en silence dans le vestibule et, de toute évidence, c'était elle qu'ils attendaient.

J'étais absent, dévoré par l'angoisse. Je n'avais jamais aimé les moments où l'on braquait les lumières sur moi, fût-ce dans l'intimité d'un salon ami. Deirdre s'était avancée avec beaucoup de grâce jusqu'à la fenêtre en écartant d'un geste dédaigneux le fauteuil qu'on lui destinait. Elle était heureuse de revoir Paris, le fleuve, les façades et les arbres de l'île Saint-Louis. Au premier rang de cette réception figuraient bien sûr ma mère, Gilles, accompagné d'une femme que je ne connaissais pas, le père Serge, François, Antonin, le teint plus cireux encore que celui de Deirdre, Jacomo venu de Bologne, Matthieu Luce, Christophe Clouet, Samuel et Jennifer Hall, Dhebia et une très vieille femme raide et digne que, dans un premier temps, j'avais prise pour une cliente de La Grappe d'Orgueil, il s'agissait en fait de Mme Hauve que Matthieu avait retrouvée à La Baule en enquêtant sur mes débuts nantais.

Énorme, en tailleur pantalon noir taché, la cravate de commandeur des Arts et des Lettres au cou, Geneviève trônait au centre du salon. Selon l'usage, et avec cette faconde qui était la sienne, elle retraçait déjà mon parcours, Lille, les bords de l'Élorn et le bateau Brume, le collège de J., la fracture qu'avait été mon arrivée à Paris, Grégoire Rubrecht, le peintre sans tableau, le Marais breton, Mme Hauve, le retour à Paris, les morts de Bologne, l'extraordinaire période de Saint-Eustache et des années sida, Le Grand Jeu, la Sainte Face, le mémorial des garçons et la barque funéraire, mon retour dans le Marais, le mobilier du ministre des Armées, elle passerait ainsi tout en revue, jusqu'aux pieds de la Cène qu'elle était venue voir à Dublin. Ma vie défilait soudain dans les mots chatoyants et affectueux d'une femme qui m'avait toujours soutenu. Et, au bout du torrent de paroles qui m'enveloppait et dans lequel, à son habitude, Geneviève en avait appelé à l'éternité de l'art et à la vieille sagesse des initiés, elle avait épinglé le ruban vert et blanc au revers de ma veste en transformant l'accolade protocolaire en une chaleureuse embrassade.

— Merci d'être là, avais-je bafouillé. Je serai court, tout le monde sait bien que je n'ai pas la facilité de Gilles. Merci à toi, Geneviève, de nous accueillir chez toi et d'avoir retracé ce cheminement souvent obscur et tortueux, fidèle à des valeurs, à des êtres, à des lieux, merci à toi maman, à toi Gilles évidemment, à toi ma Deirdre venue d'Irlande pour cette cérémonie et à vous tous qui êtes ici ce soir. Je n'ai aucun diplôme mais j'ai maintenant cette décoration, je ne sais que dessiner et peindre, rêver et aimer. Oui rêver et aimer. J'espère que ce n'est pas fini. Je vous embrasse tous !

Je garde de cette soirée un souvenir lumineux et triste, celui d'une embellie au milieu d'un océan de noirceur. Il s'était mis à pleuvoir, une fine pluie printanière, et le vert tendre des feuillages sur le quai était encore plus acide, plus éblouissant. Deirdre avait lutté, buvant même un peu, parlant de mille choses, sauf du mal qui la rongeait. Elle s'était simplement allongée une petite heure et elle était revenue parmi les invités. Gilles m'avait présenté Marie, la jeune femme qui l'accompagnait. J'avais cru comprendre qu'elle avait été sa collaboratrice à l'hôtel de Brienne, mais je n'avais pas souhaité en savoir plus. Antonin s'était vite éclipsé après avoir fui les uns et les autres. Le père Serge, qui était à présent aumônier d'hôpital en attendant autre chose, m'avait confirmé qu'Antonin était au bout du rouleau. J'avais pris beaucoup de plaisir à converser avec Mme Hauve qui se félicitait d'avoir été la première à m'exposer et avec Jacomo qui me pressait de revenir à Bologne dès que je le pourrais. Il ne m'avait pas été nécessaire de fournir beaucoup d'explications. Il avait tout compris. Dhebia, un peu intimidée d'être là, avait longuement bavardé avec Deirdre. Elles avaient des relations communes dans le monde du spectacle. Matthieu s'était montré taciturne et sombre, comme agacé par la présence de Christophe qui avait dû lui faire comprendre que, sans lui, cette soirée n'aurait pas eu lieu. Ce n'était pas l'avis du père Serge qui s'attribuait presque la paternité de cette décoration. Il était très en verve et je l'avais entendu pousser Gilles à tout mettre en œuvre pour revenir vite aux affaires. La réponse m'avait été rapportée quelques minutes plus tard par Geneviève : « J'ai des diplômes moi, mais j'ai les reins brisés… » Cette compagnie commençait à me peser, hormis Jacomo qui était de loin le plus élégant et le plus beau. J'aurais voulu boire, mais j'avais charge d'âme. J'aurais voulu marcher avec ma médaille sous la pluie, hirsute et sans destination, pour le seul plaisir de sentir l'odeur du fleuve et des arbres mouillés. Il était impensable d'abandonner Deirdre qui avait fait le voyage pour moi.

Quelques semaines après son retour à Dublin, il avait fallu l'hospitaliser de nouveau. Les ganglions lymphatiques étaient touchés. Jennifer était rentrée de l'hôpital les yeux rougis. Il n'y avait plus d'espoir.

— Elle t'attend, va la voir. Elle est très sereine. Elle m'a encore parlé du voyage à Paris. Elle est heureuse d'avoir pu assister à la fête pour toi…

J'avais sauté dans un taxi. Dans la chambre blanche où un ventilateur faisait un vacarme épouvantable, Deirdre s'était assoupie. J'étais resté seul, en silence, à la regarder dormir, les traits déformés, le visage creusé. Tant de souvenirs et de grâces nous liaient, de nuages et d'obscurités aussi, parce que je n'avais pas su m'engager et lui donner ce qu'elle attendait. Je ne l'avais pas aimée jusqu'au bout. Je n'avais pas aimé d'autre femme. Tout resterait informulé et tragique. J'étais là comme un parasite et un intrus, le compagnon improbable de tant d'errances et de joies, un jumeau, une fois encore, dans une relation mystérieuse et inassignable.

Elle s'était réveillée. Le sommeil et les narcotiques rendaient son élocution pâteuse. Je lui avais pris la main et elle souriait.

— Je crois que c'est bientôt fini, a-t-elle dit d'une

voix difficilement audible. Tant mieux. Tu veilleras avec Jennifer et Samuel sur James. Ce nom impossible que m'a donné mon père veut dire douleur. Je l'aurai, hélas, trop bien porté. Sur la tombe de la Deirdre d'Ulster, il pousse un pin. Avec James, Jennifer et Samuel, vous planterez un pin rouge du Japon sur la mienne au cimetière de Dunfanaghy. Surtout vous m'y déposerez intacte. Je ne veux pas être brûlée.

L'infirmière entrait pour les soins. D'un geste autoritaire, elle m'a fait signe de me retirer. J'ai embrassé ma Deirdre qui avait tant souffert, ma fée adorée, la Douleur d'Irlande. Le chagrin m'étouffait. Puis je suis sorti en silence en me retournant une dernière fois.

# LES NUS DU NIL

Je me réchauffais au soleil de Rome, j'étais comme un convalescent qui réapprend à vivre dans la grâce d'un printemps plus précoce qu'à Paris. C'était Georges Rogue, le collectionneur que j'avais jadis fréquenté dans l'ancien hôtel de la Du Barry, qui m'avait prêté ce bel appartement avec terrasse tout près du palais Farnèse et du marché aux fleurs. Je ne connaissais personne à Rome. Je n'avais même pas averti mon ami de Bologne de ma présence dans la ville éternelle. J'étais sans souhait, sans désir.

La disparition de Deirdre m'avait fracassé. Toutes ces années, je les avais vécues au bord du gouffre. Je m'étais retiré du monde, de la vie des hommes. Geneviève, les Hall avaient veillé sur moi, hospitalisant ce débris humain que j'étais devenu, le teint gris, les mains tremblantes, incapable parfois de dire, du fond de sa douleur, qui il était.

Je passerai vite sur ces années sinistres. Il m'arrivait de pleurer des journées entières. C'était une pluie de l'âme qui m'inondait, un déluge intérieur qui me laissait sans arc-en-ciel et sans arche. Alors que j'errais un jour du côté de la place des Victoires, les joues hâves, sentant l'alcool ou je ne sais quel remontant,

Élise, qui arrivait d'un pas leste, m'avait fui. Gilles aussi me fuyait, désarmé par ma douleur, mes ressassements, mes attractions morbides. Il ne m'avait pas échappé qu'il me donnait toujours rendez-vous dans des restaurants de seconde zone où il ne serait pas reconnu. L'excellent Gallopin, derrière la Bourse, n'était plus au nombre de nos cantines. On déjeunait dans des boui-bouis, des gargotes infâmes. L'obsession du pouvoir avait repris Gilles. Dans ses propos, il n'était question que d'Élise qui avait retrouvé toute sa place. Quant au reste, les coups bas de Jospin, les espérances de Chirac, le coma de Chevènement, rien ne m'intéressait.

Je me réfugiais dans un passage près de la Bibliothèque nationale et je compulsais pendant des heures des livres et des grimoires. Le vieil homme qui tenait la boutique m'avait pris en sympathie. Il avait un côté savant fou, vieil alchimiste des ruelles de Prague. Je lui demandais de me montrer des cartes de l'Ulster et du Donegal, de me garder tout ce qui concernait les cycles des légendes celtiques. Il s'étonnait de mes disparitions. Je répondais pudiquement que j'étais en voyage.

Un jour que je me reposais dans une clinique près de Marly, Gilles m'avait rendu visite. Il ne parlait que d'un domaine qu'il allait acheter à des conditions très avantageuses du côté de Saint-Tropez. Il y avait d'autres biens, disait-il, des terrains qu'il me poussait à acquérir. Il était prudent de faire des placements sûrs, surtout dans de telles conditions, on était toujours à la merci d'une crise financière. Le notaire était prêt à se déplacer jusqu'à la clinique et, même si je ne voulais pas de ces terrains, ils seraient mis à mon nom, Gilles en étant le véritable propriétaire. Je croyais comprendre qu'il ne voulait pas se charger d'un patrimoine trop important à un moment où il pouvait revenir aux affaires. Ces obsessions matérielles me laissaient de marbre. Je me souvenais qu'en 1997 Gilles avait été à deux doigts de passer dans le privé, mais je lui découvrais, avec distance et un certain écœurement, des préoccupations qui n'étaient pas les miennes.

L'argent flambait entre mes mains tremblantes. J'envoyais chaque mois un chèque à Jennifer et Samuel pour le petit James. Je l'avais revu, c'était un enfant adorable qui poussait bien. Samuel et Jennifer l'avaient adopté. Entre deux séjours à la clinique, dans un lieu nouveau que m'avait trouvé Geneviève rue de Penthièvre, j'avais dessiné d'immenses calligraphies noires qui se voulaient le récit de la maladie et de l'agonie de Deirdre. C'étaient des sismographics géantes, le tracé des pulsations, la vague chaotique des forces qui s'en allaient. C'était le cycle des douleurs de Deirdre, le chemin aux abîmes de la Douleur d'Irlande. C'était le crucifiement de ma fée dans un déploiement d'encres et de cartes, avec des cavaliers, des guerriers, des talismans, tout le passé de la fabuleuse et lointaine Irlande. Je dessinais avant de sombrer. Je m'excitais des heures sur ces formats immenses dans un endroit dénué de la moindre poésie, près de l'Élysée.

Il était sorti de ces internements et de ces enfermements près d'une cinquantaine de dessins qui avaient été montrés à Dublin. James était là, un peu perdu, pressé de mettre à l'eau le voilier à la quille bleue que je lui avais acheté dans les galeries du Palais-Royal. Aux gens qui lui demandaient qui lui avait offert le bateau, il répondait invariablement :

— C'est lui, Guillaume, un ami de ma maman.

Sous le prétexte de fumer, j'étais sorti pleurer. Je n'en pouvais plus.

Après Dublin, le cycle des douleurs avait été exposé avenue Matignon, pas très loin de l'endroit où il avait été conçu. C'était la galerie d'un homme jeune qui avait fait fortune dans une première vie, un ami de Samuel et de Jennifer. Je n'aurais jamais confié ces encres à un inconnu. La chair, la matière, tout avait disparu de mes dessins, il restait ces traits, ces écritures affolées et, en filigrane, tous ces symboles et ces signes qui renvoyaient à la plénitude cachée d'un socle. Rares étaient ceux qui avaient su déchiffrer le cycle des douleurs. L'ultime dessin ne montrait qu'un pin dans un désert de blancheur. Le pin de Dunfanaghy que je n'avais pas encore eu la force d'aller voir.

Au sortir de l'avenue Matignon, Gilles m'avait ramené place Vendôme. Il se battait pour regagner sa circonscription de Landerneau, mais, sitôt réélu, le président Chirac l'avait nommé garde des Sceaux. Son bureau m'avait surpris, une somptueuse bibliothèque claire, coincée entre le Ritz et des immeubles austères. Nous nous étions assis dans de beaux fauteuils décorés de scènes inspirées des *Fables* de La Fontaine ; il m'avait montré, en jubilant, les sceaux de la République dont il avait la garde, c'était le Gilles éclatant, sûr de lui, le roc face au papillon déchu. Il avait atteint son but, il avait un beau ministère *régalien*.

— Je vais laver l'affront de 1997, disait-il, je repars faire campagne et après je m'installerai vraiment ici lorsque le nouveau gouvernement Raffarin sera constitué. Toutes ces antiquités merveilleuses retourneront au Mobilier national et je ferai mettre là mon décor de la rue Saint-Dominique, enfin le nôtre. On enlèvera ces horreurs — il montrait un paysage un peu fade sur un chevalet — et on y placera une de tes encres récentes.

Un rêve me revenait, avec quelques variantes. J'étais dans un train qui longeait le jardin de Loscoat, entre l'Élorn en eaux, très grise, et les pelouses du manoir. Soudain le train s'arrêtait. Il y avait un corps sur la voie. C'était celui de Deirdre, méconnaissable, déchiqueté. Il m'était ensuite impossible de me rendormir. L'obsession de sa voix, de son visage, de ses mains enfouis dans la tourbe d'Irlande me saisissait. Le cycle du deuil, qui succédait à celui des douleurs, était infini. Les calmants, les insomnies, les internements, les dérives alcooliques, je n'en pouvais plus. Après *Douleur d'Irlande*, j'égrenais *Deuil d'Irlande, I, II,* etc. Sans fin je songeais à ce pin qui avait pris racine dans son corps en train de se fondre à la terre. Les toiles du deuil seraient dures, tourbeuses, élémentaires, loin des volutes aériennes du cycle de la douleur. Christophe Clouet, qui avait mystérieusement survécu au départ de la gauche et immédiatement offert ses services à Jean-Jacques Aillagon, veillait toujours. Grâce à lui, une toile du cycle de la douleur avait été acquise par le musée d'Art moderne. Douleur d'Irlande avait désormais son reliquaire de béton près de la Seine et j'aurais un lieu pour aller prier.

L'ancien monde du Marais restait une confrérie secrètement unie. Christophe Clouet me racontait que le père Serge faisait encore quelques apparitions nocturnes dans des bars. C'était peut-être de là qu'il revenait ce petit matin où je l'avais surpris sortant de la station des Halles et où il avait feint de ne pas me voir. Il m'arrivait de dîner rue des Abbesses chez Christophe. C'est là que j'avais retrouvé Georges Rogue qui avait quitté la rue Saint-Sauveur pour un petit hôtel particulier du côté de la rue Fontaine. Son père avait déposé d'innombrables brevets, ce qui expliquait la fortune du fils. C'était la réponse à laquelle j'avais droit quand je m'étonnais qu'un homme de plus de soixante ans n'eût jamais travaillé. Le champagne et les vins avaient coulé à flots le soir où Georges avait très gentiment proposé de mettre à ma disposition son pied-à-terre romain qu'il utilisait très peu. Christophe y allait volontiers, quand la vie de fou que lui imposait le cabinet lui laissait un peu de temps. Georges était d'une volubilité rare, curieusement fagoté comme un lord extravagant. « Lord Georges », tel était le nom qu'il portait dans cette petite société où les surnoms fleurissaient. J'avais cru deviner qu'ils organisaient des soirées auxquelles je n'étais pas prié — ils n'avaient pas besoin d'un débris, d'un phare des ténèbres — et où apparaissaient dans des tenues excentriques des gens importants, de la haute administration, de la télévision, de l'édition et même de l'Institut. Ils écoutaient Dalida, David Bowie et Marie Laforêt — que j'apercevais quelquefois traînant un chien et une curieuse trottinette rue Montorgueil — en buvant du champagne jusqu'à l'aube. J'avais frémi en apprenant que Sylvain Descombes que j'avais connu marié, le prédateur du Grand Jeu, était aussi de cette petite compagnie. Manifestement sa fortune et sa passion pour la peinture ne s'étaient pas émoussées.

Place Vendôme où j'étais passé un soir — les gardes m'avaient laissé entrer comme si j'étais le ministre — dans la bibliothèque rechampie, mais face aux fauteuils aux tapisseries de Beauvais qui eux n'étaient pas partis, on avait mis la grande table semi-circulaire que j'avais dessinée dans mon marais. Avec des lampes contemporaines très pures, elle se fondait harmonieusement dans ce beau décor classique. Sur un chevalet, comme il l'avait dit, Gilles avait posé, superbement encadrée, une des encres, moins tumultueuse et torturée, parce que correspondant à une phase de rémission, du cycle de la douleur. Je m'étais assis, comme chez moi, dans cette salle aux murs couverts de belles reliures, derrière des vitres que la lumière du soir dorait faiblement. Il y avait une cheminée qui ne devait plus servir. Les sceaux de la République étaient là, comme un pressoir, entre les fenêtres, et une image m'était revenue à l'esprit, celle où l'on voit Michel Debré recevoir une éclaboussure de cire en scellant les feuillets de la Constitution de la Ve République.

J'attendais Gilles manifestement retenu au Palais-Bourbon ou à l'Élysée. En me servant un café, la secrétaire m'avait assuré qu'il devait pourtant repasser place Vendôme. Au programme de cette soirée figurait, m'avait-elle dit, un concert d'orgue à Saint-Étienne-du-Mont. Je découvrais cette passion avec surprise. « Un concert de Vincent Wargnier… », avait-elle jugé bon de préciser. J'étais décidé à rester un peu encore parce que je me trouvais bien dans cette pièce où tout, les boiseries blanches, le grand tapis, le lustre de cristal, était parfait. Gilles ne viendrait sans doute plus. Sur la table basse, il y avait *Le Canard enchaîné* que j'avais ouvert machinalement. Un titre, en grosses lettres sombres, barrait le haut de la page 3 :

LE GARDE DES SCEAUX,
PROMOTEUR IMMOBILIER, ACTE I

Affolé, j'avais aussitôt refermé *Le Canard* en ne voulant rien savoir de plus.

Le premier week-end de mon séjour à Rome, il faisait un froid sec et lumineux, Christophe Clouet avait tenu à être là pour tout me dire du fonctionnement de l'appartement qu'il connaissait par cœur. Il savait faire glisser les doubles portes du dressing et n'ignorait rien des secrets de la cuisine high-tech qu'avait fait installer Georges Rogue. C'était surtout un merveilleux guide qui connaissait Rome comme sa poche. Il avait tenu à me montrer dans une église toute proche du palais Farnèse, et qui n'était ouverte que le dimanche, San Girolamo della Carità, l'extraordinaire chapelle Spada de Borromini sur l'entrée de laquelle veillent deux anges en marbre qui tiennent, déployée, une nappe de communion en jaspe rouge de Sicile. Connaisseur des secrets de la chapelle Spada comme de ceux de l'appartement de Georges Rogue, il s'était ensuite amusé à faire bouger les ailes, plus sombres, des anges, qui étaient en fait d'étonnantes portes en bois permettant d'accéder à la chapelle. Ce dimanche sec et magnifique, nous avions longuement marché le long du Tibre, Christophe voulant retrouver le temple de la Fortune virile où Gabriel Matzneff avait répandu les cendres de Montherlant. De l'autre côté du fleuve, dans le Transtevere, à Santa Cecilia, il avait une passion pour l'émouvante statue de Maderno représentant sainte Cécile endormie et voilée. Plus tard, au terme d'une nouvelle promenade, nous nous retrouverions au Vatican. Il y avait sur la place Saint-Pierre l'affluence des grands jours.

— Ils arrivent déjà, avait-il dit, c'en est bientôt fini de Jean-Paul II. J'espère cette fois que les grandes dames en rouge auront le courage de choisir un pape venu d'Afrique !

Il était heureux de sa formule. Étrangement il s'était signé en pénétrant dans la basilique et je l'avais imité. Il me donnait l'impression de connaître le monument par cœur. Au début de notre rencontre, je l'avais trouvé clinquant, superficiel, trop marqué par l'aisance factice des milieux qu'il fréquentait. Je préférais les provinciaux, les timides, les taiseux, tous ces garçons dont la réserve et l'éternelle gaucherie m'émouvaient, Jacomo de Bologne, Matthieu Luce. Quelques dîners chez lui rue des Abbesses, ce séjour romain m'avaient conduit à corriger mon regard. Dans la basilique Saint-Pierre, sur le bas-côté droit, pas très loin du baldaquin, il voulait me montrer une chose curieuse : la momie cireuse, parfaitement habillée, de Jean XXIII étendue dans un cercueil de verre. L'idée qu'on eût arraché à la terre où elle dormait la dépouille de ce pauvre pape me faisait horreur. D'ailleurs ce n'était pas dans cette tenue que Jean XXIII avait été enterré : j'avais trop souvent feuilleté, dans le grenier de Loscoat où mon grand-père conservait précieusement tous les journaux auxquels il accordait de l'importance, le numéro de *Match* où on le voyait avec la chasuble rouge, le fanon, le pallium et la mitre en drap d'or. Jamais il n'avait été inhumé en habit de chœur, le camauro enfoncé jusqu'aux oreilles. Ma science soudain étonnait mon compagnon. J'aurais été incapable de donner la moindre date, mais ce que j'avais regardé longuement, et c'était le cas, de manière quasi hypnotique, ne s'effaçait jamais.

Sur le chemin du retour, Christophe m'avait parlé de l'affaire des terrains de Gilles révélée par *Le Canard enchaîné*.

— Je crois me souvenir que c'est dans les garrigues de La Croix-Valmer et qu'il y a même des parcelles à mon nom. Gilles me parlait de cela en 2000 lorsque j'étais à la clinique de Marly.

— Ah bon ! s'était contenté de répondre Christophe. J'espère que ce n'est rien. Il suffit parfois d'une dénonciation et la presse grossit les choses. J'ai entendu dire qu'ils préparaient une nouvelle salve. C'est donc qu'ils ont de la matière.

J'étais à Rome, loin de tout, et je ne voulais plus entendre parler de cette affaire. J'avais trop souffert. Je préférais penser à la sainte de Maderno et à la momie blafarde du bienheureux Jean XXIII. Il y avait peut-être là les prémices d'un futur travail.

Je ne voulais plus en entendre parler parce que le soir même où j'avais refermé, sans le lire, le numéro du *Canard* dans la bibliothèque de la chancellerie, un pressentiment terrible m'avait glacé et j'avais compris que cette affaire sentait mauvais.

Je m'étais pris de passion pour l'église San Clemente derrière le Colisée. J'aimais traverser le Forum, rêver sous les palmiers de l'atrium avant de descendre dans l'église inférieure. Un feuilleté de périodes et de constructions m'attendait sous la terre. Par un étroit escalier, on atteignait les vestiges d'une maison romaine au creux de laquelle jaillissait une source d'eaux vives. Il restait encore dans cette zone souterraine un autel consacré à Mithra sur lequel on avait sacrifié des taureaux. Puis je marchais jusqu'au Latran pour le plaisir de revoir le ciborium et le petit cloître. Ces vestiges secrets, la trace de cultes anciens, les imbrications de sanctuaires me ravissaient. Les journaux italiens titraient sur une nouvelle hospitalisation du pape. Je me sentais léger enfin, débarrassé d'une douleur qui s'était assourdie. Rome et le temps devaient y être pour quelque chose. Il faisait beau. Dans les jardins, dans les champs d'herbes folles entre les pierres, les mimosas étaient en fleur.

À Paris, l'étau se resserrait autour de Gilles. Au début, sans doute pour me protéger, Christophe m'avait distillé les informations, la progression ravageuse de l'enquête des journalistes. Le feuilleton immobilier s'était développé, connaissant de nouveaux rebondissements. Dès la sortie du premier papier, Gilles avait réagi par le mépris en déclarant qu'il n'avait rien à se reprocher. Fatale erreur. La deuxième salve était partie le mercredi suivant. Cette fois l'article détaillait les conditions extrêmement avantageuses et louches dans lesquelles Gilles avait acquis le domaine de La Croix-Valmer par l'entremise d'un marchand de biens qui se révélait un pourri. Mon nom était cité. Les journalistes du *Canard* avaient réussi à se procurer tous les titres de propriété. L'administration fiscale, d'ordinaire si secrète, s'était montrée bien complaisante, ce qui était le signe que Gilles, dans l'appareil d'État, n'avait pas que des amis.

L'artillerie lourde avait été lancée lorsque *Le Monde* avait relayé les informations du *Canard*. Les affaires immobilières, la suspicion d'enrichissement personnel, les combines avec le recours à des prête-noms — moi entre autres —, un promoteur véreux amateur d'armes et de casinos, tout y était. C'était pire que les diamants de Giscard. C'était de la dynamite. Un soir, ne tenant plus en place, atteint par l'affaire plus que si elle m'avait directement concerné, j'avais appelé Gilles sur sa ligne secrète. Je l'avais sommé de s'expliquer pour stopper net l'offensive. Il s'était montré extrêmement rassurant :

— Tout cela va retomber, il faut faire le gros dos face à cette tempête politico-médiatique, disait-il. Évidemment j'ai bénéficié de conditions plus favorables parce que j'étais connu. Mais je ne suis pas le ministre du fisc. Le promoteur, je ne l'ai pas payé en retour.

— Et s'il était inquiété ? N'oublie pas que tu es le ministre de la Justice et qu'on pourrait te soupçonner d'interférer dans l'enquête et le procès ! Il faut que tu te débarrasses de ces terrains, tant qu'il en est encore temps, en reconnaissant que tu as fait une erreur. Je vois les choses de loin, mais tu disposes encore d'une fenêtre de tir. Plus pour longtemps. Si la presse sort ses dernières munitions, ton compte est bon.

Gilles riait au téléphone en feignant le détachement. J'écumais. Il était d'une inconscience totale, pris dans une nasse comme un bleu.

— Arme-toi de patience, avait-il dit ensuite alors que j'étais sur le point de raccrocher. J'ai une note sur mon bureau. Ils s'intéressent aussi aux conditions d'achat de notre appartement de la rue Française pour lequel nous devrions être assujettis à l'impôt sur la fortune.

La sérénité sans doute en partie simulée de Gilles était ahurissante. Le feu était à sa porte et il feignait l'indifférence. Christophe, que j'avais aussitôt appelé, m'avait annoncé que l'édition du *Monde* de ce soir-là évoquait « l'autisme du garde des Sceaux ». C'était le mot.

— Cette affaire est très mal partie, avait conclu Christophe. Les terrains, les biens sous-évalués, les questions d'argent sale, tout cela rappelle au président l'époque noire de la mairie de Paris. Il n'est pas impossible que Chirac demande à Gilles de s'en aller.

— Ce n'est pas pensable, il a la confiance de Chirac, avais-je protesté.

— La confiance de Chirac, tu parles ! Chirac est un vieux président qui ne veut plus qu'on l'emmerde. Et s'il juge que Gilles Vègh a failli, il ne fera pas de quartier…

Le mot n'avait pas été prononcé. À Paris, il devait être sur toutes les lèvres. Ce type de scandale finit toujours mal pour celui qui est en ligne de mire. Gilles était cuit depuis le début et il ne le voyait pas.

Sitôt l'annonce de la démission faite — c'était un jeudi après-midi — j'avais tenté de joindre Gilles au téléphone. Il déjeunait avec son fils aîné et devait ensuite s'enfermer avec quelques-uns de ses collaborateurs pour préparer une intervention au journal de TF1 le soir même. La machine s'était emballée comme prévu. Au mépris du début et aux justifications embarrassées et tardives, le pouvoir médiatique avait répondu en instruisant une enquête implacable.

Oui, le ministre savait qu'il avait réalisé une bonne affaire en achetant ces terrains et ce domaine bien au-dessous de leur prix réel. C'était donc que des compensations étaient attendues de la part du vendeur repéré pour sa malhonnêteté et son passé douteux.

Oui, le ministre avait menti en déclarant qu'il avait laissé des proches et des collaborateurs s'occuper de cette affaire.

Oui, le ministre était coutumier du fait puisque l'appartement parisien qu'il avait acheté à une tante d'Élise de Souvré était lui aussi évalué bien au-dessous de son prix.

Chirac avait agi comme Christophe Clouet l'avait prédit en ne téléphonant même pas à Gilles et en laissant le Premier ministre demander au garde des Sceaux qu'il signe au plus vite sa lettre de démission. Le vieux président n'avait que faire de ses lieutenants fidèles et prometteurs quand ils étaient pris la main dans le sac. Ces rêves de grandeur étaient absurdes et ils avaient tout des caprices d'un parvenu. Ce que n'était pas Gilles. J'avais été peiné d'être mouillé dans cette affaire. J'avais servi de prête-nom, ce qui était inexcusable. Ce qui était indigne, en revanche, c'était que l'on écrive que j'avais aussi profité de commandes publiques. Je n'avais pas demandé un centime au Mobilier national pour la réalisation du bureau de Gilles ; quant aux commandes de la Marine, dans mon marasme, je ne les avais jamais honorées.

On me dirait que Gilles était apparu au journal de TF1, face à un Patrick Poivre d'Arvor décidé à ne pas lui faire de cadeau, calme, clair, d'une assurance tranquille. Il avait continué à tout nier en bloc — la manœuvre consciente, l'enrichissement concerté, les relations douteuses, une approche dépassée de la politique, un complot ourdi par des hommes de la majorité qui voulaient faire tomber un fidèle du Président — en disant qu'il se retirait sans se sentir coupable et avec l'espérance de revenir vite.

— J'ai été négligent, j'en tire les conséquences, je rends mon portefeuille, messieurs les journalistes, laissez-moi maintenant en paix.

Les sondages d'opinion avaient salué sa prestation. Il avait su jouer sur la corde sensible en disant que des photographes avaient bousculé son épouse et pourchassé ses enfants jusque dans leur école. Et, à la dernière question, un brin complice, de Poivre : « Vous rentrez en Bretagne ? », il avait répondu :

— Oui, mais pas tout de suite. J'ai la chance d'avoir

un frère jumeau et dans les moments difficiles de notre vie nous nous sommes toujours épaulés, vous me comprendrez monsieur Poivre d'Arvor. Ce n'est pas le voyou profiteur que certains torchons ont décrit, c'est un artiste, un immense peintre. Il m'a appelé cet après-midi. Je le rejoins ce week-end. Vous me permettrez de ne pas vous dire où. Lorsque nous étions enfants, en Bretagne, nous avions l'habitude de nous réfugier tous les deux dans la carcasse d'un vieux bateau. C'est un peu de cela que j'ai envie ce soir, après la tempête et le déchaînement de tant de haine. J'ai un vrai besoin de paix.

Christophe Clouet, qui m'avait résumé les grandes lignes de l'entretien au journal de TF1, m'avait parlé de la conclusion sur l'enfance et le bateau Brume. Il n'y avait pas de bateau Brume à Rome où Gilles était arrivé le lendemain, aussitôt après la passation des pouvoirs place Vendôme — pâle et détruit. C'était un homme usé que j'accueillais, usé d'avoir tenu, d'avoir menti, d'avoir tenté de garder son ministère jusqu'au bout, un homme qui perdait soudain toutes ses défenses et qui m'était tombé dans les bras parce qu'il savait qu'avec moi il n'aurait plus à jouer la comédie.

Inspiré par Rome et tout ce que j'y voyais, les ruines du Forum, les quais du Tibre, les saintes et les gisants, les racines et les sources souterraines des sanctuaires, je m'étais remis à peindre. Après le cycle de la douleur et celui du deuil, j'avais entrepris un nouvel ensemble, où il n'y avait plus de noir, de hachures, de traits convulsifs, de sismographies d'ivrogne tremblant, mais une plénitude de formes et de couleurs, des orange, des pourpres, le jaune des mimosas et des citrons romains, la profusion de la vie qui revenait : ce serait le cycle de la lumière. J'avais montré cela à Gilles quand il était entré dans l'appartement. Il avait posé sur les toiles un regard machinal, il était incapable de regarder. Je lui avais parlé de mon nouveau galeriste parisien, Julien de Bourbriac, qui rêvait aussi de s'implanter à Tokyo et à Shanghai. Il n'écoutait rien. Il voulait dormir, et après avoir pris un Noctran, il s'était écroulé. Il me semblait si désemparé que je craignais ses réactions. Aussi l'avais-je installé dans mon lit. Nous ferions chambre commune, ce qui ne nous était pas arrivé depuis des années, et ainsi je pourrais le surveiller.

J'avais vite compris qu'il resterait plus que le week-end. Il était au-dessus de ses forces de rentrer dès le lundi à Paris. Élise, les enfants, son ancien directeur de cabinet, Renaud Dufourcq appelaient sans cesse, inquiets sans doute de l'état de Gilles. Le récit qu'il faisait de cette histoire était stupéfiant : il n'était pour rien dans tout cela, il avait été mal conseillé par Renaud Dufourcq et par Élise — il les associait — qui avaient la folie des grandeurs. C'était elle qui avait voulu racheter à sa tante l'appartement de la rue Française, c'était lui qui avait eu vent des bonnes affaires dans les garrigues de La Croix-Valmer. S'ajoutait à ces stupides maladresses l'incurie d'un vieux président, presque sourd, qu'on maintenait à l'Élysée comme une momie soviétique, entouré par une bande de couards que le souvenir des valises de billets et des tractations sordides du temps du RPR et de la mairie de Paris tétanisait. Tout le monde avait lâché Gilles, le lynchage du milieu politique avait été terrible et les coups les plus durs étaient venus de son propre camp.

Gilles ne voulait toujours pas s'avouer vaincu. Il pensait demander à son suppléant de démissionner pour provoquer une élection législative partielle. Cette élection aurait-elle lieu à l'automne, il serait battu. Certains barons de la droite finistérienne qui ne l'avait jamais aimé étaient trop heureux de voir Gilles Vègh à terre. Il était épuisé. Il mangeait à peine. C'était une loque. C'était mon double des abîmes que j'avais pour mission de protéger. Dans une trattoria près du palais Farnèse qu'il avait fréquentée dans sa jeunesse, j'avais réussi un soir à lui faire avaler des pâtes à l'encre de seiche. Toutes les après-midi, je le sortais, Forum, Colisée, San Clemente, Latran ou bords du Tibre et Trastevere. L'idée, stupide, l'avait pris de monter à genoux les marches de la Scala Santa. Je détestais ce rite et je l'en avais aussitôt dissuadé.

Une culpabilité vive le torturait, la conscience, aiguë et qui ne le quittait plus, d'avoir souillé l'honneur de sa famille, de nous avoir tous compromis et d'avoir brisé sa carrière politique. Il ne s'endormait pas le soir si je n'étais pas auprès de lui. Comme au temps du bateau Brume, nous avions ressuscité la ligne imaginaire qui séparait notre couche. Il s'endormait en hoquetant, vaincu par le Noctran, en me demandant de lui masser la nuque. S'il bougeait, je me réveillais aussitôt. Une nuit, il s'était levé pour regarder de la terrasse les lumières de Rome. Je l'avais surpris en train de fumer, ce qu'il ne faisait plus. J'étais resté à ses côtés jusqu'à ce qu'il fût rentré.

Le matin, il restait nu dans l'appartement. Il lisait des nouvelles de Moravia qu'il avait achetées dans une librairie près de Saint-Louis-des-Français. Il avait encore belle allure, il s'était plus entretenu que moi, le souci de sa beauté et de sa ligne l'avait longtemps obsédé. Ce matin-là, il était sorti de la salle de bains et il avait laissé tomber le peignoir pour sécher au soleil. Je m'étais approché discrètement. Soudain j'avais sursauté, croyant me voir dans un miroir qui n'existait pourtant pas. Il portait à l'aine le petit cerf que je m'étais fait tatouer à vingt ans dans les douves du château d'Édimbourg. Je n'avais sans doute pas su cacher mon émotion et Gilles avait aussitôt ramené le peignoir sur le tatouage. Du séjour romain, je ne le reverrais plus.

Dans toutes nos promenades ensuite, dans les grottes vaticanes que je trouvais très métro Louvre, formule qui avait fait rire Gilles aux larmes, auprès de la momie du bienheureux Jean XXIII, chez Gamarelli où nous étions allés nous acheter des chaussettes cardinalices, l'existence de ce petit animal sur la cuisse de mon frère me hantait. Avait-il vu le mien ? Où se l'était-il fait tatouer ? M'étais-je inconsciemment livré aux mains des garçons qui voulaient voler la pierre de Scone parce que Gilles portait déjà cette marque secrète ? Après la tempête que nous avions traversée, c'était infiniment dérisoire mais cela avait le mérite de me plonger dans une perplexité sans fond.

Le téléphone continuait de sonner, Gilles ne répondait plus. À Paris des monceaux de courriers de soutien étaient parvenus place Vendôme et rue Française. Il disait qu'il répondrait personnellement à ceux qui lui écrivaient. On devait lui cacher l'existence de lettres d'injures. D'une promenade que nous avions faite dans la belle lumière de mars sur les berges du Tibre, très loin jusqu'à des campements de nomades qui vivaient entre des bambous, il était rentré en disant :

— Ma décision est prise, j'arrête la politique pour un temps, je me contente de mon mandat de maire, je me repose et j'écris.

Il semblait moins oppressé, il s'endormait moins

lourdement et il ne m'imposait plus au réveil le récit de ses cauchemars. Un soir, avant d'aller dîner du côté de la place d'Espagne où il tenait à m'inviter, il avait voulu visionner son entretien avec Poivre d'Arvor au journal de TF1. Quelle que fût ma curiosité, je n'étais pas certain que ce fût la chose à faire. Il insistait. Et j'avais enfin vu ce que m'avait raconté Christophe Clouet, le panache, le brio, l'extrême maîtrise de la victime offerte alors que la boue et la haine cinglaient de toute part. Il me disait que Poivre avait été vache. Il n'avait fait que son métier en posant les questions que les Français scandalisés par cette affaire se posaient. La guérison serait lente à venir. Gilles voyait encore des ennemis partout. La seule référence du bateau Brume à la fin de l'entretien m'avait arraché des larmes et nous nous étions étreints comme nous ne l'avions plus fait depuis l'enfance. C'était saugrenu, mais c'était bon. C'était le temps des phares de la rivière marine, le temps des frères analogues de nouveau soudés au-dessus des grottes et des galeries de la ville éternelle, des jumeaux de l'Élorn unis, après le deuil et la tempête, dans l'arche de leurs aînés du Tibre.

Nous avions passé le cap de la cinquantaine, la nuit descendait sur nous, nos amis proches s'en allaient. Je travaillais dans l'atelier de la rue du Nil et j'avais entendu la sonnerie du téléphone et le répondeur qui enregistrait un message. C'était François qui m'annonçait depuis sa chambre de l'hôpital de Bourges qu'il venait d'être opéré d'un cancer du foie. Il se voulait rassurant et s'en remettait à la Providence. Le foie repoussait, c'était la formule qu'il avait employée en s'efforçant de rire.

Au printemps de 2005, je l'avais vu à Rome où il venait se recueillir sur la tombe de Jean-Paul II, « son » pape. Un jeune prêtre du diocèse de Versailles, Axel, l'accompagnait. François était drôle et joyeux. Nous avions beaucoup parlé de l'affaire qui avait mis un terme à l'aventure ministérielle de Gilles. Il était encore plus intransigeant que moi sur la nature de l'affaire et tout aussi pessimiste sur les chances de rebond. Je m'étais laissé tomber dans une vieille méridienne juste à côté du téléphone, inerte, sans voix. Les images de l'agonie de Deirdre me revenaient. Elles se mêlaient à celles de Rome, aux pas au bord du Tibre, à San Clemente et au Latran, là même où j'avais tant marché avec Gilles. Au Forum, François s'était amusé à porter une étrange coiffure rouge, la calotte moirée du cardinal Lefebvre que lui avait offerte un vieux prêtre du diocèse de Bourges. J'avais aussi porté la calotte usée du prélat dont je connaissais déjà la cape. François envisageait-il un avenir épiscopal ou jouait-il, comme avec la calotte, avec cette idée ? Les missions que lui confiait l'évêque, l'enseignement au séminaire d'Orléans, la récente charge de curé de la cathédrale, tout laissait à penser qu'il ne resterait pas à Bourges et que la nomination pouvait intervenir très vite. À mesure qu'il avançait en âge, François avait pris une liberté, une distance avec l'Église, ses ridicules et ses névroses, qui me réjouissait. Il était féroce, désopilant, sans pitié, lorsqu'il brossait les portraits de ses confrères, insistant toujours sur leur misère, leur mesquinerie, leur jalousie. Pour lui il n'y avait pas sur terre créature plus jalouse qu'un prêtre. « Et pourtant nous sommes ordonnés, nous avons à porter la parole… » C'était son dernier mot.

Quelque chose l'avait changé ces dernières années, une libération, la disparition d'un garrot qui l'oppressait. Il ne m'avait parlé de rien. J'avais deviné que cette métamorphose avait correspondu avec la mort de sa mère. Et, à Rome, la présence d'Axel empêchait toute confidence. Nos conversations avaient été générales et politiques. Il se félicitait de l'élection du pape allemand qui, à défaut d'être un pasteur, était un grand théologien. Mais surtout ce qui m'avait frappé, c'était cette joie vitale, ce rayonnement qui le traversait et qui le rendait toujours étonnant, toujours séduisant, lorsqu'il tombait à genoux, à Saint-Pierre où je l'avais accompagné, devant le cercueil de verre de Jean XXIII ou qu'il jouait dans le Forum ou sur la place Mattei près de la fontaine aux tortues avec la coiffure rouge du vieux prélat. Il avait tout alors du chenapan, de l'enfant de chœur dissipé qui s'est saoulé au vin de messe.

J'étais descendu à Saint-Eustache et j'avais allumé un cierge. Je devais dîner avec Julien de Bourbriac, mon nouveau galeriste qui voulait m'en dire plus sur ses projets asiatiques. La lassitude et l'angoisse m'assaillaient de nouveau. Gilles avait perdu Antonin. J'allais perdre François. Le cercle de nos amis de collège s'éclaircissait. Chacun des jumeaux s'enfoncerait dans la nuit avec un fantôme.

À Bourges où je lui avais rendu visite dans son nouveau presbytère, celui de la cathédrale, il m'était apparu reposé, mais le teint verdâtre, les yeux cernés. Les semaines où il subissait la chimiothérapie, il n'était pas visible. La nausée, la fatigue le renvoyaient à sa condition animale et mortelle, selon sa formule, et cela lui était insupportable. Je prenais le train, transitais par Vierzon. Il y avait des jours heureux où nous pouvions déambuler dans la ville, d'autres où les quelques pas que nous faisions dans le jardin jusqu'à une serre où il collectionnait les orchidées lui coûtaient atrocement. Même quand il souffrait, il restait digne, les mâchoires serrées, capable de rire en disant que, maintenant qu'il était malade, sa nomination épiscopale serait retardée et qu'il n'était pas nécessaire que je me hâte pour dessiner sa crosse. Il m'invitait quand même à aller regarder ce qu'un atelier d'orfèvres de Saint-Brieuc avait réalisé dans les années trente pour les évêques de Vannes et de Laval. Il aimait particulièrement le bâton pastoral de monseigneur Tréhiou, l'évêque de Vannes, qui contenait un petit reliquaire dans le crosseron. Puis nous parlions de Bernanos qu'il connaissait par cœur, de la poésie de Reverdy qui l'inquiétait, de Rome où il repartirait avec Axel dès qu'il irait mieux et où il m'engageait à les retrouver, de son futur diocèse, il rêvait de Langres ou de Quimper.

Un jour où il m'était apparu digne, d'une lucidité extraordinaire sur ce qui l'attendait, moi qui ai toujours eu tant de mal à exprimer mes sentiments, je lui avais envoyé du train un SMS que je concluais ainsi : « Tu es un très grand. » La réponse n'avait pas tardé : « Merci Guillaume de ton jugement. Mais je ne sais vraiment pas en quoi je le mérite. Serais-je plus grand depuis que je vis en étant malade ? Merci de ta prière. Sois béni. F. » Le train s'était arrêté dans un paysage d'étangs que je voyais luire entre les arbres. C'était la terre de *La Mare au diable* et des envoûtements. L'angoisse revenait. J'attendais le retour à la gare d'Austerlitz avec impatience.

La dernière fois que je l'ai vu un peu longuement, c'était au lendemain de Noël en 2006. Le cancer s'était diffusé et François était plus cireux que jamais. Il s'était mis en tête de rendre visite à son ami Axel qui se reposait dans une belle propriété aux confins du Berry, sur la commune de Lureuil dans la Brenne. J'ai le souvenir d'une maison luxueuse avec des massacres sur les murs et des poissons naturalisés, des brochets et des perches, conservés dans des écrins de verre. Rien ne me permettait de dire où François avait rencontré cet Axel, très versaillais dans son ton et son allure. C'était un prêtre assez incandescent, assez naïf aussi parfois, assez traditionnel et très rieur, ce qui enchantait François qui le regardait comme son fils. Malgré la sérieuse détérioration de l'état de santé de

François, ils envisageaient toujours de retourner à Rome aux beaux jours. C'était leur espérance. Comme la mitre que les métastases s'étaient mises à ronger. Le voyage jusqu'à Lureuil avait été un cauchemar, François n'ayant plus la concentration et la force pour conduire. À plusieurs reprises, j'avais pensé lui demander de prendre le volant. Il était en sueur, il baissait la vitre pour s'aérer, il souffrait le martyre. Arrivé dans la belle demeure, il avait pu tremper ses lèvres dans un verre de champagne. Axel, parfaitement élevé, savait recevoir. La table avait été dressée devant une cheminée. François s'était aussitôt blotti près du feu. Axel était incollable sur la région, la vie des étangs de la Brenne et ces petites tortues, les cistudes, je crois, qui s'enfouissent dans la vase à l'automne pour hiberner. Il aurait pu raconter n'importe quoi, François était heureux de l'écouter. Je pensais aux tortues que portent les éphèbes sur la fontaine de la place Mattei à Rome. Je pensais à ces moments insouciants de l'autre printemps.

Avant même que le café fût servi, François avait demandé à se retirer, comme s'il eût cherché à me laisser seul avec Axel. Le jeune homme avait voulu se rendre aimable en me parlant de ce que j'avais fait pour Saint-Eustache.

— J'ai longtemps vécu rue des Archives du temps de mes études, quand je me préparais à devenir ingénieur. C'est là que j'ai connu François. Stéphane Giroud, du Grand Jeu, était un ami. Oui, j'ai bien connu Saint-Eustache au moment des années terribles.

Un autre personnage m'apparaissait soudain sous celui du Versaillais convenu qui maîtrisait à merveille les secrets et les codes. Il ne serait plus question de rien lorsque François serait revenu au salon. J'étais troublé par ce que je venais d'apprendre. Je feuilletais machinalement un beau livre, qui traînait là, sur la faune des étangs de la Brenne.

Le retour avait été épouvantable. François n'avait pas voulu lâcher le volant alors qu'il souffrait, c'était évident. La fièvre était revenue, les embarras gastriques aussi. Rien ne le ferait renoncer. Il souhaitait vraiment rentrer à Bourges où il devait subir de nouveaux examens le lendemain. Axel nous avait proposé de rester à Lureuil. François n'avait rien voulu entendre. Il détestait l'humidité de cette région et préférait dormir chez lui. C'est sur la route, à la nuit tombée, qu'il m'avait confié que les rêves de mitre et de crosse l'avaient quitté et qu'il y avait autre chose dans la vie. Peu de temps après il avait murmuré :

— Tu veilleras sur Axel quand je serai parti.

Je ne devais pas le revoir en vie. Son début d'année, il l'avait passé à l'hôpital et dans une maison de santé pour prêtres âgés. Il m'envoyait des SMS pour me dire que tout — la souffrance, l'environnement — relevait de l'enfer. « Je suis en repos sévère. J'ai droit à une heure de visite. » Ces messages, les derniers, je les ai tous gardés. C'est son frère, un vendredi soir de février 2007, qui m'a prévenu que tout était fini. Dès le lendemain, j'étais à Bourges. Le corps n'était pas encore arrivé au presbytère. Les dames d'œuvre s'affairaient dans le petit oratoire où il serait déposé, cette petite chapelle de pierre blanche où, les matins d'automne encore, François célébrait sa première messe. Dans l'intervalle, j'ai marché dans les rues, je suis entré chez un bouquiniste où, ironie du sort, j'ai trouvé un opuscule sur le cardinalat de monseigneur Joseph Lefebvre et un beau livre de photographies anciennes de sainte Thérèse au carmel de Lisieux. J'avais ce paquet mal ficelé dans les bras quand je me suis incliné devant le corps méconnaissable de mon ami, le visage creusé, tuméfié, les pieds chaussés de bas noirs qui émergeaient de l'aube immaculée. Autour du catafalque les paroissiennes étaient en pleurs. Les cloches de la cathédrale avaient sonné lorsque le corps du curé était arrivé à la petite chapelle. Il y avait une émotion, une tristesse considérables. Les gens commençaient à entrer en masse. J'ai fui.

J'aurais aimé que le corps de mon ami fût déposé dans l'oratoire de son premier presbytère des quartiers nord, là où j'avais peint le visage du Christ sur le mur. La pierre blanche de la chapelle, les murs nus, le visage défait de François, ses pieds, sans même la protection d'un drap, livrés au regard indiscret de la foule, tout m'avait tétanisé. Dans le train du retour, j'étais tombé sur cette photo étonnante où l'on voit Thérèse poser dans un groupe de sœurs un sablier entre les mains. J'apprendrais quelques heures plus tard que François, qui connaissait par cœur les textes de la sainte, était mort en disant : « Jamais je n'aurais cru qu'il était possible de tant souffrir. » C'était étrange et fabuleux que j'eusse trouvé cet album et le fascicule plus anecdotique sur les cérémonies romaines et berrichonnes en l'honneur du cardinal Lefebvre. Dans mon atelier de la rue du Nil, je me suis mis à peindre une miniature représentant la sainte qu'il avait tant aimée en remplaçant le sablier par une crosse.

Ce serait mon ultime cadeau que personne sur terre ne verrait jamais. Ce serait ce que je glisserais dans le cercueil lorsque j'embrasserais une dernière fois le visage de François plus abîmé encore après les jours d'exposition. J'étais rompu. Comme au moment de la mort de la Douleur d'Irlande, toute une part de moi disparaissait dans ce cercueil. Tout était consommé. Sous les voûtes de la cathédrale où l'archevêque, visiblement tendu et bouleversé, avait accueilli le corps, on méditerait les versets du psaume 139 qui était la nourriture spirituelle quotidienne de François : « Je te loue d'avoir fait de moi une créature si merveilleuse… » Si merveilleuse, si périssable. J'étais ravagé par la douleur. Le message d'espérance, la transparence éternelle du banquet des anges, je ne voulais pas en entendre parler. Le souvenir du gisant méconnaissable, avec son étole rouge, ne me quittait plus. La liturgie était certainement splendide. J'avais attendu Gilles et je ne le voyais pas. De la même manière, dans la multitude des prêtres en ornements rouges rassemblés dans le chœur — c'était François qui avait demandé cette couleur parce qu'elle était celle du vendredi saint et de la Pentecôte, celle de la douleur et de l'Esprit — je ne reconnaissais pas Axel. Je n'avais d'yeux que pour le coffre de bois clair qui contenait les restes de François et l'image de la sainte légèrement, ironiquement, transformée. Juste avant l'aspersion finale, l'archevêque, tremblant, légèrement parkinsonien peut être, lirait sur les marches de l'autel ces derniers mots dictés par François quelques heures avant de partir : « Je vous écris de mon gouffre, de mon puits où je brûle, de mon lit de douleur. *Jamais je n'aurais cru qu'il était possible de tant souffrir*. J'ai cru. J'ai aimé. À présent tout s'achève et je rends grâce. »

Il y avait un post-scriptum : « Dans la cathédrale, pas de fleurs, des cierges, les ornements de la Pentecôte et des prières. Là où je vais, là où il n'y a plus de souffrance, j'intercéderai pour vous. »

## CARNET VERT

Mars 2006

Impression de paix, d'autisme presque à plonger dans ces carnets oubliés, à les reprendre, ce passé qui revient en nappes, ces visages disparus, cette impression de solitude subite, les berges de l'Élorn, le collège de J., Antonin, François, nos confidents de toujours qui tombent, tant de choses confessées à François qui est parti avec tous ces secrets, avec son secret.

Impression aussi ici de vivre dans la maison d'un autre, ces journaux, ces vêtements laissés par Antonin, ces carnets remplis de plans et de scénarios et qu'il faudrait que je rassemble si je veux revivre ici. À qui les donner ?

Impression d'une vie vide, gâchée. Une angoisse vive lorsque la lumière du soir glisse sur la rivière. Je ne reviendrai plus en première ligne et mon nom est associé à un scandale. Il n'y a que mon fils aîné pour croire encore que tout peut recommencer.

La mort d'Antonin qui avait brûlé sa vie par les deux bouts, la mort au prix de terribles souffrances de François, le pur acharné au sauvetage des âmes, chacun des jumeaux Vègh s'enfonce dans la nuit avec un fantôme. Guillaume a la peinture et il peint comme il ne l'a jamais fait. Je ne laisserai rien. Si, un nom souillé.

Ils me hantent, l'ange noir et le prêtre bernanosien, le dandy vénéneux et l'homme de Dieu, lui toujours si juste, si drôle. Je l'entends encore un soir de juin 2005, j'errais sur les landes du Ménez-Hom. On m'appelle sur mon portable. C'est François. Il veut savoir si je me remets :

— Je ne te dérange pas ?

— Pas du tout. Je cueille de la bruyère.

— Comment peut-on déranger un homme qui cueille de la bruyère ?

Le jour de mon départ du ministère de la Justice, sur le pavage du porche qui venait d'être lavé, un signal jaune en forme de cône, qui aurait enchanté les surréalistes, avisait : « Attention. Sol glissant. » Il l'est toujours.

Ma vie s'est arrêtée un soir de février 2005. J'ai quitté une vie qui ne m'avait jamais vraiment plu. J'avais endossé les habitudes, les rites, le costume, tout en gardant au fond de moi une réserve. J'étais le personnage que certains avaient imaginé pour moi et cette histoire a commencé dans cette maison, au siècle d'avant. Mon grand-père, Élise, Timothée maintenant ont fait vivre ce personnage et le destin, le hasard les ont aidés. Plusieurs soirs, je me suis surpris à regarder en boucle les images de ma comparution au 20 heures de TF1. Je crois ne pas avoir raté mes adieux. Et ce soir-là, je n'ai écouté que mon cœur, je n'ai rien retenu de ce que mon entourage m'avait soufflé. Seul et nu, cloué au pilori, j'étais vrai enfin, avec mon frère et la Bretagne en filigrane.

Cette formule de Guillaume, saisie dans le brouhaha d'un restaurant romain, un soir que nous avions bu trop de frascati : « Au fond je n'aurai eu qu'un amour et c'est toi. » Depuis ce voyage, mon centre de gravité s'est déplacé, je L'ai redécouvert.

L'autre nuit, j'ai rêvé que je dormais dans ma mansarde sur le pont de Rohan, au-dessus de l'Élorn. Tout recommençait.

Heures vacantes passées sur le même pont au café Le Goéland, là où je donnais mes rendez-vous au début de mon aventure politique ici, puis marche par les belles rues jusqu'à l'église Saint-Houardon dont j'ai toujours trouvé l'intérieur ingrat.

Élise s'impatiente. Elle me dit que ma place est à Paris, que j'accorde trop de temps à Landerneau. À Landerneau et à Loscoat, mais ça elle n'a pas osé le dire. Une fois encore, c'est François qui avait raison : « Comment peut-on déranger un homme qui cueille de la bruyère ? » J'ai couru comme un fou, j'ai couru après du vent et je me suis intéressé trop tard à la bruyère et à ses sortilèges.

À la cathédrale de Bourges, j'étais en retard comme toujours. Toutes ces années j'avais pris l'habitude de me laisser conduire et je n'ai aucun sens des distances. Devant l'autel, là même où j'avais vu François étendu le jour de son ordination (c'était en septembre 1983, je crois), il y avait François encore, mais dans une boîte de chêne. Je ne l'aurai pas revu. Gilles, qui en a vu d'autre, m'a dit que c'était difficilement soutenable.

La bruyère cueillie après ma rupture d'avec Paris, les cendres d'Antonin que j'ai versées sur la grève, dans l'anse de feu le bateau Brume, après être allé seul les recevoir au crématorium de Brest, la dernière prostration de François dans la cathédrale de Bourges, ce testament si beau, le cri d'un saint, lu par un vieil évêque tremblotant et défait — « il y a, je vous le dis de mon lit de douleur, un au-delà de la souffrance » —, le sel des larmes : je ne peux plus être le même.

Un homme cherchait à me voir. Le vieux marchand qui possédait un entrepôt de textiles juste à côté de mon atelier m'avait dit qu'une personne d'une trentaine d'années s'était présentée plusieurs fois. J'étais par monts et par vaux. La petite sainte transformée que j'avais glissée dans le cercueil de François m'avait redonné l'envie de créer. François avait été déposé dans la terre du Berry, à Gargilesse-Dampierre, le berceau de sa famille, avec près de lui sa sainte vénérée et cette crosse ironiquement tracée — avec un minuscule reliquaire dans le crosseron — qu'il n'arborerait jamais à la cathédrale de Langres. J'avais réinvesti l'atelier de la rue du Nil, j'avais traîné la nuit, je m'étais retrouvé à l'intérieur d'une cave creusée dans la pierre où de jeunes hommes assez beaux et entièrement nus buvaient des verres avant de goûter d'autres supplices dans les profondeurs de la crypte. Peut-être était-ce cette incursion improbable qui m'avait donné l'idée de cette nouvelle série que j'avais inaugurée en faisant poser un magnifique éphèbe d'origine australienne, fin, délié, avec de belles lèvres et de longs ongles princiers et qui serait le premier des nus du Nil. Il était intelligent, il portait un nom d'archange et sa beauté m'avait électrisé. Mais je ne voulais pas une collection d'éphèbes, je voulais des corps, dans leur vérité.

Julien de Bourbriac, à qui j'avais imprudemment parlé de cette série, s'était aussitôt emballé. Il avait gagné beaucoup d'argent dans une première vie. Il était passé du négoce du pétrole à la peinture. Rien ne l'arrêtait. C'était un jeune loup, sûr de lui, qui n'était pas dénué de charme et qui avait la volonté farouche d'étendre l'empire qu'il avait commencé à bâtir avenue Matignon jusqu'aux confins du monde. Il lui restait, disait-il, une ruine en Bretagne qui expliquait son nom. C'était peut-être vrai, ce n'était peut-être aussi qu'un pseudonyme, il aurait pu s'appeler Tonquédec ou Huelgoat, peu m'importait, il avait une énergie qui me séduisait et je n'oubliais pas qu'il m'avait été présenté par Samuel et Jennifer Hall et que c'était chez lui qu'avaient été exposées les encres du cycle de la douleur. Un soir que nous dînions dans son appartement de la rue de Bourgogne, il m'avait annoncé qu'il allait acheter une fabrique désaffectée à Shanghai, dans le quartier de Moganshan. Ce serait sa galerie du bout du monde. Ce serait Island 12 et il voulait que je fusse le premier à y être présenté. On avait tout de suite songé aux nus de l'atelier du Nil, ces nus qu'il souhaitait nombreux, immenses, anthropométriques, de façon à couvrir les murs de cette ancienne minoterie.

L'homme s'était risqué une nouvelle fois dans notre cour, m'avait indiqué le marchand juif. Aux quelques détails qu'il m'avait livrés, j'avais immédiatement compris de qui il s'agissait : c'était Axel, l'ami de François, que j'avais totalement délaissé. Je ne connaissais que son prénom et je me voyais mal téléphoner à l'évêché de Versailles pour demander ses coordonnées. Il reviendrait sans doute, à moins qu'il ne se fût lassé de mes absences. Parfois, lorsque je travaillais, j'écoutais de la musique à tue-tête, Bashung toujours, Bach et cette *Apparition de l'Église éternelle* de Messiaen qui avait été jouée pour les obsèques de François. On aurait pu fracasser les vitres du petit vestibule qui donnait sur la cour, je n'aurais rien entendu.

On avait cogné à la fenêtre, un coup discret, timide. Julien de Bourbriac était dans l'atelier. Il était venu me montrer les photos de la future Island 12, une usine hideuse, ruinée, près d'un bras de canal, au milieu de tours en chantier. C'était tout sauf la Chine millénaire et raffinée. Julien m'assurait que c'était un lieu extraordinaire, la ville bougeait sans cesse, les buildings poussaient jour et nuit, Moganshan allait devenir la première plaque tournante du marché de l'art mondial, Bourbriac et Vègh ne pouvaient pas ne pas y être. L'argument m'avait fait rire tant il était grossier, mais l'assurance de Julien, forgée à HEC et aux États-Unis, n'avait pas de limite. Autant dire que l'arrivée d'Axel semblait décalée dans cet atelier envahi de formats géants, en présence de Julien qui avait eu l'élégance de s'effacer. Dans la belle maison de la Brenne, le jour si douloureux où nous avions parlé des tortues des marais, Axel m'était apparu sûr de lui, mondain presque, l'abbé versaillais type. C'était un autre homme qui m'arrivait là, sans col romain, une légère barbe blonde aux joues, un homme que la mort de François avait radicalement changé. Une timidité réciproque nous paralysait. J'ignorais comment il avait pu me retrouver dans cette rue secrète du Sentier où je le recevais dans le fouillis qui a toujours caractérisé mes ateliers, entre des piles de journaux, des toiles roulées et des monceaux de tubes utilisés.

Il me confierait très vite sa douleur et son désarroi. François, qu'il avait aimé plus que tout, n'était pas mort en sa présence. J'avais pensé innocemment que c'était lui qui avait recueilli les dernières paroles du testament spirituel. Le vicaire général, qui considérait François comme sa chose, avait interdit toute visite. Axel et les proches de François avaient tous été exclus. Je retrouvais le monde cruel et impitoyable que j'avais un peu approché. Il y avait chez Axel une délicatesse, une fragilité aussi qui m'avaient bouleversé. Les livres, les tableaux et même la calotte du cardinal qui devaient lui revenir, tout avait été capté par le vicaire, lequel n'avait tenu aucun compte des volontés du disparu. Chez Dehbia, au fond du bar, dans le box aux roses où nous nous étions assis loin des bobos qui paradaient dans la première salle, il sanglotait doucement. Lorsqu'il se ressaisissait, c'était étrange et émouvant, il prenait les intonations de son mentor. Il en venait même à douter de l'authenticité des paroles testamentaires. J'avais presque l'impression qu'il ne croyait plus, si bien que je lui avais posé la question de manière un peu brutale.

— J'ai quitté ma paroisse, je suis en congé pour études, je me cherche, avait-il répondu.

Je l'avais gardé à dîner. Il ne parlait que de François, de sa maladie, de la douleur qu'il éprouvait, lui, de ne pas avoir été là jusqu'au bout. J'exécrais la cruauté de ces clercs féroces, de ces prêtres sans amour. J'avais prétexté un rendez-vous nocturne avec Julien de Bourbriac qu'il avait vu tout à l'heure à l'atelier. Le désarroi d'Axel était insupportable et j'avais peur de tomber dans son gouffre.

À la station de métro Sentier, une femme ronde aux cheveux filasses comme de la laine épaisse et emmêlée hurlait, sans doute sous l'emprise de l'alcool. On eût dit le sosie de Geneviève Auffret. La ressemblance m'avait foudroyé. J'étais sans nouvelles de Geneviève depuis de longs mois. L'idée que Geneviève eût pu quitter le quai des Célestins pour errer sous terre était inconcevable. Et pourtant cette mendiante avinée, dans son délire et sa singularité, avait quelque chose d'elle. L'apparition m'avait troublé, elle me hantait encore alors que je peignais rue du Nil en naviguant musicalement entre Messiaen et Bashung, ce qui était une forme de grand écart. Christophe Clouet qui savait toujours tout m'avait dit que Bashung préparait un nouvel album. Il y aurait une tournée de concerts et il m'emmènerait à l'Olympia. Rue des Abbesses où toute l'ancienne clique du Marais se retrouvait, Antonietti, le conservateur corse, qui m'était toujours apparu si vipérin, m'avait proposé pour 2010 une grande rétrospective au musée de Nice. Avec lui tout était toujours compliqué et sibyllin.

— 2010, c'est bien loin… Je ne suis pas sûr d'être encore là.

Le bon mot avait amusé cette petite compagnie. Un seul projet m'aimantait : réaliser le grand cycle anthropométrique pour Julien de Bourbriac et Island 12. Une date était arrêtée : juin 2008. Les travaux de la galerie, m'assurait Julien, avançaient à grands pas. Il y aurait autour du bâtiment de l'ancienne minoterie une terrasse en caillebotis qui descendrait jusqu'à la rivière, d'immenses touffes de bambous et un jardin de sculptures. Julien avait déjà pris l'attache d'un paysagiste japonais pour l'aménagement de la terrasse et d'un artiste américain censé fournir les immenses statues, les poupées gonflables, les bibendums qui peupleraient l'espace entre la galerie et le canal. Il passait le plus clair de son temps à Shanghai. Il avait même emporté là-bas les raretés qu'il entassait rue de Bourgogne. Une édition somptueuse d'*Au château d'Argol* reliée dans les années quarante, des lettres d'Aragon et de Breton composaient, entre autres, cette collection. Argol sonnait pour moi comme Élorn, c'était un élément du merveilleux breton, un fragment du Finistère qui s'envolait vers d'autres confins. Julien parlait toujours de Shanghai avec une passion grandissante. C'était la cité des lanternes qu'avait décrite Claudel, la ville d'après les trois morts — la ville du bout du deuil.

Entre Nice et Shanghai, le choix était vite fait, mais comment le dire au conservateur corse ? Entre Nice si liée pour moi à d'affreux souvenirs et la cité des tours, entre la récapitulation et le vertige d'un nouveau départ, je n'avais pas hésité. J'admirais Gilles de pouvoir rester si longtemps à Loscoat, entre la rivière et le maquis des souvenirs. Les disparitions successives de Deirdre, d'Antonin et de François m'avaient incité à larguer les amarres, à rompre avec l'épaisseur et les ressassements de la mémoire, à effacer ce chemin de douleur et de nuit. L'odeur de la peinture, les fonds immenses à badigeonner, les modèles qui s'imposaient sans fard et sans fioritures, me mettaient en transe. C'était une jubilation qui me saisissait, une jeunesse sans entraves, sans poids, sans ombre, sans *corps mort*. Island 12 serait le territoire de la renaissance, de la liberté. Tous les cycles, toutes les encres précédentes où l'on pourrait me reconnaître ne m'intéressaient plus. La présence des modèles sous la verrière verdie de la rue du Nil était indispensable. Un jeune Irlandais bouclé à la peau très blanche, aux côtes parfaitement dessinées, au regard légèrement perdu avait passé de longues heures dans l'atelier, un peu troublé par le va-et-vient des portefaix et des livreurs dans la cour. Il montait sur le podium en demandant à garder ses chaussettes parce qu'il était frileux. Un homme plus âgé que je voyais chez Dhebia, rond, bouffi, la chair affaissée, mais avec une raideur altière dans le port de la tête, avait aussi accepté d'entrer dans la confrérie secrète du Nil alors que je lui offrais des Leffe. Deux étudiants, deux bruns très beaux, l'un originaire de Saint-Tropez, l'autre de Lyon — ils étaient à Sciences-Po où ils connaissaient mon neveu Timothée — devaient aussi venir et je les attendais, mais à cet âge-là la pudeur les ligotait encore. Un vagabond débarqué des pays de l'Est et que je voyais souvent traîner dans les parages de Saint-Nicolas-des-Champs, le genre « clodo métaphysique » qui éveillait de si douloureuses réminiscences, avait accepté de laisser tomber ses vêtements pouilleux et de révéler son corps amaigri, une musculature noueuse et ferme qui allait à merveille avec son caractère ombrageux. Je lui avais glissé quelques billets en lui taisant la destination de ces toiles. Je ne voulais pas l'entraîner chez Dhebia où, après avoir un peu bu, il pouvait créer le scandale. Les hommes d'Island 12 peuplaient mes jours et mes nuits, il y avait encore un chercheur ténébreux, à binocles, qui m'avait attiré par l'élégance de ses brodequins anglais, un jeune Russe très charmant, très blond, la peau lisse, fin connaisseur de Messiaen, que j'avais fait poser un crâne dans les mains, un Italien pudique qui avait mis beaucoup de temps à se dévêtir sous la verrière. Je ne voulais surtout pas de modèles professionnels. Les nus d'Island 12, je les choisissais dans la rue, dans les bars, au hasard d'un échange de regards, d'une entente fulgurante ; plus ils étaient lents à accepter, plus ils me plaisaient et j'aimais les voir monter sur le podium sous la verrière comme sur le bois de l'échafaud, un peu inquiets, tendus, demandant à garder leurs binocles ou leurs chaussettes, un bracelet fétiche, une chaîne d'or ou une alliance ou parfois plus à l'aise, plus aguerris, plus poseurs déjà et choisissant dans le désordre de l'atelier un accessoire, un crâne, un calice rapporté de Rome, un sablier. Dans un cartouche égyptien, en bas à gauche de la toile, j'indiquais de manière cryptée les dates et les heures de pose. Je signais sobrement GV. Il ne devait rien y avoir de raffiné, de maniéré autour de ces corps saisis dans ce qu'ils avaient d'opaque, de résistant, cette humeur sombre des cuisses, des couilles exhibées, cette violence tapie, ces mains ballantes, inemployées, ce vide soudain de corps arrêtés dans la frénésie de la ville, statufiés sur l'échafaud du peintre, le regard vague devant le rideau d'affreuse rayonne achetée dans une boutique du Sentier, sans nimbe, sans aura, sans éclairage avantageux, sous le faisceau de lumière froide qui tombait de la verrière aux lichens.

Tel j'étais, obsédé, jusqu'à ne plus dormir, par la série à achever. Les toiles du cycle de la lumière, les travaux de Rome, avaient atteint des prix que je jugeais faramineux. Christophe Clouet, qui jouait avec l'idée de venir poser sans oser se jucher sur le podium, avait dit un soir qu'il m'avait rejoint dans mon box aux roses :

— Encore quelque temps et on ne connaîtra plus que toi. Le nom de ton frère sera totalement oublié.

— Il n'y a jamais eu de concurrence entre nous, avais-je répliqué avec une violence dans le ton qui avait surpris Christophe. J'aurais préféré qu'on continue à parler de mon frère. D'ailleurs il reviendra.

Christophe n'avait pas moufté. L'incident était clos et l'espérance que j'avais affichée ne reflétait pas ma pensée. Je pensais bien que le retour de Gilles aux affaires était compromis. Pour ceux de ses collaborateurs qui tombaient, Chirac, disait-on, avait une formule sans appel : « Il (elle) a le croupion cramé. » C'était d'une lucidité implacable. Gilles était désormais de la galaxie de ces serviteurs carbonisés. Et je ne voyais pas en quoi il pourrait plaire aux éventuels successeurs. Timothée, mon neveu que j'avais croisé aux Halles, m'avait dit que son père passait désormais presque tout son temps en Bretagne. Sa formule m'avait semblé d'une grande pertinence : « C'est mélancolie ouest. » Les quelques mots que nous avions échangés en prenant un café m'avaient permis de mesurer à quel point la famille avait souffert de cette histoire. J'avais moi-même été pris à partie rue des Petits-Carreaux par des excités qui m'avaient insulté et traité de voleur. Je m'en étais sorti en les menaçant et ces couards avaient pris la fuite. Il était arrivé à Timothée de se faire appeler de Souvré. C'est dire. Le nom des Vègh renaîtra au soleil levant, avais-je murmuré. Timothée ne m'avait pas compris.

Les modèles attendus tardaient à venir. Cette fin d'après-midi vacante, je l'avais passée chez Dhebia, en sa compagnie, à boire des bières du Nord. J'aimais l'entendre me parler de son père aux sympathies FLN affirmées. J'aimais l'entendre parler des films qu'elle voyait, d'un artiste en vue qu'elle côtoyait, du mystérieux J.M.G. Le Clézio qu'elle avait croisé dans une soirée. De lui je ne connaissais qu'un titre : *L'extase matérielle*. Ce titre d'un ouvrage de jeunesse m'avait fasciné. Je me souvenais d'un autre livre, *Les géants*, avec des papiers-calque insérés dans le roman et des passages barrés. Ma science avait l'air d'étonner Dhebia qui voulait en savoir plus sur ce que je préparais. À ce moment-là, Julien de Bourbriac m'avait appelé du Barbarossa, un bar de Shanghai au milieu de People's Park, avec des balcons et des tentes marocaines, où il donnait ses rendez-vous. Il voulait connaître l'état de la série.

— J'ai tout brûlé cette nuit !

— Arrête de boire, avait-il répondu du bout du monde. Et finis bien l'ensemble. Je sors de la galerie. Le gris du béton ne me convenait pas. Je fais tout repeindre.

On pouvait lui faire confiance.

Dhebia était partie comme souvent en fin d'après-midi — elle avait, c'était son mot, quelques coups de fil personnels à passer — me laissant à mes observations, à mes ruminations et à mes bières. Quelques bobos insipides étaient arrivés. J'avais sorti mon carnet Moleskine et je m'étais mis à crayonner. L'idée m'avait alors traversé comme la foudre. J'étais rentré et j'avais appelé Gilles en lui parlant de Shanghai et de ce que je préparais. Il venait la semaine suivante à Paris. Il ferait halte rue du Nil, c'était promis. J'étais redescendu rue des Petits-Carreaux. J'avais eu la surprise de trouver en terrasse Axel qui manifestement me cherchait. Il avait l'air austère et sombre que je lui avais connu dans la maison de Lureuil. Je ne voulais plus plonger dans ses ressassements. Fort heureusement nous avions évoqué mille sujets, l'ambiance des collèges catholiques, les amitiés électives qui s'y nouaient, les voyages, Rome, le goût de Benoît XVI pour les dentelles et la liturgie ancienne, la sculpture d'un Italien représentant Jean-Paul II heurté par une météorite. De nouvelles bières avaient été servies et je commençais à me sentir bien embrumé. Il m'apparaissait qu'après un long temps de flottement Axel avait repris ses fonctions dans le diocèse de Versailles. « C'était ce que je pouvais faire de mieux, la seule façon de rester fidèle à François... », avait-il susurré avant de reparler de cet odieux vicaire général qui avait mis le grappin sur François et sur son héritage en écartant Axel qu'il haïssait. C'était curieux de voir comment les clercs adultes restaient marqués par l'esprit des collèges et des embrasements affectifs, une certaine violence des sentiments qui confinait à l'immaturité. Axel craignait que l'autre n'eût mis la main sur des souvenirs, des cadeaux, des lettres qu'il avait adressés à François, curé de la cathédrale de Bourges, futur évêque, et qui pourrait être utilisés contre lui, contre eux. C'était surprenant de voir à quel point ce jeune homme distingué, si façonné par son milieu versaillais, restait hanté par la boue, le péché, l'homme qui défaille. La bière du Nord bue en abondance me donnait pour lui d'autres perspectives de rédemption. Il rejoindrait bientôt le clodo métaphysique et pouilleux, le Russe blond, le guerrier de Finn à la tignasse bouclée, l'archange australien, l'Italien pudibond et le comte de Paris que je voyais accoudé au bar. Il me suffisait d'avaler un café et j'étais prêt.

Sous la verrière verdie il n'avait pas hésité, dégrafant son col romain et posant très méticuleusement ses vêtements, ses longs bas noirs sur une vieille chaise maculée de peinture, comme l'avait fait avant lui l'archange australien. Il était svelte, noueux, presque sans corps, une liane immatérielle. Lorsqu'il était monté sur le podium, posant ses pieds osseux et fins là où tous les autres avaient défilé, j'avais baissé les yeux. Ce n'était pas un corps comme les autres que j'allais peindre, c'était dans ce cycle du Nil le corps d'un garçon à qui on avait appris à détester la chair et qui l'avait rencontrée. Ses errances, ses audaces, ses déchirements me le rendaient proche, moi qui n'étais d'aucun groupe, d'aucun ordre, d'aucune église, seulement d'une constellation éteinte, moi qui ne savais que dessiner et peindre et qui ne devais qu'à mes yeux les plus vives jouissances qu'il m'eût été donné de connaître. Il avait été l'ami de François et, comme Gilles qui allait venir, il serait de ceux que, sur fond de rayonne vieil or, je restituerais avec le plus d'application et de ferveur. Sur l'estrade où il s'était perché, il n'avait demandé aucun accessoire. Sur les murs d'Island 12, il figurerait avec une étrange fleur rouge, toute froissée et indéchiffrable, dans la main gauche.

J'avais pris l'avion au lendemain du concert de Bashung le 9 juin 2008. Ces chansons que j'avais écoutées jusqu'à la hantise — *Je t'ai manqué*, *Hier à Sousse*, *Comme un lego* — résonnaient en moi sans fin, les autres aussi qu'il avait chantées et qui me revenaient du temps de Deirdre et des longues après-midi immobiles sous le ciel de Dublin, tout y était de ce que nous avions aimé, il n'avait manqué, je crois, que l'âne planant autour des tours de Notre-Dame. C'était un concert testamentaire. À l'Olympia une ferveur respectueuse avait accueilli le chanteur entièrement vêtu de noir, le visage pâle et émacié, le spectre au chapeau noir qui saluait son public d'un sobre « bonsoir » avant de le combler pendant près de deux heures. Je n'étais pas un habitué de l'Olympia où, grâce à Christophe Clouet, je m'étais trouvé au début au balcon des VIP puis nous étions descendus dans la fosse pour mieux vivre l'émotion du concert. C'était un poète que je saluais, un complice de mes journées de création — j'avais achevé la série des nus en n'écoutant que *Bleu pétrole* —, un frère de la nuit et des abîmes, si lié à ma vie, à Deirdre, à toutes ces années.

Longtemps l'image de la grande silhouette noire et longiligne m'habiterait, alors que je somnolais dans l'avion puis, là-bas, dans l'immense forêt des tours, des citadelles levées, des routes aériennes, des ponts suspendus, des voies qui s'enchevêtraient. Je n'avais jamais vu pareil grouillement, pareille vitalité, la vie ne s'arrêtait jamais, la nervure des tours, les axes bleus s'illuminaient la nuit tandis que les grues fonctionnaient encore et que des homoncules escaladaient des échafaudages de bambou. La cité des lanternes, la ville horizontale de Claudel riche d'un labyrinthe de rues, de portiques obscurs, de salles ténébreuses était bel et bien morte, il n'en restait que des lambeaux que je verrais plus tard, avec le caniveau central, les éviers et les machines à coudre installés à l'extérieur, les légumes posés à même le sol et le linge qui séchait sur des fils tendus entre les façades. Shanghai était une ville céleste, dressée, qui s'étendait à l'infini bien au-delà du territoire mythique des anciennes concessions, une ville en mouvement, ivre de circulations et d'échanges et où la vie ancienne continuait, horizontale, cachée, avec ces charrettes et ces bennes que l'on traînait, pleines de vivres, d'étranges monticules, les débris des vieux quartiers détruits peut-être, une mégalopole de verre et d'acier dont rien ne briserait la croissance. La forme, l'élégance de certaines tours m'avaient séduit, la nuit surtout lorsque les étraves de ces paquebots levés s'éclairaient, c'était alors comme des coutures luminescentes qui se dessinaient dans le ciel, le tracé de carcasses géantes dont on ne devinait que les contours, un champ de forteresses infinies qui scintillaient où que l'on regardât.

Julien de Bourbriac avait déjà ses habitudes. Le premier jour, alors que je me sentais frais malgré le décalage horaire, il m'avait reçu dans l'ancienne concession française, au Sasha's, une belle maison coloniale qu'entourait un jardin où, sous la verdure enfin, nous avions pu parler de l'exposition. Tout était arrivé, les toiles n'avaient pas souffert du voyage et Julien semblait content de ce qu'il avait vu. Ce n'était pas un homme à multiplier les compliments. Peut-être était-ce une forme de gêne qui s'exprimait ainsi, il avait été séduit par les œuvres, il avait encouragé la production de ces nus anthropométriques qui couvriraient les murs de béton gris d'Island 12.

— J'ai bien aimé le clin d'œil, avait-il dit en avalant une seconde bière. Tu t'es glissé dans la série, avec l'autoportrait au cerf.

Comme les nus n'avaient pas de nom, je n'avais pas démenti. Le soir encore, à un moment où la fatigue commençait à se faire sentir, il m'avait emmené au Barbarossa, dans un parc très vert près de la place du Peuple et nous avions siroté des mojitos en regardant de petites grenouilles s'agiter sur une pièce d'eau qui ceinturait la demeure d'inspiration marocaine. Il voulait que j'écrive un texte très court pour présenter l'exposition. Je pensais qu'il aurait été plus drôle de demander aux modèles de témoigner, rien ne l'arrêtait, il appelait déjà son assistant parisien pour s'assurer que le projet était viable. « Des témoignages écrits, avais-je insisté, rien d'autre, surtout pas de vidéos. » C'eût été sans doute plus tendance à Shanghai, mais je ne voulais que les corps, les pauvres corps, l'archange australien, le clodo métaphysique, le comte de Paris, le guerrier d'Irlande, le prêtre inconsolable, le ministre déchu et tous les autres — ils étaient près de vingt — nus comme dans une salle de police, prêts à être fouillés, auscultés par les regards des voyeurs qui défileraient dans les pièces bétonnées de la minoterie désaffectée. Dopé par les mojitos, Julien de Bourbriac était dans une forme incroyable. Et voici qu'il m'entraînait au Shintori, un restaurant japonais branché, une immense coque de béton gris à laquelle menait un promenoir de bambous magnifiquement éclairé, la cuisine y était savoureuse et les mitrons saluaient le départ de la clientèle avec de grands et sonores claquements de mains. En quelques semaines Julien s'était fait des amis partout et il était accueilli comme chez lui.

Shanghai, je le découvrirais vite, n'était pas une ville pour les marcheurs. À part les rues poussiéreuses de la concession française qui menaient à l'enclave délicieuse du jardin de Sasha's où je prendrais vite mes habitudes, à part les ruelles de l'ancienne ville que j'avais découverte un peu par hasard en quittant une bambouseraie où s'étaient donné rendez-vous de beaux vieillards placides et souriants que j'étais resté regarder comme des rescapés de la Chine sanguinaire de Mao, il y avait peu d'espace pour la déambulation gratuite et rêveuse. Les taxis pullulaient. Sur le chemin de l'hôtel, du jardin de Sasha's et d'Island 12, ce serait mon unique moyen de communication, entre les tours, les fosses géantes, les quartiers rasés où semblaient subsister de rares îlots de résistance et le fleuve Hampu dont le flot continu de péniches, de barcasses remplies de minerai et de bois, toutes côte à côte, dans un imperturbable coudoiement, m'avait littéralement fasciné.

La galerie, comme on pouvait s'y attendre, était une friche industrielle dans un quartier en pleine mutation. Des bambous déjà hauts avaient été plantés à la hâte pour dissimuler les berges comme bombardées du canal qui jouxtait l'ancienne minoterie. Des ouvriers s'activaient à vernir le caillebotis sur lequel devaient être déposées les statues du sculpteur américain, d'effrayantes poupées ventrues et bariolées que les investisseurs s'arrachaient. C'était proprement hideux, tape-à-l'œil, sans intérêt et Julien de Bourbriac, en homme averti, savait ce qui plaisait à cette clientèle de financiers internationaux. J'allais le lui dire, puis je me ravisai. Depuis mon arrivée ici, après le goulet sombre du concert de Bashung, j'étais léger, excité par ce que je voyais, curieux, enthousiaste, ce qui ne m'était pas arrivé depuis bien longtemps. Les salles du vieux bâtiment étaient spacieuses, hautes de plafond, extraordinairement lumineuses. C'était un lieu vaste et dur, brut, pour des œuvres sans fard et sans joliesse. Les nus du Nil donneraient l'impression d'avoir abandonné leurs vêtements au seuil de la bâtisse. *Nudi del Nilo. Nil's naked.* Ce n'étaient pas des Nuer. Et pour qu'il n'y eût pas d'équivoque, tout commencerait par une immense reconstitution photographique de l'atelier avec la verrière, le podium, les accessoires et les monceaux de détritus qu'il me fallait piétiner en travaillant.

— Il y aura une surprise. Ton frère va venir, accompagné, m'avait annoncé Julien de Bourbriac, avec un franc sourire.

— Sa femme ?

— Non, une femme. Mais puisque tu veux tout savoir, ils ne partageront pas la même chambre.

Il y avait longtemps que j'avais compris que Gilles avait multiplié les aventures. Était-ce dans son génome ? Était-ce, au contraire, dans la panoplie de l'homme politique qui passe son temps à séduire et à tester chez l'autre l'effet de son pouvoir ? Il avait évoqué cette possibilité de venir à Shanghai. Julien devait penser qu'il venait admirer la série et mon autoportrait au cerf. Il en avait reparlé. J'avais laissé courir la légende. Il avait ri en disant qu'il m'emmènerait goûter un plat à base de pénis de cerf frit qui était une spécialité locale. Il n'y avait rien de tel dans les excellents restaurants où nous allions dîner. J'avais tout juste le temps de prendre une douche au retour de la galerie où j'entendais contrôler jusqu'au bout l'accrochage. Julien aimait prendre un drink vespéral dans les bars cosy du Bund pour assister à l'éclairage de la Perle de l'Orient, l'immeuble de la télévision, et des tours voisines de Pudong. Ensuite il avait toujours des adresses merveilleuses, le Haïku avec de singulières pissotières vitrées qui surplombaient un jardin, le Bali Laguna au milieu des citadelles de verre, des étangs et des grenouilles qui coassaient, d'autres lieux encore dans l'intimité des parcs de la concession française. Je m'enhardissais à Shanghai. J'avais été capable de trouver le marché aux puces de Dongtai Lu rempli de fleurs, d'oiseaux en cage et de centaines de tortues qui barbotaient dans des aquariums. Dans les échoppes, indifférents aux visiteurs, les Chinois mangeaient goulûment leur soupe de nouilles. C'est là, dans un bric-à-brac, parmi les bustes de Mao et les reliques horribles de la Grande Marche que j'avais trouvé un joli petit bouddha polychrome, pas très cher, pas très authentique sans doute mais ravissant de forme et de couleurs que la vendeuse avait empaqueté dans un hideux papier journal. Je le voyais déjà veillant sur le capharnaüm de la rue du Nil, si toutefois je réinvestissais ces lieux à mon retour. Sur la route de Moganshan, je souhaitais m'arrêter au temple du Bouddha de Jade : le taxi me déposa brusquement et je sortis de la voiture dans la précipitation en ayant soin de ramasser ma monnaie. Je n'étais pas entré dans le temple que je prenais conscience que j'avais oublié ma statuette. Et le taxi avait évidemment continué sa route. J'étais triste. Je me sentais ridicule d'avoir ainsi perdu ce bouddha qui ne valait rien et que je chargeais soudain d'un pouvoir fabuleux. C'était une pièce extraordinaire. C'était un talisman et je l'avais abandonné de façon idiote dans le premier taxi venu. Les statues birmanes pourtant magnifiques, les moines, les bâtons d'encens, rien ne retenait mon attention. Je m'en voulais atrocement. Par bonheur j'avais conservé la note du taxi. Lorsque je serais arrivé à Island 12, je la confierais à l'assistante chinoise de Julien qui lancerait aussitôt les recherches. Ma négligence et l'attachement que je portais à cette statuette l'amusaient beaucoup et elle plissait ses paupières en riant. Je déambulais dans les salles, incapable de penser à autre chose qu'à mon bouddha perdu. L'assistante m'informait en anglais de la progression de l'enquête. La voiture était localisée. On m'avait demandé de décrire le paquet oublié. C'était bien cela et le chauffeur très honnête l'avait retrouvé. Ce n'était pas d'ailleurs de l'honnêteté du chauffeur que je doutais, mais de la probité des clients suivants, des touristes capables d'emporter sciemment mon paquet. Le bouddha me serait livré à mon hôtel ou à la galerie. Il me suffirait de payer la course. Curieusement, pour je ne sais quelle raison, parce que c'était un colis sacré, parce que j'étais un artiste, le chauffeur qui s'était aventuré jusqu'à l'entrée d'Island 12 n'accepterait pas un sou.

Sur le rebord de la fenêtre de ma chambre, comme

sur un autel privé, j'avais disposé le bouddha rescapé de mon étourderie et les étonnantes petites tortues gigognes que j'avais aussi trouvées au marché aux puces, les cistudes de Shanghai. Le bouddha doré, avec son extraordinaire frimousse rose, se détachait sur le front des forteresses d'émeraude et de jais. À la nuit tombée, les nervures et les sutures des façades s'éclairaient comme sur les rives marécageuses de Pudong qui commençaient à s'enfoncer de quelques inquiétants centimètres chaque année, sous le poids des citadelles longilignes qui ne cessaient de croître. Cette histoire, quand elle m'avait été racontée, m'avait ravi.

Dans la cité des forteresses aériennes, des hauts temples verticaux prêts à lécher le ciel, entre les lambeaux de la vieille ville où l'on voyait encore parfois sécher du linge sur un toit, dans l'entre-deux de murs effondrés, je me croyais sans passé. Rien ne me touchait plus. J'étais parvenu au bout de tout, à la quintessence de tous les deuils, dans ce fabuleux mélange, cette modernité arrogante et phallique, et les vestiges, les fragments de la cité des lanternes et des ruelles qui me rappelaient Claudel et Malraux et que je retrouvais, sitôt ma bambouseraie traversée, près des jardins Yu, exerçaient sur moi une fascination forte, aussi forte que la contemplation des berges vénitiennes de Pudong. La poussière, la chaleur, l'agitation et les odeurs de la vieille ville horizontale, les cyclistes fous aux sonnettes stridentes et les chats errants, rien ne me rebutait. Au marché aux puces, où j'étais retourné, j'avais acheté un plan de Shanghai du temps des concessions et de la ville fortifiée. C'était l'époque où il y avait dans la concession française une rue du général Pétain qui figurait très lisiblement sur la carte. Ce plan palimpseste servirait de support à un futur travail. Pour Island 12, certainement.

Ainsi il allait venir. La perspective de son arrivée me surprenait un peu : en cinquante-trois ans de vie presque commune, jamais nous ne nous étions vus si loin de la France. Il y avait eu Ostende et Rome, c'était tout. Christophe Clouet avait aussi annoncé qu'il viendrait pour le vernissage. Les autres modèles savaient que leurs corps seraient montrés à Shanghai mais aucun ne se déplacerait. Christophe avait vaincu ses réticences justifiées par une anomalie anatomique troublante que mon pinceau avait tue. Il avait gardé ses lunettes en posant parce que, disait-il, sans elles, il se sentait dans le brouillard. Tous ils étaient là maintenant cloués aux murs de l'ancienne fabrique, le visage neutre, sans expression, ultimes veilleurs de l'Occident, les mains vides, la peau flasque, terne ou ridée, pâles ou halés, les côtes, les muscles dessinés, seuls entre le canal aux bambous et le caillebotis garni de sculptures hideuses ; le prêtre inconsolable avait sa calotte fripée à la main, mais rien ne le désignait comme prêtre, le conseiller ses besicles magiques, le jeune Russe le crâne des vanités, le ministre banni son minuscule cerf tatoué au haut de la cuisse — mais là tout le monde penserait que je m'étais glissé dans le cycle en me peignant dans un miroir.

La vie m'avait donné ce miroir vivant. Lorsqu'il s'était dévêtu rue du Nil, j'avais enfin pu demander à Gilles d'où lui venait le cerf. Il m'avait raconté une histoire bien étrange. Un jour qu'il furetait du côté du canal Saint-Martin, il était tombé sur Grégoire Rubrecht qui l'avait pris pour moi. Quelques secondes avaient suffi à l'éclairer sur sa méprise, mais Grégoire Rubrecht avait tenu à entraîner Gilles dans son atelier, là il lui avait parlé de nos rencontres et de mon voyage en Écosse jusqu'à la chapelle de Rosslyn, l'incitant vivement à aller, dès qu'il le pourrait, contempler la ronde de l'Homme vert sur les chapiteaux et le pilier de l'Apprenti. Avais-je raconté à Grégoire Rubrecht ma mésaventure des douves d'Édimbourg ? Toujours est-il que Gilles me jurait s'être retrouvé avec des copains quelques mois plus tard dans les douves du château en compagnie de ceux-là mêmes avec qui j'avais festoyé ; ces garçons naguère croisés à Rosslyn, croyant me reconnaître — il est vrai que les Français blonds ne devaient pas être si nombreux à s'égarer sous la pluie écossaise —, avaient voulu vérifier qu'il portait à l'aine le signe, en fait le cerf emblématique de leur petite société secrète qui rêvait de rétablir la royauté en Écosse, et découvrant sa cuisse vierge, ils l'avaient pris pour un traître puis, après avoir efficacement écarté ses amis, sous la contrainte, ils lui avaient imposé le tatouage en s'étonnant qu'il eût pu disparaître. Tout cela était bien mystérieux et tissait des liens invisibles, inconcevables même, entre le peintre sans tableau, disparu sans laisser de trace, et cette chapelle inachevée perdue dans la lande d'Écosse. Les paroles que me rapportait Gilles étaient infiniment crédibles — « C'est un lieu du mystère, c'est la chapelle des gémeaux, il faut y aller… » — mais elles me semblaient si éloignées de ce qu'était devenu Gilles à cette période.

— Nous avions eu le bateau Brume, notre chapelle au bord de l'Élorn, la grotte de Dommo et les galeries nocturnes de J., ce doux dingue de Grégoire Rubrecht m'avait dit que sur la carte du monde c'était un lieu essentiel et que tu y étais allé, nos relations n'étaient pas brillantes, souviens-toi, je me sentais seul, comme mutilé, et j'avais imaginé que c'était peut-être un endroit qui pourrait raviver notre pacte.

Qu'avait-il fait d'Élise ? Elle n'était pas du voyage, m'assurait-il, Gilles ayant pris le chemin de l'Écosse avec quelques khâgneux d'Henri-IV qui venaient, comme lui, de réussir au concours d'entrée de l'École normale. Il lui avait raconté au retour que l'envie l'avait saisi d'entrer dans la boutique d'un tatoueur près du château d'Édimbourg. Elle avait jugé l'idée saugrenue avant de s'accoutumer au petit cervidé secret. Il venait donc de là, du peintre sans tableau et de ses énigmatiques correspondants écossais, notre petit cerf qui apparaîtrait au grand jour dans les salles d'Island 12. C'était la marque de ces jeunes fous qui rêvaient de rapporter les regalia d'Angleterre en Écosse ou de sceller l'indépendance de leur région. Ou tout simplement, et c'était ce que nous dirions, comme le crâne, les besicles ou la calotte, un accessoire pictural de l'atelier de la rue du Nil.

Une nuit, le gisant de François m'était apparu dans son oratoire de Bourges. Comme une visitation d'une autre vie, d'un autre temps. Reposé, le dormeur de Dieu n'avait pas les traits noircis que je lui avais hélas vus. Au réveil, une phrase m'était revenue, sans doute prononcée par l'une des pleureuses qui, à la cathédrale, se pressaient autour du cercueil : « Cette mort, c'est de la semence de prêtre. » Je ne savais pas si les vocations avaient poussé comme des fleurs, sur la terre ensemencée du Berry, entre Bourges et Gargilesse-Dampierre.

Lorsque Gilles était arrivé, accompagné d'une belle jeune fille brune, il avait été immédiatement pris en charge. Pour Julien, pour Christophe, il demeurait le ministre et cela ne lui était pas indifférent. Il avait beau savoir que sa carrière ministérielle était finie, il aimait encore jouer à l'homme de pouvoir. Il avait retrouvé son siège de député un an plus tôt, brillamment, dès le premier tour. Il ne pouvait pas rompre avec la politique, même s'il se reconnaissait de moins en moins dans la nouvelle République flamboyante et rajeunie qui ne pouvait que le laisser sur la rive. Julien nous avait invités dans un bar qui regardait la Perle de l'Orient et les tours de Pudong. La jeune fille, Victoire, demeurait extrêmement silencieuse. Julien parlait de Shanghai et du centre d'art important que devenait Moganshan. La jeune Victoire avait quelque chose de Gilles. Même si je les voyais peu, je croyais connaître mes nièces, Julia et Laure, qui étaient bien plus jeunes que Victoire, Laure surtout. Julien voulait une fois encore nous inviter à dîner.

— Demain peut-être. Vous nous excuserez, nous sommes un peu fatigués, nous allons rentrer, avait répondu Gilles.

Il souhaitait être seul avec moi. Nous devions nous retrouver au bar de l'hôtel. Il avait fait en sorte de descendre vite après s'être rafraîchi. Les verres n'étaient pas servis qu'il disait d'un ton saccadé :

— Je n'ai pas de secret à avoir pour toi. J'ai suivi l'exemple de Mitterrand ! Cette jeune femme est ma fille. Elle vient de passer à Rennes le concours de médecine et je tenais à lui offrir un grand voyage. Tu te souviens de la créature brune avec qui j'avais dansé la nuit de mon élection à la mairie ? C'est sa mère. Victoire est née à la fin de 1989. D'où son nom. C'est terrible à dire, mais elles m'ont toutes les deux sorti du gouffre. Évidemment Élise et les enfants ne savent rien. Je ne me montre jamais avec elle à Paris, mais ici ! Rassure-toi, je ne vais pas t'imposer le récit de mes frasques. Mais nous sommes loin de tout et je suis libre maintenant. Mon corps mis à nu… Mon cœur mis à nu ! Il n'y a pas de journalistes ? Je ne voudrais pas qu'Élise apprenne que j'apparais dans les galeries branchées de Shanghai, à poil, et avec une fille…

— Nous n'avons pas à présenter cette jeune femme. Quant au nu au cerf, tout le monde croit que c'est un autoportrait.

J'étais troublé. Il riait aux éclats.

Le lendemain, au moment de la visite privée de la galerie, il rirait de ce même rire franc, sonore et mystérieux, en apercevant un petit signal jaune, de forme conique, que les ouvriers qui achevaient de polir sous la pluie le caillebotis avaient placé sur la terrasse.

Le nom des Vègh renaîtra au soleil levant : c'était ce que j'avais murmuré à mon neveu Timothée lorsque je l'avais croisé aux Halles. À Island 12, des collectionneurs s'étaient précipités pour acheter les nus du Nil. Julien de Bourbriac et son associée étaient aux anges. Les acheteurs et les critiques présents avaient aimé « mon » autoportrait et personne n'avait voulu croire Gilles quand il avait affirmé qu'il était venu poser sous la verrière de la rue du Nil. Certains acheteurs m'avaient déjà commandé leur portrait ainsi dénudé, il y avait là un filon — c'était la formule choisie par Julien — et tout cela m'avait agacé. Shanghai me fascinait toujours autant, l'éclairage progressif des tours au crépuscule, le trafic insensé du fleuve, les lambeaux si émouvants de la ville horizontale. Avec Gilles et Victoire, nous nous étions promenés dans le dédale des rues anciennes quelques heures avant le vernissage, alors que l'angoisse commençait à monter, juste à côté de ma bambouseraie favorite où se regroupaient des vieillards qui avaient l'air de sages rieurs. L'excitation de Julien m'énervait un peu. Tout avait été vendu en quelques heures et, si je l'avais écouté, j'aurais déjà dû me remettre au travail dans un atelier superbe qu'il m'avait trouvé à Pudong.

Le succès venait tard et il me laissait insensible. Lorsque je voyais des gens s'agglutiner devant mes toiles, je n'étais pas loin de fuir comme je l'avais fait à vingt ans, à Nantes, chez Mme Hauve. La notion de commande m'était étrangère. Je n'avais peint que ce que je voulais, j'avais produit lorsque la vie m'en donnait la force, l'art était pour moi une nécessité sacrée et capricieuse, j'étais aussi fécond qu'indolent, je n'étais bon qu'à errer, qu'à rêver, qu'à ruminer. C'était étrange mais le succès de l'exposition rejaillissait sur Gilles. Le soir du vernissage à Island 12, il était heureux, détendu, lumineux, nimbé de la beauté qui émanait de son portrait et de la grâce de sa fille. Je n'avais d'yeux que pour lui. Il avait parlé à des journalistes, avec beaucoup de talent comme toujours, des autonomistes écossais qui rêvaient de voler la pierre du couronnement en leur indiquant que c'était là qu'il fallait chercher l'origine du tatouage. Personne ne l'avait cru. On l'avait pris pour un fieffé mythomane. Il devait trop lire Malraux.

J'aimais la réserve de cette fille si silencieuse, si finistérienne, qu'il avait amenée. La mère entrevue il y avait bien longtemps, le soir de l'élection de 1989, m'avait laissé le souvenir d'une extravagante prête à tout. Victoire s'exprimait peu, elle avait le front haut, des pommettes saillantes, un regard très bleu qui, lui, ne mentait pas. Elle éprouvait pour Gilles une admiration folle. Elle connaissait le prix de ce qu'il avait donné à sa ville et à sa circonscription. Le versant parisien de la vie de son père ne comptait pas pour elle. Elle n'avait pas souffert comme mes neveux légitimes de l'affaire des terrains du golfe de Saint-Tropez. À

Suzhou, la Venise chinoise qu'elle avait tenu à voir et où je les avais accompagnés, dans le jardin du Maître des Filets, près de cet étang où l'on empêche les lotus de pousser pour que l'eau reste claire et puisse refléter la lune, elle m'avait parlé des bords de l'Élorn, de la forteresse ruinée et de l'ossuaire de La Roche-Maurice, son fief, sur lequel l'Ankou proclame « Je vous tue tous », des livres d'Yves Elléouët, d'un restaurant de Saint-Pol-de-Léon tenu par une belle femme noire, sous la flèche du Kreisker, où Gilles l'emmenait secrètement dîner, de cette région où elle avait grandi et qu'elle aimait profondément. C'était curieux d'entendre pareil cri d'amour au milieu de rochers artificiels qu'il fallait regarder à travers les vieilles vitres des pavillons pour les voir transformés et plongés dans la brume, parmi les rocailles d'où jaillissait un pin noir et tordu, c'était curieux et émouvant d'entendre parler une fille si fière de sa terre, de son pays d'églises et d'ossuaires, le mien aussi pour une part et qui, à cet instant, me paraissait si loin. Avec elle quelque chose du cycle de l'Élorn et de Jean Tanguy, des mirages du bateau Brume continuait.

Le grand écart de la Chine entre les bibliothèques silencieuses des lettrés et les citadelles illuminées de Pudong m'entraînait dans son tourbillon. Nous visitions un amont révolu, muséifié. La même impression me saisirait dans le jardin de la Politique des Humbles avec ses bambous, ses lotus, ses portes en forme de lune et ses kiosques où les mandarins se retiraient pour écouter la pluie. Déjà Shanghai me manquait, sa vie, son grouillement. Suzhou était une coque vide et merveilleuse, une enclave préservée au milieu des tours qui poussaient. Devant la gare il y avait de gigantesques cratères, des chantiers partout. Il resterait toujours ces vestiges d'une Chine perdue qu'avaient connue Claudel et Malraux, celle des lotus morts et des paysages écorchés. La mienne, c'était celle des tours et des routes aériennes, avec le fleuve, son convoi immémorial et archaïque.

Gilles évoquait sans cesse Malraux. S'il y avait bien un bureau qu'il regrettait de ne pas avoir occupé, c'était le cabinet doré dont les fenêtres donnent sur le jardin du Palais-Royal. L'animosité et l'aigreur remontaient parfois, contre le vieux président qui l'avait lâché, contre le nouveau régime et ses ridicules, contre ses collègues parlementaires bretons, ces « outres à whisky », qu'il n'avait jamais aimés. Pourtant, lorsqu'il oubliait la politique, il redevenait serein et léger. Il semblait avoir admis qu'il ne reviendrait plus sur le devant de la scène et qu'il vivrait désormais écartelé entre l'Élorn, Rennes et Paris. À Shanghai, à Suzhou, je l'avais trouvé revigoré. Décidément je n'avais aimé que lui, mais je ne me voyais plus en frère imparfait. Nous marchions vers les Pagodes jumelles, nos doubles du bout du monde, de taille inégale selon l'endroit d'où on les regarde, lorsqu'il avait glissé :

— Il n'y a que toi désormais pour honorer notre nom. L'ombre ne m'effraie pas. Et j'ai Victoire, mes enfants et plein d'autres choses… J'aimerais bien rapporter à Paris un petit bouddha du genre de celui que tu as trouvé au marché aux puces de Shanghai.

— Des tortues gigognes peut-être aussi ?

Il avait éclaté de rire. Puis je les avais laissés, Victoire et lui, monter à bord d'une barque qui faisait le tour des canaux en s'enfonçant entre les façades de la vieille ville lacustre. Je resterais sur le ponton de bois à ressasser les paroles de *Hier à Sousse* telles que les avait martelées le spectre de l'Olympia, en regardant les toits biscornus, les lanternes rouges et les nuages. Je n'avais pas peur d'attendre. Je n'avais plus peur d'être seul. Je ne souffrais plus.

*Paris, rue de Cléry, mai 2008*
*Finistère, août 2009*

## DU MÊME AUTEUR

*Aux Éditions Gallimard*

LA RUMEUR DU SOLEIL, *roman*, 1989 (« Folio », *n° 2662*).

LE DONJON DE LONVEIGH, *roman*, 1991.

LE PASSAGE DE L'AULNE, *roman*, 1993 (« Folio », *n° 2859*).

LIVRES DES GUERRIERS D'OR, *roman*, 1995 (« Folio », *n° 4182*).

LE SONGE ROYAL. Louis II de Bavière, 1996.

L'INVENTEUR DE ROYAUMES. Pour célébrer Malraux, 1996.

LES SEPT NOMS DU PEINTRE. Vies imaginaires d'Erich Sebastian Berg, *roman*, 1997. Prix Médicis 1997 (« Folio », *n° 3473*).

DOUZE ANNÉES DANS L'ENFANCE DU MONDE, *récit*, 1999.

STÈLES À DE GAULLE, *essai*, 2000.

LE ROI DORT, *roman*, 2001.

LES MARÉES DU FAOU, *roman*, 2003 (« Folio », *n° 4057*).

APRÈS L'ÉQUINOXE, *roman*, 2005.

LA CONSOLATION, *roman*, 2006.

FLEURS DE TEMPÊTE, *récit*, 2008.

LE BATEAU BRUME, *roman*, 2010 (« Folio », *n° 5223*).

STÈLES À DE GAULLE suivi de JE REGARDE PASSER LES CHIMÈRES, *essai*, 2010 (« Folio », *n° 5057*).

L'INTIMITÉ DE LA RIVIÈRE, *récit*, 2011.

*Aux Éditions Artus*

LA MAIN À PLUME, *essai*, 1987.

IMMORTELS, MERLIN ET VIVIANE, *récit*, 1991.

UN DONJON ET L'OCÉAN, *album*, 1995.

L'ARCHANGE ET LE DRAGON, *album*, 1996.

L'ORÉE DES FLOTS, *récit*, 1997.

DES BRETAGNES TRÈS INTÉRIEURES, *album*, 2000.

*Aux Éditions du Mercure de France*

L'INVENTAIRE DU VITRAIL, *roman*, 1983.

LES PORTES DE L'APOCALYPSE, *roman*, 1984.

LE DIEU NOIR, *roman*, 1987 (« Folio », *n° 2195*).

LES PROXIMITÉS ÉTERNELLES, *récits*, 2000.

LE DÉJEUNER DES BORDS DE LOIRE, *récit*, 2002 (« Folio », *n° 4512*).

LE DERNIER VEILLEUR DE BRETAGNE, *récit*, 2009.

*Chez d'autres éditeurs*

JULIEN GRACQ, FRAGMENTS D'UN VISAGE SCRIPTURAL, *essai*, La Table ronde, 1991.

CHATEAUBRIAND À COMBOURG, *essai*, Éditions Christian Pirot, 1997.

BROCÉLIANDE, *album*, Éditions Ouest-France, 1995.

ÎLES, *album*, Éditions Terre de Brume, 1999.

PARIS, *récit*, Éditions Cristel, 2001.

JÉSUS, *biographie*, Éditions Pygmalion, 2002.

SUR LES TRACES DE JÉSUS, *documentaire*, Gallimard jeunesse, 2002.

LE DÉPAYSEMENT, *récit*, Berg International, 2002.

LOUEDIN, *album*, La Bibliothèque des Arts, 2002.

CHATEAUBRIAND ET LA BRETAGNE, *essai*, Éditions Blanc Silex, 2002.

DÉAMBULATIONS, volume I, *essai*, Éditions Pygmalion, 2004.

DÉAMBULATIONS, volume II, *essai*, Éditions Pygmalion, 2006.

RICHARD TEXIER, THEORIA SACRA : PEINTURES, Le Temps qu'il fait, 2009.